最近喜欢绿色

魅丽文化 花火工作室

禾渌

王三九——著

江苏凤凰文艺出版社
JIANGSU PHOENIX LITERATURE AND ART PUBLISHING

图书在版编目（CIP）数据

禾绿 / 王三九著 . -- 南京：江苏凤凰文艺出版社，2022.12
ISBN 978-7-5594-6712-6

Ⅰ . ①禾… Ⅱ . ①王… Ⅲ . ①长篇小说 - 中国 - 当代
Ⅳ . ① I247.5

中国版本图书馆 CIP 数据核字 (2022) 第 048476 号

禾绿

王三九 著

出版统筹 曾英姿
责任编辑 张 倩
特约编辑 丏小亥 八 柚
装帧设计 @RECNS QQ: 3300392723
封面绘制 EPcat
出版发行 江苏凤凰文艺出版社
南京市中央路 165 号，邮编：210009
网 址 http://www.jswenyi.com
印 刷 长沙金鹰印务有限公司
开 本 880mm × 1230mm 1/32
印 张 10.5
字 数 331 千字
版 次 2022 年 12 月第 1 版
印 次 2022 年 12 月第 1 次印刷
书 号 ISBN 978-7-5594-6712-6
定 价 46.80 元

CONTENTS

目录

CONTENTS

目录

第一章 洪水猛兽

夜里下过小雨，桐城上空乌云密布，直至下午，空气里仍弥漫着湿润的气息。姜禾绿坐在西餐厅靠窗的位置，足足等了一个小时，依然不见沈西成的踪影。她看了不少于十遍手机，但并没有收到“不用等我”之类的信息。

终于，手机响起一阵短信铃声。

她怀着激动的心情看了一眼——来自 10086。

姜禾绿沉默了。

被放过这么多次鸽子，她的心情已经不像第一次时那样沮丧。

如果她是沈西成的女朋友，肯定会打电话质问他：为什么明明约好一起吃午饭，你却没有过来？是不是不爱我了？是不是想分手？

然而，她不算是他的女朋友，她只是他身边一个卑微的替身。

替身只需要做好分内的事就行，没资格过问其他的。

又过了半个小时，终于有人打电话进来。

是沈西成的助理：“姜小姐是吗？”

“是。”

“二少今天中午有事，不能陪你共进午餐了。”

“这样啊。”

“他说为了弥补你，晚上会带你去参加一个聚会。”

“没事的。”姜禾绿把心底翻滚的情绪压住，轻言细语道，“工作要紧，我不需要弥补，如果不方便的话，晚上的聚会我就……”

——不去了。

她话还没说完，助理打断道："二少让你穿得漂亮一点儿。"

姜禾绿咬牙："……哦，好的。"

挂断电话，姜禾绿忍不住叹息——她太卑微了。

如果不是因为一些变故，她不至于像个玩偶一样任人摆布。

半年前，姜父病危，姜氏临近破产，姜禾绿对外紧急求助借资。机缘巧合下，有人给她指路，与其求佛拜祖宗，倒不如好好利用那张漂亮的脸蛋。

她拥有一张和沈家二少心中的白月光相似的脸。

沈家是桐城数一数二的豪门世家，诚兴集团总裁沈二少，不论身家还是外貌，都是名媛千金争得头破血流的理想择偶对象。

姜禾绿打听到他白月光的性格柔弱，纯良无害，便努力让自己往"清纯形象"靠拢。

第一次见面，沈二少便被和他初恋极其相像的姜禾绿吸引得移不开视线。

他需要精神寄托，而她需要资金。

他们很快把合作协议签了。

沈二少要求她做一个听话、乖巧、不黏人的女伴，并且不准对他动心。

表面上，姜禾绿竭尽全力讨好他，努力做替身分内的事，从不越轨。实际上，她早就烦透了这种高高在上的男人。

每次，他都不把她的时间当时间，他想约她就约她，不想约了就放她的鸽子，心情好就给她买包，心情不好就让她离他远点儿。

一个人吃饭属实无聊，确定沈二少不会来后，姜禾绿叫来朋友于诗，和她一起享受美食。

于诗坐下后，习惯性地问："你又被放鸽子啦？"

"可不是吗？"姜禾绿接过服务生递来的菜单，点了这里最贵的红酒，小声抱怨，"我真是伺候够了。"

"二少的脾气算好的了，你是没接触过那些性情古怪的公子哥儿。"

"比如呢？"姜禾绿微微靠着椅子，顿时有了些兴致。

她不信圈子里有比沈二少还难伺候的人。

"比如时家的掌权人。"于诗一本正经地说，"你敢信吗？他都三十岁了，身边一个女人都没有。正常男人多少有点儿花花新闻，像这种什么绯闻都没有的，肯定不正常……"

于诗的猜测不是没道理。

时家是桐城首富，掌权人时怀见虽身家数亿，为人却低调得不正常，外面连一张被曝光的私人照片都没有，因此常常引得外界胡乱猜忌。

在于诗眼里，沈二少已经算个正常的公子哥儿了，虽然时不时放人鸽子，但他对姜禾绿很好，给她买包、买车、买衣服，只要她开口，他基本能满足。

“阿禾，你应该加把劲，只要能嫁到沈家，你的下半辈子就不用愁了。”于诗诚恳建议。

“算了吧，合约快到期了。”姜禾绿摇头，“再说，我装得好累。”

听闻沈二少的白月光笑不露齿，模样哀怜，清纯得不行，她便对着镜子练了一个月，连高考她都没这么认真过。最后，她成功入了他的眼，得来了他一句夸赞。

可替身终究是替身，别说白月光没死，哪怕死了，沈家媳妇的位置也不是她这个替身随随便便能占据的。

根据助理的提示，姜禾绿知道了晚上的聚会很重要。

她既要能艳压群芳，打扮得又不能失清纯。于是，她选了一件嫩黄色的短裙，头发一半扎成丸子头，一半披散着，模样既清纯又优雅。

夜幕降临，路灯照亮柏油路面，一辆白色宝马车匀速行驶。

姜禾绿边开车边戴着蓝牙耳机通话。

与朋友交流时的嗓音不同，此时，她的声音软绵绵的，听上去没什么攻击性，是男人喜欢的腔调：“没关系，我一个人可以开车过去……肯定不会迟到的啦……只要想到你在等我，我就很开心了。”

夹着嗓音把话说完，确定通话结束后，姜禾绿不由得低声骂了句。

他真是越来越不要脸了，中午约了一起吃饭，他迟到一个多小时后干脆不来了，现在轮到她赴他的约，他就吩咐她早点儿过去，如果迟到就扣光这个月的零花钱——双标。

虽然生气，她却不得不恭维着他。

做替身就要有替身的自知之明，明知自己在对方眼里什么都不算，还得尽量讨好对方。

姜禾绿看了一眼时间，加快车速，免得零花钱真的被扣光。

宝马旁边的车道上，一辆劳斯莱斯不急不缓地行驶着。

两辆车有同一个目的地——盛世居。

到达目的地后，姜禾绿寻找着停车的位置。

高档场所的露天停车场会有泊车员专门负责豪车的停靠，以体现其华贵和高端，像姜禾绿开的宝马上不得档次，一般是停在地下停车场。

然而，地下停车场的位置复杂，作为一个路痴，姜禾绿十分担心自己找不到车。她等了会儿，终于看见露天停车场有人把车开走了，只是那个位置很窄。

姜禾绿的车技一般，不确定自己能否将车停进去。她先下车检查了一番，抬抬左手，抬抬右手，测距后又在大脑里运算了一下，最终决定就停在这里。

她觉得这可能是上天故意在考验她的车技。

姜禾绿重回驾驶座，摩拳擦掌。

五分钟后，她成功将车停歪了。

她不能让自己的车横在别人的车位前方，不仅挡路，还显得她没一点儿道德修养。

思来想去，她决定向别人求助。

看到不远处有个身高腿长的美男子，她动了心思。

姜禾绿走过去，小心翼翼地开口："这位先生，你好，请问你方便帮我停一下车吗？"她的声音听起来嗲嗲的。

前方的美男子回身看了她一眼，没说话。

他旁边穿西装的男人扶了扶眼镜架，态度不是很好，语气严厉："这位小姐，我们还有事，你让别人帮忙吧。"

灯光昏暗，姜禾绿没细看他们的长相和穿着，被拒绝后，她的语气里流露出一丝失望："……不好意思，打扰到你们了。"

她冲他们鞠了个躬。

女孩俯身时露出的颈线纤白，配上那张清纯的脸蛋，男人很难抵抗。

帮忙停个车其实只是举手之劳。

不知是不是被她满脸难掩的失落打动了，时怀见突然开腔："带我过去。"

这话一出，眼镜男颇感意外："可是……"

"钥匙给我吧。"时怀见不容别人再给予建议。

没想到被拒绝后还有机会，姜禾绿在欣喜的同时，被男人抬头后露出的俊美面孔惹得心慌，连忙指路带他过去，然后把钥匙交给男人。

他的手生得漂亮，偏白，却有阳刚气，姜禾绿的指腹不经意碰到他的手的时候，还摸到了一层薄茧。

身形高大的男人钻进姜禾绿的小车里显得有些突兀。

本来宛若大难题的侧方位停车，他不到半分钟就成功了。

姜禾绿一边看一边在心里感叹：太厉害了，那么窄的地方都能轻而易举地停进去！

行云流水般的操作委实惊煞到姜禾绿。等男人下车后，她快步走过去，按捺不住激动的心情，小手往他的胳膊上一拍——

“大哥，厉害啊。”

“……”

“你的车技这么好，不会是司机吧？”

不等时怀见回答，旁边的眼镜男沉默了会儿，小声提醒：“时总，我们该走了。”

姜禾绿走进盛世居。

初登外厅，就听到阵阵古筝声，如山间涓涓流泉，悦耳动听。

这里的装潢偏典雅复古，转角处设博古架青花瓷，地铺深红波斯手工真丝地毯，双脚踩上去软绵绵的。乍看是个远离俗世的人间美境，殊不知充斥着浑水摸鱼的好坏交易。

等电梯时，姜禾绿在脑海里回想方才在外面的事。都怪眼镜男催促，不然她还能和那位车技精湛的大哥搭上几句话，让他教教她怎么停车。

虽然她考了驾照，网上流传的技巧也都学过，但方向盘一到她手中就变了感觉。

电梯停靠，上来了几个穿旗袍的女人，香味扑面迎来。

她们一边嬉笑，一边津津乐道地谈八卦。

“听说时怀见今晚也会过来，不知道是真是假，好长时间没他的消息了。”

“上次的新闻还是前几年，他被爆蹲过两年监狱。”

“蹲监狱算什么？早年他把亲叔伯赶到菲律宾，可谓心狠手辣。”

“他是不是还有个上中学的儿子？是亲生的还是养子？”

电梯里的妇人之舌不断，姜禾绿站在最里端，云里雾里地听着，对其中的八卦一知半解。

旗袍女朝后面的姜禾绿斜斜地睨了一眼："这是谁啊？看着眼熟。"

另一个人轻蔑道："沈二少最近的新宠。"

"新宠？这脸蛋长得和清韵确实有点儿像。"

"像又如何？男人的玩物罢了。"

她们肆无忌惮地嘲讽着。

她们这帮人先前做过服务生、按摩师，被大老板看上后，才过起安逸的日子，平日里没事做做美甲，做做头发，聚在一块儿聊天。时间久了，个个都当自己是贵太太了。

姜禾绿讲不过她们，也知道自己无力反驳，门开了，她抢在前面出去。

在服务生的带领下，她走进包厢，穿过层层紫檀木雕纹屏风，看见坐在窗口处的男人。

沈西成正在和旁人玩牌，坐姿随意，两根长指捏着牌，他英俊的面孔在一群油腻老男人中十分夺目，从头到脚都透着清贵气派。

包厢里的人一多半是姜禾绿不认识的，进来后，她便乖巧伶俐地守在沈西成旁边，时不时添一下茶。

男人玩着牌，女人聊着天，姜禾绿无聊之余，看了眼沈西成对面的位子，发现是空的。

还有人没来吗？能和沈二少对立坐着的人，全桐城挑不出几个。

会是谁呢？难道是他爸？不至于吧——

就在她胡思乱想时，包厢的门被服务生缓缓打开。两个男人一前一后地走来，亮白色的灯光打下来，走在前方的男人十分显眼，身形挺拔出众。

"时总！"随着几声热情的招呼，男人客气摆手，顺带入了座。

他的位置正在沈二少的对面。

被称为"时总"的男人衣衫干净，黑白色搭配显得气质深沉，五官俊朗分明，眉眼间有着成熟男人的沉稳内敛。他是现场唯一把白衬衫穿得更甚沈二少的男人。

姜禾绿的脸上原本带着僵硬的笑，看到他的面庞后却一点儿也笑不出来了。

这不就是帮她停车的好心大哥？！

时怀见一来，连平日傲慢的沈西成都不得不降低自己的身位，起身和人打招呼，其他老板和在座的女人们更是坐立不安。

通过别人的嘴，他的名字进入了姜禾绿的耳中。

时家掌权人时怀见，身家数亿，单身携子。

这是旁人所能调查到的，至于他私底下的生活如何，无人知晓。

沈家近两年来发展趋势猛涨，可和底蕴深厚的首富时家比起，依然差上不少，城内基建和能源开发的市场基本被时家垄断，资金过于庞大，根基稳重的同时也向其他行业拓展，野心极强。

有野心的男人，手段和心智务必在常人之上。

开车技术也高出她很多很多倍。

仗着人多，姜禾绿努力降低自己的存在感，免得被这人发现。

不会停车不要紧，夸他厉害才是最没眼力见的。

“时总怎么没带女伴过来？”一个圆肚子的老板问道，“巧了，我这边正好有几个……”

讨好的话还没说完，便引得里座的男人皱眉。

时怀见将手里的牌显出，淡声道：“不用。”

其他人打趣：“你们可真庸俗，也不看看时总是什么人，随便挑的女人也敢送出手？个个浓妆艳抹的，哪能入得了时总的眼？”

这么一说，相当于把场子里大多数女人骂了一顿。

“这倒也是，咱们这里头，只有沈少的女伴漂亮可人。”一老板圆场的同时，不忘拍一拍沈西成的马屁，“沈少好眼光。”

姜禾绿天生美人骨，明眸皓齿，五官细致耐看，妥妥的一张老天赏饭吃的初恋脸。身形不高但瘦，小短裙衬出一双又白又长的腿，上身的 T 恤有意无意地卷起，细腰处时不时露出一小截白皙的皮肤，浑身上下透着清纯。

这样的女孩，不论站在哪儿，都是一道风景线。

然而，姜禾绿只希望自己不那么出众，最好长得矮一点儿，再矮一点儿，不要被时怀见注意到。

还好，时怀见和别人一边玩牌一边谈论事务，并没有关心包厢里的女人。

玩到一半，沈西成的余光看向姜禾绿，漫不经心地问了一句：“怎么又穿这条裙子？”

姜禾绿埋头看了看自己的裙子，疑惑道：“这条裙子不好看吗？”

“好看，但我不是给你买了其他裙子吗？”

“那些……”停顿了会儿，她咬着唇，慢吞吞地回答，“我舍不得穿。”

沈西成朝她看一眼。

她的眼神里溢满了娇柔，说话细声细语，好似容易被吓着，再搭上她刚才的神态，像是从清苦人家出来的灰姑娘，勤俭节约，让人心疼。

沈西成轻叹，拍拍她的肩：“是不是钱不够花了？”

“够，够的，是我不想浪费。”

“你跟着我，还怕浪费？这张卡给你，随便刷。”

“不用不用，我不缺钱的。”

“拿着吧。”一张金卡被他放在桌前。

“真的不用……”姜禾绿一边否认，一边眼冒金光，生怕他会反悔，连忙先拿在手里，装作还回去的样子，“还是你收着吧。”

送出去的东西哪有收回来的道理？沈西成叮嘱她收好。

装模作样了好一会儿，姜禾绿才把卡收入包里，内心狂喜——又哄来了不少零花钱！

姜禾绿比往日更乖巧懂事了，站在沈西成旁边，像个精致瓷白的花瓶，发挥着自己该有的装饰作用。

中途，姜禾绿借去洗手间为由，离开了包厢。

除了查看沈二少给她这张新卡的限额，她还和于诗通了电话：“你绝对猜不到我今晚遇见了谁。”老规矩，先卖卖关子。

于诗：“谁？”

姜禾绿：“你觉得在桐城，能让沈二狗听话的人是谁？”

于诗：“他爹？”

姜禾绿：“给个提示，那人姓时。”

于诗：“不会吧，他爹姓时？”

姜禾绿：“……是时怀见。”

“……”

“这人是不是特别低调？我一开始都没认出来。”姜禾绿兴冲冲地八卦，“而且，我还听人说他有个上中学的儿子？是不是真的？”

“没证据，谁知道呢？”那端的于诗耸肩，“反正不是什么好人。外界对他的评价并不好，坐过牢和有儿子都不算什么，听说他性格怪到极致。”

“他有什么怪癖？”

“具体什么情况我就不清楚了。”于诗说，“我只知道，上次，他们用项链勒盛世居一个服务生的脖子，要不是经理来得及时，姑娘的小命都没了……”

姜禾绿不由得张嘴：“啊……这么可怕吗？”

“你要是碰见时怀见的话，还是离他远点儿的好。”于诗诚恳建议，“沈二少虽然经常迟到，但他对你挺不错的，至少性情没那么古怪。”

姜禾绿一边走，一边心不在焉地聊着：“我没招惹他，就是偶然接触到。”

当时，那人给她的感觉还不错？倒是他旁边的小助理有些冷漠。

说话间，她没注意自己离开包厢已久，来到了抽烟区。

转角处，有男人的倒影。

“……这笔款，明天下午之前汇过去，原始凭证交给李会计，另外，把HG文化的风险评估和半年度财报发给我。”

听到略微熟悉的沉厚嗓音时，姜禾绿吓了一跳。

那边的人是时怀见？

她低头看着自己脖颈上的项链，面色发白。

她不禁想到于诗的话，开始担心这种事情会不会发生在自己身上。

姜禾绿下意识地取下了脖子上的项链。

周围没有其他人，她和一个坐过牢、性情古怪的男人在这里，怎么可能不害怕？

因为紧张，她取项链的手一抖，项链应声落地。

时怀见掐断通话，侧首看了一眼，只见到一个柔柔弱弱的小姑娘。

不知怎么，看到他后，她的脸色变得惨白。

“对不起。”姜禾绿低头，“我只是碰巧路过，不是有意偷听您打电话的。”

她一边说，一边飞快地捡起项链，心脏怦怦直跳，加快脚步想走，可她手心有汗，拿起项链不到五秒，项链再次掉在地上。

这一次，时怀见朝地上的项链看了一眼。

他本以为她会快速捡起，却见她不断往后退，像是看到什么洪水猛兽。

他不得不出声制止她的后退：“东西不要了？”

“我……”

姜禾绿看着那条价值五位数的项链，想到她最近将一毛钱当一块钱花的处境，有些犹豫。她此时没有装柔弱，害怕是真真切切存在的。

她脑海里的时怀见已经幻身成可怕的凶兽，而现实中，男人温文尔雅，声音平和："怕我？"

"……没有。"

"那你往后退什么？再退下去，你是想做墙上的挂钟？"

"……"姜禾绿只能鼓起勇气走过去。

这回，项链离他很近，她捡起来时，胳膊不小心蹭到了男人的衣服，吓得她灵敏地跳开，手里的项链再次掉在地上。

——第三次了。

东西连续掉落三次，说是偶然，正常人都不信。

她额头布着细密的汗珠，指尖发白，却感觉到男人炙热深邃的目光久久地落在她身上。

她不会也成为被人用项链勒脖子的玩物吧？太可怕了！

姜禾绿在心里虔诚祈祷：不要再看了……求求您。

因为手指不断颤抖，第四次没拿稳项链的时候，身边落下低醇沉厚的男声，那是一句非常绅士的询问："你的项链烫手？"

直到回到包厢，姜禾绿依然心有余悸，手心里全是汗。

她跟着沈二少的这段时间看过圈子里不少在她看来不正常的事情，然而，面对时怀见，她总是惊怕。

大概是他和旁人不同。猥琐的男人一眼便能看出来，如他那般体貌端正，事业有成的成熟男性，如果不是听说了那些传闻，给人的第一印象怕是青年才俊，年轻有为的企业家。

她回来很久后，时怀见才进来。他身上有淡淡的烟草味，不过没多久，便被屋内燃着的熏香味覆盖。

桌边的老板随时不忘拍马屁："时总真是文雅人士，我们这些粗人应该向时总学习，公众场合哪能随意抽烟，熏着自己无所谓，影响别人可就不好了。"

时怀见没顺着接，说道："只是接个电话。"

之后的牌局进行得还算愉快，有人想故意输给时怀见，哄他开心，不承想，时怀见不需要别人放水，见招拆招。

聚会结束后，天色已晚，众人寒暄后各自回家。

时怀见走在第一个，奉承的人颠颠儿地过去送客。

不远处，借着霓虹灯光，姜禾绿看见，自己的车附近有一辆劳斯莱斯震慑八方般停在车位上。

她就说车位怎么会挤。原来是有时怀见的车，其他车辆下意识地避让。

沈西成没让姜禾绿单独回去，他开车送她。

“你想去哪儿？”上车后，他问。

系着安全带的姜禾绿不得不怀疑这几个字的意思。他明明知道她住哪儿，为什么还要这么问？

“我的家在……”姜禾绿以为他忘记了地址，准备详细说明一番。

沈西成却笑了：“我还以为你想说去我那里。”

“……”姜禾绿缩缩自己的身子，她胆儿小，经不起这样吓。

“我们相处多久了？”他问。

“半年。”答完，姜禾绿想到他们的合约。

当初签的替身合约是半年制的，再过几天，合约就过期了，他们应该考虑续不续约的。

“我的情况你都了解。”沈西成发动引擎，把音乐调得轻柔些，态度状似散漫，又有些认真，“我这辈子只爱清韵一个人。”

姜禾绿在心里想，哦，关我屁事。此刻却装模作样道：“我知道。”

她的嗓音沙哑，故意用了烟熏嗓，显得自己伤感又悲痛，表示被他的爱情渲染到了。

这是多么感动天地的爱情故事。如果她想的话，她完全可以发展成三角恋，等白月光回来，两人再进行一场宫斗战。然而，她一点都不想。

“清韵不在我身边，陪伴我的只有你。”沈西成被姜禾绿的表演弄得更加深沉，“这半年里，你做得很好，很像她。”

“我……”姜禾绿轻咬着唇，抽了一下鼻子，“我是心甘情愿陪伴你的。”

——我是心甘情愿陪伴你的钱的。

沈西成听了她这话，点头道：“既然如此，我可以考虑进一步发展我们的关系。你要是有想对我做的事情，可以大胆说出来。”

“……”

哈哈哈……她当然想拿他的钱了！

忸怩一番，姜禾绿红着脸道：“这个怎么好意思说？”

沈西成陷入一阵沉思。

他对这个替身确实很满意，他之前找的替身虽然表面乖巧，背地里却搔首弄姿。而姜禾绿只会可怜巴巴地眼馋他，却没胆子与他进一步发展。

他贸然解除禁锢，给她惊喜的话，可能会吓着她。

“我先送你回家，明天再说吧。”最终，沈西成做了决定。

当晚，经过两重惊吓的姜禾绿做了个梦。

梦里，她的脖子上挂着一条又粗又长的锁链，末端被一个男人拿着，他半跪在她的跟前。

她咽着口水，垂涎男色的同时，脑子里闪过一个念头——我是谁？我在哪儿？我在干什么？

她想动弹，手脚却怎么也动不了，只能眨巴着眼和男人对视，他幽深的眸几乎将她一眼望穿，既冷漠又充满欲望，用冰凉的大手抚过她的脸颊，一字一顿地问她为什么怕他。

——大哥，你这样谁不怕你？

即使是梦里，她依然在飙戏。男人却一点儿都不相信，认为她在说谎，他拉过手中的锁链，让她近乎窒息，并且在她耳边挑逗，问她到底怕他什么，是怕他这样对她，还是这样……

姜禾绿醒了。醒来后，她发现她养的肥猫趴在自己的脖子上，导致她不能正常呼吸，从而联想到梦中。姜禾绿战战兢兢地起床，摸着后背微覆着的汗，这再次证明她梦中的感觉是真实存在的。

太可怕了！

她也不知道自己为什么怕的不是一个彪形大汉，而是一个衣冠禽兽。

起床没多久，姜禾绿收到于诗的微信消息。

“我的好妹妹，大事不好了。昨天晚上，你肯定在呼呼大睡吧？你知道你和沈二少的事情被曝光了吗？”

看到这句话，姜禾绿吓了一跳。

“怎么回事，谁曝光的？不怕被报复吗？”

于诗："暂时还不知道。"

"哪几家媒体？怎么说的？"

"很多家媒体，统一口径，以一张你上了沈二少的车的照片为证据，推断你是他的新宠。"

于诗说的是"新宠"，实际上，还不知道媒体都用什么词形容她呢。

在姜氏出事之前，姜禾绿是个博主，在各大平台分享唱歌、跳舞、古筝等才艺，姜氏出事后，她在于诗的带领下开始在电商平台直播卖货。

她顶着一张漂亮脸蛋，入门还算顺利，但到底是新人，短时间内赚不了什么钱，名气不高不低。

一个平淡无奇的卖货博主，和沈二少扯上关联，舆论肯定对她不利。

本来只有圈内的一些朋友知道她是沈二少的替身，现在好了，用不了多久，所有人都知道她是个可怜卑微的替身。

在姜禾绿之前，沈二少身边不缺女人，但都是各种各样的替身，要么是眼睛像初恋，要么是嘴巴像初恋，那么多人里，只有姜禾绿把脸蛋和性格都演绎出来了，因此，她待在他身边的时间最长。

即使这样，姜禾绿也知道自己永远不可能比得上他的白月光。

她不可能成为他的女朋友，更不可能嫁入沈家，拥有一个名分。

因此，她从不奢望这些，只想着父亲的病能好，姜氏解除危机，等以后沈二少厌恶她了，再找个性格合适的人过一生。

对于曝光的照片，网友在下方评论道："沈二少的眼光好好。"

"漂亮妹妹和霸道总裁的神仙爱情，我爱了。"

当然，也有负面评论。

"大街上一抓一大把，还有人夸得天花乱坠？"

"她算什么东西，也敢勾引沈二少？"

网友们凭着一张侧脸的照片，开始打探姜禾绿的身份。

本打算去医院探望父亲的姜禾绿被沈西成的助理找去，通知说有大事。

"姜小姐，你看到网上关于二少和你的绯闻了吗？"

"我看了。"姜禾绿低着头，"不知道是谁爆出去的，西成要是知道……"

"是沈少曝光的，沈少希望公开你们的关系。"

姜禾绿蒙了，这是什么事儿？一开始不是说好的吗？她安安静静地做替身，不可以出风头，不可以声张。他怎么突然要宣告他们的关系？

不行，她的身份是替身，公开的话，她还要不要混了？

“可是……公开的话会不会不太好？”姜禾绿缓声陈述，“西成不喜欢别人干扰他的私生活。”

——他的私生活关她屁事！她只关心她自己的身份！

——谁想让别人知道她只是个替代品？！

“姜小姐顾虑的这些事情，沈少都考虑好了。”助理的态度毕恭毕敬，拿出一份文件，“这是你和沈少的新合约。”

“新合约？”

“是的，沈少说，你们的旧合约快到期了，他不打算续约，所以在原合约的基础上附加了一些条件，直接和姜小姐签订新合约。”

姜禾绿在短时间内消化着助理所说的内容。

一，旧合约到期。

二，沈西成还想和她继续下去。

三，新合约如果对她不利的话，她能不能拒绝？

姜禾绿继续装模作样地问：“我知道了，沈少是为我着想的，对吗？”

“那是当然。”

“那……新合约里，不会有对我生活上的限制吧？”

“不会，合约里只添加了对姜小姐有利的内容。”

姜禾绿松了口气，道：“那把新合约给我看看吧。”

助理把文件递过去，陈述道：“恭喜姜小姐升级为二少的女朋友。”

“什么？女朋友？”

“因为沈夫人一直在催婚和催生孩子，二少找不到合适的人选，所以考虑了姜小姐。如果合适的话，以后，你可能从二少的女朋友升级为沈太太。”

因为没有合适的人所以找她？这个助理说话这么实诚吗？

忍着内心的恶心，姜禾绿看了一半的合约内容，差点儿没忍住把这纸撕了。

除了一条女朋友享有双倍的零花钱，没有一条有利于她！

什么叫她不得看除他以外的男人超过十秒钟？

什么叫协议有效期间，双方可以履行男女朋友的义务？

最后一点最不要脸，什么叫可以觊觎他的身子，但是不要爱他？

这是什么霸道总裁条约？沈西成可真把自己当回事，还特意强调她不许动心，这不就是典型的“越不让越想做”的禁果效应吗？

整体看下来，新合约全是霸王条款，她毫无主权。

她不同意！

话到嘴边了，说出口的却是：“我能拿回去慢慢看吗？”

一直面带微笑的助理被她的反应吓了一跳，愣道：“怎么了？合约有什么问题吗？姜小姐不满意？”

“不是不是。”姜禾绿连忙摆手，犹豫解释道，“因为突然升级为二少的女朋友，太高兴了，所以想多看看合约里的条件。”

原来是这样，他就说嘛，这份协议比旧合约多了许多诱人的条件，怎么可能遭到拒绝。从“替身”升级为“女朋友”，是个人都会惊喜。

助理点头道：“没问题，拿回去仔细看吧。”

拿走协议的时候，姜禾绿内心十分复杂，她委屈，又没时间委屈。

先前走投无路，她不得不求于沈家门前，自尊心和颜面全无。这次的协议再次提醒了她当初的窘迫。她希望当着沈二狗的面把这份合约撕碎，摔到他脸上，说她不干了，但想想父亲的医药费和摇摇欲坠的姜氏，她只能小心翼翼地将合约装进土黄色的文件袋中。

来到医院，姜禾绿平复了心情。

沈家给姜氏提供的帮助不过是资金周转，姜氏想要真正活过来，得有能力强的管理人。姜禾绿希望病床上的父亲能早日康复，不然，她快撑不下去了。

探望之前，姜禾绿去医院的连锁超市买了些水果。不再当大小姐后，她逐渐学会了自己挑菜和买水果。

挑了些季节性水果后，姜禾绿让店员帮忙包装。

手机铃声这时响起，不意外，是沈西成打来的电话，他问她在哪儿。

“我在医院呢……看我爸……去见家长？明天可能没空……后天也……”

凭着感觉乱七八糟说了一番，姜禾绿才意识到自己的口吻不对。

果然，沈西成察觉后，问她：“你是不是不开心？”

“怎么会呢？”

“合约上有不满意的地方吗？”——全部都不满意。

“没有。”姜禾绿笑着否认，“挺好的。”

“那为什么不陪我见家长？”

“我要照顾我爸……”

“难道我要听你的时间安排？还是说，你不想做我的女朋友？”

再这样下去就暴露了。

姜禾绿尽快整理了自己的思绪，以一种十分委屈的口吻陈述：“我不是不想……我是不敢，其实我一直暗恋你，但是我知道我配不上你，所以只能藏住自己的心思，默默地喜欢你……”

她说话的时候，没注意到门口来了两个人。

先出声的是正在变声期的叛逆少年：“这么多水果，我可不会挑，随便买点儿吧。”少年身后的时怀见听着这抱怨的措辞，没应话，筛选着包好的果篮。

他的目光掠过篮子手柄，而后看见一个柔弱的背影，她葱白的手指捏着手机，通话的语气温软。

他想起秘书后来向他介绍的姜禾绿——一个普通的大小姐，因为破产而去巴结沈二少，明知他有心上人，仍然甘愿做替身。

明知爱而不得还要飞蛾扑火，这必然是被人笑话的。

从别人的口中，时怀见了解到她“卑微”“痴情”“可怜”，胆子还小。

在这圈子里，他鲜少见到老板为情人动心。女人从男人手里捞点儿好处，便自觉聪明了，殊不知能赚大钱的男人压根不那么好糊弄。

像姜禾绿这种赔了青春又赔心的女孩儿，圈子里不少见。

“老时，你在看什么呢？”少年突然问。

时怀见收回目光：“没什么。”

少年耸肩，顺着他先前的目光看去，便看到姜禾绿的倩影，又看看比自己高出半个头的男人，他嬉皮笑脸，想调侃他不改男人本色，却被时怀见塞了一怀的水果。

“拿着，结账去。”

从生活超市出来，姜禾绿继续通着电话。

她现在满脑子想的都是“沈家长辈不喜欢我，干脆给我一千万让我早点儿离开二少”。通常，这种戏码都是以“女方的爱”来计算分手费，所以她发挥自己的演技，表白得十分真诚。

果然，沈西成被她骗了，表明自己的立场：“你要是真的喜欢我，这些都不是问题，我妈想抱孙子，如果你能满足她的话，问题不大。”

生孩子？他在想什么？！

他不仅信了她的话，还说出了这么不要脸的话！姜禾绿的内心再次燃起一把小火苗，挂了电话后，她忍住了把手机摔了的冲动。

超市门口，买完果篮的两人结完账出来。

没走几步，时怀见便发现了前方的女孩。

姜禾绿走得很慢，微微低头，像是被人欺负过一样，迈着可怜缓慢的步伐。

然而，在他们擦肩而过的时候，时怀见听见她不失暴躁的自言自语：“沈二狗真是把自己当人了，还想让老娘给他生孩子，我现在只想拿一把紫金锤砸到他脸上。按照他这个想法，我再伺候他几年，表现好的话就从他女朋友升级成他妈了？狗都知道找电线杆撒尿，他怎么就不找找自己的定位？”

姜禾绿忍不住将这些天来受的委屈都发泄了出来。

她不是委屈自己的遭遇，而是想不到天底下还有这种不要脸的男人，是什么让他认为她对他死心塌地，可以随意压榨？是她把深情演得太逼真了吗？她明明只想要钱好吗？

他却把他自己高高地挂在天上，认为她是垂涎他的脸，他的身子，他的地位。他经过一番深思熟虑，并且看在她良好表现上，勉勉强强允许她做他的女朋友，还用“沈太太”的身份引诱她未婚先孕。

他把女人当什么了？生育工具？

骂完之后，姜禾绿的心里舒坦多了，她整理好心情，加快步伐，没有注意到旁边的人。

因为要见长辈，姜禾绿的穿着得体了很多，短裙换成了中规中矩的浅色牛仔裤，脚踩古驰小白鞋，挎了个帆布包来到医院住院部。

每逢周末，来住院部看望病人的家属都不少。

大楼门口，透过墨镜，姜禾绿隐隐约约看到一个半熟悉半陌生的身影。

她把墨镜摘下，再定睛看去——这不是上次让她难堪的时总吗？

在人来人往中，男人穿着剪裁得体的黑色西装，白衬衫衣领干净得一丝不苟，俨然鹤立鸡群，气质出众，一看便是成熟的精英人士。和旁边的少年站在一起，时怀见更显稳重。

人人都说，三十岁是男人的分水岭，既不属于青年，也不属于中年，是男人事业的巅峰，父母健在，家庭美满。外面并没有关于时怀见结婚的新闻，他却莫名多出了一个孩子。

除去关于他的商务介绍，流传在外的只剩下他的负面评价。

譬如，他有个十几岁大的儿子。

姜禾绿的视线掠过人群，不禁停在他旁边的少年身上。

时怀见身边站着的那个快赶上他高的少年，应该就是传闻中他的儿子。

姜禾绿想到那句"项链烫手"以及自己做的梦，脸上不知不觉升高了温度。

她应该错看他了，一个能带儿子来医院看望病人的男人，不至于肮脏得有某方面的怪癖。

看着他们往高级病房的电梯走去，姜禾绿不愿意与他碰面，便站在后面等下一班电梯。

病房里，姜禾绿将手里的水果放下，便听见病床上的父亲询问道："丫头，听说，你和沈二少在一起了？"

姜禾绿一愣。她没和父亲提过这茬事，父亲大概率是从嘴碎的亲戚那儿得知的。他们家出事后，亲戚们争先恐后地过来探望，试图从公司分一杯羹，同时不忘提到她。

姜禾绿不知该不该编织善意的谎言，她深呼吸了一下，道："算是吧。"

"沈二少可不是什么好人。"

"我知道。"

"爸爸还是希望，你能和自己喜欢的人在一起。"姜父叹息。

姜父身为家里的顶梁柱，如今连句做主的话都说不得，他何尝不知道自家丫头是为什么和沈二少在一起。

"爸，我没事的。"姜禾绿的表演能力很好，笑得跟朵花似的，"你看我的这些首饰、衣服，还有开的车，都是沈二少买的，他对我很好。"

"那你喜欢他吗？"

"他长得那么帅，条件那么好，哪个女孩不喜欢？"

闻言，姜父稍稍放心。

从病房出来，姜禾绿和姜父的主治医生交流了一下。医生告诉她，姜父的病情还算稳定，再过一段时间就可以做手术，术后观察三个月就可以出院了，情况好的话，半年基本能恢复。

“所以，再过半年，他就可以痊愈了，是吗？”姜禾绿问。

“手术并不是百分百成功，但病人现在状况很好，成功率很高。”

听医生这么说，姜禾绿的心逐渐放下。

再坚持半年，父亲痊愈后，姜氏就可以走上正轨。

知道父亲的病情稳定后，姜禾绿的心情甚好，慢悠悠地走过去等电梯，附近没人，她肆无忌惮地透过电梯的反光门打量自己，一边欣赏自己的小脸蛋，一边自言自语道：“魔镜魔镜告诉我，谁是世界上最聪明的女孩？”

说完后，她又用另一种声音回答：“这还用问吗？当然是姜姜啦。”

跟着自己瞎编的调子哼了几句，一抬眸，她突然发现电梯的反光门上，她的身后出现了两个人。

哼唱声戛然而止——

姜禾绿瞪圆眼睛，假装什么事都没发生，刚才的歌也不是自己唱的。

变声期的少年开腔：“学校过几天开家长会，你有空的话就去一趟。”

叛逆的少年说话的态度颇为嚣张。

时怀见按了电梯的下行键，回答：“没空。”

“你儿子的家长会你都没空参加？”

“如果你不是班里倒数第一，我可以考虑一下。”

听着他们的对话，姜禾绿的神经不由得紧张起来。

之前以为儿子的事情只是传闻，没想到是真的，时怀见的儿子确实是上高中的年纪。如果这件事是真的，那他蹲过监狱的事也是真的了？

姜禾绿的脊背不由得发凉。这样的人，还是离他们远一些的好。

她不想和他们坐同一班电梯，电梯来了后，她便往后退几步，让他们先走。

后面的两人进去后没有合上电梯门，而是一边等她进去，一边用审视的眼神看着她，仿佛在说：你还不进来？

那少年的眼神比他爸还厉害，再不进去，他们可能要开口质问她了。

姜禾绿只能硬着头皮进去。

封闭的空间里，少年的话更显得无畏嚣张：“你要是不去的话，我就告诉老师，说我爸忙着陪女人，没空去学校开儿子的家长会。”

对于他的威胁，时怀见仿佛没听见。

站在两人前面的姜禾绿十分尴尬，现在的小孩都这么厉害吗？

性格叛逆，说话随性，个子也高得吓人，才上高中就赶上他爸了。

只通高级病房的电梯除了比其他电梯豪华，也几乎没有人，不会拥挤。平日里，姜禾绿讨厌人挤人，此时，她巴不得多来点儿人分担她的尴尬，然而并没有。好在没多久，电梯门开了，姜禾绿往后退了两步，让他们先走。

叛逆少年走在最前面，时怀见出去后，朝电梯里的姜禾绿望了两眼，问：“你不出来？”

姜禾绿一心躲着他，没注意到这里已经是负一楼停车场，摆手道：“不了，我去下面办点儿事。”

“再往下走是停尸房。”

停、停尸房？

本就被气氛压得有些喘不过气来的姜禾绿听到这几个毛骨悚然的字眼，默默地走了出去。

另一个电梯口，有人三三两两地出来，说笑的声音缓解了沉重的氛围，让姜禾绿不那么紧张。思考再三后，姜禾绿还是选择把他们当成陌生人。

只不过，在经过时怀见身侧的时候，她稍稍颔首，以示礼貌。两人的身子轻轻擦过，周围的空气混合在一块儿，除去在病房内外沾染的消毒水味，她身上还有清淡的柠檬香。

不知怎么，她低头的那刻，时怀见想到前一晚，她俯身鞠躬时，晃入他眼中的白皙的天鹅颈。

上车后，后座的少年捏着前面的椅子，半颗脑袋靠过来：“老时，你认识那女的？”

少年不是别人，正是时家现在辈分最小的小少爷时妄，他自幼娇生惯养，少爷脾气，不过仅仅是在外人面前，到时怀见这里，他不敢造次。

时妄从小到大没见过亲妈长什么样，不论他怎么问，时怀见以及家里人都没告诉他真相，这也导致了他们父子情不深的事实。

“我看她好像还不错。”时妄后背一仰，“不过太年轻了，给我当后妈的话，人家未必愿意。”

时怀见没看他，道：“安全带。”

时妄兴致满满：“不过，那女的自始至终没正眼看过你吧？好像还刻意躲着你，你是不是把人家吓着了？”

这问话没完没了，时怀见的眉宇间皱起弧度。

看她自言自语骂人的神态和气势，不像是个弱小女子，怎么到他这里就成小尿包了？他都不知道自己做了什么，给她留下了洪水猛兽的印象。

晚上，姜禾绿来到好友于诗家中，准备着直播前的事情。

此时，她把在医院碰见时怀见的事情当八卦对于诗讲了一番。听说时家的小少爷出现，于诗兴致满满："你真看见小少爷了？长什么样？"

姜禾绿点头道："个子高高的，很瘦，穿着潮款鞋，看起来很叛逆。"

一直以来，时家掌权人的私生活都是个谜，鲜少有人拍到他和儿子在一起的照片，即使拍到，不经过时家的允许，一旦泄露，就等同于葬送自己的前途。

"没想到传闻是真的。"于诗故作深沉，"他儿子要是上高中了的话，那他是多少岁生的小孩？"

……

时家流传在外的新闻少得可怜，能爆出一个小少爷已经相当不错，至于小少爷的生母是谁，无人知晓。

身份越是隐秘，越容易引起他人的惊慌，尤其是像姜禾绿这种胆小的。

"其实我觉得挺奇怪的，按理说，时家本事那么大，连女人都没对外公开，一个小孩更没必要对外公开。"于诗仍然对这事保持怀疑的态度。

"所以呢？"

"有没有可能是时家故意泄露消息，让我们认为那小孩是时怀见的，其实并不是。"

"……你脑洞好大。"

"没准是时家老爷的，老来得子，不方便对外公开，便把孩子户口划到了时怀见的名下。"于诗的猜测十分胆大，而且听起来合情合理。

"算了，不说他们了。"姜禾绿打住这个话题，"准备直播吧。"即使她有兴趣猜测下去，可回想起那个男人的话和做过的梦，她也不敢对他有更多的设想。

她们现在所在的是一处一室一厅的单身公寓，麻雀虽小，五脏俱全。

姜禾绿亲眼看见了于诗是怎样把一件五十块批发的小裙子卖到三百块的，当晚就销售了两百件。

"来来来，宝贝们，原价三百块钱的洗发水，俄罗斯进口，用过的都说好，你们到任何平台买都不会低于二百六十块，今天直播间做活动，你们觉得能优惠多少？猜对的宝宝免费送！”

于诗坐在补光灯前，手里拿着品牌商的产品，对着镜头落落大方地介绍。

弹幕滑过各种报价数字。

于诗装模作样地读一遍：“谁说的两百块？太贵了，来，今天我给宝宝们最大的优惠，一瓶四十块，三瓶一百块，还送护发素！”

弹幕道：“太便宜了！主播，你不怕赔钱吗？”

于诗：“我们只为冲销量，攒人气，进来的朋友们点个关注，支持一下新人主播！”

不到两个小时，一瓶进价十几块的洗发水卖出去一千多瓶。

除去各项运营成本，于诗分到手的能有三千块。

当然，并不是每晚都能有三千块，一切都看是否有品牌合作，给的价位合不合适，以及当晚有没有同行竞争。

“学到了吗？”于诗心情尚好，开始教姜禾绿，“就按我刚才的步骤去做，保证能赚钱，这不是有手就行？”

姜禾绿似懂非懂地点了点头。

“你要不要试试？”于诗把她推到镜头前，“我看你还没有熟悉流程，要不先和大家聊聊天，我正好去接我妹，她这会儿得下晚自习了。”

于诗放心地把自己的直播间交给了姜禾绿。

姜禾绿看着镜头和不断滚动的弹幕，先是沉思了一会儿。

在于诗眼里，直播确实挺赚钱，但是对她来说，对姜氏来说，即使每天晚上赚三千块，也不够资金填补空缺，赚三十万倒是有可能，不过那得是大主播。

姜禾绿不算内向，房间没人聊天，她便和弹幕聊起来。

大约二十分钟后，于诗带着妹妹回来。

“你先去洗个澡，最好快点儿，不然热水不够。”于诗催促道，“待会儿我和我朋友也要洗。”

听说朋友来了，于宁朝屋内望一眼，打了声招呼：“阿禾姐。”

姜禾绿回头，朝她摆手一笑。

于诗一边往浴室里塞浴巾，一边吃醋：“平日里都没见你喊我姐，叫别人倒是勤快得很。”

于宁吐了吐舌头，把换下来的衣服随意一丢。

“喂喂喂，乱扔什么？”于诗大叫起来，把地上的衣服捡起，正要教训几句，却在看见裙子上的口香糖时愣了一下，“这是怎么弄的？”

“这个……”于宁看了一眼，“班里的男生弄的。”

“哪个男生？”

“说了你也管不了。”

“我怎么管不了了？你倒是说说，我明天就上学校去，好好的一条裙子，他就给毁了？”

于宁耸肩，并没有和姐姐计较，把“你怎么这么啰唆”的话咽下去。

她要是顶嘴的话，又会被喋喋不休地念叨，洗个澡都不得安宁。

于诗一边骂骂咧咧，一边找东西想把口香糖弄掉。

“怎么了？”椅子前的姜禾绿看了她一眼。

“于宁的裙子上有口香糖，不知道哪个浑小子弄的。”

“给我看看。”姜禾绿接过裙子后，人也站了起来。

“直播的效果怎么样？”于诗本是随口一问，又随手翻了翻礼物榜。

看着榜上莫名多出来的几个富豪，她以为自己看错了，揉了揉眼睛。

没看错吧？！哪个大老板送了“飞机”？

这两个“飞机”就赶上她费劲地卖货两小时赚的钱了。

“这都是别人送的吗？”于诗拉住姜禾绿的手，“你和他们怎么说的？”

“就……随便聊聊啊。”

“好妹妹，一个‘飞机’就是五千块啊，你是怎么哄那些大老板的？”

姜禾绿摸了摸头发，不是很惊讶：“很难吗？”

“……当然难啊。”

之前，于诗想带着姜禾绿进入直播圈是因为她的脸蛋好看，如果业务能力强，混口饭吃没问题。然而，人家这张脸不需要特别强的业务能力就能混到饭吃，而且是山珍海味！

于诗不在的几十分钟里，姜禾绿只是露了个脸，所得的礼物流水便超过于诗了。羡慕之余，于诗更多的是高兴，连妹妹的裙子都不打算处理了。

“这个口香糖怎么弄？”姜禾绿把被扔到地上的裙子捡起来，“这条裙子可不便宜，不能随随便便丢掉吧？”

网上说把裙子放到冰箱，一夜后口香糖会脱落，不知道这个方法是真是假，她们打算试试。

“现在学校里的男孩子都这么调皮的吗？”姜禾绿感慨。

洗完澡的于宁擦着头发走出来，抱怨道：“何止是调皮，简直是烦人精。”

于诗语气恶狠狠的：“是不是经常欺负你？”

“不算欺负，就是很烦，我又没招惹他们，路过的时候非要撞我桌子什么的。”于宁耸肩，“他们都是公子哥儿，我惹不起，只能躲了。”

“公子哥儿了不起啊？明天我就告诉老师。”

“别了吧。”于宁摇头，“都是小事，告诉老师的话显得我小题大做，没准更让他们变本加厉。”

青春期的男孩多少带有叛逆捣蛋的心理，越不让做越喜欢做。

但总不能坐视不理。

“欺负你的男孩子叫什么名字？你有他的联系方式吗，我私下找他谈话还不行吗？”于诗做了让步。

“不要，你说话太凶了。”于宁白眼一翻，“我告诉阿禾姐。”

“你阿禾姐的脾气比我还差，她的温柔都是装的。”

“那也总比你装不出来好。”

眼看着两人要打起来，姜禾绿从中调节，把两人分开，三个人坐在沙发上商量对策。

不能告诉老师，但也不能不管，最好的办法就是找同学的家长聊一聊。

然而，教出调皮男孩子的家长想必也不是很好说话的主儿，大部分家长欺软怕硬，她们作为受害方，交谈的时候，语气得硬一些。

“让阿禾姐说。”于宁报出手机号码，“这是时妄的号码，他是班里最讨厌的男生。”

“失望？这名字好奇怪，哈哈哈……”于诗笑起来，“他的父母一定很失望才会取这个名字吧？”

于宁点头道：“听说他是单亲家庭。”

“怪不得脾气古怪，就知道欺负小女生。他父母应该很忙，不会教育孩子很正常。”

“和这个没关系。”姜禾绿这时插一句，“完全是监护人的责任。”

她也是单亲家庭，但是从小到大，她的性格并没有扭曲，更不会欺负弱小。

“不管是谁的责任，待会儿电话通了之后，给我狠狠地骂。”于诗愤愤道，“现在不治治他们，以后还得了，这条裙子不给个说法，我和他们没完。”

“唉，我就知道。”于宁像个大人一样，叹了口气，手心托着下颌，“幸好没给我姐，不然人家刚接电话，耳朵就震聋了。”

同学要是知道她有个脾气暴躁的姐姐，都不会和她玩了，但她心里又希望有个姐姐帮她处理这件事，毕竟，谁也不想每天多出那么多事来。

于家姐妹说着，姜禾绿已经按照所给的号码拨出去——

接通后，很快传来嘈杂的声音。

“……小少爷，有您的电话。”

“……不会是班主任的电话吧，我才不接，给我爸。”

听不清他们在说什么，姜禾绿只能“喂”了一声，提高音调。

“你好，是时妄的家长吗？”

过了会儿，那端才“嗯”了一声，声调不高，透着漫不经心。

旁边的于诗不断手舞足蹈，暗示姜禾绿最好直接把人骂一顿，不然人家欺软怕硬，没准还会变本加厉地欺负人。

姜禾绿便加重语气，直奔主题：“我听我妹妹说你儿子在学校经常欺负她，能给个说法吗？你是怎么教育孩子的？不要拿工作忙当借口，不负责任就是不负责任。”

噼里啪啦轰炸一番后，姜禾绿稍作停顿，缓一缓，准备继续说下去的时候，那端传来低沉男声：“你好。”

听出是时怀见的声音后，姜禾绿一下子沉默了。她刚才被于家两姐妹争来争去的话弄得没有集中注意力，听到“时妄”这个名字时，压根没往深处想，也没去琢磨他的姓，再加上于诗说的什么“失望”，把她的注意力都转移了。

停顿之后，姜禾绿再也没有了刚才的妙语连珠，一句话没说，像是电影里的定格片段。

于诗抬手，在姜禾绿的眼前晃悠：“姐妹，怎么了？”

姜禾绿摇头，一句话都说不出来了。

电话那端继续传来男人沉厚的嗓音：“你好，能把你刚才说的详细讲一遍吗？时妄在学校欺负女同学？”

他的口吻，听起来对这件事并不了解。正因为不了解，所以才客气地请求对方详细讲讲，受害方不讲的话，他不可能指望时妄坦诚地说出来。

姜禾绿握着手机，不知该变声还是该交给于诗，又或者继续骂下去？

自然是骂不得。她都没胆量见他，哪有勇气继续骂人。

“就是……那个……他欺负人……”姜禾绿一紧张，话都说不利落。

不知时怀见是否听出她的声音，他的态度依然客气：“他做了什么事？”

“我妹妹裙子上的口香糖，是他弄的吧？”姜禾绿轻咳了一声，退缩不得后，只能捏了个和自己平时不太像的声音，陈述道，“小孩子的事，我们不清楚，你不妨先问问你儿子。”

本来底气十足的质问突然变成不确定的试探。

好在那端的家长懂礼节，在电话里表示，如果需要赔偿的话，可以把转账方式告诉他，同时，他也会教育自己的儿子。

挂电话后，姜禾绿的小脸都白了。

“怎么回事？”于诗拍拍她的肩膀，“那家长是谁？把你吓成这个样子。”

“时怀见。”

“……”

姜禾绿后脖仰靠在沙发扶手上，满脸愁容：“为什么你们不提前告诉我？”

“不是……我也不知道啊。”于诗也蒙得很，“真的是时怀见吗？你确定你没听错？”

“没有。”

于诗便把矛头指向自己的妹妹：“你说说，到底怎么回事？”

于宁摊手，眨眼，装得比姜禾绿还要无辜：“我也不知道，时怀见是谁？时妄他爸吗？很厉害吗？”

她只知道时妄和他的几个朋友是富家公子哥儿，身上穿的没一件低于四位数，其他同学为被班主任没收的手机暗暗垂泣时，他却可以明目张胆地戴着耳机在教室里听歌。有钱有势有地位的公子哥儿他爸应该挺厉害的，但是不至于让两个姐姐惊骇成这样子吧？

姜禾绿拿了个抱枕，往自己脸上一盖。

她很想当什么事情都没发生过，心里抱着一丝他没听出她声音的希望。

如果听不出，什么事都没有。如果听出来的话，他以后会不会找她的麻烦？

说到底，她并没有做太出格的事情，应该不会被他盯上吧，顶多是印象深刻一些……

“宁宁啊。”于诗不同于刚才的态度，和姜禾绿一样改了神态，苦口婆心地劝道，“其实被人弄脏一条裙子，也不是什么大不了的事情。”

于宁幽幽地叹了口气：“你们为什么变脸变得这么快？”

“我不是怂，我是教你战略性撤退。”于诗一本正经地胡说八道，“反正时妄这个小孩，你以后少惹他。”

小孩之间的事情，没必要牵扯到大人，即使于诗很想告诉妹妹，关于外界传闻时妄他爸蹲过监狱的事情。

她可不想为一条裙子牺牲自己的前途。

于诗怂了后，姜禾绿默默地说了一句：“其实他没那么恐怖。”

——刚才说话的时候挺绅士温雅的。

之前，他帮她开车的时候，也不像传说中那样无情。不知是外面的评价过于刻薄，还是他在女孩子面前习惯伪装成这个样子。

后面几天，姜禾绿经常往医院跑，为了防止再碰见时家父子，她特意戴了口罩和墨镜。

后来，她发现是她自作多情了，那对父子并没有出现。

陪在姜父病床边时，她从小护士嘴里听了不少八卦。

护士经常讨论的是住院部那个一年到头都往医院跑的病人，那人身份来历不小，时家人常来探望。

那天是周末，非饭点，又都在高级病房这一层，姜禾绿和带孩子过来探望的时怀见想不碰面都难。

姜禾绿推测两人来探望的是时家的长辈，可能年迈体弱多病，来医院是常事，不过又听护士说不太像，那位病人长相英朗，虽然并非青年，却也是小女生憧憬的对象。

姜禾绿没兴趣过问，只想着以后再来医院，一定记得戴上口罩。

自从沈二少的新合约出现，姜禾绿好些天没听到他的消息。

最近，她想陪陪陪父亲，免得叔伯们又来打扰，不让人清净。

之前，姜禾绿闲暇时会积极地给沈二少发信息，问他吃了没，睡了没，在干吗，晚安早安地问候个不停，而他只会回一个“嗯”字。

这天，姜禾绿突然收到来自沈二少的微信问候消息："在干吗？"

网上传言，问"在干吗"的人，潜台词是"我想你"。

斟酌一番，姜禾绿并没有秒回。她翻了翻上面的消息，全是她发的，而他回的要么是"哦""好"，要么是"行""随便"。

等了五分钟，姜禾绿才慢吞吞回了一句："在医院。"

"晚上一起吃饭？"

姜禾绿回了张父亲躺在病床上输液的照片，还没表示自己真的很忙，他又回道："有很重要的事情和你说。"

应该是关于她"有幸升级为他的女朋友"这件事，以及新合约问题。姜禾绿并不想签新合约，她觉得旧合约挺好的，无拘无束，她只需要做花瓶就行。

她试探性地回复道："什么事？"

消息发出去后，石沉大海，那边没再回话。

中午，姜禾绿接到于诗的电话："绿绿，我们是不是好姐妹？是好姐妹的话，你下午帮我开个家长会。"

"谁的家长会？"

"当然是宁宁的。"

姜禾绿的心里有一种不祥的预感。

一中？家长会？于宁的班级？

这不是摆明了要和时妄的爸碰面的意思？

姜禾绿果断拒绝："不行，你让别人去吧。"

"你知道，于宁只有我这一个姐姐。"

于诗卖起惨来，讲起于宁的身世。于宁是从孤儿院抱来的孩子，上高中后，于诗的父母就没再管她，直接将她交给于诗照顾了。

讲到最后，姜禾绿服软了。

服软的原因不仅仅是于宁的身世惨，还因为她突然想起那天在电梯里，时家父子俩说的话。因为时妄成绩倒数，时怀见不愿去学校丢人现眼，再说，他这样的大老板，随便找个助理都能去代开家长会，压根用不着亲自过去。

既然如此，她去学校的话，两人应该不会碰面。

姜禾绿打了车过去。

之前，她给于宁开过一次家长会，还算有经验，一中的家长会流程是整个年级的老师和家长先去学校的会堂开集体会议，再回到教室开班级会议，个别同学的家长会被老师留下来单独教育。

过程中，除去部分学委和班长，其他学生需要在操场等待。

家长会经常逢阴天，上空灰蒙蒙的，气氛显得压抑，再加上校门口车辆不断，不断的鸣笛声惹人烦躁。

姜禾绿好不容易从人群中看到于宁的身影，她一边招手一边过去。

“阿禾姐。”于宁冲她一笑，梨涡浅浅，“我还是喜欢你帮我开家长会。”

“为什么？”

“我姐太唠叨了。”

姜禾绿笑而不语，这些年，于诗真是把自己当妈一样地养孩子了。

前几年于诗有男朋友，并且都快进入婚姻殿堂了，但是男方听说她要养妹妹，还要供其读大学后立马跑了。于诗后来便独善其身，她用自己的工资养她们姐妹绰绰有余，有男人只会惹人烦。

在于宁的带领下，她们先去会堂听年级领导和副校长讲话。

冗长的演讲后是表扬环节，公布年级前二十的同学以及进步较大的同学。

姜禾绿听得兴致索然，快要睡着了。

把这一环节挨过后，便需要回教室。

过去的时候，姜禾绿问：“我要坐到你位子上吗？”

于宁点头，又想了想，道：“随便坐吧，老师没规定。”

班级会议时间不短，除了班主任，还要主课老师发言，表扬和批评都会有。

姜禾绿还是问了于宁的位子，免得坐其他人旁边不方便。但进教室后，她发现于宁的位子被一个女家长占了，为的是和旁边的家长聊天。

别人在谈话，她不方便打断。

就在她犹豫着不知道坐哪儿时，门口风风火火来了几个小子。

“老时，你喜欢坐前面还是后面？”

“……”

“好了，我知道你喜欢坐后面。”少年大摇大摆，走路带风，上前领路。

后面是和少年截然不同风格的成熟男人，在一群叽叽喳喳的家长中，他的寡言和沉默反而成为不可忽略的点。

注意到他沉静的目光，姜禾绿很不自在地转过身，抬头去看贴在墙上的班级成绩单，假装自己并未看见他。

“姜小姐。”时怀见出声。

沉默片刻，姜禾绿知道自己避无可避，只能转过头，似乎很惊讶的样子，笑得勉强又生硬：“好巧啊……”

又碰面了，不是说不来开家长会吗？你们男人骗人果然全凭一张嘴！

高中班级里，一半的家长都是四十岁左右，只有时怀见年纪轻轻，儿子便上了高中。不论是传闻还是已知的信息，姜禾绿都并不想招惹他，客气一笑后便要走。

男人不急不缓地跟过去：“我有事找你。”

“什么？”她再回头，小脸又白了一片。

“于宁是你妹妹，对吧？”他有条不紊地陈述事实，“之前我和时妄沟通过，他承认他确实有欺负女同学的行为，我对他进行教育的同时，也希望能给受害方一些补偿。”

时怀见说这话的时候，时妄便在不远处看着。他的嘴里嚼着口香糖，一只耳朵里塞着耳机，样子不正经，看他们的眼神也不正经。

按照时妄平日里对老时的了解，他不像是那种“因为儿子闯祸就亲自来学校开家长会并且给对方补偿”的闲人。

以往，他能让他助理来开家长会就算不错的了，之前最敷衍的一次，是干脆叫家里的司机来，反正老师既不会表扬也不会太批评这样的孩子。

“看什么呢？”旁边的男同学捅了下时妄的胳膊。

“你们说，一个三十岁的男人，喜欢一个女的是什么样子的？”时妄正儿八经地问。

“跟我们一样呗，表白，送花，请吃饭。”

“我觉得不太可能。”

时妄最终得出结论，他这个爹十分闷骚，哪怕真有不好的想法，显露于形的只会是客客气气的态度，旁人肯定猜不透。

早知这样，他就不闯祸了，还能让老时给人家留下一个好印象。

第二章 您是个好人

姜禾绿的脑子晕晕的。

她不是于宁的家长，对方提出赔偿，她需要向于诗请示到底如何解决，但于诗在忙，一直没回消息，于是，姜禾绿只能先和时怀见交换联系方式。

和那晚拨的号码不同，今天她存的时怀见的号码有五个连号。

学生们都被撵去操场上玩了，走廊上人员稀少，还没等到于诗消息的姜禾绿决定先进教室。她来得迟，教室的椅子基本坐满了人。

家长们和学生一样，老师没来就都在说话。

姜禾绿穿过走道，硬着头皮寻找位子。

最后面有好几个空位，但是时怀见也坐在那里。

他正在看时妄的考试试卷，神情专注认真，依然一身正装，不过没打领带，薄款外套被随意挂在椅背上，白色衬衫的袖口往上挽起，拿试卷时，腕部刚硬的线条被完美勾勒出。男人的手生得修长好看，指甲干净整齐，让人很容易联想到这只手在办公室握着碳素笔签字的情景。

姜禾绿无路可走。她都走到后面了，难不成还要往前走一圈，去另一条道上再看看有没有座位？她尴尬的不是当着这么多家长的面来回转悠找位子，而是找完一圈后，发现能坐的只有时怀见附近。

她挑了个离他有间隔过道的位子坐下。

隔着衣裙，屁股碰着椅子的时候，她的心中闪过不好的念头。

椅子上有水，不知道是哪个调皮的男生干的——太倒霉了。

她环顾四周，发现没有可求助的人。她只能拿出纸巾，重新垫在椅子上。

整理好这些后，她余光一瞥，发现时怀见蹙眉看着她。

“有……有事吗？”她问。

“我以为你会坐在我这边。”

姜禾绿的脸上火辣辣的。

她听出他话中的意思：宁愿坐有水的椅子，也不愿意坐在我旁边？

看她难堪尴尬的模样，“还怕我吃了你不成”这话被时怀见从唇齿间去掉，免得再吓着她。时怀见坐的是时妄的位子，可以看考试试卷。

姜禾绿坐在别人的座位上，什么也看不了，只能在不弄乱别人书的情况下随便拿起桌上的一本语文课本，装模作样地看起来。她的目光时不时地瞥向窗外，看看老师过来了没有。

旁边，已经看完试卷的男人突然开口：“语文书好看吗？”

姜禾绿愣了愣，点头：“好看。”

“好看也不能倒着看。”

她低头一看，果然是倒过来的。尴尬到极致。她红着脸把书转回来。

太难为情了——于诗这个浑蛋！

“你在沈二少面前也这样吗？”时怀见又不温不淡地问。

可能是因为在教室，也可能是因为他现在的样子高高在上，姜禾绿感觉自己像个被老师找来谈话的学生。她鼓起勇气问：“哪样？”

“胆小。”

“没有，我只是……”——只是怕你。

她梦中的沈西成是任由她捉弄的小狗，而时怀见到了她梦里，就变成了用锁链囚禁她的大坏蛋。谁能不怕？

好在这人有点儿自知之明，没继续刁难她。

很快，家长会结束了。

姜禾绿一起身，差点儿忘记自己的裙子后面湿了一大片。

要是被人看见的话，还以为是她尿湿的。

在其他家长都准备离开的时候，她只能再次坐下来。

要是有一件外套帮她挡一挡就好了，可惜……

就在姜禾绿沮丧之际，她看见走到门口的时怀见的臂弯间挂有一件薄外套。他是她在教室里唯一认识的人，如果开口的话只能找他，但她没这个勇气。

她眼巴巴地望了会儿，最终只能任由他离开。

姜禾绿环顾四周，发现没有可以求助的对象。她趴在桌面上，两腮鼓成小青蛙，沮丧又懊恼，心想，要是自己坐下之前注意点儿就好了。

这时，窗口闪过一个少年身影，他迈着慢悠悠的步伐走过来，将一件男人的外套往姜禾绿面前一丢。她抬头，蒙蒙地看着他："你这是……"

"老时给你的。"

时怀见给她的？她下意识地抬头去看外面，却没看见他的踪影。

真是他给的吗？

"不用。"姜禾绿摇头，不太好意思收下。

"拿着吧。"少年把外套硬塞到她怀里，不忘添油加醋地说，"你跟他客气，他还以为你在玩欲擒故纵。"

直到少年跑开，姜禾绿的大脑仍然转不过弯来。

明明做了一件好事，从时妄的嘴里说出来，却感觉怪怪的。

可能这小孩就是这德行吧。难道，她还指望一个往女孩子裙子上粘口香糖的男生做出什么成熟的事情吗？

姜禾绿低头望了一眼怀里的西装外套，做工细致精湛，她本以为会多少带点儿烟味，然而并没有，衣服熨帖整齐，干净得像是新的。外套足够长，遮住她的臀部绰绰有余。

姜禾绿没犹豫太久，就选择把衣服披在身上。她打算先找于宁，问问有没有校服，不然，披着男人的衣服，她也不习惯。

离开教室后，于诗的电话回拨过来。

"绿绿，你没听错吧，时怀见真的要给我们赔偿吗？"

经过家长会上的一系列事情，姜禾绿的心很累，有气无力地说："你还是早点儿给个结果吧，我可不想和他们有更多的牵扯。"

"我暂时还没想好。"

"只是一条裙子，用得着想那么久吗？"

"这不是裙子的事，还有精神损失费。时家是大户人家，他们既然爽快地答应给赔偿，我不多要一点儿，对得起于宁这段时间受过的欺负吗？"

话说得虽然在理，但因为对方态度爽快就强行多要钱的话，未免过于市侩。

想到于诗这些年养妹妹也不容易，大晚上做主播，白天商谈，有的时候还需要自己跑档口，忙碌那么久，只是希望生活过得好一点儿，姜禾绿问道：“那好吧，你想要多少？”

“一百块。”

“……”

“是不是多了？我不知道精神损失费是怎么算的。”于诗想了想，道，“实在不行就五十块吧，那条裙子刚好一百五块，凑个两百整。”

姜禾绿失笑：“行。”

她还以为于诗会要个七万八万的，气势那么浩荡，结果开口就是“一百块”。

知道赔偿数后，姜禾绿握着手机，打算联系时怀见说赔偿的事，然而，她看了看自己身上的外套，不禁犹豫起来。

她不是很想正面面对他，现在有点儿晚了，再过一个多小时就是饭点，他要是为表歉意提出请客吃饭怎么办？

左思右想后，姜禾绿还是决定算了，她只想离他远些。

校门口的人群中，于宁站在保安室外面朝姜禾绿招手：“阿禾姐，这边。”

姜禾绿拨开人群，抬头望望天，随口问：“今天会下雨吗？”

“可能。”话音刚落，她们便感觉到了雨滴。

姜禾绿摸了摸自己的嘴，真是乌鸦嘴，说什么来什么。

“对了，你有没有校服？”姜禾绿问，“我的裙子刚才不小心弄湿了。”

“我的校服在教室里。”于宁耸肩，“你身上不是有外套吗？”

“是别人的。”

“哇？哪个帅哥哥给的吗？”

“不是。”姜禾绿否认了，心想，总不能说是时妄给的。

“长得漂亮就是好，走到哪里都有人伸手帮忙。”

于宁自顾自说着，没有帮姜禾绿拿校服的意思，一来是因为她身上有一件，二来是这时候教室的门可能都关了，很有可能白跑一趟。

“去坐车吧。”姜禾绿不再纠结衣服了。

刚才只是飘落小雨，逐渐地，雨势大起来。

家长会刚结束，流动人员不少，公交站周围站满了家长和学生。

因为学校附近停车位不够，姜禾绿没有开车过来，现在看着毛毛细雨和拥挤的人群，她有些后悔。

第一班公交过来时，她和于宁没抢过其他学生和家长，附近的出租车也被家长们拦得差不多了。

“要是有顺风车就好了。”于宁轻声感慨，“阿禾姐，你怎么没开车？”

“车技不好，不会停车。”姜禾绿讪笑着道。她没有别人见缝插针的停车本事，去停车的时候，得有两辆车的空隙才够她停的。

继续等第二班公交时，姜禾绿接到了沈西成的电话。

她怕在孩子面前影响不好，于是稍微侧过身接听。

“在哪儿？”

“在校门口等车呢。”姜禾绿放轻声音，“刚刚帮朋友的妹妹开完家长会。”

“我去接你。”

“可是……”

“阿禾，我们该谈谈合约的事情。”

姜禾绿沉默了。她还没想好拒绝新合约的措辞，他已经急不可耐了。

如果按照她对父亲撒谎的那般就好了，沈西成有颜值、有身材、有家世，追求对象都快挤垮他家的门槛了，这样的男人，很难不让人喜欢。

但她始终对那些人不感兴趣，她讨厌这种高高在上的男人。

时怀见不论地位和身份都比他高出不少，人家却一点儿架子都没有，抽烟都是去外面抽的。

突然想到时怀见，姜禾绿的神色一滞。

迟疑的时间里，沈西成不容她拒绝地挂断了电话。

姜禾绿别无他法，只能等他来接自己。她很清楚，以自己如今的处境，现在根本不是挑挑拣拣的时候，目前能帮到姜氏，且要求不高的人寥寥无几，沈西成除了性格讨人嫌，其他方面都算是拔尖的。

第二班公交车来后，于宁赶紧挤了上去，见姜禾绿没跟上，回头朝她看了一眼。

“待会儿有人来接我，你先走吧。”姜禾绿招手，让于宁先走。

陆续有其他路的公交驶来，把公交站的家长们带走了一多半。

不远处，有一辆低调的黑色迈巴赫驶出来。

之所以形容低调，是和时怀见之前的车相比。

从敞开的车后座里，姜禾绿看见了时妄颇为帅气的侧颜。

他和他爸长得并不像，二者的行事风格也截然不同，他可能更像他妈。

姜禾绿不想操心别人的家务事，随后收敛目光，看向别处。

她刻意避开他，迈巴赫反而开了过来。

很快，少年不着调的声音响起：“穿裙子的漂亮姐姐，送你一程？”

这周围，只有姜禾绿穿着裙子。

她只好转过身，勉强一笑，摆手道：“不了，我等人来接我。”

少年似乎有点儿失望，朝前面的男人说了几句话。

没载上人，车子没多作逗留。

走之后，时妄不忘朝后面多看了几眼：“这姐姐长得真的不错啊。老时，你别的不行，眼光倒还可以。”

时怀见沉声道：“你每天不学习，净操心这些事？”

少年不以为意地吐了吐舌头：“我这不是为你着想吗？你一把岁数了，身边连个女的都没有，不知道的人还以为你深爱着亡妻呢。”

“哪儿来的亡妻？”

“我妈啊。”时妄还是那般不正经模样，吹了声口哨，“她不是死了吗？”

反正没人告诉他关于生母的任何信息，他索性认为她死了。

时怀见对他的激将法并不在意，只吩咐司机先送他去商厦。

雨势越来越大，几十年车龄的司机都不得不放慢了车速。

秘书早已等候多时，看到车子过来，忙带人过去迎接。

“老时，加油哦。”车内，时妄朝时怀见比了个大拇指。

秘书见了，不知所云了一番后，还是给予了小少爷夸赞，心想，孩子大了，都知道给父亲工作上的鼓励了。

时怀见下车后，理了理衣袖：“别理他，说正事。”

当天的正事是关于一个还算不错的外贸单子，不过中途被人截和了，秘书简单做了叙述。

“不知道是谁把消息泄露出去了，本来我们和负责人约好了谈判，诚兴突然横插一脚，老总亲自上阵去接人了。”

“沈西成？”

“对，他下午刚得知消息。”秘书想了想，又问，“我们要不要过去？”

在报价都很可观的情况下，哪家公司拿出的诚意越大，胜算便越大，老总亲自来接待，必然比手下人招待要郑重得多。

根据秘书的陈述，沈西成是下午突然得知对方总裁喜欢泡温泉的事情，他便推开了所有行程，火急火燎地赶了过去。

时怀见掐灭了指间本来燃着的烟蒂，道："现在过去。"

温泉馆位于风景区，离市中心颇远。

车子本来可以就近上高速，半路，男人却突然开口："去学校看一下。"

学校？小少爷不是被接回来了吗？为什么还要去学校？

时怀见并没有多做解释，他的眸间漾起不知名的情绪。

上司没有解释的意思，秘书也不敢多问，只得多绕几分钟的路程，朝学校驶去。

雨飘忽地下了一个多小时，雨量不减。姜禾绿在公交站的边角上站着，以防雨水打湿她身上的衣服。她的小腿和脚踝处已经被淋湿了，凉凉的一片。

她握着手机，时不时环顾四周。

沈西成在电话里说好来接她，等了这么久，却依然不见人影。

她再一次被放了鸽子。她给他打过电话，但他没有接听，第二个电话拨出去后，甚至直接被他挂断了。姜禾绿猜到他在忙，可再忙也应该提前和她说一声吧，让她知道该不该继续等。

姜禾绿鼓起勇气给沈西成发了一条消息："你什么时候过来？"

她本来想加个表情的，手却僵硬得厉害，忘记加上表情便发了。

五分钟后，那边回道："抱歉，忙得把你忘了，你再等等。"

这几个字如同命令，姜禾绿攥紧了手。

天色渐晚，风雨交加，双脚站僵了的姜禾绿没有再等下去，用手机编辑道："我先走了，你忙你的吧。"

消息还没发出去，前方突然停下了一辆车。

她本以为是沈西成来了，然而定睛看去，才发现是时怀见的车。

全城找不到第二辆这样的劳斯莱斯，不用想她都知道是谁的车。

走过来的是时怀见的秘书小李，他穿着一身规矩的正装，脚步匆忙，来到她面前后颔首："姜小姐，时总请您上车。"

姜禾绿下意识地抬头去看车的后座。

侧窗紧闭，窗户是单向的，加上视野不好，她并不能看清里面的男人在干什么，为什么会开车来接她。

“这附近不能停车。”秘书再次出声提醒，“姜小姐尽快走吧。”

这句话是出于公德心，但姜禾绿总觉得对方似乎在胁迫她，有一种这车继续占用公共资源也是因为她的意思。

她只能跟在秘书的后面过去。她本以为开的是副驾驶座一侧的车门，秘书却替她打开了后座的车门，意味着她要和时怀见坐在一起。

姜禾绿硬着头皮上了车，合上门，就听见外头的雨声。

她的膝盖以下都被雨水打湿了，上半身沾着雾气，怀里的西装外套反而和之前一样干净整洁。为了防止弄皱，她把外套脱下来重新拢了拢。

前方开车的秘书并没有问她去哪儿，继续开着车。

沉静下来后，围绕在周身的只剩下尴尬。

姜禾绿的余光看向旁边坐着的男人，他比她从容得多，并没有提自己的车为什么会路过学校，再顺便捎她一程，也没提接下来要去哪儿。

看得久了，姜禾绿发现这人不论是从面相还是从气度来说，都比沈西成高上好几级。从侧颜来看，男人的嘴唇偏薄，鼻梁高挺，下颌的弧度近乎完美，这样的脸，哪怕在娱乐圈也可以吃得很开。

时怀见双眸微合，似在休憩，视野却没有完全封闭，察觉到姜禾绿的打量后，不温不火地开腔：“在看什么？”

姜禾绿的脸上一热，立刻偏过头，像是做了坏事的小猫，着急溜走。

得亏于他的开口，姜禾绿尴尬了一会儿后，手脚反而放得开了，慢吞吞地道：“今天，谢谢你。”

时怀见侧眸，比她偷看他时肆意张扬得多，狭长眼角挑出散漫的弧度，明知故问道：“谢我什么？”

他嗓音醇厚，带有蛊惑之意，明明问得不正经，听起来倒真像那么回事。

姜禾绿说不出具体的事来，只问道：“你经常做这些好事吗？”

比如给女孩子外套；比如送女孩子回家。

时怀见否认得果断：“不是。”

“噢。”她揣着疑惑，“那为什么你明明离开了学校又回来了？”

“见客户。”他微顿，“碰巧看见你还在。”

“那确实挺巧的。”姜禾绿怪难为情的。

她说自己在等人，他应该不难猜出在等谁，结果等了这么长时间，连一个人影都没见到，人家都把儿子接走了，回来后看到她还在那里等着。

都要怪沈西成，只知道出尔反尔，让她一次又一次地失望。

前方的秘书识趣地保持沉默。

只有他知道，见客户和去学校并不顺路，而且不走高速，“碰巧”路过，相当于兜了一圈，浪费了不少于十分钟的时间。

要说时总是在追女人吧，看着又不太像。

这种事分明可以直接说，为什么要嘴硬呢？

上司的事，猜不着摸不透，做下属的也不方便多问。

姜禾绿看着车子离开市中心，行驶在新的道路上，弱弱地开口问：“我们这是去哪儿？”

“温泉馆。”时怀见回答，“刚刚淋过雨了，不妨去泡一泡，你觉得如何？”

他还挺为人着想。

“我都可以，谢谢。”姜禾绿知道他们赶时间，捎自己一程已经是帮忙了，她不方便提出送她回家的要求，想了想，下雨天去泡个温泉，确实惬意舒适。

半路，姜禾绿接到沈西成的电话。

他到现在才想起她来？

姜禾绿迟疑了几秒，没有接，把手机调成了静音模式。

见她没接，时怀见淡声发问：“谁打来的？”

姜禾绿脱口而出：“沈二狗。”

姜禾绿激灵了一下，差点儿跳起来。完了，她刚才在外人面前骂沈二少是狗？他不会告状吧？他应该没听清吧？

“我是说，沈二少……”姜禾绿表情僵硬，试图解释。

“我知道。”时怀见像是已经见识过这样的“大风大浪”。

一心只想钻地缝的姜禾绿默默地侧过身，紧闭双唇，不打算再开口说话。

目的地是一片风景区。温泉馆新开张没多久，内外的装潢设施偏日系，周围被壮美山峦包围，上方时不时传来飞鸟低鸣，不知道是不是下雨的缘故，进去后便闻到了檀木香气。

外厅，姜禾绿在两个服务生的引导下挑选温泉房间。

身后，突然传来惊讶的男声：“姜小姐？”

姜禾绿应声抬头。这不是沈西成的助理吗？他怎么在这里？

“姜小姐在这里做什么？”沈西成的助理同样意外，“来找二少吗？”

“我……只是碰巧路过。”姜禾绿总不能说自己是跟着时怀见过来的，犹豫几秒，她解释道，“我不知道你们在这里。”

——她要是知道他在这里的话，十头牛都不可能把她拉过来。

“二少刚才紧急见了个客户，忙得很，可能没能顾及你。”助理见她面色难堪，便解释起沈西成放鸽子的事。

这个理由并不能让姜禾绿释怀，再忙也可以给她发条消息。

说到底，沈西成还是没把她放在心上。

“对了，姜小姐。”助理突然想到什么，“上次给您的合约还有些漏洞，二少让我补充了一些新内容，您现在看看吧？”

“现在？”

“是的，争取今天签下来。”助理从手下那里拿过协议，然后递给姜禾绿。

新协议补充的内容是对姜禾绿以后生活的约束，譬如多久去一次沈家，晚上不得超过时间回家……越看，她的身子越冷。

太恶心人了。

“沈二……”她硬生生地把后面的“狗”字去掉，“二少他想得可真周到。”

他竟然连她的裙子最短只能多短都想到了！

助理以为她真的是在夸赞，笑着道：“他希望姜小姐可以成为一个合格的女朋友。”

“替我转告他，这份寄望留给别人吧。我不想做他的女朋友。”

这次，姜禾绿对沈西成彻底失望了。

她知道，自己在沈西成眼里连个正常的女伴都不算，就算她成了他的女朋友，或者有幸升级为了沈太太，以后的日子还不知道有多难过。

姜禾绿的拒绝完全出乎意料。

助理劝道：“姜小姐要是有什么不满意的地方，可以提出来……”

“不用提，我不签。”

“那你可以先去见见二少，他今天真不是故意放你鸽子的。”

“也不想见。”姜禾绿语气坚定，态度冷淡，说完就走。

助理不知所措。这让他怎么给沈二少交代？

助理忙喊道："姜小姐，你别走，再等等，二少很快就会过来……"

闻言，姜禾绿毫不犹豫地加快了步伐。刚刚在雨里等了他那么久，他居然还要她等？她一点儿都不想见沈西成这个出尔反尔的家伙。

助理怕她走远，不得不派身边两个手下去追人："快点儿，把姜小姐追回来。"温泉馆不大，一个女人，再跑也跑不到哪里去。

姜禾绿的步伐太快，一个用力过猛，经过柜台的时候差点儿撞上人。

她匆忙道歉，抬眸却发现对面是熟人。

和秘书说话的时怀见看见她，蹙眉问："跑什么？"

姜禾绿如同抓住救命稻草般，她往他身后躲，小声告状："有人欺负我。"

"谁？"男人话音刚落，便见沈西成的助理和两个手下追过来。

助理一只手拿着合约，一只手拿着笔，本来想和姜禾绿说话，却发现时怀见也在，立刻规规矩矩地叫了声"时总"。

姜禾绿攥紧男人的衣边，像只小猫咪："就是他们欺负人。"

"姜小姐，我们没有欺负你。"助理辩解道，"我只是想带你去见沈二少。"

"可我说了我不想见。"

助理本想带人追到姜禾绿后劝她去见沈二少，把事情说清楚，可此时站在她旁边的男人是谁都惹不起的角色。

僵持几秒后，时怀见开口："她都说不想见了，你们还在这里做什么？"

助理赔笑道："时总，我们没别的意思，只是想……"

"想强行带她走？"他声调不高，却极具威严性。

对上男人冷厉的眼神，助理胆战心惊，慢吞吞地回答："不、不敢想……"

"那就离她远点儿。"

助理不敢造次，为难地解释："但是二少那边，我没法交代……"

"沈西成要是问起的话。"微顿，时怀见看了一眼身后的女孩，"就说是我把她带走了。"

话虽这么说，但时怀见并没有对姜禾绿做什么，比起潜台词里的占有欲，呈现在表面的只有绅士与呵护。她不需要怕别人，只要站在他身后就够了。

仅一瞬间，姜禾绿的心跳仿佛停止了，原本捏着他衣角的手逐渐放开，好似很安心，又逐渐不安起来。

现场有了短暂的寂静，沈西成的助理面露难色。

要怪还是怪他们太鲁莽，让姜禾绿看起来像个受害者，以至于时怀见路见不平，拔刀相助。处于尴尬处境的同时，助理心底隐隐担忧，他该怎么和沈二少解释？难不成真按照时怀见所说的那般？

担心惹时怀见动怒，助理一边道歉，一边灰溜溜地离开了。

他们走后，姜禾绿以为时怀见会问她为什么会发生这些事，然而并没有。

他一个字都没问，只说道："去选房间，马上到晚餐时间了。"

"……好。"

姜禾绿心存顾虑，随便挑了个房间，打算去前台付款，收银员小姐却表示已经把她的账单划到了别人的账上。

不难猜到划账的人是时怀见。

现在都流行做好事不留名了吗？不管怎样，她得和人家说声谢谢。

晚间，老板给客人供应中日式高端自助餐。

温泉馆老板是个去日本留过学的中国人，喜爱雅静，因此，大人带着哭闹的小孩，或者不分公共场合亲热的情侣是不会出现的。

姜禾绿去自助餐厅的时候，时怀见两边已经坐了人，是跟随他的下属，几人在交谈商务，她想和他说声谢谢都不容易。

她在他对面的桌边坐下，用芥末酱在瓷盘上写字，然后举给他看：3Q。

这两个字甚是可爱。

发现他在看后，姜禾绿舒了口气。等他周边的人走后，她献殷勤似的拿了些美食送到他面前："时总，刚才谢谢您。"

一个老总来吃自助餐，身边不缺人给他拿食物，为承这份情，他没拒绝姜禾绿，吃了口鳗鱼，轻飘飘地问道："不怕我了？"

正在喝汤的姜禾绿差点儿噎住。

他是怎么看出来她一直怕他的？她表现得很明显吗？

"您这么温柔，我怎么会怕您呢？"她打着哈哈，笑得有几分假，"像你这样的正人君子，就算听到别人的悄悄话也不会告状的，对吧？"

时怀见对她扣的大帽子不置一词。

没多久，自助餐厅又来人了——是沈西成和他带的人。

进来后，他便和时怀见打了个招呼，态度不卑不亢。

生意场上的话多半信不得，他们表面上套着近乎，背地里不乏竞争。

招呼完后，沈西成又走向姜禾绿。

“阿禾，”他亲昵地叫着她的名字，“助理把刚才的事情和我说了。”

姜禾绿轻咬着勺子，一动不动。另一张桌边的时怀见和她几乎保持一个动作，两人都是刚才事件里的主角，都默契地选择避过话题。

“我知道你是因为我今天爽约才怪罪我的。”沈西成像是很有自知之明，“我很抱歉，今天事出有因，以后我们在一起的时候，我会尽量照顾到你。”

“他是不是没和你说明白？我不想做你的女朋友。”姜禾绿语气柔和，却也坚定，“不仅仅因为你爽约，更是觉得你不尊重我。”

“我的错，以后会注意的。”沈西成抬手，从她的发梢上拂过，“对不起。”

他从前从未这样纡尊降贵过，这样不分是非地揽错道歉是前所未有的，仿佛他真的是千古罪人。

姜禾绿微愣。

她的脑子里仿佛有光明和黑暗两个小人。

光明的小人告诉她，沈西成从未在乎过她，还用那样的合约羞辱她。

黑暗的小人又挑拨离间，说沈西成不是坏人，他确实是因为忙才没有去接她，至于那种合约，正所谓有得必有失，她既然能拿到双倍报酬，遵守那些要求又算得了什么，她不答应，也有的是女孩子答应。

最终，两个小人谁都没战胜谁。

姜禾绿没有轻易原谅，说了句“我吃好了”，便起身离开了。

她一走，沈西成脸上的宠溺表情顿时消失得无影无踪。

他没有入座，挺立地站在那里，离时怀见不远不近，声调也不高不低：“我以前怎么没发现，原来时总是个喜欢撬墙脚的人。”

俨然，助理把事情全告诉他了，其中应该不乏添油加醋的内容，把他没让姜禾绿签合同的责任全怪罪到了时怀见身上。

“生意谈得怎么样？”时怀见没接话题，而是挑开问题。

“还不错，毕竟是从你手里抢过来的。”沈西成淡笑，“岔开话题应该不是时总的风范。”他大有一副“我能抢你的单子，但你不能撬我的墙脚”的意思，妄图占领上风。

时怀见始终不慌不忙，把一盘精致的料理往前一推，唇际弧度渐深：“坐下来，边吃边谈。”不等沈西成回应，他又说，“毕竟是她亲自选的菜，味道应该不错。”这句话把两人之间的无硝烟斗争拉到了极致。

沈西成握紧拳头。他不在的时间里，姜禾绿都帮其他男人拿菜了？

“时总，跟你说句实在话。”沈西成的话语里有些气急败坏的恶毒，“阿禾的胆子小，她要是知道你以前的那些事，怕是连看都不愿意看你一眼。有勾搭小姑娘的时间，不如好好管管自己的儿子。”

揭人老底未免过于阴暗。

时怀见挑眉，递了个意味深长的目光：“我不是正在管？”

许久，沈西成才反应过来他的意思。然而，对方轻笑一声，起身离座。

夜渐渐深了，外头的雨势趋停。

饭后，姜禾绿在服务员的带领下来到包厢，准备泡温泉。

这间包厢的外景不错，隔着玻璃，远观是山峦，近看有花木，夜色朦胧，挂在屋檐下的古典灯饰散发着昏暗的光，透着朦胧的美。

还是一个人清静。

姜禾绿在池子里泡了二十分钟后，外面突然传来推门声。

姜禾绿小心翼翼地从泉水里出来，踩在鹅卵石上，拿起架子上的浴巾，借着门缝朝外面偷瞄一眼。

男人背影挺括，手握手机，在用英文通话。

姜禾绿头一次看见时怀见这么严厉的样子。不对，她现在的关注点是这个吗？她明明该关注他为什么会出现在她的房间里。

姜禾绿一个激灵，手挨到了门把，“咣当”一声，门被拉开了。

不远处，站在灯下的男人朝她看了一眼，姜禾绿被他盯得发毛，说话吞吞吐吐起来：“那个……这是我的房间……你为什么会在这里？”

时怀见眉尖微蹙，似乎不太相信。

“虽然我知道我们最近碰面比较频繁，你可能对我有那么一点点的兴趣，但是大可不必用这种走错房间的戏码来引起我的注意……”姜禾绿越说越小声，因为她发现他看自己的眼神带有明显的笑意。

是赤裸裸的嘲笑。

这人也太不要脸了吧？一边占用她的房间，一边还笑她。

“你笑什么？”姜禾绿忍不住问。

“姜小姐，”时怀见态度客气，“这是我的房间。”

“怎么可能？服务员小姐亲自领我过来的，还能有错吗？“你是一个人来的吧？这地方错综复杂，你找错房间很正常，情有可原，知错能改就行。”

时怀见慢条斯理地解着领带，并没有理解她说的“知错能改”的意思。看样子，他是不打算把房间让给她了。

这里视野很不错，他不想让很正常，就怕他惦记的是其他的东西。

“时先生，”姜禾绿在不造次的范围内尽量心平气和地解释，“您是文化人，应该知道什么叫作鸠占鹊巢吧？要不我给您解释一下？”

强占别人的住屋，一律归为鸠占鹊巢。

不等姜禾绿用语文老师的口吻给他好好上一课，外面就传来了敲门声。

服务员急急忙忙地进来，又是低头鞠躬，又是赔礼道歉。

姜禾绿拢了拢浴巾：“怎么了？”

“姜小姐，不好意思，我给带错房间了。”服务员羞愧道，“您的房间在对面。实在不好意思，我现在带您过去吧。”

姜禾绿差点儿没喘上气来。

她慢慢用余光瞟了一眼坐在桌边慢条斯理喝茶的男人。

局面扭转后，他依然不慌不忙，气定神闲。

“好……我现在就走。”姜禾绿尾音颤抖，紧张得不得了。

身后，传来杯底叩桌的声响。

“走什么？”时怀见语调温淡，“不是要给我解释什么叫作鸠占鹊巢吗？”

他的脸色正经，话也说得严肃，听到耳朵里却不是味儿。

瞧着姜禾绿泛红的小脸蛋，时怀见没忍心继续说下去。等包厢的门关上后，他才瞥见温泉室的门敞着，目光所及之处是一堆女人的衣服。

从外头的走廊里看，这样的日式包间构造，每一节都设计得差不多，别说客人，服务员都很容易搞乱，老板不想破坏整体装修风格，勉强答应在门口设块牌子，结果牌子是木刻的，浅淡的字眼仿佛生怕别人认出来。

“实在不好意思。”服务员又是低头鞠躬，又是连声道歉。

出了这样的差池，服务员得负全责，好在没酿成大事故。

姜禾绿像只鬼鬼祟祟的仓鼠，左看看右望望，确定没人注意到自己的窘样后，慢慢跟随服务员来到自己的房间。在封闭的包厢里，她双脚踩在榻榻米上，心里总算安定不少。

"你们上岗之前都不培训的吗？"姜禾绿忍不住问。

倒不是责怪，她是真的好奇。

服务员满脸难色："对不起，我们老板有时候都会弄错。"

服务员帮姜禾绿从柜子里拿出床套、被枕，准备让她休息。

姜禾绿坐在蒲团上，思考许久，总感觉有什么东西忘了，低头看到自己身上的浴巾和泳衣时，她明白了——她的衣服落在原先的房间里了。

姜禾绿再次蹑手蹑脚地来到门口，透过门缝看了看，发现没人后，她的脚步放得更轻，然后来到对门轻轻敲了敲。

"姜小姐？"身后的服务员突然喊道。

"我的东西落在了这间房。"姜禾绿苦着小脸，"你帮我取一下？"

"啊……好的。"

"算了，还是我自己拿吧。"

如果只是普通衣物的话，让别人拿就算了，但还有私密的衣裤。

等等——私密的？

一想到被男人看见这一幕，姜禾绿想死的心都有了。

她没有再敲门，"哗啦"一下，像个女强盗一样把门拉开了。

这一刻，她没想太多。看见时怀见还保持着刚才的姿势在看邮件，并没有去温泉室，她顿时放松了下来。

"你先走吧。"姜禾绿回头对服务员说道，"今晚的事，和谁都不要说。"

"好的。"服务员自己做错了事，哪敢对外声张。

把外人叫走后，房间里再次只剩他们两人。

不管男人此时看她的眼神有多玩味，她不得不硬着头皮过去："打扰了，我拿一下东西。"

还好他没去泡温泉，可能是想等温泉水自动更换后再用吧。

姜禾绿把衣物都收拾好，抱在怀里，慢吞吞地往前挪步。时怀见在客室，她出门的话必然要经过，不打招呼就走的话显得她很没礼貌。于是，抱着一堆衣服的姜禾绿一边走，一边侧首，还不忘朝男人笑："我走了。"

这模样，怎么像是当着主人的面偷东西的贼，走的时候还说再见？

时怀见的目光逗留在她的身上，心不在焉地打量着她。

她半扎的头发垂落至肩膀，光滑白皙的肩头和黑亮的头发形成鲜明对比，抬眸时，她的眼底仿佛盈着细碎的光，身上裹着浴巾，很难不引起男人的视觉反应。

他敛眸，眼底清明，似乎无波无澜。

姜禾绿本想潇潇洒洒地离开，不留下一点儿云彩，奈何她怀里的衣服不作美，快到门边的时候，“吧嗒”一声——粉白色的内衣掉了出来。

姜禾绿低头，内心像有原子弹爆炸。

她还能再窘一点儿吗？

“不好意思。”姜禾绿仓促地道歉，蹲下身子，好不容易伸出一只手，刚把内衣捡起来，怀里的裙子又因为她的弯身而掉落在地，她像是捡了芝麻丢了西瓜的小猴子。

再捡的话，估计就……姜禾绿满脸愁容，不知道该继续蹲下来，还是先抱紧怀里的衣服再蹲下来，免得又掉东西。

这时，男人修长的手指映入眼帘，紧接着，裙子轻飘飘地落在她怀里。

姜禾绿的视线上移，时怀见就在眼前。

他帮她捡起来了，动作没有半点儿不顺，自然得好像这不算什么。

她一句话都不想再说，耷拉着脑袋，看看门，发现自己抽不出手开门后，又求救似的看向时怀见。

时怀见准备开门的时候，听见外面突然传来脚步声，他的手微顿。

是沈西成的声音，他在叫姜禾绿。服务员的话说得不错，这里的包厢过于复杂，确实不容易辨认，沈西成也找了好半天。

姜禾绿见时怀见不动，想自己想办法开门时，却被他按住了腕部。

她抬头：“怎么了？”

“你现在出去，是想告诉沈西成，你刚才是和我一起泡的温泉？”

她低头看看自己，发现身上裹的是浴巾，头发根还湿漉漉的，跟偷情女一模一样。外面的动静越来越近，姜禾绿慌了。

要是被沈二狗发现的话，不会认为她不想签协议是因为外面有人了吧？不行，她保持这么多年的清白名声不能毁于一旦。

“完了，他不会来找你吧？”姜禾绿压低声音，“我要不要躲起来？”

——躲起来更像偷情。

时怀见：“他大半夜找我做什么？”

姜禾绿："男人之间的事情，我怎么知道？！"

她顾不上那么多，收拾了自己的东西，二话不说地躲进温泉室。

她的身影消失没几秒，敲门声紧接着响起。

沈西成还真的来找时怀见了？

客室，面对不请自来的客人，时怀见没有热情招待。

沈西成不跟他客气，笑容虚得很："我本来想去找阿禾的，想到她睡得早，就算了，还是来找时总说说话吧。"

"不是因为没找到她的房间？"

以往，两人虽然谈不到一点上，却不至于这么剑拔弩张。

沈西成不是笨人，助理和他说的，他都记在心里，英雄救美大多带着些情愫，这也导致两人在一天之间敌意倍增。

在对待女人方面，沈西成对自己有信心，毕竟，姜禾绿前段时间还说喜欢自己，但觉得她配不上自己。通常，女人真正喜欢一个人的时候的表现就是自卑。他认为，姜禾绿哪点都符合暗恋他的标准，而他一次又一次地让她失望，她不签那份协议也很正常。

双方沉默的时间长得让温泉室的姜禾绿以为两人做起了什么不可见人的事情，可她透过门缝看去，两人并无异常。

沈西成似乎嗅到空气里的异样气息，问道："为什么有女士香水味？"

时怀见："我喷的。"

躲起来的姜禾绿默默祈祷：大哥，就请你牺牲一下吧，待会儿如果还有掉落的女士首饰，也请说是你的。

好在沈西成没有再发现什么异样，开口说正事："我在餐厅已经和你说得很清楚了。"这话多少带有咄咄逼人的意思。

"既然表达清楚了，为什么还要过来多此一举地解释？"

"阿禾很单纯，我还不是怕她被你骗了。毕竟，你可不是什么好人。"

"你喜欢她？"

"喜欢自然谈不上，我说过我这辈子只爱清韵一个人。"他仍是那般轻狂的态度，"可惜我和她无缘。"

千方百计哄他、讨好他的姜禾绿乖巧听话，生得又不比其他人差，他选择她做婚姻里的白饭粒，心里再住着红玫瑰，生活岂不美哉？

沈西成自顾自地说着，全然不知自己已然中套。

他的话被温泉室的姜禾绿听得清清楚楚。他给她花钱的时候，那宠溺的眼神让她以为他动了真情，殊不知，她还是个彻头彻尾的替身。

情绪激动的她听见外面的时怀见说“她是不是要回来了”的时候，指尖不由得用力，一个不小心就推动了门，发出不小的声响。

时怀见嘴里的“她”，沈西成自然知道是陈清韵，他还没回答，就被动静吸引了。

“你屋里还有其他人吗？”沈西成问。

“嗯。”事已至此，时怀见没有隐瞒，“怎么了？”

“没什么。”沈西成目光死死地盯着那边，“是个女人？”

“不然呢？”

“我以为时总从不食荤。”

“有女人不正常？”

沈西成了然地笑笑，对他的话并不十分相信，然而盯得再死，他也无法透过门板去看里面泡温泉的女人是谁。

时怀见不慌不忙地点燃一支香烟，在客室抽烟，这并不符合他的一贯作风，其实他是为了挡一挡香水的气息。

见他抽起了烟，沈西成以为他有驱客的意思，想到自己刚才的话里并没有占上三分便宜，再讨论下去无意义，便起身道：“不早了，我回去睡了。”

“不送。”

走至门口，沈西成又突然回头，朝温泉室的门看了看，然后不知道从哪里摸出两个避孕套，道：“对了，这是老板送的，我嫌尺码太小，用不着，不如送给你们吧。”

虽然听出了他话里的讽刺，时怀见还是点头：“……行。”

把人送出去后，时怀见看着手里的东西，一时无言。

温泉室门口，姜禾绿小心翼翼地探出头来，问：“他走了吗？”

“嗯。”

“那我也走了。”她放轻脚步，来到时怀见身侧时，看到了他手上的东西，问道，“这是什么？”

“沈西成送给我们用的。”顿了顿，他说，“计生用品。”

“JISSBON”几个斗大的字母印在包装上，姜禾绿没吃过猪肉也见过猪跑，这般正正方方，如同口香糖包装的东西，一猜便是避孕套。

这玩意儿出现在两人之间，让本就微妙的气氛更加难以捉摸。

偏偏这还是沈西成送来的。

姜禾绿耳根都红了，她无所适从，目光不经意地和时怀见碰上，上眼皮连眨三下，黑色睫羽下，清亮的双眸透着不加任何修饰的羞赧。

太羞耻了！沈西成能不能做个人？！

姜禾绿下意识地把责任都推给了沈二狗，却不知看似正直的人暗地里压根没那么正经，时怀见用平静的口吻陈述事实，看似是不经意，细细琢磨就会发现他是故意的。

时怀见欣赏完她脸蛋上的变化，将手里的东西随意往垃圾篓里一扔，感慨了一句：“沈二少真是个体贴入微的好人。”

姜禾绿要是再听不出这个男人的画外音，她就是个傻子。

他分明在嘲讽沈西成，摆出的倒是正人君子的模样。

“说明他不知道我在这里。”姜禾绿勉强为自己和沈西成开脱，“挺好的。”

“挺好的？听你这口吻，是想和我做点儿什么？”

“……我没这个意思。”

“那你是觉得私闯我房间挺好的？”

姜禾绿垂下的双手指尖无厘头地抠着衣边，她明明被他的话弄得无地自容，甚至有些恼火，却找不到半点儿反驳的地方，且细细想想，确实是她的不对，甚至是她的出现打断了他和旁人的通话。

“对不起。”她小声道歉。

时怀见与她认识的时间不长，听到得最多的话就是“对不起”。

她看着软弱，卑微，对人常常身怀歉意，就怕转头就翻脸说他的坏话。

“还不走吗？”时怀见没抽烟，和她说了几句后，嗓音莫名趋于沙哑，“还是说，你想在我的房间里过夜？”

“过夜”两个字闯入姜禾绿的脑海，她瞬间打了一个激灵，转过身，连“我现在就走”这话都来不及说，就溜了，比兔子还快。

人离开后，空气里还残留着清淡的柠檬香，闻着清新，但并没让人头脑清醒，反而容易焦躁。一支烟结束后，时怀见冷静了下来。

除去被打断的电话，他还有一通银行的电话要打。

号码拨出去后，那端传来恭敬的男声："您好，时总。"

这一觉，姜禾绿睡得并不踏实，早上起来后，她发现时间比平日还早半个小时，她不觉得是换了地方的缘故，八成是被时怀见吓着了。

想到自己做过的窘事，姜禾绿脸上不由得发烫，"过夜"那句话始终在脑海里飘荡。她还是头一次见他这么正儿八经地耍流氓。

她还是离他远些吧。

两个小时后，服务员敲门，给她送来了一套偏休闲的套装以及一双运动鞋。

"姜小姐，"服务员礼貌阐述，"这是沈二少为你准备的。"

"今天有什么活动吗？"

"老板说，今天后山寺庙有大师坐镇，不少游客前去求签祈福，沈二少应该想和姜小姐一起去。"

姜禾绿估摸着沈西成不可能有逛寺庙的兴致，更不可能带着她一起。

果不其然，等他们一班人马出来，她便看见沈西成和一个合作伙伴在一起说笑，她就知道自己猜得不错，他是为了陪客才上的山。

温泉馆老板提供免费的遮阳帽，姜禾绿去柜台取的时候，看见了时怀见和他的秘书，她的心顿时一紧，可此时想装作不认识也来不及了，他们已经发现了她。

他的秘书过来询问："姜小姐，时总问您，待会儿要不要一起坐车上山。"

"我还没想好，那个……你们先走吧，不用管我。"

姜禾绿实在没勇气再和时怀见待在一起，上次做的噩梦还历历在目，再联想到昨晚，她没用遮羞布盖着自己就算不错的了。

她坐上了沈西成的车。他和合作伙伴坐在一起，那人是美国人，两人用英文交流着，没人顾得上她。

下车后，沈西成才关切地问了一句："阿禾，昨天晚上睡得好吗？"

姜禾绿敷衍道："还好吧，睡得早。"

说自己睡得早，刚好解释了为什么他昨晚叫人却没人应。她怕他发现，还用了馆里的洗发水，头发丝飘散着花香，浓郁沁人。

沈西成没再提合约的事，仿佛自己什么都没做过，拍拍她的肩膀让她自己先去玩，他说他需要陪客户。

寺庙内外的游客不断，树木高耸入云，林木成荫，富丽殿堂内供着香烛不断的神龛，门口立的是菩萨和散财童子像，面目和蔼。

姜禾绿一个人落得自在，在许愿树下坐着，树枝上挂着的红丝带随着风飘荡，上面写满了各类愿望。

姜禾绿也准备去弄条红丝带玩玩，起身却看到了时怀见和他带的人。

同一处温泉馆，同一个目的地，想不碰面都难。

姜禾绿下意识地拉低帽檐，当自己是个隐形人，确定人走了后，她才抬头继续做手里的事。大树低矮的树枝上已经被人挂满了红丝带，她踮起脚，好长时间也没挂上去。

突然，一只大手将她手里的红丝带取过，对方个子高，没费什么力气就帮她挂在了树枝上。熟悉男人的身影映入眼帘，姜禾绿噎住几秒，很快，她装作刚好碰面的样子，笑着打招呼："好，好巧哦。"

"能耐了。"时怀见没什么情绪地戳穿，"见着我就开始躲了？"

日光足，晒得她小脸火辣，她下意识地退后几步，否认道："没有。"

可此刻，她心里想的是：你既然知道，还问什么？！

时怀见没有刻意逼近，声调平缓："我看起来很可怕？一个成年人，应该不会从别人嘴里去了解一个人。"

姜禾绿一愣，他这是猜到了她可能是从别人口中了解了他？虽然想反驳，可他的话又不是没道理，她便点头："我知道。"

时怀见没给她敷衍的机会，反问道："知道什么？"

"……知道您是个好人。"

"我不是。"

这两个男人，一个比一个不靠谱。

时怀见一边有意告诉她要亲自了解一个人才知道好坏，一边又明确地表示他不是个好人，简直是模棱两可，令人摸不着头脑。

"不管您是不是好人，都和我没关系。"

时怀见盯着她的小脸，注视了许久："打算和我划清界限了？"

"我和您本来就是萍水相逢。"

"所以，连声招呼都不打，还把帽子压低，挡住自己的脸？"

他这哪是戳穿？简直不给她留一点儿薄面！

姜禾绿实在不好回应什么，总不能用“刚才真的没看见您，帽子压低了更好看”这样无厘头的解释吧。可默认的话就显得她很无情，人家帮了她这么多次，她却翻脸不认人。

她不得不低头认错：“我只是有点儿害羞。”

“害羞？”他挑眉，“因为昨晚的事？”

“不全是。”

“我们昨晚什么都没做，你的衣服也穿得好好的。”

姜禾绿知道他想把话说开，化解矛盾和顾虑，只能顺从地点头，道：“不好意思，下次……不会这样了。”顿了一下，她又强调，“下次我见到您，隔着百八十米也会和您打招呼。”

这话听着怎么这么怪？好像在拐弯抹角地说他小题大做？

不远处，有下属过来找时怀见。

走之前，时怀见瞧了一眼表面乖巧的小姑娘，道：“我马上回来。”

姜禾绿的眉头一皱——她是傻子吗？还在这里等他回来继续教育她？

姜禾绿心头生出恶趣味，等时怀见离开后，她立刻溜走了。

她才不会等他呢。

姜禾绿来到殿堂后面的一片空地，不少孩童用石块在青石板上画画和写字，还有人在玩“跳房子”。

姜禾绿挑了块阴凉地坐下，闲来无事，她也找了块石头，在地上随意画了个猪头。光画猪头显得很空，她又标上了三个箭头。箭头后面的名字本来想写“沈西成”，可想到最近的猪肉太贵，她觉得沈西成压根不配，所以，她在猪头旁写上了“时怀见”三个字。

这个猪头可比他本人可爱多了，至少不会逼着她和他打招呼。

回来后在原地没看见姜禾绿，这在时怀见的意料之中。路过的秘书似乎发现他在找人，便小声询问：“时总是在找姜小姐吗？她在殿堂后面乘凉。”

时怀见淡淡地“嗯”了一声，往后面走去：“我们也去乘凉。”

殿后坐着不少人，一边看山下的风景，一边乘凉。环顾一圈，时怀见并没有看见姜禾绿，不知道是她发现他们过来后溜走了还是去了其他地方。

秘书挺想笑的，姜小姐不在，不知道时总还要不要乘凉。虽然不该这么没道德心，他还是忍不住火上浇油道：“姜小姐可能被沈二少叫走了。”

时怀见冷冷地看他一眼。

秘书干笑两声，不敢再打趣下去，他的目光下移，随意地岔开话题："现在的孩子想象力真好，在地上画了好多花花草草。"

青石板上被石块划出的白痕迹，构造着一幅幅各有想法的画，有房子、飞机、花草树木等。除了这些，时怀见看见地上还有一幅可爱的猪头简笔画。

以及他的名字。

比起被时怀见训话，待在不爱搭理她的沈西成旁边安安静静地做个花瓶，才是姜禾绿的更优选择。

姜禾绿在旁边兴致索然地看着，发现沈西成求了一支签，还花钱交给和尚解字。不知听到什么，他不是很高兴，回过头，他问她要不要也去求支签。

"我不用了。"姜禾绿摇头。

"你不想求求我们的姻缘吗？"

她一点儿都不想求他们的姻缘。

"你刚刚求了什么？"姜禾绿装作很感兴趣的样子，"不会求了你和她的姻缘吧？"

本来只是随口问问，没想到沈西成点了点头。

还真是，这痴情种，一点儿都不出她的预料。

"可惜，我和她没有缘分，就算她回来也不会在一起。"沈西成颇为认真地陈述，"这说明，你和我的姻缘比较好。"

"……"

他和陈清韵没缘，和她更不可能有缘！

看沈西成这般模样，姜禾绿大概能猜到，他的白月光可能真要回来了。这样一来，她更不可能和他继续纠缠。要不是他还有能帮助姜氏的地方，她现在可能就甩手走人了。

可惜，戏还是要演下去的。

"你要相信自己。"姜禾绿有模有样地安慰道，"也许会有奇迹呢？也许你们会在一起呢？"

"阿禾，我就知道你理解我。"沈西成脸上流露出一丝感伤，"别人常说，很多男人这辈子都娶不到十七岁时喜欢的姑娘。"

“……”

“虽然我娶不到她，但我知道，不管我变成什么样，你会一直陪着我的。”

“……”你有本事变成穷光蛋试试。

“等过段时间，我会重新拟一份更好的合约给你。”沈西成低声哄着她，“只要你一直像这样乖巧，我不会抛弃你的。”

姜禾绿差点儿就要感动哭了，竟然还有人对着备胎如此真情实感地吹牛，她真怕自己哪天笑场，或者一脚踹到他的脸上，让他知道世界上不仅有得不到的初恋，还有佛山无影脚。

沈西成自始至终没认清自己，他要是知道她一点儿都不像陈清韵，并且并不喜欢他的话，他的房子都要塌了。

由于美国人想看看山上的风景，下山的时候，他们是步行的。一路游客不断，说说笑笑，风景怡人，心情尚好。

最前方走着的是沈西成和美国人，后方则是时怀见他们。

不巧，姜禾绿夹在他们中间。

走着走着，她的正前方突然出现了骚动。

“啊——哪儿来的大蜘蛛？”游客群里传来一个女生的尖叫声。

侧面的老枣树和灌木之间有一张直径一米多的蛛网，前方的山道板石上，一只足有掌心大的花蜘蛛从天而降。前面的人不敢走，后面的人走不了，姜禾绿也被拦住了。

再不走的话，估计她待会儿就要和时怀见他们碰面了。

——她不能。

姜禾绿没脾气地折断一根树枝，然后拨开人群把蜘蛛挑开，蜘蛛的爬行速度快得骇目瘆人。赶跑蜘蛛后，姜禾绿扔开树枝，连忙加快了脚步。

后面的时怀见把目光投到女孩从容的脸上。

看样子，她不仅有能耐躲他，胆子也大。

沈西成他们不知何时停下来了。

“那边怎么回事？”他问道。

赶上来的姜禾绿微愣，迟疑道：“有蜘蛛挡住路了。”

“蜘蛛？”沈西成大概听过某些山蛛咬人的事，忙问道，“有毒吗？你没事吧？”

“我没事。”姜禾绿突然意识到自己一个人穿过人群过来是不太合理的行为，于是解释道，“还好我跑得快，不然就被吓死了，好害怕。”

慢悠悠跟上来的时怀见听到这句话，很配合地点头：“是的，姜小姐刚才都快被吓死了。”

姜禾绿回头一看，他笑得温和，却仿佛是在嘲笑。

“没事就好，别怕。”沈西成轻轻地拍了拍姜禾绿的后背，“你跟在我后面。”

姜禾绿继续维持着柔弱的模样，轻轻点了点头，跟在他们后面。

不知不觉，本来走在后面的时怀见已经跟上她了，他就在她身后。

没了人群的遮挡，他们之间距离不到两米，姜禾绿想起自己说的隔着百八十米也要和他打招呼的话，恨不得扇自己一巴掌。

一天到晚就知道胡说八道！

“姜小姐。”低哑的男声在身后响起，想假装没听见都不行。

她的脚步刚放慢，时怀见已经走到她的身边了，他的另一边是防护杆，不知是无意还是出于绅士，他把她护在里面。

“姜小姐大学是上的美院吗？”时怀见问得随意。

“不是啊。”

“那画画水平为什么那么好？尤其是画猪。”

姜禾绿的脚步一顿，脑子一抽，顿时明白过来。

不会吧，真被发现了吗？

“还……还好。”姜禾绿尴尬地低下头，仓促解释道，“只是随手画的，没……没你说的那么好。”

“挺好的。”男人煞有介事地陈述，“下次的画展，没你的作品我不看。”

——她现在好想死。

为什么这人可以一本正经地调戏她？！而且连笑都不笑？

姜禾绿暗暗在心里发誓，等回去后，她再也不要见到这个男人，他每次都能让她尴尬得无地自容，虽然……画猪头骂他确实是她不对。

姜禾绿想加快脚步甩开他，奈何沈西成一直在前面，她如果走得太快会被他们发现，万一时怀见再表现出和她很亲密的样子，被沈西成看到的话，会不会一气之下就不帮她了？

算了，还是当他是个隐形人吧。

姜禾绿不说话，时怀见也没有主动挑起话题。

他只是因着“猪头画”，来找她要个说法。

又前行了一阵，姜禾绿的手机铃声响起。

“大小姐，是我。”是姜父以前的秘书兼司机王叔，这么多年来，他忠心耿耿，即使姜氏衰败，也放弃了高薪工作跟随着姜父。

“王叔。”姜禾绿礼貌询问，“有什么事吗？”

“大小姐，您听说了吗？丰识银行发行了对于中小企业的扶持政策，我和姜总联系过，可能对我们有很大的帮助。”

“真的吗？之前不是说不行吗？”

“不知道，可能是新计划。本来姜总想亲自接待对方，但身体有恙，对方也表示大小姐出面联系比较好。”

“可我……”

听出她的迟疑，王叔又解释说并不是让她去谈生意，只是和丰识的领导多熟悉熟悉，交接管理工作还是由他人负责。

不管结果如何，勇于尝试是有必要的。

王叔把银行投资人的联系方式发到了姜禾绿的手机里。

机会就代表希望。

姜禾绿的脸上顿时泛起了喜悦和激动的神情。如果这事顺利的话，姜氏的处境不会再那么艰难，更不会随时面临被人低价收购的风险。

“笑什么？”时怀见突然问道。

他不开口，姜禾绿都快忘了身边还有人和她一起下山。

这种事情怎么能对外人说？她立马摇头：“没什么。”

“看你这样子，很开心吗？”

“当然开心。”

“不能和我说说？”

“这是我家的事情，不方便说。”

闻言，时怀见轻笑：“有什么不方便的？”

“就是不方便。”说这句话时，姜禾绿已经有些小别扭，似乎嫌弃他问得太多，她离他远了些，然后看了看王叔发来的号码，将电话拨了出去。

乍一看，号码的连号数字很熟悉，她好像在哪里看到过这个号码？！

电话拨出去没多久，身后男人的手机铃声紧跟着响起来。

时怀见把手机靠向耳边，语调还是那样正经，对着手机，也对着她问道：“现在方便说了吗？”同时，她的手机里传来了同样的声线。

意识到丰识银行的背后老板就是时怀见后，姜禾绿站在风中，十分迷茫。

姜禾绿终于明白为什么王叔说她出面比较好。

原来是她认识的人，是她千方百计想躲的人。

现在好了，她不仅躲不了，还得上赶着求人家。姜禾绿哪里还敢用手机通话，她立马锁屏，紧张得话都说不利索了：“时……时总。”

离她不到三米的时怀见散漫地应了一句：“嗯。”

“咱们找机会谈谈呗？”

“不是不方便吗？”

“……方便，方便，和您说话，怎样都方便。”姜禾绿终于体会到生意场上的那些人为什么那么谄媚了，轮到她的时候，她也恨不得跪拜人家。

丰识银行是桐城的金融主产之一，小到老百姓储户借贷，大到企业投资商贷，项目涉及广泛。先前姜氏发生危机，与各大银行的资金链基本断裂，按照规定办事的丰识也不例外，不愿做冒大风险的赔本生意。没想到丰识却又出乎意料地放出扶持政策，这对目前的姜氏来说帮助很大。

其他事情由姜父以及下属负责，姜禾绿要做的就是和丰识的人认识认识。

见她反过来讨好自己，时怀见的眼底浮现笑意，倒是端出一番架子来，说道：“现在是下山时间，有什么事，明天来办公室找我。”

姜禾绿不敢违背他的意思，她把头点得像鸡啄米：“好的，时总慢走。”

“我不用慢走。”

“那您快走。”

姜禾绿依然笑得跟个傻子似的，微微颔首，态度摆得端正恭敬。

下午，各班人马开启了回程。

回到家，姜禾绿收到了于诗的消息：“你知道时家赔了什么给宁宁吗？”

“嗯？”

“赔了一条两万块钱的裙子！”于诗发来好几个表情包，“听说还是时安那小屁孩买的，太有诚意了！”

时家确实不是对方提出两百块赔偿就真给两百块的人家。

于诗：“我认为时总是个很好的人，那些负面信息都是假的。”

姜禾绿：“我也觉得他好。”

于诗：“你是怎么觉得的？”

姜禾绿把丰识银行的事说了一通。

听完后，于诗并没有附和，反而给予了一定的判断：“此事必有蹊跷，商人不做亏本买卖，他突然变得这么好心，没准是看上其他东西了。”

于诗的话一下子点醒了姜禾绿。

天下没有白吃的午餐，各大银行都不愿意冒险的事情，他为什么去做？他是慈善家吗？不会是想和她有点儿什么吧？但这么多年，大家从未见过他身边出现女人，她觉得他对女人可能没什么兴趣，又或者是他还想着他的前妻——也就是时妄的妈？

在于诗的建议下，和时怀见约了商谈的这天，姜禾绿穿上了一件大外套，将自己裹得严严实实才出门。

穿得这么厚，应该很安全吧？

迎接她的人是时怀见的秘书，他带她穿过安全通道，乘坐私人电梯来到顶层办公室，将人送进去后，毕恭毕敬地解释道：“时总在开会，很快会过来的。”

人没在办公室，姜禾绿便随意地打量着。

她本以为老总的办公室配置奢华，没想到如此简单，由黑白灰冷色调构成的房间里，沙发都是工工整整的方体，几乎找不到可供观赏或者无价值的摆设。唯一有点儿意思的是一台一米高的小机器人，时不时招揽客人。

“你会说话吗？”姜禾绿试探性地问道。

“会的。”小机器人响起来，“请问你有什么问题吗？”

姜禾绿被吓了一跳，往后退了几步，捂着胸口，感慨道：“真会说话？！”

这时，门口传来动静。时怀见手里拿着档案袋走进来，朝她看了一眼。姜禾绿立马换上了一副乖巧样，在心里默默感叹，他开会的速度确实有点儿快，她还以为他会像沈西成一样让她等上两三个小时，没想到几分钟就过来了。

“坐吧。”时怀见开口，语气平稳。

姜禾绿不是很安心地坐下来，拘谨得很。

时怀见的目光在她身上逗留了几秒，问：“你很冷吗？”

“嗯……有点儿。”

他没怀疑，让机器人把室温调高一些。

黑色办公桌后，时怀见坐在同色的皮椅上，白衬衫一丝不苟，领口和手腕处彰显出挺括优雅的弧度，举止沉稳而从容。

他一边处理着手里的文件，一边问坐在沙发上的女孩："想喝点儿什么？"

姜禾绿紧张得手心出汗："我不渴。"

"你来得有点儿晚，马上到午餐时间了。"他停顿几秒，"待会儿一起吃个饭？"

"不……不了吧。"

时怀见看了她几秒，眼里浸着道不明的情绪。

姜禾绿心头一惊："怎么了？"

"没什么大事。"他起身，过去给她倒了杯水，为防止吓着她，他的语气稍显温和了些，"就是觉得，以我们的说话方式，不知道的人，还以为是我有求于你。"

"喝点儿什么""一起吃个饭"这类的要求都被她拒绝得十分果断。

明明是她有求于人，她却像高高在上的甲方。

"对不起，我有点儿紧张。"姜禾绿小声解释，"我明天请您吃饭，行吗？"

"好。"

时怀见看她额头冒着细汗，似乎确实很紧张，不过……也有可能是衣服穿多了。时怀见没在这些小事上浪费时间，直奔主题。

时家和她非亲非故，能破格帮忙已经算仁慈，各类利弊都由姜氏自己承担。

王叔说其余问题都不需要姜禾绿操心，但她还是听得很上心，可惜，她不太听得懂，只好拿笔去记一些关键词。

"听不懂也没事。"时怀见看了一眼她的笔记，道，"不用记这些，我会把相关资料发给负责人的。"

"……好的。"

"你的笔还是适合用来画猪头。"

姜禾绿讷讷地摸了摸鼻子。她担心他记仇，打着哈哈："时总，您大人有大量，不会和我计较吧？"顿了一下，她又道，"实在不行，我帮您骂回来。"

说完，她在纸上画出一个猪头，然后在旁边写上"姜禾绿"三个字。

"好了，您看。"她非常具备诚意地向他展现自己的作品，大大咧咧地笑。

这个猪头和上次的猪头一模一样，只不过旁边的名字换成她的了。

她的笑十分温柔，眸中仿佛藏着灿烂星河，一不小心便令人沦陷其中。

时怀见没什么脾气地点头答应："行，没什么事儿的话，你先走吧。"

"您的意思是不怪我了？太好了！真的非常感谢您！"姜禾绿立马朝他鞠了一躬，"没想到时总不仅英俊有钱，气质卓尔，聪慧过人，处事和善，心地也这么好。"

"好了，别夸了。"时怀见不遗余力地戳穿她，"下次别穿这么多衣服。我要是真想对你做什么，你穿再多也没用。"

男人眸底深邃，仿佛能将人一眼望穿。

姜禾绿手心开始出汗。他居然知道了？不会吧？

再三观察后，她确定时怀见已经猜到了她穿外套的意图，但他并没有因此生气，平和得若无其事。这样一来，倒是显得她斤斤计较，自以为是。

"对不起，现在我知道您其实是个好人了。"姜禾绿满心愧疚，走之前强调了一句，"以后我不躲着您了。"

所以，他费了一番周折，换来的仅仅是"不躲着他"？看她匆忙离去的步伐，时怀见不认为她会说到做到，她看起来对他仍然有些畏惧。

客人走后，秘书发现自家老板忙活一场后连顿饭都没吃上，差点儿没憋住笑意。不知大老板是太长时间没接触女人，还是压根不知道怎么哄女孩子，要是圈子里的其他男人，别说吃饭，说不定现在连小手都拉了。

秘书汇报完工作后，帮老板整理着桌面。

一张略皱的废纸躺在整洁的办公桌上，显得与办公桌格格不入。

秘书正准备拿去丢掉的时候，时怀见开腔："别扔。"

"啊？"秘书有些难以置信，摊开废纸一看，一幅猪头画而已，"不扔吗？"

"不扔。"

"这上面的猪头，是姜小姐画的吗？"

"嗯。"

"画得不太好看。"

时怀见拿过纸，平整地铺好，放进文件夹里，面无表情地朝秘书看了一眼，说："比你好看。"

姜禾绿第一时间跑去医院，把喜讯告诉了父亲。

这半年以来，父亲似乎老了十岁，病情时好时坏，心情也随着姜氏的情况起起落落，少许的几个好消息都是姜禾绿告诉他的。

第一个是沈西成愿意帮助姜氏。第二个是丰识银行的资助。

虽然这不代表姜氏能恢复从前的管理，但至少留有希望。

“好孩子。”半躺在病床上的姜父看着女儿兴高采烈的样子，忍不住感慨，“你看你这几天奔波得，都瘦成什么样了。”

“我没有，还胖了不少。”姜禾绿捏了捏自己的脸，“您看，这么多肉。”

瘦还是没瘦，父亲还是能看出来的。

一直以来，他都给女儿优质的生活条件，不限制她的成长，希望她能做自己喜欢的事情，但事与愿违，这段时间，他看得出来，姜禾绿一直在委曲求全。

“小禾。”姜父拍拍她的手，“你和沈二少怎么样了？”

“嗯……挺好的。”

“既然和人家在一起，就好好过日子，二少为人不差。”

姜禾绿点头。她承认，沈西成的人品并不坏。

“刚好我这几天身体状况好，你要是有空的话，就带他来看看我。”姜父又说道，“爸想当面和他道谢，感谢他对姜氏和你的照顾。”

这个要求让姜禾绿蒙了。

沈西成的白月光快要回来了，他没空理她，更别说来医院看望长辈。

见她犹豫，姜父疑惑道：“怎么，不方便吗？你们感情不和？”

“没有的事。”姜禾绿忙解释，“他对我很好的，就是……太忙了。爸，你也知道生意人，天天忙来忙去。”

姜父点了点头，道：“没事，你就和他说，抽二十分钟的时间就行了，见不到他，我不放心。”

姜父想见沈西成的态度很坚决，姜禾绿一个头两个大，她得想办法回绝，否则，要是被父亲知道她只是人家的替身女伴，连女朋友都算不上，老人家岂不是很难过？

晚上，在病房照顾父亲的姜禾绿突然接到时怀见的电话。

那端的男声低沉又有磁性：“吃了吗？”

“还没。”

“那出来吃饭。”

姜禾绿想起昨天在他办公室说的话，因为不小心拒绝了当天的午饭，她便承诺第二天由她请客。

这些话是姜禾绿当时出于紧张说出口的，没经大脑过滤，说完就忘。现在好了，人家主动提醒来了。再看时间，都晚上七点了，吃完饭不得九点吗？

姜禾绿不想给自己贴上不守信用的标签，于是问他想吃点儿什么。

从上次的温泉馆经验来看，他对食物似乎颇为挑剔，又或者口味独特。

以她目前的经济条件，她不太请得起几万块的大餐。

好在时怀见没报出特别离谱的餐厅名，反倒是挑了中规中矩的中餐厅。

约好时间后，姜禾绿提前五分钟过去，却发现他来得比自己还早，男人颀长的身形立于一辆巴傅斯车侧，骨节明晰的手指拿着手机，和他人通话时不苟言笑，严谨又清冷。

姜禾绿走过去，巴掌大的小脸稍稍抬起才能看清他，碰上男人的目光后，她回了个甜美的笑："时总。"

不同于上次见到的被外套包裹得密不透风的样子，这次的她穿着清凉的吊带裙，颜色深，V 领，细白的胳膊、小腿暴露于空气里，清纯又性感。

确定他是个好人后，她没那么拘束，胆子也大了起来，主动搭话道："本来我想联系您的，又怕您忙……"

时怀见意味深长地看着她——她的小嘴说起谎来还挺利索。

说好今天请他吃饭，她拖拖拉拉延到了晚上，接到他电话的那一刻，她的大脑都是蒙的，就这还说什么"本来我想联系您的"，她真是说得出口。

时怀见理直气壮地陈述："你要是联系我的话，我就不忙了。"

这是把她的退路都切断了。

点菜的时候，牛羊肉、酱肘子、猪大肠等菜都被姜禾绿毙掉了，她选择的是玫瑰养生汤、水晶奶冻、冰糖湘莲等。

如果对面坐的是于诗，姜禾绿必然选择两打啤酒，再配上香辣荤菜。

可惜，她今天不仅仅是和男人吃饭，而且她还在生理期，吃不了冰的和辣的，只好乖巧地把饮料换成了常温果汁。

她和时怀见都不是健谈的人，但彼此间没有隔阂，其间，两人还聊到了小孩子的教育问题。看得出来，时怀见对时妄并不是不上心，可能是第一次做父亲，加上没有当妈的辅导，他并不知道怎么处理青春期少年的问题。

尽管姜禾绿十分好奇他到底是多大的时候有的孩子，但碍于这是别人的家事，她忍住没问，只说了些奉承的话。

"时总，您风华正茂，想必有很多小姑娘喜欢像您这样的男人，现在您孩子大了，其实可以考虑给他找个后妈。"不知不觉，她的夸赞逐渐离谱起来。

时怀见没回应，嘴角稍稍上扬，似乎是在笑她。

回过神来，姜禾绿发现自己的话像是在"自荐"，连忙又改口："我是为您着想，没别的意思。"

"有也没事。"

……她发誓，她绝对没有做后妈的想法。

姜禾绿实在觉得难堪，只好找了个去洗手间的借口暂时离开。对着镜子补妆时，姜禾绿忍不住后悔，回味自己刚才的话，实在有些不合理，人家好好的家庭，这么多年都过来了，难道不知道给儿子找后妈？还用得着她提醒？

出去时，手机铃声响了起来，是姜父打来的。

因为走得匆忙，她忘记和父亲说了。

"小禾，你在哪儿？"姜父在电话里问道。

"我在外面吃饭呢。"

"吃饭？你和沈二少一起？"

"没有。"

"那你现在和谁在一起？这么晚了，女孩子在外小心一点儿。"

听出父亲话语里的关切，姜禾绿一边走一边思考该怎么说比较合适。

要是告诉父亲她是和时怀见吃饭，老人家肯定问东问西，没准还会觉得她这么晚和其他男人吃饭不正常，引起疑虑——还是撒谎吧。

她深思熟虑的样子看上去严肃而庄严。

不远处，从柜台前走过去的时怀见看她这样，不免觉得好笑，到底是小姑娘，接个电话都犹犹豫豫，为难中透着可爱。

他的目光投过去，颇具耐心地等着她，却不想，下一秒，他听见她煞有介事地回答："爸，你不用担心，和我吃饭的是我最好的闺密。"

最好的闺密？时怀见想不到，他的名字在她这里变成了"不可说"。

他打算先收回觉得可爱的评价，再找她算账。

姜父没有怀疑女儿的话："那你吃完早点儿回来。"

“好。”结束通话，一抬头，姜禾绿发现时怀见就在离她不到三米远的地方，定格于她身上的目光沉沉，让她不由得紧张。

姜禾绿走过去，干笑两声：“时总，您也去洗手间吗？”

“没有。”时怀见看她一眼，气定神闲地回答，“我怕你迷路，来接下你。”

“这餐厅不大，不会迷路，您不用担心我。”

“作为好闺密，这种担心是有必要的。”

他居然听到了？看着男人不急不缓地朝她走来，姜禾绿的心乱得很，硬着头皮说：“时总，这个……”

“我什么时候成你的好闺密了？”

“……只是个意外。”

“什么意外？”他靠她越来越近，几乎在把她往拐角处逼。

姜禾绿的小脸吓得有些红，一边往后退一边打马虎眼：“您这么帅，怎么可能是我闺密呢？”

时怀见顿住脚步，薄唇噙着笑：“那你说说，我是你什么人？”

两人离得近，姜禾绿嗅到若有若无的烟草香，清清淡淡的，很有辨识度。

她猜到他应该不想听到“您是好人”“朋友”之类敷衍的回答。

他刚刚那句话里的轻佻，她不是听不明白。只是想不到，有人耍起无赖来，还能这么正儿八经。

当遇到棘手的问题，最好的方法就是反问。

姜禾绿迟疑半晌，才慢吞吞地反问：“那您想成为我的什么人？”

她唇红齿白的脸蛋上透着不服输的表情。

话柄丢给他，他没接，敛了敛眸：“你觉得我见不得人？”

“不是。”姜禾绿小声地为自己辩解，“刚刚是我爸打来的电话，他思想传统，我不想让他知道这么晚了我还在和异性吃饭，所以才那么说。”

顿了一下，她态度诚恳道：“您要是不高兴的话，我再打电话和他解释一下……我绝对没有看不起您的意思。”

“算了。”时怀见没继续计较。

她的所作所为确实让人不满意，然而又挑不出太大的毛病，追究的话，倒显得他小题大做。沈西成说她单纯，他却一点儿也没看出来这只小狐狸单纯在哪里。只能承认，他拿她还真没办法。

除去电话插曲，总体来说，他们的用餐过程还算愉快。

饭后，姜禾绿去付账，前台却告知已经有一位男士埋单了。

这样一来，相当于请客的人是他。

因为时怀见先行一步，姜禾绿没能找到人，便发消息问他：“时总，不是说好我请客的吗？”

那端没回，估计在开车，等她回去后才看到他的回复：“下次你请。”

简单的四个字，玄机却颇深。

第二天一早，姜禾绿来到父亲的病房。

姜父住院以来，沈西成一次都没来探望过，只是让人送来补品，敷衍中透着商业客套。突然把他叫来的话，估计会惹他不高兴。

姜禾绿本打算糊弄一下父亲，看看能不能说服他不见沈西成，可惜姜父不是那么好糊弄的，看见她后，他便问：“二少今天有空吗？”

“今天应该没有。”她立马答。

“今天是周末，怎么没空？”姜到底是老的辣，姜父敏锐地察觉到了不对劲，“小禾，你是不是有事瞒着我？你和二少到底怎么回事？”

“我们很好。”

“那你当着我的面联系他试试。”

老姜没那么好糊弄，他知道沈二少不算什么好人，突然对他们示好，其中可能有蹊跷。姜禾绿再继续糊弄的话，恐怕会引起怀疑。

在姜父的要求下，她只好给沈西成发消息。

一开始，她以为自己提出那样的要求会遭到他的拒绝，谁知没多久，那端便回复：“行，我中午下班后过去。”

这是个令姜禾绿意外的结果。

看到未来女婿发来的消息后，姜父松了一口气：“这不是挺好吗？你这孩子，非要瞒着我，我很担心你们。”

姜禾绿犹豫：“……他真的挺忙的，就算来了，您也不要拉着他多说话。”

“看把你心疼的，放心，我只是想亲口和二少说声谢谢。”

“其实不用这么在意这些面子话，我替您转达就行了。”

“不行。”

“为什么您非要见二少？”姜禾绿有点儿急，“他是帮过我们没错，可丰识银行的老总也帮过我们，您怎么不见他？”

“你倒是提醒我了，老王说你和丰识老总的关系不错。”姜父拍了下额头，“要是有机会，你介绍我们认识一下，我好好谢谢人家。”

早知道不提了。

把沈西成带过来应付已经超出了姜禾绿的能力范围，现在又让她介绍时怀见……姜禾绿有些头疼。

沈西成答应中午下班后过来，但是等到下午两点，依然不见他的人影。

姜禾绿习惯了，姜父却不太习惯，再不来，父亲真要怀疑了。

姜禾绿退到病房外，给沈西成打了个电话。

很久之后，那端才接通：“喂？”是一个甜美的女声。

听到这个声音，姜禾绿愣住了。什么情况？

过了一会儿，电话里又变成了沈西成的声音：“我在开车，马上过去。”

姜禾绿没说话，心里隐隐约约有了数。

沈西成解释道：“刚才接电话的是清韵，她今天回国，我先来接她了，耽误了一点儿时间，你不着急吧？”

“……没事。”

“那就好，我马上到了，你去医院门口接我。”

姜禾绿的脑子嗡嗡作响。

陈清韵果然回国了。虽然之前就有预料到，也做好了心理准备，然而，白月光真正回来的这天，她还是有点儿蒙，不得不重新整理自己的身份。替身肯定是比不上白月光的，陈清韵都不需要开口，沈西成便为她俯首称臣。

姜禾绿调整好自己的心境，拉开门，小声道：“爸，他马上来了，我去楼下接人。”同样是被放鸽子，这次，她的心情却很不自在。

沈西成为接陈清韵而迟到和平日里因工作忙而迟到是两码事。

明天刚好是旧合约的到期日，今天带他见过父亲后，几人把话说清楚，姜禾绿便再也不想和他有任何瓜葛了。

这样想着，她心里好受了一些，在门口时不时眺望远方。

许久后，她没等到沈西成，倒是看见了时怀见。他今天穿得比平常休闲，连商业腕表都没戴，浅色衬衫配深色西裤，气质依然卓尔不群。

想到自己说的话，姜禾绿不敢忽略这位大老板，主动打招呼：“时总。”

时怀见应声一瞥，随口问道：“你在这里做什么？”

“我在等人。”她答后又问，“您是来看望病人吗？”

“嗯，来看望大哥。”这是他第一次谈及他的家人。

护士们经常谈及的病人竟然是他的大哥，可惜，现在不是八卦的时候。

姜禾绿继续等人，她站得双脚疲软，力不从心，白着一张小脸，眼里流露出浓浓的倦意，仿佛风一吹就会倒，这模样难免让人担心。

见她状态不对，时怀见没有直接离开，问道：“你的脸色好像不太好？”

“啊？”她不自知地摸了摸脸，“有吗？”

“要不进去休息？”

“不用。”姜禾绿摇头，“可能是生理期，有点儿贫血，我都习惯了。”

话音落下没多久，她的身子不由自主地晃动了两下，她下意识地去抓东西，无意间却抓到了男人的胳膊，不小心在他的手腕上留下了一道抓痕。

“不好意思……”她讷讷地道歉后，试着收回自己的手，却因为头重脚轻，平衡感极差，半天没有调整好姿势。

时怀见反握住她纤细的手腕，眉宇间轻皱：“身体素质不好，逞什么强？”

“我……”这次，姜禾绿连反驳的力气都没有，撑不住突如其来的眩晕，难以控制地觉得迷糊，下一秒就昏了过去。

她的身子直晃晃地往前倾，摔倒在地的场景却没有发生。

姜禾绿柔软的腰间多出了一只劲道有力的大手，他稳稳地把她的身子接住后，又顺其自然地捞入怀里。随着惯性，她的额头抵在男人宽厚结实的胸膛上，隔着薄薄的衣料，彼此身上的温度缓缓交接。

时怀见低头看了一眼她虚弱的身体，眉间的弧度更深了几分，他直接将人打横抱起，往急诊室走去。这时，一道男声突然从后面传来：“阿禾——”

离他们不到三米的地方，是迟来的沈西成。

时怀见不动声色地拢了拢手指，当着对方的面，将怀里的人抱得更紧了。

姜禾绿身子娇软，被这么抱在怀里，像个小孩子，愈显柔弱。男人骨节分明的大手搂在她的腰侧上方，另一只手搂在她的膝盖窝下，她穿的长裙，不经意间，他将裙摆理整齐压在指下，露在外面的只有细白的小腿。

沈西成看见这个普普通通的公主抱，瞳孔逐渐放大，几乎一个箭步冲过来，挡住了两人的去路。

离得近后，他更清晰地看见了被时怀见抱在怀里的女孩有多虚弱，处于昏迷状态时，她的脸颊自然地抵着时怀见的颈窝，几缕青丝顺着耳侧垂落至肩，映着一张苍白的脸蛋，楚楚动人得惹人怜爱。

时怀见嗓音寡淡："看完了吗？"

这句话把沈西成拉回了现实，他什么都没来得及问，前面的人已经错开他，抱着姜禾绿径直走去了急诊室。

始终以为自己高高在上的沈西成头一次意识到，事情没他想的那么简单。

姜禾绿被送去做了基本的血检。如她所说，生理期贫血是老毛病了，之前就伴有头痛，但晕倒是第一次，可能和站得久、没好好休息有关。

姜禾绿躺在临时病床上休息，外面的两个男人各有所思。

沈西成本以为时怀见是不是对姜禾绿做了什么，她才会无缘无故地在医院晕倒，检查后才知道是她身体的原因，那一瞬间，他脸上的担忧毫不掩饰地显露了出来。这种心情是前所未有的。

思量后，沈西成开口："时总，我替阿禾谢谢你。"

立于一侧的时怀见斜斜地睨了一眼："谢我？"

"如果不是你，阿禾可能就倒在地上了。"

"这和你有什么关系？"

"她是我……""女朋友"三个字被沈西成咽下了。

姜禾绿之前拒绝过他。他本以为那只是小女生耍性子，所以没放在心上，这几天，因为合作伙伴的单子，他工作繁忙，更加顾不上她。今天他能抽出空，是因为要去接陈清韵，顺带抽出了二十分钟罢了。

他们现在并不是男女朋友。

时怀见看上去不像是喜欢在口头上占风头或者使绊子的人，此时却咄咄相逼："她没承认过，你觉得她是你什么人？"

明知故问。这个时候，沈西成再不明白就是傻子了。

他的面色变得更难堪："时总，你不觉得撬墙脚是件很可耻的事情吗？抢别人喜欢的人，只有卑鄙小人才做得出来。"

"脚踩两条船的才是卑鄙小人。"

时怀见的嗓音听起来平静如水，八风不动，威严性却半分不减。

沈西成克制着胸腔里熊熊燃烧的烈火。

从助理告诉他时怀见护住了姜禾绿那刻起，他已经有所预料，他还特意跑去房间给予时怀见警告，说白了，他确实怕。

他不是不知道时怀见对于猎物有多不择手段，上次那笔单子，与其说是他抢的，其实更像是被时怀见让出来的。

趁着时怀见被护士叫走的工夫，沈西成先进了病房。

他的脚步声很轻，但姜禾绿睡得浅，已被吵醒。

睁眼看见眼前的人，她一脸迷茫。

“守了你好久，终于醒了。”沈西成俯下身，口吻关切，“现在感觉怎么样，头还疼吗？你怎么这么傻，让你等我你就真的站着等我吗？”

他眼里的心疼和内疚不是装出来的，沈二少也不屑这样的伪装。

只是，迟来的关心比空气还不值钱。

姜禾绿缓缓地坐起来，看向他的眼神没有任何的温度：“你怎么在这里？”

“对不起，我来迟了。”看她这样子，沈西成更加愧疚了，诚心诚意地道歉，“以后再也不会了。”

“我记得我刚刚昏倒了……被人抱起来。”她不确定地问，“时怀见呢？”

听到她口中的这个名字，沈西成眸间一沉，情绪复杂，却不得不面对现实，如果他早来一步的话，就没时怀见什么事了。

“你和他是什么情况？”他提高音量，反问道，“最近走得很近？”

“没有。”

“我知道你可能对时怀见感兴趣。”沈西成的口吻略带警告，“但你最好离他远点儿，他不是好人。前些年时家动荡，几个叔伯争权，结果一群老油条不仅没斗过二十出头的时怀见，家里还接二连三地发生了大事……他就是个阴险狡诈、不择手段的小人。”

生意场上的事，沈西成鲜少和姜禾绿提起，先前说得最多的无非是姜氏的事情，这次他打开话匣子，目的性明确。

见她面色有变，沈西成继续添油加醋：“且不说他年纪轻轻就生了孩子，就说他坐过牢这件事，你觉得以时家的本事，让掌权的进去，得是犯了多大的罪？这种人，你和他说几句话我都不放心。”

言外之意，按时怀见本身犯的罪，远不是坐牢就能解决的。

先前，姜禾绿确实因为时怀见坐过牢而远离了他，然而，相处后，姜禾绿发现他并没有她想象中那么可怕。

沈西成之所以这样说，无非是想让她离时怀见远一些。

这时，门口传来轻微的动静。

时怀见进来后朝沈西成看了一眼，眼里没有太多情绪，对于对方在背后说自己坏话的行为不置一词，他走过去接了杯温水，和药一起递给姜禾绿："吃药。"他波澜不惊地做自己的事情，没把沈西成放在眼里，仿佛他就是个只会嚼舌根的跳梁小丑。

不知道是不是由于沈西成的讲述，本来对时怀见印象逐渐转好的姜禾绿再一次心生畏惧，她去接药的时候，冰凉的指尖微微颤抖，一不小心就触碰到了他骨节分明的手指，温热的触感让她不禁慌乱，接过杯子后，她没拿稳，不小心洒了些水出去。

时怀见将她的神态尽收眼底，却依然维持表面的风度："医生说你营养不良，运动量过少，建议你以后加强锻炼，注意饮食，长期贫血会引发不少潜在疾病。"

他沉稳，冷静，并没有被别人的话影响。

姜禾绿垂眸，小声道："谢谢关心，其实不是什么大毛病。"

时怀见挑眉："不是大毛病，还好端端地往我怀里撞？"

"那是意外。"

"对我来说，是不错的意外。"他声色平稳，"但我还是希望你平安无事。"

这话隐喻着暧昧，又不会给人太过分的感觉。

这两人眉来眼去着，置沈西成于何地？

"阿禾，"沈西成及时出声，提醒道，"你不是说要带我去见你爸吗？"

他不提，姜禾绿都快忘了这事。

等了那么久，他还是一如既往地迟到了。

如果他只是在她身上不守时就算了，然而姜父那边怕是要怀疑。

"不了……"姜禾绿摇头。

"你是不是怪我迟到？我不是故意的，最近真的很忙，你理解我一下好不好？"沈西成发自内心地保证，"等我们结了婚，你的事情就是我的事情，我会帮你妥善处理好姜氏的事情。"

本就沉闷的气氛被他弄得更加不堪。

姜禾绿刚醒，没怎么回过神来。

她还没来得及说话，沈西成的手机突然响起来。

看到陈清韵的号码时，沈西成迟疑了几秒，还是接通了。

那端，清亮女声传来："不是说好二十分钟后回来的吗？"

"抱歉……出了点儿意外。"

"怎么？"女人笑声如铃，"你的小女朋友不让你走吗？如果她不开心的话，我们以后还是少见面吧。"

"没有的事，清韵，我马上过来。"

那端，女人低回轻柔的细语让沈西成几乎条件反射地做出了选择。

再看看时间，离他下车到现在不过二十五分钟。

迟到五分钟便让他心生不忍，这个待遇是姜禾绿没有的。

当然，她也不稀罕。

"阿禾，"沈西成似乎想要两全，"你父亲在哪间病房？我现在过去看看他，不过只能说两句话，清韵还在等我。"

"不用。"姜禾绿摇头，"你走吧，我和我爸说一声就行了。"

此时此刻，沈西成做什么都是两头不讨好。再看看时间，又过去了两分钟，终于，他做出艰难的选择："我先去找清韵，明天再来……你等我。"

走到门口，他又忍无可忍地回头，当着时怀见的面对姜禾绿直言道："你记得离他远点儿，他不是好人。"顿了一下，他又说，"有我陪着你就够了。"

他看上去很赶时间，都不给她反驳的机会，就溜得没影了，留下姜禾绿一个人应付时怀见，很尴尬，就算不贫血，她都头疼了。

房间里沉默得能听到呼吸声。

姜禾绿不敢抬头，小口小口地喝着水，以缓解尴尬。

五分钟后，时怀见出声打破沉静："你在喝水吗？"

"啊……"她茫然抬眸，点头，"是……是啊。"

"水杯早就空了，你喝了个寂寞。"

姜禾绿这才注意到他递来的是玻璃杯，里面的水早就被她喝得一滴不剩，后面几分钟纯属是她在演戏。姜禾绿讷讷地摸着鼻子，不知该说什么。

"不是说不躲着我吗？"时怀见不遗余力地将气氛拉到最尴尬，"现在怎么不敢看我了？"

“没有。”

“抬头。”

“……”

“哑巴了？”

姜禾绿还是不动，脑子里回荡着沈西成刚说的话。

她知道他是在故意诋毁时怀见，然而，时怀见年纪轻轻就了有孩子以及坐过牢这事是不可争的事实，纵然表面对她表现得再友好，一个人的过去也是永远抹不掉的。她说不躲着时怀见，不过是看在丰识的面子上，有利益相关，就算对方是一头猛兽，她也会当祖宗一样供着、敬着。

因为紧张，姜禾绿的两只手把被褥抓出不浅的皱褶来。

“不敢看我？”时怀见再度出声。

“……没、没有。”

她一再不承认，让他失去了耐心和哄人的兴致。

时怀见的一只手捏住她的下颌角，力道不重，却稳得让人没有挣扎的机会。他轻轻一用力，她被迫抬眸，和他对视。

她明媚的眼睛里盈着光，却透着几分畏惧。

头顶上，时怀见低醇磁性的嗓音落下：“你相信他说的话吗？”

“我、我相信您是个好人。”

“我不是。”时怀见第二次强调道。

姜禾绿无法躲开他视线的追捕，气氛压抑的房间里，她的呼吸仿佛也被压迫住，断断续续的，无法顺畅。

她看向他的眼神充满疑惑。她很难从一个比自己大出六七岁的商业男士眼里琢磨出一二，从头至尾，他给她的唯一印象就是“英俊有钱的好心老男人”。

不知何时，时怀见已经俯下身，两人的距离近得能感知到对方的呼吸。

“不过，”微顿，他又说，“我不会伤害你，还会帮你对付沈西成。”

“为什么？”她脱口而出，“你不会是喜欢我才帮我的吧？”

意识到自己在说什么胡话，她轻咳一声，想解释自己只是随口一说，没别的意思，可眼前突然一暗，他的脸离她越来越近。

被一双深不见底的黑眸注视着，姜禾绿明显处于劣势，男人的五官近乎完美，纵然是俯视的姿态，轮廓线条依然刚硬分明。

他的唇薄得很。

别人说，这样的男人无情冷漠，很难动心，却经常给女孩一种深情的错觉。

当他俯身低头时，不知道为什么，姜禾绿下意识地闭上了眼睛。

许久后，耳边依然是安静的。

过了一会儿，她明显感觉到他的手松开了，并且起身站稳。

“闭眼做什么？”时怀见心平气和地问，“不会以为我要亲你吧？”

“……”

他抬手，把刚刚从她头发上拿下的羽毛递到她的眼前，道：“帮你摘个东西而已。”姜禾绿彻底闹了个大红脸。

这男人肯定是故意的。

她其实并不觉得他俯身是来亲她，刚刚的闭眼只是出于一种压迫下的条件反射。他那般调侃，不知道是有过多少个女人，才表现得这么顺其自然。

姜禾绿实在不想和他再待在一起了，她简单地收拾了一下，便想走人。

确定沈西成不会去见父亲后，她的心里反而踏实了。

要是真带沈西成去见父亲的话，她真担心那个家伙说些什么不尊重人的话，让父亲起疑心。

“你去哪儿？”时怀见这时问。

“找我爸。”她想了想，道，“沈西成不去见他，我总得过去给个解释吧。”

“身体没事？”

“可以走了，头不是很痛。”说着，她试着摸了摸额头。

睡了一觉后，情况好了很多。

时怀见转口又问：“听说你父亲的心脏不好，沈西成这回放了他鸽子，会不会对老人家的病情有影响？”他说的正是姜禾绿所担心的。

沈西成不去，她总不能去大街上随便拉个人充当男朋友。

当然，也不是不能这样做……反正姜父只见过沈西成被媒体偷拍到的模糊照片，不知道真人长什么样，她完全可以花钱雇个人陪她演戏，把老人家糊弄过去。只是，现在情况紧急，去哪儿找合适的演员？

视线上移，姜禾绿发现眼前就有一个人，她的眼睛开始冒光，慢吞吞道：“时总，我知道您是个好人。”

时怀见猜到她没好事，充耳不闻。

"您帮我个忙吧，冒充一下我的男朋友。"她说。

"冒充？"

"您不需要做什么，路过病房的时候和我爸说几句话就行……"她谄媚地笑道，"让他以为你是个优秀、让人安心的女婿。"

"帮你可以。"时怀见语锋一转，"报酬呢？"

"我请您吃饭。"

"就这样？"

"吃饭时，我把肉全让给您。"

时怀见觑她："我不喜欢吃肉。"

"那我把菜全让给您？"

"拿出点儿诚意来。"

诚意？这可难到她了，到底怎样做才算有诚意？

他不缺钱，也不缺别人给他献殷勤，她能给的只有一顿饭，请客吃饭不算有诚意的话，她实在想不出其他有诚意的事情。

大老板什么都不缺，缺的就是送礼人的心意。

姜禾绿绞尽脑汁，终于想到了有心意的方法，眼睛发亮："我知道了。"

"知道什么？"

"我给您送一面锦旗吧，上面就写，您是好人。"

"……我提前谢谢你。"

发现时怀见转身要走，姜禾绿立马跟过去，觉得自己真聪明。

应该没人比她想得周到了吧？想必，在她之前，肯定不少人送珍贵物品，却没人能想到送锦旗这种威严又显庄重的装饰品。

"时总，您觉得怎么样？"

"时总，您是不是不太高兴？"

"时总，您要是不满意上面的字的话，我一定会改到您满意。"

她追在时怀见身后，一句又一句地说，态度认真，诚意满满。

时怀见没走几步，突然停了下来，姜禾绿没注意，愣生生地撞了上去，额头撞在男人坚实的后背上，她眼前一黑，隐隐有痛感传来。

"行了。"时怀见无奈道，"我答应你。"

"真好。"姜禾绿立刻给他颁发好人奖，"刚才您说要帮我对付沈西成，我还以为只是开玩笑，没想到这种小事您也会帮忙。”

她这般模样，时怀见已有不祥的预感。

果然，下一秒，她说：“以后我有困难的话，还能找您吗？”

“……看情况。”

“放心好了，我要是找您帮忙的话，肯定是大事，像家里水管坏了或者换灯泡这种小事绝对不会麻烦您。”

她说得头头是道，却不想，男人意味深长地看了她一眼：“去你家里修水管的话，也不是不可以。”

她眨眨眼，好长时间没反应过来。这话听着怎么这么诡异呢？

她应付道：“修水管、换灯泡这种小事还是我自己来吧。”

时怀见：“你会吗？”

“这还不简单？这……还真的不简单。”姜禾绿立马停顿，“我不会，我好笨的，连矿泉水瓶盖都拧不开。”——男人都喜欢柔弱的女生，绝对不能让他知道，她曾扛过近二十升的纯净水桶上四楼。

“有需要帮忙的话就电话联系，晚上怕鬼也可以联系我。”

姜禾绿瑟瑟发抖，比起鬼，还是他更可怕。

住院部里，为了让时怀见完美扮演女婿这个角色，姜禾绿一直在讲注意事项，包括但不限于自己的生日、爱吃的食物、讨厌的事情……免得姜父问起来，他一概不知，反而露馅。

他们乘电梯时，一个身高挺拔的男人走进来。

高级病房的电梯人少，能遇到的要么是医生、护士，要么是有身份的人。

然而，这个有身份的人穿着一身病服，踩着人字拖，整体给人感觉邋里邋遢的，面部轮廓却明晰分明，五官俊美。

抱着好奇心，姜禾绿从电梯的反光墙上小心翼翼地观察对方。不看还好，一看吓一跳。这人的眼睛冷得像是浸过冰，寒气逼人。现实中还有这样的人吗？

姜禾绿往旁边侧了侧身，不敢再看这个奇怪的人。

奇怪的人却扫视了他们两人一番，狭长的眼尾扬起，弧度弯曲，瞳孔眯得只剩一条缝，仿佛很久不见天日的孤独患者。

不算宽敞的电梯里，这人声音突兀：“女朋友？”

他是烟熏嗓，沙哑暗沉。

时怀见按了电梯键，没回答，反问："你出来做什么？"

没得到回答，那人索性看向姜禾绿，面无表情地问："你是他的女朋友？"

他的眼神幽深凌厉。

姜禾绿哪敢回答，下意识往后退，但挨着墙边，退不到太远的地方。

时怀见突然抬手，拉过她的胳膊，直接将她整个人带到另一边，自己立于他们两人中间，不温不火地警告道："别吓她。"

"这么护着，是弟妹没错了。"

听到"弟妹"两个字，姜禾绿再次小心翼翼地用余光瞟了瞟那人。

他不会就是时怀见口中的大哥吧？明明长得比男明星还英朗帅气，却给人一种凶残狠暴的感觉，搞得好像别人都欠他的命一样。

真吓人！即使出了电梯，姜禾绿依然惊魂未定，拐个弯后才回头去看。

很奇怪，那人和时怀见只有一两分像，和时妄却有三四分相似。可能是隔代基因的问题？姜禾绿按住蠢蠢欲动的好奇心，强迫自己转回头。

"不用怕。"时怀见看出她的顾虑，解释道，"他不伤人。"

"嗯？"

"是我大哥。"停顿后，他又说，"精神方面不太正常。"

"这样啊。"怪不得看着那么奇怪。可能是遭遇了事故才变成这样子的吧？不然好好的人，怎么会得精神疾病？

姜禾绿没有关注别人的家事的习惯，只是那人和时妄长得像这点让她比较疑惑。压下八卦的心思后，姜禾绿把重心放在了姜父这里。

进病房前，她想拉着时怀见演示一番。

"不用演示，我知道。"时怀见笑了笑，握住她的手，动作自然。

腕部被他不轻不重地握着，陌生的温暖让姜禾绿不是很适应地紧张起来。知道这是最基本的操作，她没有拒绝，只能任由他握着，红着脸说："其实不需要这样亲密……"

"那行。"他松开她的手，漫不经心地说，"那我离你三米远。"

有求于人的是她，摆出不情愿的态度明显不合理。姜禾绿忙追过去，主动拉住他的手腕："我牵。"她的手太小，握不住他的手，只能拉着他的手指。这样一来，显得时怀见在遛小姑娘似的。

姜禾绿一边走，一边不放心地提醒："该说的我都说了，你不要忘了。"

“不会忘。”

“那我考考你，我上的哪所幼儿园？”

“小红花。”

“那我再考你。”姜禾绿不放心地问道，“我最喜欢吃的食物是什么？”

“杧果布丁。”

“什么杧果布丁？我明明最喜欢吃香辣猪蹄。”

沉默了一会儿，时怀见才道：“……你刚刚告诉我的是杧果布丁。”

姜禾绿愣了一下，突然想到什么，忙改口：“啊，对，我最喜欢吃布丁，小仙女怎么可能喜欢啃猪蹄？！我是故意糊弄你的。”

几个考题下来，时怀见的表现都不错。

初次带人过来，还是个大老板，姜禾绿紧张得很，进病房的时候犹如电影里的侦察兵，确定房间里只有父亲一个人后，她才把时怀见拉进去。

她先对着病床上的人甜甜地喊了一句：“爸。”

等得都快睡着的姜父听到动静，忙坐起来：“总算来了。”

老父亲眯了眯眼，看看她身边的男人，问道：“这位就是你男朋友吧？”

“伯父您好。”时怀见走过去，礼貌地道。

见长辈的一套流程他再熟悉不过，传统老人要的就是年轻人的态度，是否尊重对方，一眼便能看出来。

按照姜禾绿的计划，时怀见又解释说路上有些堵车，所以没能及时赶到医院。这个解释还算合理，姜父没有怀疑什么。

尽管和时怀见排练过，姜禾绿还是怕露馅，便催促道：“爸，他特别忙，您随便说几句就行了。”

三言两语间便对未来女婿有了眼缘的姜父并没有听她的，反而以毒辣的眼光分析起时怀见，他未穿正装，说明待会儿并没有什么大事，既然没有大事，为什么不能留下来多说几句话？

老人家和丫头没什么话题，好不容易看见年轻小伙，还是对样貌及品行都颇为满意的未来女婿，父亲没打算把姜禾绿的话放在心上。

这就导致了接下来发生的事情都超出了预料，没人按常理出牌。

一分钟后，姜父已经和时怀见谈笑风生；五分钟后，他们开始讨论小孩的名字；二十分钟后，姜父开始嫌弃女儿也在病房，不方便他和未来女婿讲话，撵她出去买水果。

可能这就是男人吧。姜禾绿开始怀疑自己不是亲生的。

“小禾这孩子，我一直很担心她，现在好了，成家立业后，当父母的就能少操很多心。”姜父感慨道。

“没有。”时怀见温声应着，“姜姜很听话。”

姜父说：“她性格太野，在幼儿园经常欺负男同学……”

姜禾绿打断：“爸，你能说点儿我长大后的事情吗？”

姜父又道：“她上初中那会儿经常欺负男同学……”

从幼儿园到初中，还真是“长大”了不少。

姜禾绿知道自己错了，她不该认为父亲的心很脆弱，本来她还担心沈西成没来会不会打击到父亲，现在才发现，她应该只考虑自己受伤的心灵。

“你们聊，我去上个厕所。”姜禾绿把包包放下，从里面拿出纸。

等她走到门口时，姜父问：“房间里不是有吗？”

“我喜欢去外面。”

“那你迟点儿过来，我和女婿再聊会儿。”

姜禾绿不知道父亲为什么这么容易被收买。

走之前，姜禾绿不忘和时怀见轻声咬耳朵：“不要说太多，免得暴露。”

“我知道。”

“十分钟后，我带你走。”

这时，病床上的姜父发现自己被忽视，不满地问道：“你们两个年轻人说什么悄悄话呢？”

“没什么。”姜禾绿立马解释。

“女婿，你来说。”

话题扔给时怀见后，在姜禾绿警告的眼神下，他笑容温和：“没说什么。”

不等姜禾绿松一口气，他又说：“只是一些小情话。”

“……”

姜父慈爱地看着他们，十分高兴他们这般恩爱，几分钟不到就咬耳朵说悄悄话，这不正说明两人感情深厚，谁都离不开谁吗？甚至他的好闺女临走前还一直看着对方，眼神里充满不舍。

少了个人，病房的气氛仍然很好。长时间找不到合适的人说话，今天，姜父终于打开了话匣子，他心情愉悦，两人交谈得很融洽。

姜禾绿走后没多久，她包包里的手机铃声传遍病房。

“是小禾的手机。”姜父说了一句。

铃声很吵，时怀见走过去，从她包里拿出手机，他本来打算出去看看人回来没有，顺带把手机给她，然而，看到上面的号码后，他的思绪稍稍顿了一下。

电话是沈西成打来的。

“什么电话？”姜父笑眯眯地说，“如果只是普通电话，女婿可以帮她接一下，反正以后都是一家人。”这话一说，就让人觉得时怀见如果不帮姜禾绿接的话，便暴露了他们不是一家人。

接通后，时怀见把音量压低。

因此，虽然房间很安静，但姜父也听不出打电话的人在说什么。

电话那端的沈西成把沉淀许久的深情告白一字一句地说了出来。

“阿禾，很抱歉现在才联系你，我刚刚忙完，本来打算找你，家里又有点儿事。你是个宽容温顺的女孩，不会怪我的，对不对？”

“我知道，清韵回来后对你可能有一定的打击，但是你不要太难过，我会一直陪着你的。等我忙完，我们就订婚，我一定给你一个交代。”

“阿禾，你在听吗？”

时怀见握着手机，不温不火地说了一句：“我在听，继续？”

事到如今，脾气再好的人都禁不住对方一次又一次地挑衅，沈西成竭力克制着自己即将喷涌而出的怒火，冷声质问：“她的手机为什么在你这里？她人在哪儿？”

时怀见没有回答，很无情地把通话挂断了。

那边的姜父好奇地问道：“谁打来的？”

时怀见随口答道：“她的追求者。”

“追求者？”姜父老眉一皱，很不高兴，“这孩子，怎么有对象了还留着追求者的号码？这种电话应该早点儿挂了。”

“您说得对。”时怀见附和道。

这时，姜禾绿推门进来了。本来，姜禾绿打算早点儿催时怀见离开，结果一眼看见她的手机被他握在手中。病床上，父亲的眼神十分奇怪。

她好奇地问道：“发生什么事了？”

姜父解释道："你的手机刚刚响了，是个骚扰电话，女婿帮你挂断了。"

"哦。"她没放在心上，"那谢谢他了。"

演戏结束，姜禾绿送走时怀见，这才彻底松了口气。

接下来，她应该一身轻，没有其他的烦心事了，因为陈清韵回来了，想必沈西成更没时间搭理她。至于姜父那边，老人家不仅信了，目前还认为未来的女婿不错，至少不是个虚与委蛇的公子哥儿，算是个可以托付的良人。

姜父还问姜禾绿打算什么时候结婚。

"这个啊……"姜禾绿正拿着一块波罗蜜往嘴里送，含含糊糊地敷衍，"当然是等爸您的病情好了再说。"——等病情稳定，她就可以告诉他真相了。

治病期间受不得刺激，她可不想做个不孝女。

姜父点头，叮嘱道："人家帮了我们这么多，你可得好好对人家。"

"我知道。"姜禾绿口吻随意，"为了感谢他，我打算买面锦旗送给他。"

"锦旗？"

"是啊。"她兴致勃勃地道，"爸，您觉得锦旗上面写'绝世好人，雪中送炭'这八个字怎么样，是不是特别有诚意？"

"你这孩子，怎么净做这种无意义的事？这算什么诚意？"

姜禾绿吐了吐舌头，正准备说自己是开玩笑的，又听父亲改口说："八个字太少了，怎么着也得十六个字。"

"……"

第三章 脸红什么

傍晚，姜禾绿出去给父亲买饭。

不过半个小时的时间，等她回来后，发现房间里多了一个人。

她完全没料到沈西成会来。她以为他说“明天再来”是玩笑话，却没想到是认真的，并且当天就抽空出现在了这里。

看到他的第一秒，她惊得差点儿把手里的饭盒摔在地上：“你怎么……”

——完了。她不知道在她不在的时候，他说了哪些话，姜父会不会受到刺激，最主要的是，他们的关系会不会败露。唯一庆幸的是，姜父只是脸色不太好看，其他还算正常。

“这是给咱爸的吧？”

比起她的慌张，沈西成很冷静，他从她的手里接过盒饭，摆好小饭桌，帮忙把食物放了上去。

“我和阿禾先出去一趟，爸，您慢点儿吃。”沈西成笑着说完，抬手拉住姜禾绿的手腕，将她带了出去。

姜禾绿的脑子一片空白，任由他牵着走。

走廊尽头，清风徐徐吹来，姜禾绿的脑子里却一团乱麻。

姜禾绿握紧手，问道：“你怎么来了？”

“时怀见能来，我不能来吗？”

“可是……”

“放心，刚刚我已经和咱爸讲清楚了。”沈西成拍了拍她的肩，一脸镇定，“说是因为我还有事，你怕他老人家担心，就先找了个朋友代替我和爸见面。”

当然，他肯定也实话告诉了姜父，他才是沈西成，前一个是时怀见冒充的。

沈西成这个人虽然不怎么样，却身经百战，这点儿小场面根本不在话下。

他问过这里的护士，知道时怀见来过，因此，面对姜父的质问，他给出了合情合理的解释。一切处理得还算妥当，并未吓着姜父。

“我知道是我的问题，所以，你找时怀见来顶替我，我不怪你。”沈西成的态度十分温和，“只是，你以后不要再和他接触了。”

姜禾绿忍住大骂他一顿的冲动，问道：“你和我爸都说了什么？”

“随便谈谈，谈到结婚的时候，你就过来了。”

“……谁要和你结婚？”还谈到结婚了？他哪儿来的脸？

一直以来，她都给他一种乖巧柔弱的印象，突然用这样粗狠的口吻和他说话，倒是让人想不到。但沈西成没有太意外，他认为她生气是理所当然的，毕竟他是为了她的情敌而迟到，放在任何一个女人身上，她们都没有好脾气。

他安抚道：“别气了。”

“我不和你结婚，也不是你女朋友。明天，替身合同就会过期，你的陈清韵也回来了，我们结束了。”姜禾绿一字一顿，清晰地说道。

沈西成却轻笑了一声，宠溺地哄道：“我知道你在吃醋。”

“……我没吃醋，我不喜欢你。”姜禾绿往后退了两步，和他保持一定的距离，认真强调，“一开始你就说了，我们之间只是一场交易，以后连交易都没有了。”

“那是一开始，现在我认真了。”沈西成依然不信，“你之前不是变卖过一颗祖母绿宝石吗？过段时间，有个拍卖会，我帮你买回来，当作订婚礼物，好不好？”他开始用金钱蛊惑她了。

之前姜氏陷入危机，她把能卖的首饰和衣服都卖了，包括陪伴她长大的一颗祖母绿宝石。姜父说那祖母绿宝石是无价之宝，因为那是她母亲留给她的唯一礼物。然而，危机面前，再珍贵的礼物也不得不变成钞票，否则穷途末路，谁会对着一颗宝石缅怀过去。

虽然心里很想拿回那颗祖母绿宝石，但姜禾绿还是摇了摇头：“不要。”

“阿禾，你相信我，我和清韵已经是过去式了，我真正想娶的人是你。”沈西成诚恳道，“如果你实在介意我心里有其他人，我可以忘记她。”

他说什么？忘记陈清韵？姜禾绿不敢相信自己的耳朵。她没听错吧？全桐城最痴情的公子哥儿沈西成居然说要忘记自己的白月光？

看到她一脸惊讶的表情，沈西成有些惊喜。

他就知道，她肯定是介意陈清韵，才一直拒绝他。

一个女人越吃醋，说明她越喜欢这个男人。

如此浅显的道理，他怎么可能不懂？见姜禾绿一直拿陈清韵说事，沈西成越发肯定，她爱他爱得无法自拔，甚至不惜放手成全他和陈清韵。

“阿禾，”沈西成的语调更加动情，“你既然喜欢我，就不该这么退缩。”

姜禾绿的心上飞过几只乌鸦。

是她之前演得太过头，才给了他这么强烈的错觉吗？

还是她的话说得不够清楚？

“我再说最后一遍。”她实在不想和他纠缠下去，严肃道，“我不喜欢你。”

“还说不喜欢，你看你的脸都红了。”

她的脸分明是气红的。

不管姜禾绿再怎么强调，沈西成始终觉得她在说谎，在逞强，女人说不要就是要，其实她想要祖母绿宝石，她想要嫁给他……

走之前，他还提出给她零花钱作补偿。

姜禾绿觉得自己快被他气死了。

之前，沈西成很少有时间管她，基本只在有应酬的时候才会带上她，他一直表现得中规中矩，所以，她对沈西成的印象并不差。

可自从他动了娶她的念头就变了。

果然，两性之间，交往过密，容易把关系弄得糟糕。

他之前喜欢白月光，估计也是因为人家懒得理他，爱而不得，才让感情更加沉重，才会在深夜痛哭流涕。

那么，如果她跟陈清韵一样不断地拒绝他，她不会也成为他的白月光吧？

姜禾绿甩了甩脑袋，抛掉这个可怕的想法，之后蹑手蹑脚地回了病房。

毫不意外地，门刚打开一条缝，她便听到姜父的指责声：“过来，跟我说说到底怎么回事。”

她半点儿准备都没有，仓促地解释：“爸，我不是故意骗您的。”

“我只想知道一件事。”

“什么事？”

“你和时怀见到底是什么关系？”姜父一下子问到了点子上。

正如沈西成所说，因为他实在抽不出空来，不好意思爽约，姜禾绿才找人扮演了一下“女婿”的身份。

她随便找个男人都可以，偏偏找的人是时怀见。

——桐城最有权势的纳税大户，低调神秘，光是提起名字便让人心生敬畏。

如果说沈西成是不靠谱的沈家少爷，那么时怀见就是不可招惹的二婚男人，两者之间，孰利孰弊，姜父分得清楚。

姜禾绿琢磨了会儿，老实回答：“我和时总只是朋友。”

“普通朋友？普通朋友低利息给咱家贷款？普通朋友会陪你来病房演戏，哄我这个老头子开心？你是不是觉得我半截身子快入土了，才这么胆大妄为地骗人？”

“爸，您慢点儿骂。”

“你要是不想气死我，就赶紧和我说实话。”

“真的只是朋友。”

“沈二少说你们走得很近，他还抱过你。”

听到这句，姜禾绿的眼里突然闪过一丝厉光，她暗暗咬牙，这个烂人，好话没一句，肚子里全是坏水。

这下，她跳进黄河都洗不清了。姜禾绿面露难色：“我和他真的没关系，爸，你为什么信沈西成一个外人，却不信我？”

姜父不由分说地摆手，已然不给她解释反驳的机会。他没有精力去调查事情的真假，只说：“不管你们之前怎样，从现在开始，你不要再和他扯上关系。”

“为什么？”

“还用得着我说吗？”

早些年关于时怀见的传闻，姜父是知道的。

纵使姜禾绿解释他并不是别人说的那样，姜父也不会信的。

“他其实是好人。”她不甘心地辩解道。

“是好人还是坏人，我不做评论。”姜父目的性明确，“但你休想和他在一起。我不可能允许你当一个高中生的后妈，我再落魄，也不会让好好的闺女砸在别人手里，老姜家要脸。”

闻言，姜禾绿明白了，原来父亲不是觉得时怀见是坏人，只是不想让他们的关系更近而已。

“我还以为怎么呢。”姜禾绿松了口气，“爸，您放心，我没那么傻。”

“要是被我发现你和他有亲密的来往，我就打断你的腿。”

姜禾绿一边收拾碗筷，一边看了看自己的腿。

就算不为了腿，只是为了下半生的幸福，她也不可能嫁到别人家里做后妈。

姜禾绿突然同情起时怀见。

过去的事情，就算过去得再久，都无法改变人们对他的印象。哪怕他从良了，哪怕他是桐城首富。

想到他的身价，她又开始颓废。

她可真是有能耐，去同情一个身价数亿的男人。

姜禾绿心情郁闷，打开微信和于诗吐槽了一番。

于诗回道：“你别怪你爸传统，别说你爸了，任何普通父母都接受不了这件事，好不容易把你拉扯大，可不是让你去做后妈的。”

姜禾绿：“我没有做后妈的想法，只是在想他是不是管得太宽了。”

毕竟，她和时怀见并没有太亲密的关系。

于诗：“十四岁的时候，我觉得我爸妈说话传统老旧，二十四岁后，我发现他们讲的话是真有道理。”

姜禾绿：“理解万岁吧。”

于诗：“不过，时家人真的不是别人说的那样。宁宁跟我讲，时妄那小子没有再欺负她，还不许其他男生欺负她。”

“唉，时总挺好的，要是没孩子的话，估计家里的门槛都被女人踏破了。”于诗又说，“现在这情况，还有不少女的想勾搭他呢，我新签的经纪公司名下的一个女明星天天说时怀见是她的男神，她也不掂量掂量自己。”

即使有过不好的传闻，还带着个儿子，时怀见依然凭借实力成为各个年龄段的女性追捧的对象。

看到“新经纪公司”几个字，姜禾绿岔开话题：“你换公司了？”

“嗯，前几天有人找我，没想到我一个小主播还有人青睐。你要不要也来试试？听说他们特别厉害，能把一个小牌子矿泉水的价格拔高好几倍。”

于诗建议姜禾绿自己代言姜氏品牌，再改变鞋厂的传统加工模式，往年轻潮流风向靠拢，不但省下了一大笔宣传费，自己还可以接其他代言。

如果她能自己挽救姜氏的话，就不需要再低声下气地求人了。

姜禾绿心动了，敲出几个字："我明晚找你细聊，这个公司靠谱吗？"

"靠谱，听说有个神秘大老板新注资了几个亿。"于诗又说，"来的时候把八宝带着，宁宁说很想它，还给它买了猫罐头。"

八宝是姜禾绿养的猫。

想到好长时间没带着它出门溜达了，姜禾绿爽快地答应了。

下午的时候，姜禾绿接到了银行的入账信息。她正准备带着八宝一起去于诗家过夜，半路上想起忘了带猫粮和猫砂，便决定去宠物店临时买一些。

这时，手机收到了一条短信，显示她收到了五十二万元转账。

不用想也知道，是沈西成转来的。

看着这违和的数字，姜禾绿想重振姜氏的决心越来越坚定，沈西成休想用钱套牢她。

姜禾绿没去管短信，背着猫包进了宠物店。

店里有可试吃的猫粮，八宝尝过大部分进口粮，有几个牌子蛋白值过高，造成了它的肠胃不适，所以在喂饭方面，姜禾绿格外小心。

店主在里面忙活，只有临时工招待姜禾绿。

猫主子半个身子蹲在猫包里，露出半颗脑袋，吃着姜禾绿手里的试吃猫粮。

"美女，这是我们家新来的猫零食，要不给猫尝尝？"临时工推销道。

他拿着猫零食，刚蹲下来，一只摇着大尾巴的阿拉斯加犬突然横冲直撞地跑过来，速度极快。一道狗影子飘过，临时工手里的猫粮就没了。

"这狗……"临时工正要破口大骂，看见狗的样子后，立马闭了嘴。

那狗还在店里穿梭，跟狼似的，姜禾绿和猫都吓得没敢动弹。

"过来，别乱跑。"

里面传来一个变声期少年的嗓音，听起来很熟悉。

姜禾绿抬头一看，果然是熟人。

隔着蓝色铁网，时妄双手抄兜，正朝这边走来。他刚刚和羊驼玩得太过专注，没发现牵引绳竟从手中滑落。

发现被吓到的人是姜禾绿后，时妄伸长脖子，眼珠子溜溜地转了转，主动打招呼："漂亮姐姐，又偶遇了。"

这般不正经的口吻和他爸并不像，她却也不知道怎么回答。姜禾绿没有答话，只是象征性地微笑，在老板的招呼下，她去看新到的猫粮。

被漠视后，少年漫不经心地吹了声口哨。

顿时，一只毛发顺滑的大狗蹲在他跟前，尾巴摇得像螺旋桨。

听到旁边的猫叫，时妄随意地瞥了一眼，看见老实巴交地待在猫包里的猫，动了歪心思。

在老板的建议下，挑选了三斤生骨肉的姜禾绿突然想起猫还在外面。

“没事，我们家开了空调，门是关着的。”老板笑吟吟道，“不再挑点儿？”

“不了。”姜禾绿快步走过去，发现猫包还在，里面的猫却不见了。

再一看，刚刚那只疯疯癫癫的阿拉斯加犬旁伏着一只肥嘟嘟的猫。

“怎么出来了。”姜禾绿轻声埋怨，刚准备把它抱起来，却发现它的脑袋被一根牵引绳系得死死的。

受到束缚的八宝叫起来：“喵呜——”

姜禾绿顺着牵引绳看去，另一端是那只狗。

一狗一猫，模样都很无辜，有罪的是那个少年。

察觉到质疑的目光，时妄轻咳了一声：“本来只是系着玩……突然发现解不开了。”

他生性顽劣，本想让那狗带着猫一起玩，奈何绳子没系好，他粗线条，分不清是活结还是死结，随便一系，又紧又乱。

姜禾绿看他一眼，没吭声，蹲下来自己解。

确实不好解。

“老板，有剪刀吗？”时妄出声。

临时工送来一把剪刀。知道做错了事，时妄不敢靠近姜禾绿，先试着用剪刀剪离狗近一些的绳子尾端。

可能用剪刀剪断的牵引绳，不是好牵引绳。

发现剪不开后，少年有点儿慌，第一时间想到自己还有个爹，现在不扔烂摊子，什么时候扔？他二话不说，直接跑了出去。

人一走，姜禾绿低声骂了一句脏话。

真讨厌不经过允许就动别人东西的小孩。

别说姜父不让她做后妈，就是天王老子求着她，她都不可能做。

过了会儿，时妄回来了，手里多了只打火机，诚心建议道：“我来用这个把绳子烧断吧。”

他还没靠近，就被姜禾绿制止：“别——我来。”

系个绳子都这样，要是用打火机的话，还不得烧成什么样。

这根绳子不知道是用什么材料做的，结实又耐用，点了好几次才点燃，而后散发出难闻的气味。

尽管姜禾绿很小心，火势还是把八宝后脖子处的毛烧短了一小截。

见平日里在家嚣张得翻天覆地的八宝此时安静得不得了，姜禾绿有些心疼，她把猫小心翼翼地放入猫包里，又收拾了一番刚才买的零食，起身就走。

“啊——”时妄在后面喊了一句，底气明显很足。

姜禾绿手里拎着东西，不方便开门，准备放下一样去开门时，有人提前帮她把门打开了。前方传来低沉的男声：“你要我的打火机做什么？”

听到熟悉的声音，姜禾绿抬头看去，和时怀见四目相对。

她的眼角泛红，沉默不语，有些不正常。

敏锐地察觉到细节，时怀见蹙眉问：“怎么回事？”

“没事。”她摇头。

“你欺负她了？”这句话，时怀见是在问时妄，口吻比往常严厉冷肃数倍。

“我没有。”时妄为自己辩解，“就是不小心欺负了她的猫……”

——用得着那么凶吗？

目光下移，时怀见便看见猫包里的猫，蓝灰色的英短，长相温顺，此时正懒洋洋地趴着，后脖子处有一块被烧焦的地方。

“不是我烧的，当然，和我有一点儿关系……”时妄试着辩解。

时怀见：“道歉。”

时妄：“我不是有意的。”

时怀见：“要我说第二遍？”

男人的音量虽然不高，却极具威慑性，可能是在车内待久了的缘故，他身上的冷气还没散，看上去让人更加不敢放肆。

时妄还想强词夺理，却被他眼底的厉色骇住，纵然心中不满，也老老实实地转过身去，朝姜禾绿和那只猫拖腔拉调地说了句“对不起”。

“好好说。”时怀见面无表情地陈述。

“对、不、起。”时妄咬牙，心里越来越不爽。

“没关系的。”姜禾绿这次正面看向他们，打圆场道，“不是大事。”

“你觉得不是大事，但老时认为是大事，他就是想借这个理由和你说话，甚至想带你去吃饭，没准还想去酒店……哎哟……”时妄的话还没说完，肩膀就被人拍了一下，疼得他不得不闭嘴，眼神里透出深深的不满。

虽然他的话没说完，但姜禾绿也猜到后面是什么内容。

现在的小孩说话肆无忌惮，让她本就想躲避他的想法越发强烈。

时怀见像是没听见儿子的话，看似随意地岔开话题：“你养的是什么猫？”

姜禾绿老实答道：“英短。”

“好巧，我也养了英短。”

“爸？”时妄忍不住插嘴，“我们家就 An 一只狗，没有养英短。”

时怀见走到猫区，拎起一只住着英短的便携式笼子：“现在有了。”

有相同的宠物，方便交流。

不得不说，老男人的思维相当敏捷，想法非常不错。

本来只是带狗来洗个澡，现在好了，他们待会儿回家后还多了只新买的猫。

时妄站在门口，看着帮女孩搬猫粮提猫包的老时，开始盘算以后该怎么和后妈争宠。要不，回头看几集宫斗剧？

等姜禾绿的车开走后，时妄去探口风：“老时，你俩发展到什么程度了？”

“少管闲事。”

“她喜欢的是你这个人，还是喜欢你的钱？”

时怀见没理他，捡起地上不知何时掉落的一只发卡。没记错的话，应该是姜禾绿不小心掉的。

“哟，还掉了信物。”时妄阴阳怪气地道，“现在的女的真有心机。”

“什么心机？”

“比如和喜欢的人约会时，她们故意落些口红发卡之类的小东西给男人，方便下次以返还为理由见面。”

走在前方的时怀见步伐突然一顿。

时妄：“怎么了？”

时怀见：“我的打火机是不是落在她那里了？”

姜禾绿去于诗家楼下的熟食店买了炸鸡和啤酒，又和闺密在厨房切了一些水果，没多久，两人便做好了一顿简便的晚餐。

于诗坐在沙发上，揉弄着手里的猫，忍不住笑道："你可真下得了手，把八宝的毛烧成这样。"

姜禾绿耸肩道："应该很快就能长出来吧？"

对于猫毛，她解释说是自己不小心弄的，并不想把在宠物店遇见时家父子的事说出去，免得闺密多想。

结果，翻找猫包的时候，还是被于诗发现了里面精致的打火机，金黑配色，表面刻着"Dupont"的字样。

"这是什么？"于诗好奇地问，"你抽烟还用五位数的打火机？"

看到打火机，姜禾绿差点儿被啤酒呛到。她拿过来仔细看了看，还真是用来烧绳子的那只，也就是时妄从他爸那里拿来的。

虽然大老板可能不在意一只打火机，但她总不能私吞人家的东西，还得找个机会还回去。

于诗打量着打火机，惊道："姐妹，厉害啊，抽着几十块钱的细支烟，用着好几万块的打火机？真有面子。"

"行了。"姜禾绿敷衍一句，岔开话题，"你不是说介绍公司给我的吗？叫什么？给我看看。"

姜禾绿不提，于诗都忘了正事，她连忙拿出新公司的资料，还做了介绍。据说公司资金富足，同类子公司里也有不少一二线女星，背景实力不用愁。

帮忙联系后，于诗说："我刚刚和经纪人聊了，他在夜遇酒吧玩，暂时没空面试，让我们明后天再挑时间。"

明后天姜禾绿都有空，正要点头答应，于诗又拉住她的手："明天太晚了，现在就去酒吧找他吧？刚好，我也好长时间没出去玩了。"

"上周不是刚出去吗？"

"你都说是上周了。"

年纪还小的时候，姜禾绿和于诗文贴了闺密文身贴，染了雾霾蓝色短发，穿宽大夹克牛仔，一出门就认为自己是街头最漂亮的女生。

装了太长时间的乖乖女，姜禾绿都不记得去酒吧是什么滋味了。

路上，姜禾绿漫不经心地提了一嘴："陈清韵回来了。"

于诗一脸震惊道："……那你咋办？"

“不咋办。”

“你还好吗？”

“不好，估计今晚连觉都睡不好。”

“失恋等于失眠嘛，很正常，我陪你熬夜。”

“我是怕我一闭眼就会笑醒。”

夜遇酒吧是桐城颇具设计感的酒吧，里面的摆设都是从国外淘来的旧物古董，风格颇受年轻人的喜爱。

于诗和姜禾绿过去后，本打算去点杯酒，迎面却来了个横冲直撞的男人，他速度太快，两人都没反应过来，于诗愣生生被撞得后退三步。

“哎哟……”于诗下意识地叫了一声，“走路都不看的吗？”

男子回过头，流里流气地看了她一眼，眼神轻蔑。

“看我干吗？”于诗翻了个白眼，“撞了人也不知道道歉，真没素质。”

“是你撞的我。”

“有没有搞错？我们走得好好的，明明是你自己眼瞎。”

“你说谁眼瞎？”

三言两语间，两边已经吵了起来。

于诗平时就不是个“得饶人处且饶人”的主儿，那个男人看着岁数不大，二十出头，年轻气盛，不仅不肯道歉，还颠倒黑白，硬说是她先撞的人。

“好啊，那就调监控！”于诗咬牙道。

这时，一个轻柔的女声传来：“怎么了？”

紧接着，有三个年轻女人和七八个男人顺着声音走了过来。

和于诗起了冲突的男人看到来人后，立刻换了个腔调：“没什么，就是没想到过个生日会这么晦气，和一个女人撞了。”

“你没事吧？”

“我没事，清韵姐，你别过来，这种女的，你离她近一步都折寿。”

本来不是什么大事，于诗和姜禾绿并不想惹是生非，道个歉就能息事宁人，没想到被人骂成这样，连“折寿”都说出口了。

“清韵姐”三个字一字不落地灌入两人的耳中，她们的眼里不约而同地闪过一丝讶异。

细细观察，眼前这个女人确实很有可能是陈清韵。

没见面以前，姜禾绿以为她会是个柔弱软萌的女生，然而，她的实际年纪并不小，虽然保养得好，但快三十岁的女人，眉眼间的气韵还是一下就能看出来。

察觉到她们的目光，陈清韵也看了过来。

她的目光在于诗身上停留了不到半秒，一大半的时间在看姜禾绿。

“这位小姐看着很眼熟……姓姜，对吧？”陈清韵轻声开口，“我看过你的照片。”

隔着好几米的距离，姜禾绿都感觉到了对方眼里明显的敌意。

“清韵姐，你认识她们吗？”同伴中有人问。

“西成没把她介绍给你们吗？”陈清韵笑了笑，“她是西成的小女友。”

“小女友”三个字，轻佻又不屑。

短短几句话，姜禾绿初步判断他们这群人和沈西成是一个圈子里的，估计是因为朋友过生日，一起来这里举办派对，不巧和于诗发生了一些矛盾。

被人认出来后，姜禾绿没有可躲的理由，正打算用这层“认识”的关系，让那个撞人的男人道歉，陈清韵却比她先开腔了。

“既然认识，那就不要吵了，你们道个歉，我们就当这件事没发生过。”

于诗和姜禾绿两人面面相觑。让她们道歉，没搞错吧？

陈清韵带的那帮人摆明和那个男人同流合污，帮亲不帮理。

三四个小姐妹更是为了这件事，称赞陈清韵宽容大度。

“看在她是二少小女友的分上，放她一马。清韵姐太温柔、大气了吧？”

“是啊是啊，要是我的话，这种趁着正房出国就勾引男人的女人，我早就扇死她了。”

“没办法，现在喜欢勾引男人的女人太多了，防不胜防。”

“好在二少痴情，和她只是随便玩玩，心里只有清韵姐一个人。”

她们人多，几乎把姜禾绿和于诗团团围住，虽然没有动手，但个个脸上写着“不道歉就休想离开”。

这边闹得沸沸扬扬，那边，柜台前的高脚椅上，几个高中生模样的少年在和手游奋战。一局结束，时妄忍无可忍地骂道：“你们能不能不要这么弱？”

少爷发脾气，队友们没敢吭声。

被游戏弄得心烦意乱的时妄听到不远处的闹声后更加不耐烦，正准备让保安把闹出动静的人扔出去的时候，突然看见了熟悉的身影。

啧，他和漂亮姐姐就是有缘。她好像被人欺负了？

时妄虽然不太喜欢这个未来可能成为他后妈的人，但是发现欺负她的人正是他刚才就看不爽的那帮把酒吧弄得乱糟糟的人后，他顿时心生正义。

他踢了踢脚下伏着的大狗：“An。”

时妄拍拍它的屁股，支了个方向，叮嘱道：“你去教训教训那帮人。”他叫来侍应生，让其将狗牵过去。

让大狗去保驾护航后，时妄又给时怀见发了一条消息。

“老时，你猜我在酒吧看见谁了？”

五分钟后，时怀见的电话打过来，冷声质问：“你为什么在酒吧？”

时妄：“……当我没说。”

后知后觉，时妄发现这个电话接得太不合时宜。

先前，他骗时怀见说自己不太会做作业，去朋友家请教他们，现在好了，一个电话就暴露了他。早知如此，就不该多管闲事。

电话那端，时怀见没什么情绪地吐出两个字：“地址。”

时妄差点儿没抓稳手机，道：“……是来捉我还是为了别人？”

“你说呢？”

时妄猜，他来救人于水火之中的可能性比较大。

这样一想，时妄放心了许多，报了酒吧的名字和地址。

以后，像这种通风报信的事，还是谨慎些的好，免得又惹火上身。

“妄哥，还玩不？”旁边的少年问道。

“玩个屁。”时妄没好气地挥手，“就你们这技术，玩俄罗斯方块吧。”

眼下，他等着老爸来捉人，哪有半分兴致，抬头见不远处的闹腾并未消减，反而有愈演愈烈的架势。

在双方僵持不下的时候，An 冲进去，横在了中间。

一只大狗出入公共场合，自然会引起不小的骚动，如果那只狗是藏獒或者比特犬的话，大家会自觉地退让三里。可惜，出现在大家眼前的是一只模样似狼，性格却温顺得跟猫一样的阿拉斯加犬。在得到小主人的指令后，它横在两拨人的中间，朝着陈清韵她们龇牙咧嘴。

然而，没什么用。

安静了一会儿，便听女人们惊喜地喊道：“哇，好可爱的狗。”

说着，她们便要伸手去摸它。

一点儿狗的尊严都没有了。忍受着女人们的抚摸，大狗用不知所措的眼神看向小主人，结果发现时妄并没有帮忙的打算，更没有给予指示。

这就导致大狗被摸着摸着，有些晕头转向，分不清哪边是敌，哪边是友了。

“别摸了。”刚才撞人的男子出声，“摸掉了这么多毛，万一清韵姐过敏怎么办？”

闻言，那几个女生立马不摸了。

“没事，我没那么矫情。”陈清韵自始至终保持温婉的微笑，“大家要是喜欢就摸吧。”

于诗冷嘲热讽道：“这是你的狗吗，说摸就摸。”

陈清韵的眉尖很不悦地蹙了下，大概不太相信都到这个份儿上了，这两人还在嘴硬。现在是什么形势，她们不可能还不清楚吧？别说她现在背后的人是沈二少，即使是她陈家大小姐的身份，也可以碾压一个快破产的千金。

“抱歉，我并没有这个意思。”陈清韵一副不予计较的宽容模样，下一句话却盛气凌人，“那请问，这是你的狗吗？”

“我可没说是我的，不过……看这狗的样子，可能随时都会咬你。”

“哟。”后面的妹子当即笑出了声，“我看这狗的品相不像是你买得起的样子，怎么对它这么了解？还是说你们是同类，所以这么心有灵犀？”

姜禾绿淡笑着插了一句：“说得好像你们买得起一样。”她音调不高，声线比陈清韵还软，说出的话却同样锋芒毕露，针对意味明显。

“我怎么就买不起了？”那女生很不服。

他们一帮人都是富家子弟，家里价值十几万一只的猫猫狗狗都养过，区区一只阿拉斯加犬能贵到哪里去？

“这狗好像还挺贵。”另一个男子小声嘀咕，“我看它的狗链子上面居然镶了宝石。”

女人心有不服：“就算我买不起，清韵姐也买得起，它要是敢咬她的话，她现在就能把它买回去炖狗肉汤。”

这话说得，把陈清韵塑造成了一个不讲理的野蛮名媛。

陈清韵的眉头皱起，不打算领这个头衔，却听到姜禾绿又开口：“她也买不起。”

这未免就是笑话了。别说一只狗了，现在哪怕是名贵的珠宝和跑车摆在她面前，买下也只是一句话的事情。

“姜小姐不知道是被二少宠坏了，还是……”陈清韵笑容不及眼底，“对我有莫名其妙的敌意，才说出这样不靠谱的话。”

女人们立刻附和：“她敢对你有敌意？真是笑话，一个替身，哪来的脸？”

明明最有敌意的就是这个女人，颠倒黑白的本事倒是大，姜禾绿想，自己这么一个不入眼的替身，怎么就被白月光针对了？

她向来秉持着“人不犯我，我不犯人”的态度，如今，眼前的人个个都在笑话她，不反击一次还真对不起这只大狗。

“陈小姐要是能把这只狗买走的话，我道歉，如果不能，你们道歉，怎么样？”姜禾绿提议道。

“行啊。”陈清韵还没回答，身边的跟班们个个答应得飞快。

果真是从小玩到大的富二代，没点儿脑子，这种事情既然被主动提出来，肯定有蹊跷，答应得这么快，必然对他们不利。

果然，如同陈清韵所想，只见不远处，一个少年慢悠悠地走过来。大概是因为他身上还穿着高中的校服，所以一开始，没人看出时妄的身份。

乍一看，那群女人甚至发出“弟弟长得好帅，我还可以等几年”的感慨。

时妄瘦高的身形往姜禾绿旁边一站，像个护着姐姐的弟弟，傲娇又别扭地瞪向他们：“酒吧是你家开的吗？那么多话。”

“那是你家开的吗？这么多管闲事。”撞人的男人不服道。

“对啊，我家开的，我爸有百分之七十的股份。还有，刚刚是谁说要买我的狗？”时妄从侍应生手里拿过牵引绳，痞味十足，“要我开个价吗？”

“多少钱？”

“一万个亿。”说完，时妄带着狗就走，不多给他们一个眼神。

少年离开的背影决绝又冷漠，那群女人又犯了花痴，开始询问他是谁。

“他是时家的小少爷，你们几个想什么呢。”有个明事理的男子开口，“赶紧给这两个女的道歉走人，别浪费了喝酒的时间。”

听说那人是时家小少爷后，陈清韵意外的同时，突然知道姜禾绿为什么那么笃定说她买不起那狗了。陈清韵不想再丢脸，也让撞人的男人道歉。

“我才不道歉。”撞人的男人没有半点儿服软的态度，摸出手机，“我现在就告诉沈西成，他养的女人有多贱。”

越逼他，他越极端。

他们知道沈西成找的替身有多不受待见，平日里聚会喝酒，沈二少都不会给人家打个电话，提起她也是满口的不在乎。

因此，他们才格外坚信，如果替身惹到白月光的话，那她就玩完了。

他们等着姜禾绿来求和，看到的却是她温婉的微笑。

“二少？”通话后，撞人的男人没浪费时间，直奔主题，“清韵姐在夜遇陪我们过生日呢……你要不要过来……噢，你在忙是吧……我没什么事，就是刚才……”

他把姜禾绿和陈清韵起冲突的事情添油加醋、颠倒黑白地讲了一遍，本以为沈二少怎么也得把姜禾绿好好骂一顿，结果他只问道：“阿禾哭了吗？”

哭？没搞错吧？那个女的刚才义正词严得很，哪有半点儿哭的痕迹？

“最近，我做了很多对不起她的事情，要是再让她受委屈的话，我怕她哭。”沈西成陈述道，“她比较脆弱，你们不要吓着她。”

“……二少，那个女的刚刚顶撞清韵姐，你不管管她吗？”

“她高兴就好。”

事情完全出乎意料。

撞人的男人本来还希望沈西成当场甩掉姜禾绿，为了看她的笑话，他打开了手机的免提功能，现在倒好，他成了大家的笑话。

这个结果同样是陈清韵没想到的，沈西成居然会在乎那个替身。

乍一看到姜禾绿的面孔，她非常不屑，虽然姜禾绿确实比她想的要漂亮些，但说到底还是按照她年轻时的模样找的，至于姜禾绿的一举一动，假惺惺的痕迹太明显，不如她自然。

陈清韵快三十岁了，确实比不上年轻姑娘，然而，她自认为保养得不错，并不会败给对方，听到沈西成的这通电话内容，她开始怀疑自己是不是真的老了，让他不那么在意了。

局势已定，陈清韵没有再浪费时间，走之前丢下一句：“道歉吧。”

掺和这样的场面实在太掉价，偏偏还吵输了，好在不是她主动挑起的风波，最闹笑话的还是撞人的男人。

其他人见陈清韵要走，纷纷附和：“那就赶紧道歉，赶紧走吧。”

大家的态度转变得很快，俨然是不打算和男人继续站在同一条线上。

于诗没注意到那人猩红的眼眸，也跟着说了一句："你道个歉，姐姐就原谅你……"话音刚落，那人抬脚，狠狠地将她踹倒在地，速度快得让人来不及反应。紧接着，那人又把目标转到姜禾绿身上，二话不说地冲过去。

还没走远的An看到这一幕，挣脱牵引绳后快速地跑过来，气势汹汹，张嘴咬住了那人的裤脚，凶狠地连叫了几声。

被拦下的几秒钟，姜禾绿下意识地往另一边躲，却躲不开，那个疯子不要命地冲了上来，他举拳朝她的脸侧挥来。

其他的围观者，都被这一幕吓得无意识地闭上了眼睛。

料想中的事情却并未发生——男人的拳头悬在半空，胳膊被一只大手抓住，捏得很紧，几乎被束缚住。紧接着，他的鼻梁上重重地挨了一拳，鼻血顿时冒出来。仅两秒的时间，男人便被人摔翻在地，胳膊的筋骨仿佛被捏断。

受到惊吓的姜禾绿在震惊之余抬眸，看着不知何时出现在眼前的人，傻傻地愣在原地，似乎不太相信是时怀见救了她一命。

收手后，时妄过来牵住了狗，时怀见让保安按住施暴者，摸出手机亲自打电话报了警。

处理妥当后，时怀见波澜不惊地瞥了一眼吓成呆鹅的姜禾绿："傻了？"

低醇又有磁性的男声把姜禾绿的思绪拉了回来，她摇头回答："没。"

因为真实地看到了刚才所发生的一切，她还有些犯愣。

作为当事人，她看得最仔细，因此连时怀见刚才摔人时手背凸起的青筋，她都看得一清二楚。她从未见过这个温润男人残忍暴力的一面。

和她认知里的不太一样。

或许是因为刚刚揍过人，时怀见声音低沉："受伤没？"

"没。"她紧张地摇头，"刚才……谢谢你。"

他没接话，突然拉过她的手腕，说了一句："这叫没受伤？"

姜禾绿这才注意到自己的手腕在刚才后退的时候不知道撞到了什么，有些红，不过关系不大。她不是很自然地笑了笑，仓促地收回手："小事。"

想到刚才被踹了一脚的于诗，她才是真的受了伤，姜禾绿借此为由，从他身边经过，跑过去看望好闺密。

于诗被踹得不轻，唯一庆幸的是，对方的力气大部分踹在了她的包包上，她身上只有手和地面摩擦出的伤痕。

“没事吧？”姜禾绿有些担忧，“要不要去医院看看？”

“不用。”于诗扶着腰站起来，突然想到什么，“糟糕，时间快到了，我们快去楼上面试吧。”

刚才已经耽误了不少时间，再不去的话，就让对方等久了。

一旁施暴的男子似乎是胳膊被拧着了，一直在痛叫，因为挣扎得太用力，保安没留半点儿情面，强行将他的头按在地上，等待警察过来。

在酒吧发生口角很正常，像这种动不动就踹女人的未免有点儿问题，警察带人走的时候，时怀见建议他们给那人做一下尿检，看看是不是吃什么药了。

这一切都在时妄的预料之中，老爹有了姜禾绿后，就不会再管他来酒吧的事了。可惜事与愿违，时怀见和姜禾绿没说两句话，姜禾绿便和朋友上楼了。

时妄慌了。

他假装什么都不知道，想走人时，却被身后的男人喊住了：“过来！”

时妄压住心中的惊慌，先发制人：“咋啦？没泡成妞？她怎么走了？”

“她和朋友去楼上，急着找人。”

“见谁啊，男的女的，你怎么不管管？”

“……我管得着？”

时妄以为自己三两句话就能把话题绕开，然而，时怀见没那么好应付，他没继续关注姜禾绿的事情，反而让他把来酒吧的事讲清楚。

时妄发现时怀见虽然嘴上严厉，但并没有责怪他的意思，心里松了口气。

他想，当爹的这次要是太凶，那自己下次肯定不会通风报信了，所以他才会从宽处理。

时妄扬扬得意起来：“老时，你不觉得，你这样子进展太慢了吗？”

时怀见觑他。

“我可以帮你勾引她喝点儿酒，要知道，喝醉了好办事儿。”

还没说完，时妄肩膀就挨了一手刀，不重，但也不轻，打得他心坎儿疼。他好心地给建议，这男人倒好，一点儿都不领情。

有时候他会想，自家这爹到底是正人君子还是假装正人君子，从小他就没在家里见过除去保姆以外的异性，即使是保姆，年龄也都在四五十岁，看似挑的是能力，其实也不乏不给年轻小姑娘机会的可能。

兴许这是老时第一次撩小姑娘，还不够熟练，大老远地跑来，还没说上几句话，就看着人从眼前溜走了，显然，这不是他想见到的情景。

还没等时妄继续出谋划策，刚才那场闹剧中的“领头羊”不知何时又折回身，走过来打招呼。

陈清韵身穿白裙，气质典雅，妆容精致而端庄，眉毛画得很淡，给人的初印象便是没有攻击力。

她站在时家父子跟前，优雅地拢了拢耳侧秀丽的黑发，柔声打招呼：“这么多年没见，孩子都这么大了？”话是对时怀见说的，眼神却看向时妄。

听这熟稔的口吻，好像是个熟人？时妄刚才对陈清韵就没好感，因为她过于强势和欺负人，他白眼一翻，端着小少爷的脾气，爱搭不理。

时怀见没出声，显然也不打算搭理，连平日里的客套都吝啬给予。

“听说时参病得很重。”陈清韵轻笑，缓解被无视的尴尬，“我能去看看他吗？好歹我也是他……有过婚约的未婚妻。”

话锋一转，后半句话委婉又犀利地挑明了自己曾经的地位。

自始至终，时怀见压根没正眼看她一眼，音色更是冷淡：“不劳挂念。”

陈清韵深呼吸，对这个结果似乎早有心理准备，没有过于惊讶或者失望，视线笔直地落到时妄的身上，看到那张和时参三两分相似，却更像另一个女人的面庞时，她还是在暗地里捏紧了指尖。

旧人重逢，寥寥几句，便勾出过去。

时妄到底是小孩，别说听不懂他们在说什么，就是一些大人，也未必知道早些年的事情。他知道时参是时怀见的大哥，也是自己每隔一段时间就得去医院看望的精神病人，不过，这个女人和时参的渊源比想象中的要深远得多。

人走后，时妄好奇地问道：“那女的真是我大伯的未婚妻？”

“他没认过。”

“为什么？他有其他喜欢的人？”

时怀见没回答。

他不说话，时妄就越来越好奇。

已经三十四岁的大伯并不是从小到大都有精神病，之前一定发生过什么。

“我大伯喜欢的人是谁啊？”时妄问道。

“不知道。”

“男的女的？他不会是因为那个人才疯掉的吧？”

“写作业去。”

时妄在行动上并没有顺从，随手拿了本放在柜台上的娱乐杂刊当作书本，装模作样地拐上旋转楼梯，还不忘朝楼下的男人扔下一句：“两个小时后来接我，我保证给你个惊喜。”

他是下定决心为老时以后的幸福生活负责到底了。

于诗带着姜禾绿去楼上找到负责人，一切颇为顺利，对方给了个地址，让她三天后去公司面试。

负责人是个小经理，健谈、风趣，和于诗看着挺熟，还问她们要不要一起留下来喝几杯。包厢里坐着的都是同行，大家唱唱歌跳跳舞挺热闹，于诗便没有拒绝，姜禾绿也只能作陪。

以前，在陌生的环境里，姜禾绿不算特别拘谨的人，可能是在沈西成身边待久了，她依然维持着假淑女风范，饮料都是小口小口地喝着。

通过交谈，她得知这家名为星加互娱的公司原先是业内快破产的企业，后来有幸被大集团收购纳为娱乐产业的子公司，情况才逐渐好转，不过因为前景一般，这家子公司并没有得到重视，直到前几天才收到上面的通知，给予他们注资，并且，大老板会亲自监察管理。

也算是峰回路转。

见于诗和小经理聊得甚欢，姜禾绿不方便打扰，便借去厕所为由出去了一趟。出来后，之前那位侍应生牵着时妄的狗，把她的路拦住了。

阿拉斯加犬有时候格外温顺，有时候又野得很。

从外表看来，超高的颜值让它们给人留下了不错的初印象，眼前这只尤其是，让姜禾绿想起了漂亮的网红狗，毛发顺亮，耳鼻喉端正。

见大狗无意伤害自己，且表现得友好，姜禾绿并不害怕，她准备绕开走，它却狗头一扭，跟个霸道总裁似的拦住了她的路。

“怎么了？”她猜到侍应生不清楚情况，便直接与狗对话。

狗头和身子都扭了扭。

姜禾绿这才注意到，它的脖子上挂着一枚熟悉的发卡。

她下意识地摸了摸后脑，果然，少了一只固定碎发的发卡。

“是你捡到的吗？”An 只是看她。

——估计不是，它还不至于聪明到捡到发卡还给主人，何况东西是挂在它脖子上的，估计是主人做的。

时妄那孩子粗线条，估计对发卡不屑一顾，就算见到也不会这么做。

使用排除法后，姜禾绿轻松地猜到了是谁捡到发夹并让大狗送给她的。

想到刚才还在楼下看见他，因为有急事没能好好招呼，本着“不躲着他”的原则，她刚好趁这个空隙时间去会会他。

然而，姜禾绿趴在二楼围栏处往下看了一圈，并没有看见男人的身影。

“你在找我爸吗？”身后突然传来时妄的声音。

她惊讶地回头。

“我爸过几个小时来接我，你想找他的话待会儿再来吧。”

“我没找他。”

时妄没时间听她的意见，在他的认知里，已经默认姜禾绿和他爸之间不简单了，于是，他建议姜禾绿和他一起玩游戏等人。

这种要求她自然会拒绝：“我不会。”

“不是吧，这都不会？”时妄很失望，“什么都不会还想当我后妈？”

这小屁孩的思维和沈西成有的一拼，都是自恋狂。

“你是不是有点儿误会。”姜禾绿轻声陈述，“我没有想当你后妈的意思，我和时总只是朋友。”

“看来阿姨是不敢了。”

阿姨？他居然叫她阿姨？还说不敢？姜禾绿哪里受得了这气，当即捋起袖子，玩就玩——小孩子的手机游戏，她还没输过。

游戏声音响起，两人开始大眼瞪小眼。

几局游戏后，时妄从原先的得意扬扬变成了愁眉苦脸。

“不是吧。阿姨太厉害了吧？我们加个好友一起玩，你带我上分。”

姜禾绿面无表情道：“阿姨？”

“不对，是我的错。”时妄开始为最后的尊严做斗争，“姐姐，我不该说你是阿姨，你这么漂亮，怎么可能是阿姨呢？加个微信，以后我们一起打游戏吧。我还可以随时向你汇报老时的实时情况和地址，以后和平相处。”

“谁要和你和平相处？”

时妄一脸惊讶，双眸瞪大，难以置信地看她：“你没搞错吧？”

那些看上他老爹的人巴结他还来不及，竟然有人不愿意和他和平相处？

姜禾绿把空酒杯口往桌上一扣，声音干脆利落：“看来我得把话说明白，我不想做你后妈——”

姜禾绿明明确确地告诉时妄，别总觉得他们这些男人长了张又臭又帅的脸，有点儿身家女人都该往他们怀里扑。在自以为是方面，时妄和沈西成有的一拼，因此，她把想骂沈西成的话原封不动地告诉时妄，认真教导他，睁大眼睛好好看看，别把女的想得那么低廉。

再说了，她一个正值青春的少女，为什么要嫁给时怀见？图他比她大六七岁？图他有个儿子？图他这么多年还单身，可能那方面有问题？

“总而言之。”姜禾绿声音柔软，却慢吞吞、一字一顿说着狠话，“我对你爸一点儿想法都没有。”

空气沉静了许久，时妄听到了不远处的动静，下意识地叫了一声：“爸？”

顺着时妄的眼神，姜禾绿抬眸，一眼看见站在楼梯口的男人目光沉沉地朝这边看来。姜禾绿的心无意识地咯噔了一下，脑海里闪过的第一个念头是，她可能天生和这个男人犯冲，不然怎么会到哪儿都能碰见他？

说是巧合，未免也太有缘分了。

“天色不早了。”姜禾绿装模作样地看了看时间，“我去找我朋友一起回家，回头再见。”

听她说要回家，时妄直接挡住她的路：“没事，我帮你跑腿，你和老时在这里多聊聊。”

这小兔崽子！姜禾绿暗暗下决心，不管做不做他后妈，如果这小子以后落在她手里，她绝对不会让他有好果子吃。

为了撮合他们，时妄立刻拉同学一起离开了。

姜禾绿不知道时怀见刚才听到了多少，脑袋一热，借口道：“我不放心，还是我自己去找吧。”刚站起来，她就发现路再次被堵了。

这次堵她的是时怀见和被他牵着的 An。

她的面颊泛红，耳根发烫，有一种说人坏话被抓包的感觉，实际想想，她不过是说了实话，不知道为什么在他面前，她会心虚成这样。

“时总？”她不确定地开口。

时怀见不急不缓地出声："急着躲我，包都不要了？"

姜禾绿这才注意到她的包包还放在座位上，她连忙拿了起来，朝他颔首，结果还是没有被放行。

她眸底浮现出疑惑的神情，抬头，映入眼帘的是男人衬衫的第三颗纽扣，她发现两人之间的距离在不知不觉间被拉得极近。

时怀见看似随意地开腔："你刚才说什么没想法？"

"……没什么。"

"没做他后妈的想法？"

——你听到了你还问？她羞恼得不行，在他面前，她总有种什么小把戏都逃不过他火眼金睛的难堪，想避开又时常被他逮到。

时怀见依然气定神闲，继续问："还是对我没想法？"

"……我对您没想法。"

他问得理所当然："既然没想法，那你每次见到我脸红什么？"

"我也不知道我脸红什么，可能是被您吓的吧。"

男人身形高大，肩宽腰窄，将她的路堵得死死的，一而再再而三地制造出低气压，她说是被吓的也在情理之中。

"时妄刚才和你说了什么？"时怀见问道。

"没什么。"

"我问他，他说不定要颠倒黑白。"

时怀见看似轻描淡写的一句话，实则是在提醒姜禾绿最好老实交代，不然，等他从那浑小子嘴里听到，就不知道真假了。

"没什么大事。"她只能招供，"不知道是谁给他灌输的理念，总想着撮合我和时总您，我觉得有些不切实际。"

"怎么不切实际？"

姜禾绿说不出个所以然来。

这是摆在眼前的现实，她不方便直言，希望他能明白。

时怀见将目光锁在她身上，看她不断地撩耳际的头发，短暂缓解彼此间的尴尬。同样是撩头发的动作，她做起来确实比陈清韵做作，举手投足间充斥着局促和不安，在男人眼里，却是与众不同，真实动人。

"既然你觉得不切实际，我会抽空教育他。"时怀见最终还是改口，"尽量避免这种事情发生。”

姜禾绿有点儿意外时怀见突然的转变，刚才他还一个劲儿地刁难自己，一下子变得这么好说话，说明他还是明白人。

姜禾绿的嘴角浮现出了笑意：“那我提前谢谢时总。”顿了顿，她又想到什么，道，“还有，刚才您救我和我朋友的事情，再次说声谢谢。”

光说“谢谢”确实没有诚意，请客吃饭也无法尽自己的一份心，本以为他会继续调侃两句，然而没有。

脚下的大狗不断地用爪子刨着地，看上去是想去洗手间，时怀见没有多作逗留，很快从她视野里消失了。

他走得果断，姜禾绿的心里反而觉得怪怪的，总觉得有哪里不对。

包厢里，时妄没有那么好心地帮姜禾绿提醒朋友要回家，他过去的目的是让于诗不要再等了。

他准备让他爹抓住这大好的机会，送姜禾绿回家，闲杂人等通通不要干扰。

他出现在门口的时候，几个有眼力见儿的人都惊了，顿了几秒后，他们连忙站起来，热情招呼道：“哎呀，这不是时家小少爷吗？”

时妄没理他们，从一堆人里找到于诗后，他走过去告诉她，不用担心姜禾绿，有人会送她回家。说完他就走了，留下于诗一个人蒙蒙的。

知道有人送姜禾绿回家这件事后，于诗还是不放心，准备过去看看，这时，旁边的经理拉住她的手：“干吗去？老总儿子说的话，你还不放心吗？”

“你是说时总？”

“对啊，咱们公司的大投资人。”

时妄回来后，发现方桌附近只有姜禾绿一个人握着酒杯，细细浅啜，而大狗不见了。这说明他们要么走了，要么去洗手间了。

儿子还在这里，当爹的不太可能先走，八成是去洗手间了。

时妄过去后，果然看见他们都在。An 发现小主人后，颠颠儿地扑了过去。

“走吧。”时怀见淡声说。

“那个漂亮姐姐呢？我都和她朋友说了你要送她回家。”

“不送。”

时妄惊讶道：“连送人家回家这点儿事都不想做，那你泡什么妞？”

“别多想了。”时怀见平静陈述，“我和她没有任何关系。”

“真没关系？”时妄不敢嚣张，小声道，“我觉得你们俩挺配的。”

“她之前是沈西成的女伴。”

时妄虽然不懂生意场上的事，但知道沈家是时家的对头，也是时怀见一直以来的对头。他挠挠头，不知道这话是什么意思：“所以，你是不想撬你对家的墙脚？老时，我以前怎么没发现你是这么正直的人？”

“人家一个小姑娘，跟我，图什么？”时怀见淡淡道。

“不想耽误她？还是……你怕耽误你自己？”

时妄没想到自己一语成谶，不知道某人本是想撬对家墙脚，结果还没撬开，自己可能就先栽了进去。虽然他年纪小，看起来不懂事，但有时候并不是糊涂虫，譬如这件事，如果是因为他的存在耽搁了老时的婚事，那他肯定过意不去。因此，不管那二人是什么看法，他得先撮合再说。

趁着时怀见带 An 出门的空隙，时妄像做贼一样溜到姜禾绿身边，让她去搭顺风车。

“不用。”姜禾绿拒绝，“我待会儿和我朋友一起回去。”

时妄振振有词道：“你朋友和一男的聊得正开心，你过去当灯泡？”

姜禾绿不放心他说的话，给于诗发了条消息，没想到于诗居然和时妄说的一样，告诉姜禾绿如果她想先走就先走，她今晚想和经理小帅哥聊聊天。

于诗都这样说了，姜禾绿不方便管太多，只好找她要公寓的钥匙，她说于宁在家，让姜禾绿直接过去就行了。

收起手机，见时妄还眼巴巴地等着，姜禾绿婉声拒绝道：“我自己打车回去就行。”

时妄流露出可怜的眼神：“老时让我一定要叫你上车，姐姐，你忍心让我大老远白跑一趟吗？”这次，时妄识趣地叫了姐姐，既拉开了她和老时的关系，又卖了一番“弟弟”的惨样。

“我今天没写作业，看你被人欺负了才给老时打电话，结果反而暴露了自己的位置，刚才又陪你玩游戏，你要是再拒绝我的话，老时肯定打断我的腿。”

姜禾绿捕捉到了重点：“是你给他打的电话？”

“对啊，不然你以为他干吗来这里？人家好不容易来一趟，你态度那么冷淡，连顺风车都拒绝，老男人多没面子。”时妄一番添油加醋道。

他这模样，搞得姜禾绿似乎成了千古罪人，迷迷糊糊间，她被他说服了。

停车位上，一辆黑色商务车低调地停靠着。

副驾驶一侧的车门被打开时，时怀见还没注意到上来的人，直到清清淡淡的柠檬香从鼻息间飘过，他侧首看到熟悉的女孩的面孔。

如同被赶鸭子般上车的姜禾绿捏着包，紧张之余小声打招呼："时总。"

被时妄拉过来的一路上，姜禾绿都在想怎么和时怀见讲清楚，准确地说，是如何在不让他多心的情况下感谢他。

然而，时怀见没给她这个机会，降下车窗后，他调整了后视镜，语调看似随意，针对性却极强："不是说对我没想法，怎么又上我的车？"

瞬间，姜禾绿就蒙了。什么情况？时妄刚才明明说是时怀见非要她上车，怎么到本人这里就变了意思？还是说，他在故意针对她？一个管理大生意的老板，不至于因为女孩子的几句话就这样吧？

"可是，"她疑惑地看向他，"时妄刚才说您要送我回家……"

时怀见的眸光从姜禾绿的小脸上扫过，没看出撒谎的痕迹，视线一转，在车的挡风玻璃前，他看见时妄在他眼前晃了晃，内心大概明白了是怎么回事。

而姜禾绿也隐约感受到了，这完全是时妄在胡编乱造。

不出意外，她又在时怀见面前丢了一次脸，她实在忍不住，嗓子像被堵住了一样，她只想快点儿逃离。

但试了几次，她也没把门打开，不一会儿，她感觉到车子在动。

时怀见打着方向盘，直视前方，面无表情地提醒她："安全带。"

这意思是打算将错就错了，车门被锁住，她也没法强行下车。

因为她的那句"没想法"，他没有再把气氛上升到暧昧的程度，问清她的地址后，车子稳速行驶着。

姜禾绿找不着话题，气氛一直沉下去。

好在于诗的公寓离得不远，很快就到了。外来车辆不方便进，姜禾绿让时怀见停靠在路边就行，可他并没有听，停在了车位上。

就在姜禾绿在心里感慨他真是一个讲究细节的人时，却见他解开了安全带，看样子，他是打算和她一起下车。

"时总？"她问道。

"送你过去。"

"其实不用……"她犹豫着，又抬头看看这片公寓，因为是老小区，路灯坏的坏残的残，路面坑洼不平，时不时还有没开灯的电瓶车路过。

“怕你遇到流氓。”时怀见轻飘飘地丢下一句，人已经下了车。

他不说，姜禾绿还没有注意这附近确实阴暗诡异，黑得吓人，时不时还有凄厉的猫叫声，垃圾桶附近也有醉酒的文身男，怪不得于诗只要有空都会亲自去接于宁放学。

明明这是她要去的地方，时怀见却比她走得还快。

姜禾绿迟迟未动，她发现自己的包包和安全带被她不小心缠在一起了。

长时间没等到人，时怀见打开副驾驶一侧的车门，低头看她：“怎么？”

“马上好。”

车里没开灯，她手忙脚乱，用手机自带的电筒照明，然而无济于事，她只怨自己没有第三只手。这结打得又紧又乱，她怕他等太久，加快了速度，然而越是这样，越解不开。

一筹莫展时，外头突然有阴影投落。

“别动。”时怀见说着，把她的手机拿了起来，“慢慢解，别急。”

他不开口还好，一说话，她更乱了。

“怎么弄成这样？”他问。

“太无聊了。”

“听你这口气，是在怪我开车时没和你说话解闷？”

姜禾绿哪儿有这意思。

周围有蚊子，她的胳膊和小腿都露在外面，时间一长，难免会被叮咬。时怀见没让她继续折腾，他俯身过去，摸到包链和带子，冷静地一道一道解开。

明知道他不是故意压过来的，姜禾绿却更不知所措了，她发现自己的头发不小心滑落到男人的耳际，连忙用手拂开，指尖却不小心触碰到了他的侧脸。

当作什么事都没发生后，她轻声问：“要不我来吧？”

“好了。”

包顺带被他拿走，等她下车后，他才递过去，波澜不惊道：“走吧。”

姜禾绿像个跟班一样跟在他身后，映入眼帘的是他笔直的长腿，他的步伐不快，她亦步亦趋地跟着。明明周围是不太好的环境，可和他走在一起，气氛和以往完全不同，头顶上的月亮似乎也比昨晚更亮一些。

走着走着，她发现她和他的步伐几近一致。

她换了左右步伐，鬼使神差地继续跟着他。

楼里安静冷清，姜禾绿双手提着包，模样拘谨：“谢谢您的顺风车。”

他“嗯”了一声，算作回应。

“请您不要把今晚不小心听到的话放在心上，因为时妄一直把我当成他的后妈，我才那样说的。”

“所以呢？你又和我解释一遍，是想告诉我你其实不是对我没想法？”

面对双重否定句，姜禾绿有点儿蒙了，她咬着唇，也不知道自己想说什么。

“沈西成帮姜家，是让你做他的替身女伴，你觉得，我帮你是因为什么？”他又不温不火地开口，“是做慈善？”

显然不是。一不小心，姜禾绿和他的目光对上，心跳不禁加快。

手机铃声响了起来，是沈西成打来的，她有点儿犹豫是接听还是挂断。

从时怀见的角度看去，姜禾绿的妆容极淡，即使到晚上，她的五官依然清丽秀气，唇瓣泛着樱桃红，纠结时模样纯真，似乎很容易被人宰割。

“不接电话？”他问道，“没事，我不出声，你们说你们的。”

闻言，姜禾绿有些意外，他居然想当面听她和沈西成的通话？

她拿起手机，正要接听的时候，腰际突然传来一股莫名的力道。

下一秒，她就被男人拉到了怀里。时怀见转过她的脸，一字一顿地问：“让你接你还真的接？之前怎么不见你这么听话？”

姜禾绿感觉到他好像生气了，又找不到他生气的原因。她皱皱眉头，想哄他的时候突然想到——他不是她的男朋友，她为什么要哄？

孤男寡女离得这么近，实在让人难受，她只好发问：“你到底想干吗——”

话说到一半，她的唇上突然一热。

她微张的嘴被时怀见的薄唇封住，一句话都说不出来。

用实际行动告诉她他想干吗后，时怀见的手继续掐着她的腰，另一只手从她的耳际穿过她柔软的发，轻轻捧住她的后脑。

他吻她的每一秒都很温柔，却没给她反抗的机会。

手机铃声持续不断，却未给他们之间造成任何影响。

悸动一点一点地吞噬着姜禾绿的理智，她的感官全被这个男人占据。

直到铃声停止，姜禾绿才意识到此时此刻他们在干什么。她的思绪一下子接上，试着抬手推开眼前的男人，却发现自己的力道太小，无济于事，情急之中，她的上下牙齿不轻不重地磕了一下，咬到了他的嘴角。

感觉到轻微的疼痛感和怀里女孩的排斥，时怀见不慌不忙地松开了她。

他抬手擦了下唇际，一抹浅淡的红印于指背。

灯光下，姜禾绿的双眸显得晶莹，透着不甘，因为恼火，她的两道细眉蹙着。

什么叫作怕她遇到流氓才送她回家？他明明才是最大的流氓。

姜禾绿见过无赖败类，却没见过端着一副睿智儒雅的面孔的败类。

她垂下的双手多次握成拳头，又多次松开，最终还是没勇气挥过去，口头上的咒骂和责怪也逐渐被压住，她不觉得“浑蛋”“你在做什么”之类的言语能击退他。压住心中的所有想法后，最终，她能做的只是往后退了一步，与他保持一定的距离，警惕地瞪着他。

时怀见她面色坦然，没有染上情欲的样子，温柔道：“早点儿睡，晚安。”

姜禾绿差点儿被气疯了。

这是人说的话？他是不打算为刚才的强吻行为做解释了？没有喝酒，也没有什么令人动情的环境因素，他是疯了才把她拽过去亲吻吗？

显然，刚才的事情对他来说只是一时冲动造成的，至于后果，对他这样的人来说，或许并不重要。

一想到自己可能只是时怀见的女伴之一，姜禾绿对他更是没想法了，当着他的面，她把嘴唇擦干净，然后把沾染口红印的纸巾往他的怀里一扔，电梯门打开后，她甩身就走，背影潇洒，留下时怀见一个人攥着那张沾有红印的纸伫立许久。

回到公寓，姜禾绿收到了一条短信。

时怀见：“抱歉。”

简短的两个字，算是他少有的诚意，隔着屏幕，她想象不到他的神情，但心里莫名给他开脱：他可能真的是一时冲动吧？

既然是冲动，那么，她不应该把这事放在心上，应该大度一些——

大度地把他的号码拉黑。

姜禾绿把手机放在玄关处的鞋架上，看了一眼坐在沙发上的于宁，一边换鞋，一边说：“你姐姐今晚可能不回来了，我们早点儿睡。”

于宁揉着怀里的猫，点头，又问：“她干吗去了？不是说不找男人吗？”

“嘴上说的不作数，谁都不知道以后会不会碰见喜欢的人。”

姜禾绿收拾了换洗的衣服，准备去洗澡的时候，听见手机铃声再度响起，才想起刚才没接沈西成的电话。

她把手机夹在耳旁，两只手忙着挤牙膏，漫不经心地“喂”了一声。

“睡了吗？”

“还没。”这个时候打电话进来，哪怕睡了也被这个家伙吵醒了。

生活方面的细节，沈西成从来没注意过。

既然如此，他每句话里含的感情，到了姜禾绿的耳中就自动被过滤了。

“刚刚给你打过电话，你没接，是不是在忙？”沈西成问，他的语气比平时有耐心得多。

“嗯，准备洗澡。”

“你不在家吗？”

“在于诗这里。”

听她说在于诗那里，沈西成放心了。

他接到那个男性朋友的告状电话后，陈清韵又主动通知他，表示她和姜禾绿并没有矛盾冲突，只是彼此的朋友发生了一些口角。除此之外，她还请他帮忙保一下那个男性朋友，他被时怀见叫来的警察带走了。

听说时怀见也在，沈西成当时就有一种不好的预感，生怕时怀见和姜禾绿发生点儿什么。男人的骨子里天生就有一股占有欲，以前他不在乎她，但发现有人和他抢之后，这件事增加了他的紧张感，本来不以为意的人和物变得越来越重要。

沈西成给姜禾绿打这通电话是想告诉她，不要上时怀见的当，时怀见接近她不过是为了撬墙脚。后面的话，姜禾绿听得兴致索然，只记得他最后说，时怀见靠近她是为了报复自己。

他们两人是生意场上的死对头，在感情方面，可能也想争个高低。

“你做了什么事情，让他这么针对你？”姜禾绿问道。

“……我可没做恶事，完全是他小人之心，既想抢我的客户，又想抢我的女朋友。”临挂电话，沈西成仍然在强调自己是好人，时怀见是坏人。

姜禾绿承认时怀见非善类，但她实在好奇，沈西成如果没做坏事的话，时怀见为什么这么想抢他的女朋友。

第四章 要是喊老公呢

面试这天，姜禾绿一身素净的打扮，一个人就去了。

据说，这次面试的人有十个，而星加只招两个，其中不乏各大电商平台有经验的管理者，也有头脑灵活的自由媒体人，和她们相比，姜禾绿不觉得自己像小经理说的那样有优势。

询问前台后，姜禾绿找到了面试地点，看见门口站着不少身材高挑，颜值上乘的年轻女孩，不难猜出她们都是来面试的。

她们这样的条件，应该不缺人要，想必是知道星加被人注资后前景光明，才过来分一杯羹。这说明于诗之前说的是对的，这家公司确实很厉害。

面试房间里有相应的形体老师，可能是为了考察星秀专场主播的舞蹈和声乐。至于卖货主播，考的是思维能力和说话方式。

姜禾绿感觉自己有点儿悬，毕竟她不擅长这些，也不知道关系够不够硬。

其他几个来面试的人彼此并不认识，却都能说会道，短时间里便交谈甚欢。

“想不到今天有大老板亲自来视察。”

“我还以为是个大腹便便的老头子，没想到真人这么帅。”

姜禾绿在一边听得糊里糊涂，直到她走进面试间——

她发现坐在两个面试官中间的是时怀见。

男人坐在老板椅上，一身黑色正装，衬衫前的条纹领带打着温莎结，他的右手握着钢笔，五官线条冷硬，让人不敢造次。

姜禾绿怎么也想不到他是星加的大老板。

姜禾绿下意识地想，这可能是个圈套。

按捺住心中喷涌而出的情绪后，她在另外两个老师的注目下走过去做了自我介绍。因着她出色的外貌和身材，两个老师还以为她是做星秀主播的。

能来这里面试的，都是通过熟人介绍的，最后能否留下还得看关系。姜禾绿索性当眼前这个男人不存在，心中的顾虑自然少了很多，说话时自然又得体。

面试过程整体还算可以，两个老师都没太大的意见，在门口站着把关的小经理也喜笑颜开。

刚进门时，姜禾绿便没有和时怀见打招呼，面试过程中，她更是有意地避开了他的视线。

被忽视得差不多后，时怀见突然说了一句："姜小姐，你觉得你的应变能力如何？"

本来脸上带笑的姜禾绿听到这句，微微一顿："什么意思？"

"直播时如果有人刁难你，你会怎么办？"

"看情况随机应变。"

"如果我现在刁难你，你变一个给我看看？"

男人严肃正经，不像是在开玩笑，仿佛真的在考验她的应变能力。

这个问题无非是在告诉她，她的应变能力不行。纵然两人之前有过接触或者有令她不爽的行为，然而，在职场上，黑是黑，白是白，她这样无视大老板，换作其他人，对方早就没有好脸色了。

姜禾绿面色微变，看着男人轻敲桌面的长指，不由得想起那晚被他强吻的画面，这只手搂着她的腰，困得她动弹不得。

她不怕有人刁难，就怕他摆着一副"我就刁难你，你能把我怎样"的态度。

不知道他到底是什么意思，是存心想插一手，还是故意看她笑话，姜禾绿不仅不想随机应变，还有随时都想打人的冲动。

看她捏得越来越紧的拳头，时怀见知道自己当众刁难的行为有多欠了，他没继续下去，扔开笔起身，经过门口时丢下一句："姜小姐，待会儿来我办公室一趟。"

那句话是站在门口说的，外面的面试者都听见了，她们个个都把耳朵竖着，生怕漏听了一些有用的信息，然而，老板没有多余的话，扔下一句后便走了。

几乎不约而同，大家从门口探出脑袋，想看看里面发生了什么事，如同在动物园看猴，将目光聚焦在姜禾绿的身上。

姜禾绿再次咬牙，在心里骂了几遍臭男人。

“姜小姐，你先去吧？”小经理好心地提醒道，“时总可能有其他话想对你说。”

他想说，但她不想听。

“刚才时总提出的问题是存在的。”两个老师虽然有些摸不着头脑，但顺着老板的意思总没错，煞有介事道，“这位小姐的应变能力确实不行，尤其是面对被人刁难的情况下，不知变通。”

“我可以，我之前做过淘宝客服。”面试者里有人自告奋勇。

如果因为应变能力被刷下来，在大家看来确实没问题，虽然姜禾绿相貌和身材都不错，但做这一行主要看自身能力。

姜禾绿按照小经理的指示，往临时总经理办公室走去。

她一走，大家都松了口气，以为少了个竞争对手。

站在办公室门口，姜禾绿没有敲门，直接推开门就进去了。

她被气着了。时怀见先前占她便宜不说，还滥用私权，故意刁难她，拿公说私，怪她能力不行。难不成被他亲了后，再次见面，她还得装作什么都没发生过的样子，一口一个时总地叫着？她得多不要脸？

姜禾绿进门后，俯身倒茶的时怀见神情淡淡地望过来：“这么快就来了？”

“是啊，这不是怕您想我想得着急嘛。”

这话从她口里说出来，没有调情的意思，反而隐藏着恼意，细细观察就能发现她眸底的嫌弃之情。

他随口问：“生气了？”

“没有。”

“主播的名额给你留一个。”

她瞪他。

他继续说：“走和留都是你的选择，至于我是什么意图，那天晚上，你应该清楚。”

所以，他是摆明了告诉她，他对她有想法，并且还仗势欺人，以权压她，她要是选择留下，随时可能面临被老板干扰的风险。

姜禾绿后悔了，她不该骂他是猪，这人和沈西成一样，都把“不要脸”三个字刻在了脸上。

他唯一比沈西成强的是没把钱砸到她脸上，先前丰识给的贷款也是有商业利息的，他给她的，是她自己争取的机会。

“行。”姜禾绿还是妥协了，“那我谢谢时总给我这个机会。”

“你这语气，我没听出有感谢的意思。”

“那我给您磕个头？”

“免了吧。”他蹙眉，说得严肃，“你的衣领过低，磕头容易走光。”

呵，现在装起正人君子来了，之前亲她的时候怎么没这个觉悟？

“总之，还是谢谢您能收我这个应变能力差的员工。”姜禾绿继续阴阳怪气，“这么好心的领导，多亏我打着灯笼才找得到。”

时怀见不是听不懂，薄唇噙着笑意：“真生气了？”

她一字一顿：“我承认我应变能力差，但您也应该承认一件事。”

“我承认什么？”

“您的吻技真差。”

大概是男人坐着的缘故，在气势上，他反而被她压了一番。

刚才在那么多人面前，她被他说得一无是处，还不能反驳，现在，她要秋后算账了。

瞧出她的不服，时怀见没有直接回应，不慌不忙地把茶杯往她的面前一推。

他微微后仰，背靠沙发，双手合起，继续保持沉稳优雅的掌权者气势，道：“长本事了，知道反击了？”

“不是跟您学的吗？”

“抛开私人的一面，你觉得我的刁难不对吗？”

他这次问得认真，也在耐心地等她回答，显然是不打算轻易放过她。

一个公务繁忙的大老板，平时谈的都是大生意，偏偏在直播这样的娱乐业费时间，还亲自跑一趟，不可能没有私心。

时怀见确实别有用心，不过他并没有养金丝雀的想法，何况，要是真把姜禾绿这样养着，金丝雀也能变鹦鹉，除了晒晒自己漂亮的毛发，整天最大的乐趣就是气他。

于私来说，他说她的应变能力不行，就是追究她面试的时候不看他这件事。

于公来说，应变能力的确是主播的一大本事之一。

“换作是别人刁难的话，”姜禾绿还是没什么好语气，“我当然得分析各种随机应变的方法，不过在时总您这里，我觉得不必了。”

“为什么？”

“我不想。”

“是不想，还是你认为我不会拿你怎么样？”他直言点明，“你看到我的第一眼，是不是觉得自己的面试没问题了？谁的关系都没你的硬？”

“你……”

他继续说道：“又怕我，又依赖我，还要逞口舌之风，便宜都被你占尽了。你觉得我说得对吗？”

姜禾绿还是没说话。

她觉得他说得对，但她不可能承认自己有这样的心思。

时怀见就是老奸巨猾，明明知道她心中是怎么想的，还处处刁难她，当着那么多人的面叫她来办公室，不是摆明了让她尴尬吗？

——说再多有什么用？他的吻技差是事实。

“又哑巴了？”他的每句话听着都很平和，却深藏咄咄逼人的语气。

姜禾绿知道自己不能不开口，她所有的小把戏在他这里都不算什么。逐渐抚平被他说中的难堪后，她的视线落在杯口缓缓腾起的白雾上，不甘地问道：“所以，您到底想做什么？”

应该不仅是亲她吧？他要是不直接说目的，她也不好自恋地认为自己凭着不值钱的容貌吸引了他的注意。

“你觉得呢？”时怀见把话柄丢给她。

“沈西成说，你接近我是为了撬他的墙角。”她实话实说，“我觉得是。”

“嗯。”

“……真是这样？”

“一开始是。”

这话的意思是说，他现在不是为了撬墙脚？

这几句话下来，很容易让人认为他是那种花言巧语、擅长推卸责任的渣男。

姜禾绿以为他接下来可能会说“一开始是想撬墙脚，后来发现你的人格魅力后就不自觉地被吸引了，所以想试着交往”。

这把岁数了，还用这种骗小孩子的招数，是不知道有多过时吗？

然而，时怀见并没有说什么，他看了一眼她面前没有喝的凉茶，摸出手机给这里的负责人打了个电话，让他们送一些饮料上来。

姜禾绿装作漫不经心地看周围的布设，耳朵里听见他说什么女孩子喜欢喝的之类的话，心口还是荡起了异样。

她对老板们钟爱的茶叶和咖啡确实没什么兴趣，但他也不至于专门让人送别的饮料来吧？

“还有一个小时下班，你待在这里不要走。”时怀见挂断电话后，直言道，“待会儿一起吃个饭。”

“……我能拒绝吗？”

“不能。”

“您不觉得咱俩不配吗？您看，您刚才让人买饮料给我，而您自己喝的是茶，这足以说明我们之间的差距。”

他皱眉看她。

“因为年龄差距，两人的思想观念和生活习惯会有很大的差距，一开始，我可能会陪您吃点儿西餐，在一起的时间久了，您会发现我还是最喜欢和闺密吃炸鸡，喝啤酒。”

“我只是让你陪我吃饭，你就想到我们在一起后的事情了？”时怀见走之前，气定神闲地丢下一句，“放心，就算你喜欢去儿童餐厅，我也照样陪你。”

门关上后，姜禾绿蹙起眉头，小声骂了句“狗男人”。

话都不说清楚，搞得她时不时自恋，时不时尴尬。约饭的口吻还这么嚣张，不就是仗着自己是老板吗？

没多久，门再次开了，是经理小哥哥来送饮料。麻烦人家跑腿，姜禾绿心里有些过意不去，赔笑着点头。

“因为公司还没走上正轨，茶水间还不够完善。”小经理解释道，“过段时间，果汁和咖啡都会全天供应。”

明明她是来面试的，现在却像个祖宗一样被人伺候着，姜禾绿很尴尬，一边道谢，一边起身。她准备走的时候，却被小经理拦住：“时总说让你在这里等他。”

“我上个厕所，马上就回来。”

走到门口时，姜禾绿又回头：“对了，你觉得我朋友于诗怎么样？”

提到于诗，小经理摸了摸鼻子，有些不太好意思：“挺好的。”

听着他温柔宠溺的口吻，姜禾绿放宽了心，认为两人百分之九十是成了。

去过洗手间后，姜禾绿并没有回去临时办公室，而是打算找个机会离开，然后给时怀见发条“抱歉”的信息，报复他之前的强吻行为。

路过前台时，姜禾绿发现刚才的面试者都还没有离开，正聚在一起聊天。女孩子的聊天内容以彩妆和服装为主，也有人在谈自己之前做主播的经历。有人看见姜禾绿过来，便打了招呼，大家好奇她被大老板叫去是为了什么事。

被人围着追问，姜禾绿不好不回答，敷衍道：“没什么大事。”

大家并不相信。按理说，一个普通的面试者，幸运地被大老板叫过去单独谈话，要么是大好事，要么就是有大问题。

第一次见面，老板总不可能因为她没能好好回答问题就单独刁难，所以，大家理所当然地认为刚刚是好事。

“你不会是内定的人选吧？”有人问。

“怎么可能……”姜禾绿不是很自然地摸了摸头发，“我和那个大老板又不认识，他叫我过去，是……骂我几句。”

“骂你？”

“对，可能是觉得我应变能力不行，没资格来面试吧。”

这解释不算合理，但也说得过去。

如果是内定人员，不需要刻意兜一大圈来面试，让她直接通过不就好了？

当然，凡事说不准。

漂亮的女主播和大老板之间，发生点儿什么事情也正常。

只是，这种好事为什么轮不到她们？她们自认为条件都不错，身材好，又会说话，面试的时候表现也不差，怎么就没被老板注意到呢？

有的人甚至在心里觉得后悔，早知如此，就应该做一些冲动的事情引起老板的注意，没准就能从麻雀变凤凰。

也有人提出疑问：“时总好像和你很熟的样子，你真的不认识他吗？”

姜禾绿眼也不眨地撒谎：“……不熟，一点儿都不熟，今天是我和他第一次见面，看到他的第一眼，我都惊呆了，没想到三生有幸，能见到总，这是我上辈子修来的福气啊。”

姜禾绿一边夸大其词地说着，一边摸着鼻子，看看鼻子是不是像匹诺曹一样长长了，并没有注意到大家的眼神都飘到了她身后的男人身上。

时怀见本该是走了的，秘书那边临时告诉他不用亲自去后，他又折回来了，以至于本来说一个小时后来找她吃饭变成了二十分钟后。

这也导致，手里提着包、打算随时溜走的姜禾绿在和别人吹牛时，完全想不到自己会有拍歪了马屁的一天。

除了背对着时怀见的姜禾绿，其他人纷纷毕恭毕敬地叫了一声“时总”。

透过半透明墙，姜禾绿看见男人沉稳从容地立于她身后。

——不熟，一点儿都不熟。

——今天是我和他第一次见面。

——是我上辈子修来的福气。

刚才说的三句话，在姜禾绿的脑海里如同卡机一般重复播放。

姜禾绿感受到了什么叫作绝望。

这时，刚从临时办公室跑来的小经理看到这边的情况，忙过去招呼：“时总，您刚才不是出去了吗？”

“嗯。”时怀见淡淡地解释，“不太忙，所以又回来看看。”

“时总辛苦了，感谢您对我们这么上心。”

“客气了。”时怀见没说太多，朝姜禾绿看了一眼，眉梢上挑。

他没直接说话，但意思非常明确，是让她跟在他后面，准备去吃饭。

男人的目光又在她的包上停留了一会儿。

不难猜出，她是打算走的。

让她等他一个小时再去共进晚餐确实不太实际。

瞧出男人眼底的戏谑，姜禾绿收起脸上无奈的表情，如同小跟班一般跟在他后面，由于怕人发现，她还刻意地保持着一定的距离。

两人来到停车场。

没人的时候，时怀见回头，看着她缓慢的步伐，出声道：“脚疼？”

“……嗯。”她是不想离他太近。

“还是不想和我吃饭？”

“……没有这个意思。”

“那是什么意思？”他顿住，等她慢慢走近，“是你刚才说的意思？遇见我，是你三生有幸？”

明知道不是还问，这不是不要脸是什么？

“对，是我三生有幸。”姜禾绿咬牙，“能和你吃饭是我的荣幸。”

“我可以让你天天有这份荣幸。”

“……我谢谢你。”

时怀见没继续逗她，提前开了副驾驶一侧的车门，看着她不情不愿地上去，脸上就差写上“我是被迫的”几个字。

坐上舒适宽敞的副驾驶座后，姜禾绿随手把包包放在腿上，摸出手机开始看微博，打算继续无视时怀见。一旁的时怀见却一声不吭地盯着她看。

察觉到时怀见的目光后，姜禾绿默默地在心里想，难道她真的这么秀色可餐，以至于他都不想开车，而是一直盯着她看？这未免太让人难为情了吧？

“时总，我知道我今天的妆化得挺好看，很淑女，但是你也不应该一直盯着我看吧？”她出声道。

“我在想。”

“想什么？”

“我如果不提醒你，你什么时候才会系上安全带。”

好，她又输了。

系上安全带，姜禾绿继续假装淑女风范，端正坐着，当作没事发生。

路上，时怀见随口问：“你想吃什么？”

“随便吧。”

“没有随便。”

“就是随便。”

知道她还在计较面试时被刁难这件事，时怀见没和她计较，说：“你要是再这样说的话，我就随便带你去了。”

“随便。”

这小姑娘还挺有脾气。

这态度，换作其他员工，哪儿还有再说“随便”的机会？

到了目的地——因为在漫不经心地想事情，姜禾绿没注意到这一路的风光，更没想到时怀见把她带到了别墅区。

这不会是他的住处吧？！

姜禾绿像个刚进城的小村姑，左看看，右望望：“为什么带我来这里？”

“是你说随便的。”时怀见理直气壮地陈述，“既然如此，由我来决定用餐地点，不过分吧？”

“……可你没说是你家。”

“你也没说你不想来。”

姜禾绿一个人被留在副驾驶座位上，内心凌乱，她得出一个结论：时怀见不是狗，他明明是狡猾阴险的老灰狼。

右侧的车门被男人打开。

时怀见低头看她，一本正经地问：“怎么，还要我抱你下车？”

听出他的弦外之音，姜禾绿攥紧包带，犹豫一番才下了车。

周围是工整的绿化，草坪、灌木，视线穿过黑色栅栏，她看到了欧美复式别墅，内外整洁如新，配套设施偏冷色调。

姜禾绿跟在时怀见的后面走，保持着一定的距离，心里暗暗后悔：下次再也不说“随便”了。

经过门口时，侧方有人拿着高枝剪过来，那人穿着工装，估计是家里的园丁，看到两人，立马恭敬地打招呼。

时怀见随口问：“时妄回来了没？”

“小少爷还没回。”

“又晚归了？”

“正常，我家那个才上初中就闹腾得不行，睡觉都恨不得去外面睡。”

姜禾绿从这寥寥几句对话看出，时怀见待人温和，不会像某些大老板那样摆架子，对给自己打工的人没礼貌地大喊大叫，而且，也能从他们如此随和的日常看出，这里的人并不惧怕男主人。

这一点是姜禾绿没想到的，毕竟，他有时候看起来挺不好相处的。

或许是听到外面的动静，屋里的保姆也出来迎接。

看到男主人带了女伴回来，她们个个都有些惊讶，随后又像是什么都没发生一样，自然地招呼姜禾绿，问她有没有忌口的食物，好提前让厨房准备。

姜禾绿和保姆说话时比和时怀见相处要自然，她虽然初来乍到，倒没客气，像是自家人一样交代着。

看见大狗从外面进来，她开始去逗弄大狗。

总之就是没怎么搭理时怀见。

时怀见帮她的事，她没放在心上，仇倒是记得明明白白。

姜禾绿和保姆聊着晚餐的事，偶尔会从大狗嘴里接它递来的球，然后丢出去。反复几次后，她发现，大狗捡到她抛出去的球后，会递给时怀见，等时怀见抛出的手里的球后，它再送给她。

这只狗和他们两个人玩得不亦乐乎。

最后收手的是时怀见，他长时间没看到时妄，打了个电话后，便走了出去。

他一走，身为客人，姜禾绿觉得自己更自在了。

一个打扫卫生的保姆听见外面的车声，便问另一个保姆："时先生又去接孩子了吗？"听这口吻，时怀见经常接时妄。

他和沈西成一样，都是大忙人，但是挤出来的时间并没有浪费，都花在了对孩子的教育上。不知怎么，姜禾绿有些同情起他了。

单身男女带孩子是一件很辛苦的事，尤其像现在的时妄，正处于叛逆期，不好管，对家长的态度十分嚣张。

她知道，时妄顽劣，但并不是个坏孩子，这一点，从他之前赔给于宁的裙子就可以看出来。

那边，保姆们聚在一起窃窃私语，姜禾绿隐约听见了几句，什么"她就是小少爷说的那位吧""瞧着太年轻"之类。

时妄那性子，就差向全世界宣告他可能要有个后妈了。

姜禾绿只觉头疼，想解释又无从下口，为了防止保姆嚼舌根，她主动说道："时妄放学后总喜欢晚归吗？"

保姆点头："他没上晚自习，经常和同学一起上网或打球。"

"打球不是坏事，不过得通知家里一声吧，不然怪让人担心的。"

她的口吻还算正常，没有责怪的意思，保姆却挤眉弄眼，以为她在嫌弃时妄，忙替时妄开脱："小少爷性格很好的，经常帮助流浪的小动物，虽然顽皮，但从来不会伤害人。"

另一个保姆接话："是啊，这么好的孩子，要是能有个妈管管就好了。"

姜禾绿差点儿以为自己听错了。

怎么连保姆都在向她推荐后妈这个职位？

"小少爷其实很可怜，从出生就没见过妈，体弱多病，被老一辈亲戚带了几年才被先生接回来。先生没当过父亲，管孩子方面欠妥得很，也就是近几年才上心管教。"

“可惜，先生一直没带女人回来过，不然也有人帮衬帮衬。”

“前几天，小少爷问我们，如果一个大他没几岁的女的做他的后妈，他会不会被人笑话。”

她们你一言我一语的，说得姜禾绿哭笑不得。

所以，她这是还没来这里就被当成后妈了吗？

可能这别墅真像她们所说的那样，没有女主人，所以她的到来，让人惊讶地以为是个意外。

她只能婉言解释自己和时怀见只是朋友，交情不深，然而，那几个保姆明显不太相信。

半个小时后，时怀见带人回来了。

时妄先进门，气势汹汹，步伐很快，连鞋都没换就走进来，嚷嚷着渴，要喝冰镇啤酒，保姆看了看男主人的脸色，没敢去拿。

两个男主人一回来，屋子里的气氛立马变得不一样。

姜禾绿不经意地瞥到了时妄脸上的伤痕，大大小小的刮伤，青一块紫一块，手腕上也有血迹，校服裤子皱褶不堪。

“上去。”时怀见冷声道，“回房间，自己反省。”

“我反省什么？”时妄回头反驳，“是他们先骂我没妈，我不能揍他们？”

他还是波澜不惊的口吻：“我让你反省的是你的脑子，一个人去打五个人，看你伤成什么样，真以为自己有多大能耐？”

“其中一个还被我……”

说到一半，时妄突然瞥见了坐在沙发上的姜禾绿。

他满脸惊讶，十分意外她为什么会在这里。眼珠子转了一圈，他回头看了看自家老爹，挤眉弄眼，像是在问：这才多久，你就把人领回家了？

时怀见没正面回答，让保姆带他去楼上先洗洗，再擦药。

“伤得这么重，不去医院吗？”保姆隐隐担忧，“流了好多血啊，现在这些孩子，下手可真重。”

老保姆是看着时妄长大的，对待他如同亲生的儿子，纵容得不行，导致他平日在家就是个小霸王。

娇生惯养的少爷到了外面，如果不亮出背景，没人会惯着他的脾气。

“去什么去，小伤。”时妄不以为意地说，想装作大男子汉，自认为潇洒地把额前的头发往后一抹，大摇大摆地往楼梯口走。

老保姆不放心地跟在后头，担心他会不会摔着，保险起见，她认为还是应该去医院检查一番，可是小少爷不愿意，时怀见也没表示什么，她一个打工的，不好给予建议。

“明天带他去医院看看吧。”姜禾绿出声，“我看他走路的时候腿不利索，外伤不要紧，就怕伤了筋骨。”

她给的建议，时怀见自然不会无视，点头道：“我会找人带他去。”

她还想说什么，又觉得这是人家的家事，时家人多，不至于说一个小孩生病了，掌权人就得陪着一起去医院，但见时妄那小子刚才走路的姿态，明明一瘸一拐，却要装作大无畏的样子，想想确实是令人心疼。

当妈的不在，当爹的不应该上点儿心吗？就算刚开始年轻，不懂得带孩子，现在也不至于什么都不懂吧？

见时怀见在她对面的沙发坐下，姜禾绿出声：“你不上去陪他吗？”

“不去。”

“狗都上去了，你就是这样当爹的？”

这个问题，很多人在心里质问过，敢说出口的也只有姜禾绿了。

时怀见看着她，心平气和地说：“他是三岁小孩吗？受个伤还要我二十四小时盯着他？”

好像有道理。她没别的意思，只是觉得他的态度有些冷漠。

她小声嘀咕：“我就是觉得没妈的小孩儿挺可怜的。”

声音一低，嗓音就变得沙哑，有藏不住的难过。

同情的最高境界是感同身受。

不过，相对于时妄，她要幸运得多，虽然印象里对母亲的记忆等于零，但姜父对她双倍的关照差不多能弥补回来，其他女孩有的，她也不缺。

“是可怜。”时怀见随口应了一句，“他妈生下他后就把他扔了，一直以来没见过一次面。”

他是怎么做到如此轻描淡写地说这么一件事的？

“为什么？”姜禾绿脱口问道。她不敢相信，哪怕是动物，母性的本能不就是护着孩子吗？怎么还有人舍得丢弃孩子？

“这得问她自己了。”其中的缘由，时怀见也不知道。

谁都想不到，多年前，鼎盛繁荣的时家差点儿被一个平凡的女孩搞垮。那时候，时怀见还不大，印象里，时母是个优雅的贵妇，某天却为了哀求一个女孩留下差点儿跪下来，然而，这一切都无济于事，那女孩还是抛下了出生不久的孩子，并且以强奸的罪名把时家大少爷送进了监狱，然后拿着高额赔偿金远走高飞。

时家所有人都不信，口口声声说爱大少爷的女孩儿会做出这种颠倒黑白的事情。她的心狠手辣和绝妙演技，自古到今，无人超越。那之后，时家花了不少金钱和时间把事情压下去，让“言辞”这个名字销声匿迹。

这件事对时怀见的影响，是平白无故地多出了一个孩子。因为时参出狱后就患上了精神疾病，他的记忆严重受损，家里人为了不让往事刺激到他，给了他崭新的身份，他和言辞的孩子也交予时怀见抚养。

外人只知道时家掌权人蹲过监狱，却不知是谁，因为时参多年来从未出现在众人的视野中，不知不觉，大家就以为蹲监狱的人是时怀见了。

算算日子，言辞也该回来了。

晚餐时，时妄下楼，穿着一身干净的睡衣睡裤，额头上贴着创可贴，还和以前一样耍酷地走过来。他像个操心人间婚事的月老，拉开餐椅坐下，正儿八经地问：“下次你带人过来时，记得跟我提前说一声。”

时怀见没看他：“你在教你爹做事？”

时妄不服：“让姐姐看见我这样子，还以为我天天在外面打架，不学无术，吊儿郎当呢，实际上，我好久才打一次架。”

姜禾绿默默地在心里感叹，这小子还挺有自知之明的。

不对，她听出了他们的话外音。

他们还指望她再来？

这次是意外，下次绝无可能。

吃了一口保姆做的菜之后，姜禾绿脑子一抽，为自己刚才做的决定后悔不已。这里的保姆做的特色菜也太对她的胃口了吧？

姜禾绿一边吃，一边压住心中的想法，警告自己不能被一顿饭收买。

吃到一半，时妄兴致勃勃地开口：“老时，漂亮姐姐今晚留下来吗？”

——噗，正在喝汤的姜禾绿差点儿呛到了。

有其父必有其子。

这么小的年纪，就想着乱七八糟的事情。

“你都说是漂亮姐姐了，”时怀见不温不火地回答，“问我干吗？”

这话题一抛，时妄知道，展现“金牌助攻”本事的时候到了。

他看向姜禾绿，道：“姐姐，晚上一起玩游戏呗？”

“……我待会儿要回家。”

“回家多无聊啊，留下来，看我们家的狗翻跟头。”

“它会吗？”

“会的。”

桌旁，An 抬起狗头，眼神很无助，似乎在说：我不会。

时妄继续好奇地问：“话说，你们发展到哪一步了？”

没人回答，姜禾绿安静地吃饭，时怀见也当这个儿子不存在。

“亲了吗？”时妄又问。

被人问出心事，姜禾绿忍不住了：“小孩子别管那么多。”

时妄坏笑了一声：“噢……你这么说，那看来是亲了。”

姜禾绿想揍他。

这小孩儿要是有半点儿心思放在学习上，也不至于考倒数。

时妄又不确定地看向另一个当事人：“老时，你们真亲了吗？”

时怀见淡淡地“嗯”了一声。

“都亲了，你怎么还是一副不高兴的样子。”

“就亲了一下。”

“……”敢情这是嫌少，得了便宜还卖乖。

看着这父子俩厚颜无耻地一唱一和，姜禾绿气得一口气吃了两碗饭。

饭后，外面下起了小雨。

给姜禾绿十个胆子，她也不敢在这里留宿，坚持要回家。时怀见本可以让司机送她，但他没有吩咐下去，只递给她一把雨伞，自己拿着车钥匙出去了。

姜禾绿正准备跟在他身后一起出去时，手机铃声突然响了，是沈西成打来的电话。她按下接听，对面的声音听起来有些激动：“阿禾，你之前变卖的祖母绿宝石，我帮你打听到了。”

姜禾绿微微一怔。

宝石被她卖掉换钱的那一刻，她就知道再赎回来的可能性很小，因此一直没把这件事放在心上。之前，沈西成和她提了一嘴，她也没当回事，想不到，他还真的找朋友打听了，并且得知祖母绿宝石将会在一场拍卖会上进行拍卖，起步价二百万，受邀嘉宾中，没有人的权势能压过沈西成。

“我把它买下来，送给你当新婚礼物，怎么样？”沈西成态度真挚道。

“不用。”

“你别和我客气，我是真心的。”

“真的不用。”姜禾绿深呼吸一口气，“之前我已经把话说得很清楚了，既然陈清韵回来，你和她好好的，我们之间已经结束了。”

“阿禾，我和她不可能，能和我走到最后的人，只可能是你。”不论姜禾绿说什么，沈西成都没有听进去，似乎认为自己是她最好的选择。

而对他来说，有一个和白月光相似的人做老婆，也是不错的事。

“阿禾，你相信我，我想娶的人只有你。”沈西成深情告白，“等我忙完，我就去找你，带你坐私人飞机出国旅游。”

“我……”

“你那边的噪音怎么那么大，你在哪儿？”

姜禾绿看了一眼被雨击打的窗户，解释道：“我在家呢，可能离窗户边太近，声音有点儿大。”

“怪不得。”

“你那边也很吵，你在哪儿？”

“我也在家，刚开完远程会议，太想你了，所以忍不住给你打电话。”

挂电话前，他还温柔地说了晚安。

姜禾绿对他肉麻的行为有些意外，心想，沈西成不会真看上她了吧？打个电话，他一直强调非她不娶，并且说自己无时无刻不在想她。

就在她考虑自己能否承受得住这样的感情时，身后的时怀见出声道：“还不走吗？”

“您真的要亲自送我？”

“嗯。”

坐上车后，她系好了安全带，然后报出地址。

“其实，您完全可以让司机送我。”姜禾绿不太好意思地说，毕竟是下雨天，让他亲自接送，她担心会耽误他的时间。

“我刚好出去办事。”

这样的话，她也不好多说什么。

半路，时怀见突然出声：“沈西成刚才在电话里对你撒谎了。”

“撒谎？没有啊。”

“你觉得他真的在家？”

“……那不然呢？”

“我们打个赌怎么样？”

“什么赌？”

“我认为他在说谎。”时怀见目光直视前方，声调平稳，“如果我猜错了，公司斥资五百万包装你这个新人主播。”

“如果对了呢？”

“如果我说对了的话，今晚，你做我的女伴。”顿了顿，他又补充，“放心，在你自愿之前，我不会强迫你做任何事。”

姜禾绿逐渐明白了他的意思。

他认为沈西成在说谎，所以想和她打赌。

姜禾绿并不是相信沈西成的片面之词，她是认为他没有撒谎的必要。就算他在花天酒地，他直接告诉她就行了，她又管不着，他没必要撒谎，所以她认为，他应该在家。

尽管如此，她还是有点儿害怕。

“我不想赌。”

“八百万。”

“不是钱的问题，主要是我……”

“一千万。”

“正所谓贫贱不能移，威武不能屈，富贵……”

“两千万。”

“富贵……也能淫。”姜禾绿咽下要说的话，“成交。”

盛世居。

挂了电话之后，沈西成折回包厢。

一进门，便听见朋友笑着调侃："给你家小美人打过电话了？"

"嗯。"

"她那祖母绿宝石的价格，我估计花三四百万就能拿下，那玩意儿不值钱，二百万的起步价我都觉得高了。"

沈西成并没有把这事放在心上，道："买个开心就行了。"

"啧，想不到你对你家小美人挺上心啊，怎么不把她带过来？"

"场子太乱，不合适。"

"她要是知道你和陈清韵在一起，不得别扭死？"

"不会的，她比较好哄。"沈西成不以为意，"再说了，我和清韵只是朋友。"

朋友嬉笑两声，没当一回事，和沈西成一起进了里屋。今天，他们包了最大的场，美女，美酒，歌舞，棋牌都有。

回到原先的位子，沈西成刚坐下，便有人递来果盘。

"少喝点儿酒，尝尝这个吧。"女人柔软的声音响起。

他接了过来，笑道："清韵还是和以前一样体贴。"

"有吗？"面对他的夸赞，陈清韵笑纳了，"这得看对谁了，如果是其他男人的话，我可能都不会看第二眼。"

"你这说得我有点儿不好意思。"

"得了，我们认识这么多年，你还知道不好意思？"陈清韵看似无意地提起，"你刚才出去做什么？给你家小美人打电话吗？"

"嗯，想给她买块宝石作为新婚礼物。"

"什么宝石？"

"一块祖母绿。"

"啊……好巧。"陈清韵装作不经意地说道，"我也很喜欢祖母绿。"

"那是挺巧的。"

"其实，下次你和她打电话不需要出去，我又不会发出声音让她误会。再说了，我和你是什么关系，她难道还不清楚吗？"

这么听来，这句话并没有太大的问题，沈西成点头："行，下次听你的，我只是觉得这包厢有点儿吵。"

陈清韵嘴上笑着，心里却有百般滋味。

她听说沈西成来盛世居应酬，还以为他带了姜禾绿一起过来，本想假装偶遇，谁知他并没有带任何女伴，她只能装作若无其事的样子，陪在他身边，想等他和姜禾绿通话时故意出个声，让姜禾绿知道，结果倒好，他干脆出去打了。

她虽然不喜欢沈西成，但也不希望备胎和别人结婚。从小到大，沈西成就跟狗似的追在她身后，这样的感情，应该不会说变就变，她相信自己只要用点儿手段，就能让他回心转意。

就在陈清韵以为今晚可能无法给他们造成误会的时候，包厢突然来了新人。看到姜禾绿进门的那一刻，陈清韵的心头不禁冒出一个词——天助我也。

门口，姜禾绿像只小老鼠一样，小心翼翼地踮起脚，环视周围一圈，视线穿过人群，最终，她还是看见了沈西成的身影。

没想到，他真的如同时怀见所说的，在这里花天酒地——赌输了。

姜禾绿有些失望，打算转头走，时怀见却牵起她的手，淡定自若地往前走。

“走吧。”时怀见轻笑，“愿赌服输。”

“……你耍赖，肯定是有人给你通风报信你才知道的。”姜禾绿抱怨。

她后悔了，她也不掂量一下自己的分量，她怎么可能玩得过这个男人？

“嗯，所以也算你赢了，赌注照样给你。”他浅笑，低头在她耳边说话，“但今晚，你得愿赌服输，做我的女伴。”

听说赌注照样给她，姜禾绿的心情还算平和，反正她知道怎么做乖巧的女伴，只要不用和他发生点儿什么，她还是愿意的。

没走几步，就有熟人过来打招呼：“时总，迟到了啊，得罚三杯。”

也有熟人眼睛雪亮地发现了他身边的女孩：“哇，时总居然带女伴了，太稀奇了……这妹妹怎么那么眼熟……”

这不是沈二少身边的替身吗？！

他们刚才看见沈西成和陈清韵进来的时候还在想，替身被人戴绿帽子了，结果居然是互相给对方戴绿帽子。

姜禾绿十分尴尬，恨不得把脸埋进衣服里，磨磨蹭蹭地跟在时怀见身后。

一路走来，灯红酒绿，彩灯闪烁。

姜禾绿本来以为沈西成只是撒谎了，结果一看，发现陈清韵坐在他旁边。

她顿时哑然。她简直不敢相信这个男人这么不要脸，居然一边搂着白月光，一边打电话说想她。

不经意间，她的目光和沈西成对上了。

姜禾绿和时怀见的出现同样出乎沈西成的意料。

他的目光落在他们牵在一起的手上，眉间深深蹙起。随后，他站起身，走过来质问道："阿禾，你不是说你在家吗？为什么和他在一起？你撒谎了？"

"没撒谎。"时怀见淡声替她回答，"她刚才在我家。"

"她为什么在你家？"

沈西成的质问占有欲十足，听起来十分愤怒。

时怀见慢条斯理地松了松领带，没有正面回答，手底下的力道加紧，攥着女孩温软的小手，气势上碾压对方数倍："你猜。"

晚上，孤男寡女，在家，时间、人物、地点都有了，至于发生什么事情，只能靠想象。沈西成目光下沉，逐渐移到他们两人相握的手上。

沈西成的声音极冷，吐出几个字："你们到底是什么关系？"

"她今晚是……"时怀见回得平静，"我的女伴。"

他说这话时，姜禾绿没有出声，算是默认了。

"不可能。"沈西成语气生硬，"你给我放手！"

这句话是对时怀见说的。

时怀见不仅没有放，还面不改色地把手握得更紧了。

"阿禾，"沈西成开始打感情牌，"你来我这里。"

"我不去。"

看出姜禾绿眼神里的冷漠，沈西成解释道："你相信我，我在电话里不是故意骗你的。"

他旁边的陈清韵跟着出声："阿禾妹妹误会了，我和西成只是多年的好朋友，今晚突然偶遇，才在一起喝几杯酒。"

她这番话暗示着她和沈西成多年亲密，还一口一个阿禾妹妹，叫得亲热。

他们是不是偶遇，姜禾绿不知道，但从这位姐姐身体一直贴着沈西成，保持着不到一厘米的距离来看，她基本可以断定事情没那么简单。

想到之前于诗和陈清韵的人起争执时，陈清韵嚣张的气焰和装淑女的样子，姜禾绿对眼前这女的没有半点儿好感，但是，表面上，她还得装一装。

"清韵姐姐真体贴。"姜禾绿用差不多的口吻回道，"这么晚了，姐姐还陪异性朋友来这里喝酒，我就没有这个胆子，我喝一点儿啤酒都容易醉呢。"

听着姜禾绿明显阴阳怪气的口吻，陈清韵愣然几秒，气不打一处来。

时怀见没有耽误时间，带着姜禾绿入座。

两人坐下后，握着的双手分开了，但彼此间的距离并未拉开，女孩的裙子贴着男人的西裤，明眼人都能看出来，她今晚是时怀见的女伴。

坐下没多久，姜禾绿受不了沈西成一直用“你为什么要背叛我”的眼神看着，找了个去洗手间的借口暂时出去了。

她一走，其他人更是坐立不安。

沈西成想要跟过去解释，看出他想法的陈清韵起身对沈西成说：“阿禾妹妹可能不适应这里的环境，我怕她迷路，去看看她。”

盛世居这种地方，姜禾绿来了不下数十次，没准比她还熟。

但陈清韵说得好听，沈西成理所当然地认为她是好心，点了点头，又看了一眼时怀见，想着“敌不动我不动”。

洗手间里，姜禾绿在对着盥洗台的镜子补妆。

身后传来陈清韵的声音：“你和时怀见是什么关系？”

这个问题实在没有什么好回答的。

“不是说了吗？”姜禾绿回头，甜蜜一笑，“是女伴啊。”

“我认识他这么多年，还没见他身边有过女孩子。”

听这语气，是又要挑拨离间的意思。可惜，姜禾绿对他们两个男人的过往没有一点儿兴趣。她当作没听见，没有搭理。

“我们应该和平相处。”陈清韵又说，“毕竟，如果幸运的话，我们还可能成为妯娌。”

妯娌的意思是，她想做时怀见的嫂子？

姜禾绿对陈清韵了解得不多，没想到，陈清韵一直拒绝沈西成是因为有了心上人，而这个人居然还是时家大少爷。

见姜禾绿一直在补妆，并不怎么搭理她，陈清韵轻笑了一声，路过的时候，她的肩膀不轻不重地撞了一下姜禾绿。

正在补口红的姜禾绿没料到这一手，口红涂到了嘴角上。

“不好意思。”陈清韵装作很无辜的样子，“不小心撞到的，你没事吧？”

还真是把人当傻瓜。

姜禾绿咬牙，也佯装无辜：“希望姐姐下次走路长点儿眼睛，不然这么庞大的身材，要是再用点儿力，把我撞伤了，可是要担责任的。”

姜禾绿擦掉唇际的口红，临走前装作和陈清韵一样无辜，漫不经心地甩了甩手上的水。

水滴不可避免地溅落到陈清韵的脸上，她下意识地避过去，等到忍无可忍，抬头准备和姜禾绿算账时，才发现对方已经不见了踪影，只有脸上的水滴证明自己刚才被这个替身报复了。

陈清韵呢喃道：“真是初生牛犊不怕虎。”

她和别人钩心斗角的时候，姜禾绿还不知道在哪里读小学呢。现在，不知道是谁给她的勇气，真以为自己背后有人就了不起了。

再回到包厢，姜禾绿看见时怀见换了位子，犹豫了一下，她还是走到了他身边。

他正在和朋友说话，听到动静后，便招手让她过来坐。

姜禾绿有些无语。他身边一个空位都没有，怎么好意思让她过去坐？她慢吞吞地挪过去，刚到他身边，便被男人搂到怀里，维持着半坐在他腿上的姿态。

“你干吗……”因为重心不稳，她不得不用手环住他的腰身。

时怀见提醒道：“你嘴上有东西。”

“……那你也不能让我这样坐啊。”

“我帮你弄还是你自己弄？”

“这样坐真的好别扭。”

“我帮你弄吧。”

结束这段鸡同鸭讲的对话，时怀见抬手，指腹从她的嘴角擦过，力道很轻，他替她慢慢地擦掉了嘴角的口红。

姜禾绿刚才在洗手间的时候有些心烦气躁，被撞歪的口红并没有完全擦干净，被他看见后，他亲自动手擦掉了。

在外人看来，他们如同亲密无间的情侣。

“好了吗？”姜禾绿问道，“感觉很别扭。”

“做我的女伴别扭？”男人的指尖一顿，语气也变了个调子，“你更喜欢待在沈西成那边？”

听出他的质问，姜禾绿只好摇了摇头。

等旁边的人离开后，姜禾绿打算找机会过去坐，毕竟她是第一次被男人这样抱在怀里，确实不舒服，而且，这样的亲密只属于情侣之间。

没想到他的手一直搭在她的腰上，没给她动弹的机会。

“时总，”姜禾绿不由得蹙眉，“您这又是什么意思？”

一个不高兴，姜禾绿对他的称呼又变成了“您”。

“我让你过来的目的，你不清楚？”时怀见慢条斯理地问。

“……来气沈二少的？”

“知道就好。”

姜禾绿迟疑了几秒，透过人群，看见坐在另一边的沈西成。他几乎忽视掉了旁边的陈清韵，一直在朝她这里望。

男人嘛，得不到的永远是最好的。

他也许对她没什么感情，却不允许别人夺走她。

“那能和我说说，您为什么要这样针对沈二少吗？”姜禾绿来了兴致，“你们之间有什么不可告人的秘密吗？”

“想知道？”

“好奇嘛。”

“这得从很多年前说起，当年，沈家和时家是世交，关系还不错……”

“嗯嗯，然后呢？”

“然后，你亲我一下我再讲。”

本来一脸好奇的姜禾绿听到这句话，顿时不乐意了，她抬手拍了一下他的胸膛：“您这就过分了啊，讲个故事还要占便宜。”

她不敢用力拍，力道柔柔的，说是发泄抱怨，更像是撒娇和嗔恼，那语气听着更让男人心痒难耐，然而，她自己还浑然不知。

纸醉金迷间，人的情绪很容易被周围的氛围影响。时怀见喉间滚动着，握住她的手腕，道：“别乱动。”

“那您继续说，为什么您老是针对沈二少，还要拉我一块儿演戏？”

“知道我大哥住院的事吗？”时怀见言简意赅地道，“他本来出生在沈家，后来发生了变故，做了亲子鉴定，才知道自己是时家的人。”

“啊？”

“沈家人气不过他们抚养了那么长时间的小孩是别人家的，就常常虐待他……被发现的时候，他的精神和心理已经出现了严重的问题。”

“不会吧？”姜禾绿没想到时怀见会真的和自己讲这些事情，掩不住满脸的惊讶，“怪不得沈西成一直被人叫沈二少，我却从来没听说过他有个大哥。”

从小到大，沈二少被人叫习惯了，一直没有改过来，实际上，沈家只有沈西成一个少爷。

“我讲完了。”时怀见低眸看她，“轮到你了。”

“我讲什么？”

“轮到你亲我了。”

还能这样的吗？她又没答应。

见他似乎很有耐心地等着她，姜禾绿更是别扭，她低着头，磨磨蹭蹭道：“我刚才可什么都没听到。”

“……想耍赖？”

“明明是您耍赖。”提到这个，姜禾绿不满道，“一开始，您接近我就是为了报复沈西成，还骗我来做您的女伴气他，便宜明明都被您占了。”

——还有之前强吻她的事。

他居然还说她耍赖。

姜禾绿不想搭理时怀见，想从他身上下来，试着动了几下，却发现自己被他禁锢得太紧，他几乎是掐住了她的腰，强行把她固定在腿上。

真是浑蛋。

这时，包厢的门再次被打开，这次来的人才是今晚的主角。

姜禾绿见过这人一面，上次在温泉馆，这个美国人是沈西成的大客户，沈西成这段时间非常忙碌也是因为他。果然，主角一来，沈西成顾不上自己曾经的女伴坐在别人怀里，第一个过去迎接。

“要不要再来打一个赌？”时怀见问道。

“什么赌？”

“我能让沈西成这次的单子黄了。”

他的语调沉稳从容，不急不缓，仿佛只是在做一件小事。

吃过一次亏后，姜禾绿无论怎样都不会再上他的当，当即别过头：“我才不要。”她要是再上当的话就是傻子了。

时怀见轻笑，起身后捏了捏她的脸蛋，让她在这里等他一会儿。

见时怀见去了客户那边，姜禾绿拿起桌上的酒杯，一边浅啜一边想，这个男人可真危险，她都快分不清他到底是好人还是坏人了。

不论怎样，他是为了报复沈西成才接近她的，那她还是得提高警惕，不要让自己沉迷进去。图男人的钱和权都行，就是不能图他对自己的好和感情。

她一开始要是图沈西成这个人的话，现在还不知道被他和白月光欺压成什么样呢。

姜禾绿压下自己的心思，平静地接受现实。

散场已经是两个小时后的事情。

比起美人，沈西成果然更爱江山，不论是白月光还是替身，他都没有再管，一直紧紧跟在客户身边，鞍前马后。

因为时怀见去的时间太久，姜禾绿一个人喝了不少闷酒，晕头转向的，看见男人过来，她主动拉过他的手，问道："您能扶我一下吗？"

明明是问话，却已经不容对方拒绝，她像个树袋熊一样抱住了他。

这里的酒很烈，喝几口就会上头。

看她酡红的小脸蛋，时怀见有些后悔没有提醒她。

他抬手，轻轻拍了一下她的脸："醉了？"

"没有。"

"还能走吗？"

姜禾绿点头。她的酒量还算不错，因此，走路和认人不算什么难事，只不过思绪有些不太清晰。

送她上了车，时怀见问道："回家还是去我那里？"

"这还用问吗？"姜禾绿皱眉，"我不是那种随便的女孩子。"

"……好。"

"当然是去你那里。"

还是不够清醒。

虽然时怀见之前一直调戏她，但并没有真想占她便宜的想法，他多次询问她，确定最终的目的地是他家之后，才发动车子。

去哪里住不重要，重要的是哪里安全。

就算是去他家，他也不会对她做什么。

凌晨两点，车子匀速地行驶在马路上。别的女孩子喝醉后可能是要抱抱，像姜禾绿这种喝多酒后喜欢教育人的，为数不多。

在车子刚启动的时候，她先唱了两嗓子，而后突然想到什么，她好奇地看向旁边开车的男人："你有儿子吗？"

时怀见："有。"

"他在哪儿？"

"在家睡觉。"

"怎么不带出来玩？"

"他要睡觉。"

"大晚上的睡什么觉？"姜禾绿叹了口气，掌心托着太阳穴，很是愁苦，"现在的年轻人，一点儿都不知道通宵的乐趣。"

"嗯。"

"你'嗯'什么？你一个老男人，你知道？"

时怀见不说话了。

"不是我说你，这么大把年纪了，为什么还不知道教育孩子呢？小孩是祖国的花朵，是未来的劳动生产力，是泱泱土地的希望，再穷不能穷教育。"

时怀见："我知道。"

"你知道什么？你一个做父亲的，明知道他从小没有妈妈，在严重缺乏母爱的情况下，却仍然对他严厉，不知道用爱感化他，这是不是你的失职？"

时怀见并不想和一个小酒鬼讨论这种没有任何探讨性的话题，但他发现，一旦自己沉默，她就又开始唱歌了。

所以，他不得不应一句。

而姜禾绿越说越动情，她对他的儿子产生了极大的同情，因为她和时妄一样，从小没有妈妈的陪伴，在这方面，一旦产生共鸣，就会产生同情心。这也导致，她教育时怀见的语气非常语重心长，作为过来人，她说得很详细。

"面对一个青春期少年，最重要的是什么？是理解，是包容，是爱和感化，他已经失去母亲了，如果父亲不加倍努力地给予爱，他以后的成长道路将会很坎坷。你觉得我说得对吗？"姜禾绿一边说，一边醉眼蒙眬地看着开车的男人。

时怀见沉默了会儿，问："你上车后说的第一句话是什么来着？"

"第一句？"她一顿，"让我想想……我问你儿子在干吗？"

"不对，是第一句。"

"第一句是……我问你有儿子吗？"

“嗯，你再问一遍。”

“你有儿子吗？”

“没有。”

车厢里沉静了许久。

时怀见说自己没有儿子后，姜禾绿便无话可说了。

没有女醉鬼的唠叨，后面的车程明显比前面要舒服得多。

到了目的地后，时怀见发现副驾驶座上的女孩儿睡着了。

被黑色长发半遮半掩的脸蛋透着清灵的美，两片唇瓣红得诱人，可能是睡得不太舒服，她细弯的眉时不时蹙起。

时怀见没有打扰她睡觉，把车停好后，他走过去，把她从车厢里抱了出来。

就算喝了酒，她身上也没有酒味，不知道是不是还喝了其他饮料，呼吸间有着浅浅淡淡的果香。

他把她抱到客厅的沙发上，小心翼翼地将她放下，准备让保姆帮她洗澡的时候，她缓缓地睁开了眼睛。

男人的手还托着她的后背，垫在她的蝴蝶骨处。

姜禾绿眨了眨眼睛，眼眸明亮，似乎不染半点儿尘埃。

时怀见许久未动。

“您是不是喜欢我呀？”她低低地问出声。

她的声音被酒精熏染过，微哑，不知道是醒了酒，还是继续醉着。

时怀见没说话。

姜禾绿却突然坐了起来，凑到他耳边说：“不喜欢的话，为什么要吻我？您就是喜欢我。”

他把手抽了出来，淡笑了一声：“你漂亮，说什么都对。”

男人刚转过身，发现面前的路被她用小腿不偏不倚地挡住了。

姜禾绿像个不懂事的小孩子，不顾别人的感受，咄咄逼人地说：“可是我不喜欢您，因为您一开始接近我的时候，意图不正。”

他哑着声回了一句：“那你想怎样？”

“不想怎样。”她正正经经地说着，“只是突然想起来，您刚才给我讲了个故事，我还欠您一个吻。”

说着，她从沙发上坐起来，蹿到他面前，抓着他衬衫领下方的条纹领带，迫使他低头，她抬起下巴，柔软的唇覆在他的薄唇上。

周围的温度一度又一度地升高，热得让人寻不到方向。

姜禾绿亲得不太熟练，又啄又咬。

时怀见突然揽过她的腰，将她抵在沙发上，反压过来继续亲吻她。

姜禾绿有点儿呼吸不上来，试着往后缩，腿脚也开始乱蹬。

这种小打小闹在男人眼里根本不算什么。

他准备再低头亲她的时候，看到她摇了摇头，说了句："头疼。"

姜禾绿揉着眉心，感觉到无数只蚂蚁在脑子里，叮得她神经疼，下意识寻找可以依靠的地方，不知不觉间，她的额头蹭到了男人的手。

时怀见忍了几秒，还是松开了她。

他慢慢地起身，没有刻意看她，就像在温泉馆她只裹着浴巾的时候，他也没怎么看。

可能这么多年没这样对过一个女孩，也可能是美色蛊惑，再或者，出于男人对他人女伴的觊觎和占有，姜禾绿在他这里很特别，这一点，他无法否认。

至于他对她到底是什么感情，过了青春期的年纪后，鲜少有男人会去静下心思考。

看着沙发上的女孩半靠半倚着，肩上的内衣带滑落至胳膊处，时怀见沉静片刻，抬手帮她扶正，又顺带把她的裙摆整理了一下。

"时先生，"姜禾绿半睁着眼，声调带着一点儿小骄纵，"您真是好人。"

在当今社会，某些情况下，"好人"并不是什么好词，有时候更是备胎的别称。他是不是好人，她应该能看出来，可能他对别人确实心狠手辣，但在她这里，他并没有做过什么坏事，尤其是在明知她醉了的情况下，他没带她去酒店共度良宵，所以是好人。

时怀见眸色略沉："你想说什么？"

"下次要是还有报复沈西成的好事，可以再叫我。"她说，"我觉得当您的女伴挺不错。有钱拿，有酒喝，还能看着您……"她停顿了一下，朝他的皮带处看了看，换了个优雅的词，"露出男人本色，却什么都做不了。"

这语气，似乎还挺得意。

说是回他一个吻，现在瞧瞧，反而更像是报复，尤其是她的眼神，大有一种"你不会把我怎么样"的嚣张感。

时怀见不慌不忙地扯开被扯乱的领带，在灯光的照射下，英俊的面庞轮廓更显分明，举手投足间优雅从容，看起来斯斯文文的。然而，这些只是表面，下一秒，他的指尖便轻松挑开了刚才被他整理好的裙摆。

正人君子所做的事情，不到半分钟的时间就被他推覆。尚且迷迷糊糊的姜禾绿怎么也想不到局面突然扭转，只得可怜巴巴地挣扎。

她的力气在他这里等于零。

时怀见抓住她的胳膊，没费什么力气就让她再次靠在沙发上，落下的男声十分性感，充满磁性："是谁给你的勇气，认为我不敢动你？"

他刚才确实做了绅士该做的事情，只不过她恃宠而骄，一作再作。

"可能是……"姜禾绿垂眸，慢吞吞地回答，"老天爷吧。"

她这样子，实在让人无奈，不知道该怎么继续下去。

他不是会在女孩儿喝醉的时候乘虚而入的禽兽，所以，目前，他还真拿她没办法，这一点，她应该也清楚。

时怀见第二次松开她后，姜禾绿又抬起小脸问道："您很难受吗？"

"你觉得呢？"

"您要是想对我做点儿什么的话，我其实不会太抗拒的。"她很认真地说，"毕竟，我有点儿喜欢您。"

他睨了她一眼："刚才不是说不喜欢吗？"

"我有说过吗？不好意思……既然败露了，那您还是认为我不喜欢您吧。"

他不应该指望一个想送他锦旗的人能说出什么令人安慰的话。

"姜姜。"时怀见从烟盒里磕出一支香烟，目光扫过她的脸蛋，"你要是哪天落到我手里，你喊老天爷都没用。"

"那……那，要是喊老公呢？"她轻咬唇瓣，语气里满是天真。

她的手段果然高得离谱。

时怀见压住胸口的火气去外面抽烟。

等他回来时，姜禾绿已经趴在贵妃座上睡着了。

她这样，他更不知道她刚才到底是醉后无意识的举动还是故意勾引他了。

他不由得想起了她在车里说的话。

那个时候，她应该是醉了的，不然，谁会天南地北地说那么多？

但往往，醉酒的人说出的看似无心的话，都是有原因的。

姜禾绿和时妄一样，并不知道妈妈是什么样子。

从外表看来，她和其他女孩儿一样，普普通通，有点儿小聪明，清楚自己想要什么，像只做作的小狐狸精，从未表现出自己脆弱的一面，就连她把生母送她的唯一的祖母绿宝石卖掉后，也没有太大的感伤，她能为姜氏向沈西成屈软，但不会为祖母绿宝石再向沈西成屈服。

祖母绿宝石的地位代表母亲在她心里的地位。

她看似已经不在乎了，实际上，如果可以拿回来的话，她还是会很开心。

时怀见把她抱起来，安置到客房里，小心翼翼地放下她的时候，动作不可避免地过大，她懵懂地睁开眼睛，盯着他看了会儿，问："你好了吗？"

"什么好了？"

"真的好了吗？"

不知道她在说什么，时怀见只能敷衍应着："好了。"

她呼了一口气，侧身睡过去，嘴巴里嘀咕着"好快哦"，又昏昏睡了过去。

直觉告诉时怀见，她似乎误会了什么。

这个时候，他总不能拉着她解释。

时怀见叫来保姆，吩咐道："她睡得沉，帮她擦擦身子就好，室内的温度调高一些。"

退出客房后，时怀见打开电脑，查了一下拍卖会的信息。

第五章 也可能是一辈子

早上醒来的时候，姜禾绿感觉自己的脑子快要炸开了，很疼。

盛世居的酒都是烈酒，她没想到后劲会这么大。

昨天晚上，她可能做了很多不好的事情。

比如……非礼男人？

姜禾绿抱着枕头，无比痛心，她昨晚怎么就那么不矜持，把所有的本性都流露出来了？她记得自己说了很多过火的话，也做了不少过火的事情。

饶是如此，时怀见还是没把她赶出去喂蚊子，这说明他真的是个好人。

姜禾绿抱着一颗感恩的心下床洗漱，又小心翼翼地下楼，才发现时妄也在家，不由得问道："你没上学吗？"

"我今天去医院。"时妄懒散地答一句，又用奇怪的眼神看着她。

姜禾绿被他盯得浑身不舒服，有些尴尬，下楼的速度慢了很多，装作若无其事的样子问："就你一个人去医院吗？"

"废话，当然有人带。"

被呛之后，姜禾绿也没有呛回去，继续慢吞吞地下楼。

这时，保姆过来给她送蜂蜜茶，让她先喝掉，养养胃。

姜禾绿一边道谢，一边接过杯子。

喝的时候，她听见外面传来动静——时怀见回来了。

他和时妄说了几句话便往楼梯口走去，其间经过她身边，却好像并没有看见她，又或者自然而然地选择了无视。

等他下来时，他身上已经是一身正装，俊朗的面庞严肃而淡漠。

不给他再次忽视自己的机会，姜禾绿走过去把人拦住："时先生……"

他眼里波澜不惊："有事？"

"我昨晚喝醉了……对不起——"姜禾绿朝他鞠了个躬，眼神流露出深刻的愧疚，"给您添麻烦了。"

"没添什么麻烦。"

"真的吗？"

"你只是占我便宜了。"

说完，时怀见同她擦肩而过，没给她继续盘问的机会，态度一如他这个人，矜贵、清冷，留下姜禾绿不得不思考着他话中的含义。

她不会真把他……虽然他身形完美，有令女人垂涎的身材，但她相信自己，就算再饥饿也不会对这样一个带孩子的男人下手，但是看他这个态度……不像是在说谎的样子。

而且，他看起来很生气。

难道她真的饥渴到难耐的地步，把他给……不会吧——

姜禾绿揉着额头，试图从脑海里捕捉一些关于昨晚的记忆，她能记起来的内容实在不多，只隐约记得她亲了他，因为她欠他一个吻，但是她亲完之后，他又回吻过来，挺让人招架不住的，后面发生了什么，她不太记得了。

如果真像他所说的那样，她是不是应该对他说声"抱歉"？

怀揣着忐忑不安的心情，姜禾绿吃饭的时候都很惊慌，时不时偷偷瞥一眼被自己"非礼"过的男人。

"我已经和老师请过假了，你去医院检查之后，不要再出去鬼混。"时怀见冷声教育着儿子。

早上的餐桌不太平静，气氛沉闷。

时妄其实想问问他们两个昨晚是怎么回事，不过看自家老爹不太高兴的脸色，估计事情没成，还是忍住没问，他也不敢再放肆，不情不愿地点头。

教育完儿子后，时怀见仍然没看姜禾绿，完全把她无视了。

姜禾绿很心虚，主动倒了一杯温牛奶，小心翼翼地给他递过去。

时怀见却没有接。

——真的生气了！完了！

姜禾绿的心情越来越低落，想扇自己一巴掌。

按照剧情的发展，得益者必然要哄受害方，虽然她是女方，却是得益者，这意味着她得把时怀见当成小娇夫一样哄。

“时总，您要不要喝点儿什么？”

“时总，这个点心烤得好好吃，外酥内嫩。”

“时总，您……”

她的殷勤还没献完，时怀见出声制止：“我有手，你吃你自己的。”

这个时候，她怎么吃得下去？

她偷偷看了一眼男人脖颈周围浅淡的抓痕，这些可能是她昨晚的杰作。

同时，这也代表他的话是真的。

他不会告她犯罪吧？

姜禾绿的心里很没底。

吃完饭，她还想追着时怀见问一些情况，他却一直无视她。

因为早上起得比平时迟，他出门匆忙，一个眼神都没多给她。

时妄的伤不要紧，主要是需要拍片看看是否有内伤，作为正在长身体的男孩子，如果腿部筋骨损伤的话，对以后会有很大的影响。

好在一切顺利。因为有姜禾绿，保姆和司机都不用操心，帮忙排队、缴费等事情都被她做了。医生和护士都以为姜禾绿是时妄的姐姐，嘱托的时候也是以“多照顾你弟弟”的口吻。

“姐姐。”确定自己没事后，时妄又恢复吊儿郎当的样子，“昨晚，你和我爸咋了，他是不是被你气到了？”

“……我不知道。”

不知不觉，姜禾绿发现时妄一直跟着她来到了住院部，她问道：“你跟我来这里干吗？”

“看我大伯啊。”

他这么说无可厚非，姜禾绿没放在心上。

只是，她没想到，她在住院部门口看见了姜父。

等她发现的时候已经迟了，姜父的目光盯了他们很久。看着他们一路走来说说笑笑的样子，姜父判断他们的关系并不一般。

“小禾，”姜父直接叫出声，“你过来。”

姜禾绿的心脏差点儿被吓得停跳，时妄也停住了脚步。

她顾不上那么多，让他先过去看他大伯，她陪父亲说几句话。别人家的事情，时妄插不上嘴，也没什么兴趣，他单手抄兜，耸了耸肩，继续往前走。

只不过，他好奇心强，走进电梯的时候，他看见那个身穿病服的中老年男子举起手里的拐棍，直接挥在了姜禾绿的身上。

电梯门合上后，他想退出去也迟了。

时妄到底是小孩子，不知道发生了什么事，只以为是父女两个发生了一点儿矛盾，并没有往自己的身上想。

时妄对看望大伯这件事并不是很上心，因为对方对他不熟，态度也一般。到达楼层后，他下意识地想重回电梯，去一楼看看姜禾绿什么情况，却发现了不远处的异常情景。

“快点儿，把他抓起来！”

“所有人请走开，不要靠近这个病人！”

“护士，镇静剂——”

一个穿着病服也依然拥有完美身形的男人迅速躲过医护人员的追赶，像是要逃离充满消毒水的场所，他眼神冰冷，蔑视着所有人，直到一名医护人员从他的眼前经过。

那是个女人。

她穿着白大褂，白板鞋，戴黑框眼镜，十分冷的一张脸，神色淡漠，不同于其他要抓男人的人，她的眼睛压根没有看向男人。

时参看了她很久。

而时妄看着他们两个发了很久的呆。

时妄在一楼等了很久，才等到姜禾绿下来。

想到她的后背挨了老父亲的一棍子，他看她的目光带有异样，表达着不太明显的同情，问道：“你没事吧？”

姜禾绿摇头。除了腰有点儿疼，其他地方问题不大。

她第一次看见父亲发这么大的火，别说别人，她都吓坏了。

她怎么也想不到这种狗血的情节到自己身上居然男女倒置，她变成了本应该对他负责，却遭到家里反对的一方。

带时妄来住院部还被姜父看见，这是完全出乎她意料的。

她没有撒谎解释时妄的身份，也没向父亲保证自己以后绝对不会做后妈，只是挨着父亲的打，默默掉了几颗眼泪。

姜父到底是疼女儿的，没有真打下去，但是教训的话一点儿没少说。

而姜禾绿已经到了左耳听右耳出的境界。

她只说，事情可能并不是他们想的那么简单。

"不对啊，你怎么知道我挨打了？"回去的路上，姜禾绿突然想到什么。

"我看到了。"时妄老实回答，"你爸看到我之后心情都不好了，然后用棍子打你。"

"这个……"

"他为什么打你？"

"嗯，因为一点儿小事。"

"因为你想做我后妈？"

姜禾绿翻了个白眼："我都说了我不想。"

"其实你爸说得没错，我爸要是知道我以后娶一个带孩子的女的，肯定也会打断我的腿。"

"你要是再这么调皮下去，没准不用等到那天，你的腿就没了。"

一路沉闷。

路上，时妄接到时怀见的电话，让他们去商厦附近的一家餐厅吃饭，他订了位。到了目的地后，时妄说要去厕所，只剩下姜禾绿和时怀见。

姜禾绿束手束脚的，不太敢面对怀时见。

他肯定是生气了，他都没给她打电话。

算了，既然来这里吃饭，估计是要好好探讨昨晚的事情，看看他们到底是不是要过一家三口的生活。

姜禾绿走在最前面，想给他开路，然后……她成功将人带偏了。

被时怀见叫回来后，她摸了摸鼻子，尴尬得不敢再乱走。

吃饭之前，时妄去了趟洗手间。

姜禾绿摸了摸现在还泛着疼痛的后背，实在说不好自己对时怀见是什么感情，要是她真那么抗拒做时妄的后妈的话，也不至于挨老爹的打，而是应该和姜父站在同一战线上。

合上手机，姜禾绿慢慢地喝水，时不时偷瞄时怀见。

他一直未出声，明显还在生气。

“那个……”姜禾绿小心翼翼地出声，“我能问一下，您为什么生气吗？”

时怀见看她一眼。

“是不是因为……我弄疼了您？我不是故意的，真的。”她诚恳道歉，“对不起，下次不会……哦，不，没有下次。”

“没有下次？”

“那有下次？”

“你还想有下次？”

所以到底有没有？她真的快昏过去了！

许久，时怀见才点明道：“你把我的手机号码拉黑了。”

“……啊？”

“本事挺大。”

姜禾绿一愣，才想起来自己被他强吻那晚，她确实把他的号码拉黑了。

他是因为这件事才生气的吗？

“对不起。”她小声道歉，“我现在把您的号码放出来。话说，您怎么知道？”

时怀见早上出了趟门，回来时打算给她打个电话，叫她起床，顺便问她有没有想吃的早点，结果他根本打不通她的电话，而她连一句解释都没有。

姜禾绿深刻地意识到了自己的错误，主动走到他面前，俯下身问：“时总，您还生气吗？”

他不说话。

“我错了还不行吗？”她继续哀求，“我以后再也不把您拉黑了……也不弄疼您了……”

时怀见薄唇微抿，低头漫不经心地点菜，继续忽视她。

“我知道您不高兴，但是，那也不应该点二十份炒青菜啊。”姜禾绿看了一眼菜单，犹豫道，“您就这么喜欢……绿色吗？”

后半句，她问得小心翼翼，生怕不小心又惹到他，同时，她的眼神略带同情，她怀疑这人是不是被自己气傻了，居然连点菜都不会了。

发现这件事后，时怀见把刚才点的菜划掉，面不改色地换成了正常的菜品。

点完菜，服务生离开后，房间里便只剩他们两人。

不知道时妄是不是故意在拖延时间，上个厕所这么长时间都没回来。

姜禾绿杵在时怀见旁边，继续小心翼翼地观察。

不论从哪方面来看，她都处在下风，那么，昨天晚上，她究竟是发了多大的酒疯，才能把一个成年男子扑倒？

“那个……时总，”姜禾绿斟酌了一番语气，忍不住好奇地问道，“您昨天晚上是不是也喝了点儿酒？所以神志不清，浑身无力？”

下一句，她带着一点儿小委屈：“不然，我觉得我不可能那个您。”

时怀见面无表情地看着她：“哪个？”

“就是那个。”

“你想听细节？”

“……不想。”

算了，如果真的按照他所说的那样，发生了不可描述的事情，反正她不记得，醒来之后也没有不舒服的地方，顶多是面子上过不去，其他一切正常。

她头一次体会到了当渣男的快乐，只要脸皮厚，不承认，不负责，什么事都没有。

想明白后，姜禾绿放宽了心，回到自己的位子，坐下时一没注意，腰际传来了疼痛感，她无意识地低吟了一声。

声音不大，但时怀见还是听见了，他望了过去。

她迟疑了会儿，若无其事地揉了揉腰身，继续坐下来。

尽管在忍，她的眉头还是微微蹙了一下。

时怀见出声：“腰怎么了？”

“没事。”她装作没事地摆了摆手，认真道，“可能和您在一起那什么的时候不小心闪到了。”

“……”她还真的编得出口。

昨晚什么事都没发生，她像只小醉猫一样，懒洋洋的，路都没走一步，怎么可能闪了腰？而且，看她那表情，不像是闪着腰，反而更像是有什么伤，还时不时用手轻揉。

“是不是摔着了？”他问。

“啊……不是。”

时怀见看了会儿，没有直接过去帮她，阻隔他们的，是他被她拉黑这件事。和一个女孩子计较这种事，倒显得他小气。

最终，时怀见还是起身朝她走过去，准备看看到底是什么情况，在距离她不到一米的时候，门开了。

“可算上完了，蹲得我脚都麻了。”时妄的大嗓门传来。

电灯泡一进来，时怀见没有继续刚才的动作，悬在半空中的手改变方向，和姜禾绿的肩膀擦过，转而拿起她面前盛有芥末的盘子，若无其事地转过身。

他折回去时被时妄看见，问道：“老时，你拿人家面前的芥末干吗？”

时怀见没搭话。

“你不是不爱吃芥末吗？”

时妄坐在两人中间，顺带多拉了一把椅子，他跷着二郎腿，问：“咋了，因为这芥末是绿色的，你又想吃了？”

放下盘子，时怀见淡淡陈述道：“你要不要回去再方便一次。”

“咋了？我拉完了。”

“你脑子里的还没拉完。”

“……”

时妄左看看右看看，明白自己电灯泡般的存在了，但是这时候再换位子，意图实在太明显，他便没有动。他一个话痨夹在两个人中间，和谁说话都方便。

菜式繁杂，还需要一段时间才能上来。

姜禾绿慢慢地喝汤，看手机，缓解和这对父子相处的尴尬。

这三个人里，时妄最不觉得尴尬，他反而很舒适，还把头凑到时怀见跟前：“老时，我跟你说件小事。”

以往，他要是说什么“大事”“天大的秘密”，往往都是鸡毛蒜皮的事情。

而“小事”反而是大事。

时怀见看他神秘兮兮的样子，问道：“什么事？”

“我今天上午和姐姐在医院，看见了她的爸爸。”

时怀见蹙眉。

“她爸爸看见我和她走在一起，脸色很差。”时妄说，“但她什么话都没说，让我赶紧走，我走之后，她就被她爸打了。”

时妄很想模仿姜父打人的动作，然而，他怕被发现，就什么都没做，但是通过寥寥几句，基本就能判断出一二。

时怀见大概知道了姜禾绿坐下的时候为什么会觉得疼，也大概猜出了姜父为什么会打姜禾绿。

姜父宠女儿，这样打她可能是头一回。

“我觉得，老时，你以后的道路可能很坎坷。”时妄大人似的叹了一口气，“虽然是因为我才让你这么艰难，但我并不同情，谁让你年纪轻轻就生孩子。”

时妄小时候因为调皮被揍，经常把自己没妈妈这一点挂在嘴边来博取同情，一开始可能奏效，但次数多了就变成了《狼来了》，说再多都没用。

他习惯拿这件事开涮，方便从中找到平衡感，尤其是现在，看到时怀见因为这事在女孩子面前变得左右不定，他在同情的同时也会感到幸灾乐祸。

“你很得意？”时怀见没有生气，反而心如止水地问道。

“没有，但是就是喜欢看你为难的样子。”

“我也喜欢看你好奇的样子。”

“我好奇什么？”

“你妈妈回来了。”

“……什么？”

时怀见薄唇微抿，一副讳莫如深的样子，不打算继续说下去。

时妄急了眼，顾不上说悄悄话了，直接去拉男人的胳膊：“真的假的，你不会是骗我的吧？”

“你就当我是骗你的。”

模棱两可的回答，让时妄始终处于好奇状态。

时妄不知道老爹到底是报复性地开玩笑还是说了真话，他一个毛头小子，很难从父亲的细微表情去判断什么，只能依靠自身的推断。

他的心止不住地加快跳动速度。

他没见过生母，也多次在心里告诫自己，如果哪天见到了，他一定爱搭不理，但在现实中，他又对母亲的存在寄予了期待。

“你肯定是骗我的。”时妄没放在心上，“我妈要是真回来的话，你不可能是这个表情，你明明想和这个姐姐谈恋爱……”

他的声音不大不小，离他们不远的姜禾绿听得一清二楚。她诧异了几秒，虽然眼睛没有刻意往那边移动，但耳朵竖起来，没有错过一个音节。

一直以来，她都忽略了一件事。

时妄的生母还在这个世界的某个角落。

如果她回来的话，不可能一片安宁，这也是姜父坚决反对她当后妈的原因。

三人吃着饭，各怀心思。

大概因为后背还带着伤，姜禾绿的胃口不是很好，没有像之前在时家那样吃两碗饭。

她心里想的都写在脸上。

时怀见不费什么力气就察觉到了一切，但他并没有点明。吃完饭，他先送时妄去了学校，回来的路上，车上只有他们两人。

他把姜禾绿送到星加互娱公司的楼下后，并没有让她直接下车。

车熄火后，他安稳地坐在驾驶座，侧首幽深的眸光自然而然地落在姜禾绿的身上。

她今天去了医院，穿得乖巧，扎着蓬松的马尾，耳际有绒绒的碎发，越是素净的打扮，衬托得她越发漂亮可人。

发现他看着她后，早在路上想好怎么应对的姜禾绿犹豫着开口："时总，我刚才想了目前可行的几种解决方案。"

如此官方的语气，听着像是在开会。时怀见视线偏离，落在她腰际一侧，没吭声。

"平时我和朋友都是喝啤酒，没喝过烈酒，我也不知道那个酒后劲那么大，当然，这一切都是我的过失，既然已经骚扰了您，我肯定不会不负责任。"

"你想怎么负责？"

"我觉得您不缺钱，但是目前看来，我也只能给您一点儿钱作为精神损失费，如果您觉得不妥当或者不屑的话，也可以选择拒绝。"

她说得很认真，看样子确实思考了许久。

时怀见没说不屑或者拒绝的话，只问："你之前是什么想法？"

"之前，我……"

"想用交往来对我负责？"虽然是问句，但他语气肯定。

姜禾绿有些接不过来，她没想到他能猜到她的意思。

"当今社会，这种男女很多，并不是全部要负责，而且……和您交往的话，会有很多不必要的麻烦，对我们彼此之间都会造成很多困扰。"

她分析得有理有据。

对他们来说，时妄，时妄的母亲，姜父等这些人都是阻碍，如果他们是先相爱才面对这些阻碍的话，可能还会选择携手面对，但他们不是。

简单来讲，就是她对他的感情不足以支撑她去面对困难。

“所以呢？”时怀见调低车内轻音乐的音量，声音沉哑，“你想用钱打发我？在你眼里，我是那种人？”

“……不是。”

只是，用钱打发他是她唯一能做到的。

不然，她没有拿得出手的东西。

“真的很抱歉。”她的态度和那晚的狐媚样完全不同，此刻，她诚诚恳恳，十分官方，也十分无情，“如果您不喜欢这种方式的话，也可以换其他的，您自己说。”

给他当牛做马，或者继续做女伴报复沈西成，她都可以做。

总之，交往是她不愿意的，她面临的风险太大。

“滴水之恩，下一句是什么？”时怀见心不在焉地问。

“涌泉相报？”

“很好，以后我有需要，你来帮我。”

姜禾绿听懂了，但面色很难看，她不相信他是认真的：“可是……”

“不是你说的吗，不想要钱补偿的话，就开其他的条件。”

“但是，您不觉得这个条件有点儿不合理吗？”

“哪里不合理了？”他问，“是你说交往的话限制条件太多，那么保持某种关系就可以避免这种问题，也能达到你要对我负责的目的。”

“可我……以后怎么办？”她咬唇想，她总不能一直这样子。

“如果你找到男朋友的话，就不用涌泉相报了。”

“……”

“我体贴吗？”

“您何止是体贴。”

——简直是狗。

“时总，您确定吗？”姜禾绿试着做最后的挣扎，“您不觉得不妥当吗？”

“不觉得。”他理所当然道，“哪里不妥当？你是觉得你占我便宜可以，我占你便宜就不行？”

“……我不是这个意思。”

“那就不要双重标准。”

“但我只占了您一次便宜……”

“一次就给我的心灵造成很大的伤害了。”

姜禾绿沉默了。

她没看出来他哪里有心灵受损的样子，转念想想，他既然能因为电话号码被她拉黑而半天没理他，说明这人还是很小气的，没准真的被她弄伤了。

尤其是她什么都不懂，没准导致了他一定的生理性疼痛，那么他提出那样的补偿要求，也不算很过分，但是一想到他以后可能报复她，并且没有节制，她就觉得可怕。

她越想越觉得自己可怜。

见她沉静良久，时怀见又盯着她的脸，皱着眉头说道：“你要是不愿意的话就直说，我不强迫女人。”

“不……这是我的错，我愿意补偿您。”她抬眸，咬唇重复，“我愿意……”

时怀见第一次见哭丧着脸说“我愿意”的人。

又盯着她看了几秒，时怀见发现她眼角红了。

搞得好像他在欺负她一样，他明明什么事都没做。

时怀见没忍心继续骗她，轻描淡写道：“你有这个认错的态度就行了。”

她抬头：“什么意思？”

“我们什么都没发生。”他说，“你身上的衣服是保姆给你换的。”

“啊？”意外来得太快，姜禾绿措手不及，“不会吧？那你脖子上的抓痕……不是我弄的吗？”

“是，但不是你想的那种。”

他如此心平气和地讲完这一切，姜禾绿的内心却始终无法平静。

原来什么事情都没发生？！

庆幸的同时，她又用一种看恶人的眼神看着他：“那你为什么要骗我？”

“你拉黑我了。”

“……为这么点儿小事，你非要计较吗？”

“嗯。”

姜禾绿搞不懂他：“那你还要计较到什么时候？”

不会要一直计较下去吧？那她以后在他的公司里不是被吃得死死的？

“看心情，可能几天。”时怀见漫不经心地答道，“我这人比较小气，也可能是一辈子。”

姜禾绿在心里嘀咕，他这哪里是小气，简直是小气到指甲缝里了。

“既然没什么事，”她把手机放入包里，推开车门，“那我先走了。”

她的态度来了个一百八十度的大转变。

“等等。”时怀见突然叫住她。

已经下车的姜禾绿愣了愣，眼神懒散。

一支药膏从男人手里递了过来：“里面有说明书，自己用。”

“这是什么？”

“时妄的药膏。”回答完之后，时怀见便开车离开了。

姜禾绿愣愣地看着治疗跌打损伤的药膏，摸不着头脑，过了会儿，她才反应过来自己的腰不上药的话，可能会痛很长时间。

她没想到他注意到了这个细节，更没想到他会把他儿子的药膏扔给她用。

接连好多天，姜禾绿都没看见时家父子俩。

因为忙着培训，时怀见落在她那里的打火机始终没有机会还回去。

东西不大，她也没听他提过，不还回去应该没什么问题，但一想到她一直保留着他的东西，总觉得像定情信物，她想还是得找机会还给他。

大概是投资人的吩咐，姜禾绿除了和其他主播进行常规训练，还有专人帮她做内容，从美食、旅游、美妆等热门内容中，她选择了做打假测评。

公司买了一个有八十万粉丝的短视频号，又请团队帮她，从各个细节打造得十分完美，她要做的是用自己的声音去阐述打假的内容，从头到脚地把自己包装成一个名为“小生姜”的正能量短视频博主。

尽管前期没露脸，凭借甜美又有耐心的声音，姜禾绿也在短时间内吸引了不少人气，粉丝量的飞涨让于诗都觉得惊讶。

“不愧是关系户，星加给你的资源和给我的资源完全不一样啊。”

所谓的关系户，当然是指姜禾绿和老总之间不可说的关系。

“我都说了不是！”一想到那人，姜禾绿无奈道，“只是一个误会……我也没想到我喝多之后会这么容易被骗。”

“以前你只有和我在一起的时候才会放纵。”

“……你想表达什么？”

“我在你心里的地位可能要被时总抢走。”

“自信点儿，把‘可能’去掉。”

“所以，你真喜欢上他了？”

“嗯，我爱死他了，我爱他爱到吃不下饭的地步，没他我不能活。”

于诗托腮，开始琢磨好姐妹话里有几分真几分假。

她没看出来姜禾绿有多喜欢时怀见，但两人的关系又非常微妙。

“那沈二少怎么办？”于诗好奇地问道，“他可不是一个容易对付的主儿，要是知道你之前不是真心对他的，没准能弄死你。”

“……所以，我只能盼望他和陈清韵百年好合。”姜禾绿一边心不在焉地说着，一边在平板电脑上翻看自己之前做过的内容。

打假测评是个艰辛的技术活，有时候还会得罪商家，不过确实能涨粉丝量。

需要测评的东西大部分是粉丝投稿的，姜禾绿买来试验，文案和内容都有专人写，她只需要适当地表达一些泄愤的情感即可。

她的打假测评中，热度最高的是一条网红束腰带，之前已经被曝光过，近段时间又被无良商家推火了，因为爱美的年轻女性居多，很多女孩子希望不运动不节食就瘦下来，因此容易被吸引。

姜禾绿试过那条束腰带，它通过外力把腹部的脂肪积压到一块，形成收腹的样子，如果短时间内穿某件小裙子时想要瘦腰的话可以用一用，但不适合长期使用，更别说达到减肥的效果，没准还会因为内脏积压过久，引起不少后遗症。

她把自己用束腰带的图片发出去后，收到不少网友的评论。

“这么瘦？你确定是来让大家别买的吗？”

“我不管，博主就是用这个瘦下来的，我要买！”

“这腰也太细了吧，羡慕，生姜妹妹什么时候开直播？发照片也行！”

因为姜禾绿不是星秀主播，培训还没结束，估计要等一段时间再直播，因此，她一条一条地回复了网友的评论。

姜禾绿足足回了两个小时，还没回复完。

她担心会给网友造成误解，所以一个一个地劝大家不要买。

“哎呀，那么麻烦干什么？”于诗瞥了一眼她的手机，嘟囔道，“咱们又不是专做测评的。”打假测评只是个幌子，重点是人气上来后进行直播卖货。

看她还在回复，于诗站起来，打开窗户，透透气。

她们所在的办公室有一扇朝西的窗户，透过窗户往下看，是一条烟火味十足的街道，有各式各样的小吃店。

半空中飘着各式各样的气球。

“啊，有谁要求婚吗？”于诗兴致勃勃地伸出头去，“外面停了一辆卡宴跑车，车里有很多花，不知道今天是谁这么幸运。”

闻言，姜禾绿也走过去看了一眼。

卡宴跑车……她如果没记错的话，沈西成有一辆。

姜禾绿低头一看，果然是他的车。

“哇，你看天空上，有花！”于诗喊道，“还有热气球和无人机，玫瑰花瓣是从直升机里撒出来的！有生之年，我居然能看到天空下花雨。”

这样的画面，于诗只在偶像剧里看到过。

二十多架无人机飞得低低的，机身下面吊着袋子，里面装着各式各样的彩色糖果。临近傍晚，天空中一片紫粉色的晚霞，夕阳像一颗橙红的小球缓缓地落下去。场景唯美，十分浪漫。

“哇……”于诗依然在感慨，却发现姜禾绿没什么表情，既没有不屑，也没有流露出少女对求婚场景的向往。

细细地聆听了一会儿，于诗才听到她嘴里的呢喃：“污染环境。”

商厦顶层，已经过了下班时间，坐在黑色皮椅上的男人丝毫没有察觉，看完新策划案后，又让秘书待会儿联系外市的一家建材老总。

秘书应承下来，又多嘴问了一句：“时总，您不去吃饭吗？”

“待会儿。”

“您的胃不好。”

时怀见抬眸，淡淡地看了他一眼，虽然没有直接点明，但已经表达出不悦的情绪，秘书只能闭嘴。

这段时间，时总又恢复了以往忙碌的状态，似乎之前的悠闲不存在。

秘书本以为自己可能也要从公事秘书变为私人助理，处理一堆大大小小的私事，没想到上次和姜小姐吃过饭后，时总就不再有其他的动静，也没再找过她，估计连个电话都没打过。

之前，秘书时不时暗示时总，夸他虽有孩子但正值壮年，不少小姑娘挤破头都赶着攀附他，时总应该自信点儿，不能因为一点儿挫折就放弃。

但时怀见不为所动，好像之前发生的一切都是一场梦境。

“时总，”秘书为了劝他放下工作去吃饭，煞费苦心，“您真的不和姜小姐联系了吗？”

“怎么了？”

“如果是的话，我就不说了。”秘书学起时妄来，说话开始拐弯。

时怀见没什么耐心，道：“有什么话就直说。”

“您是不是怕耽误姜小姐才不联系她？”

时怀见没搭话，却想起了她上次的伤，不知道好了没有。

没从时总脸上看出什么情绪，秘书继续斗胆说：“如果真不想联系的话，那就等于给沈二少让路了。”

“让什么路？”

“沈二少打算今天求婚。”

“然后呢？”

“听说他从欧洲运来了新型玫瑰，打算用直升机从天上撒玫瑰花雨，准备让大家见证他求婚的过程。”

听到这里，时怀见抬起头，眼神发生了细微的变化。

“我本来不想和您说的……但是又觉得，做事得持之以恒。”秘书压低声音，“撬墙脚也是。”

哪有人撬到一半就放弃的？

“所以，你告诉我这个是想做什么？”时怀见心平气和道，“让我去劫婚？”

“这不是看您自己的意思嘛。”

“我没意思。”

“您真的不打算做点儿什么？”

“不打算。”

发现自己白说了之后，秘书叹了口气，默默地退到一旁。

时怀见继续看着手里的文件。

房间里一片寂静，一会儿后，时怀见摸出手机打了两个电话。

一个打给警局，一个打给环保局。

“我实名举报，有人污染环境。”

天色渐晚，星加互娱公司楼下围聚了不少群众。

玫瑰花瓣飘飘扬扬落在地上，屋顶上，唯美如画，然而，落到地上后，过不了一晚上，花瓣就会枯萎。

大家都在感慨浪漫，只有姜禾绿发自内心地认为，用这样容易枯萎的玫瑰花瓣求婚，是不是也代表好好的真心也可以一夜之间改变？

同事们都跑出去围观了，于诗也按捺不住，想跟着一起下去，见姜禾绿纹丝不动，并且没有什么兴趣的样子，她拉了拉她的手，道：“你是当事人，你不下去吗？”

姜禾绿托腮说：“下去干吗？好丢脸啊。”

“这种事情有什么好丢脸的？明明很幸福，你看，好多女孩子羡慕呢。”于诗看着楼下路过的女生，她们一直抬头看着天空，眼睛里流露出艳羡和渴望的神情，哪怕求婚对象不是自己，她们对这样梦幻般的场景也有所期待。

“一声招呼都不打的求婚对别人来说是惊喜，对我来说不是，你觉得我会答应吗？”姜禾绿幽幽地说，“我又不想嫁给他。”

她之前和沈西成把话说得很明白了，她不喜欢他，不想和他在一起。

但他不信。

她现在最盼望的，是撮合沈西成和陈清韵，他们两个才是天造地设的一对，他们应该像偶像剧里的男女主角那样幸福地在一起。

“你真的不喜欢沈西成吗？”于诗好奇地问，“其实我觉得他还好，以后在吃穿住行上不会缺你的。”

“现在姜家的情况回转了，我又不缺这些。”

“但我觉得沈二少很有可能是真心的，你想想他之前是怎么对你的，现在发生了这么大的变化，这说明他应该喜欢上你了。”

于诗的推断看似有道理，实际上，姜禾绿明白自己在沈西成心里的地位，他就是觉得她听话，乖巧，容易控制，才想要娶她。

毕竟，除了得不到的白月光，她确实是他的最佳选择。

“哪有那么多喜欢。”姜禾绿心不在焉地回道，“感情再深，包容和迁就也是有限度的。一直以来，他都那么喜欢陈清韵，就算哪天再遇到让他心动的，他也不会再付出那么多的精力。”

不论沈西成求婚是否出自真心，姜禾绿都不关心。

他已经深爱过一个人，下半辈子不可能在另一个人的身上付出更多的感情。何况，他本身就是薄情之人，她亲眼看过他之前找的替身，对方和他玩出了感情，要死要活地赖着他，结果再不相见。

男人对待不喜欢的人就是这么无情，她可不想重蹈覆辙。

“那你喜欢谁？”于诗不死心地问，“时怀见吗？他有儿子，再说，你爸同意吗？”

“谁说我喜欢他了？”

“我就是提前劝告你。”于诗语重心长道，“比起沈西成，时总才是最不合适的人，哪怕是他儿子接受你，你爸接受了他，等哪天他的前妻回来，你的下场可就……”

姜禾绿表面上翻了个白眼，很不屑，心里却暗暗地颤了一下。

于诗的设想很有可能会发生。

时怀见并不是比沈西成更好的选择。

她要是跟了沈西成，她可能面临的是一场宅斗大戏，但如果跟了时怀见，那将面临宫斗大戏，对方还是个有孩子的。

“你说得没错。”姜禾绿点头，“不过，你多虑了，我对时怀见也没感觉。”

“没感觉就行。”于诗话音一转，“你要是和他发展成朋友的话，应该还不错，他毕竟是大老板，能帮助你的地方有很多，再说，我看得出，他对你不错……”

这不就是典型的渣男行为，吊着人家却不愿意给名分？

姜禾绿并没有这个意思，她想了想，还是决定不耽误自己和他的感情。再说，这么多天了，她都没见到他，他应该也是知道其中利害关系的。

这时，外头走廊传来急促的脚步声。

已经到了饭点，大家都想去楼下围观求婚现场。

姜禾绿和于诗也跟着去了。

一路走来，不少女生都在兴致勃勃地谈论这件事。

叽叽喳喳讨论的那些人，大部分是前段时间新来的，老员工和主播对彼此都有所了解，对方到底几斤几两，大家都心知肚明。

几个老员工搞起了小团体，还自称是公司撑场面的几朵金花，其中的头便是入行两年、有一定知名度且正往明星方向发展的大主播——陈冰。

走在前方的陈冰听到新人们的发言，自然而然地认为可能和自己有关系，毫不掩饰脸上的得意："好了，你们别打趣我，万一到时候求婚的是个丑男，你们可别瞎起哄。"

"好啦，我们当然知道。"她们立即奉承道，"冰姐长得这么漂亮，气质又好，怎么可能被人轻易带走？除非啊，求婚的人是时总。"

最后一句话落下时，她们不由得哄笑起来。

陈冰则被她们笑得有些不好意思，一边走，一边整理妆容，尽管知道不可能，但对未知的事情，她还是抱有期待。

等她们坐电梯下去后，于诗翻了个白眼，道："刚刚说话的那个女的就是之前我和你说的那位想要勾搭时怀见的女主播，她天天给我们洗脑说时怀见是她的男神，让别人别想和她抢。"

姜禾绿疑惑道："这有什么好抢的？"

"你是不知道，这里的人喜欢做梦，暗地里都称时怀见是她们的老公，已婚妇女也不例外。当然，大家都是开玩笑的，但那个陈冰较起真来就不让别人叫，开玩笑都不行。"

"管得这么宽？"

"没办法，谁让她有名呢？之前，她出演过两部网剧，又进军了直播圈，风头强盛，小曲都让着她。"于诗阴阳怪气地说道，看样子对那个陈冰早有不满。

小曲便是带她们的小经理，他权力不大，还受过陈冰耍大牌的气，因此，于诗对这个女人很没好感。

姜禾绿对这人没什么感觉，但她对已婚妇女叫时怀见老公这件事感兴趣。想不到时怀见居然得到了已婚妇女的青睐，那他岂不是少妇杀手？

发现自己一直莫名其妙地想着他，姜禾绿揉了揉眉心，竭力压住自己的思绪。然而，越刻意压制，就越容易惦记。

出了大楼，清风迎面吹来，姜禾绿的思绪也被吹得断断续续。

门口的卡宴车上没人，只是作为装饰车，周围也没有看上去像要求婚的男士。卡宴车附近，有不少小主播在拍照。

车子改装后的颜色和配置都比出厂时的更漂亮高端，乍一看，确实格外吸引人，但对沈西成来说，这车开着并不顺手，大多数时候，这辆车要么是秘书开，要么是姜禾绿开。

女孩子开这样的车，确实比开别的车要帅气。

“怎么都跟没见过世面一样？”于诗看着那群人，不由得感慨，“她们拍个照片发朋友圈，得到几句甜美的赞美又有什么用？车又不是她们自己的。”

围着陈冰的那群人，除了拍照，还顺带拍着马屁，在她们看来，这十有八九是来向陈冰求婚的，而陈冰也做好了拒绝的准备，毕竟，在她眼里，这样的小富二代并不能入她的眼。

“这个车牌号是9999。”有人低呼出声，“冰姐，你还认识这号人物吗？”

卡宴车遍地有，但这个车牌可是独一无二的。

一个车牌让大家更加激动起来，纷纷猜测求婚对象到底是哪个富二代。

“不会真的是时总吧？”

“冰姐，你老实交代，你是不是真勾搭上大老板了？”

她们一没注意，就把马屁拍过了。

只有当事人知道，男神之所以是男神，是因为接触不到。

这人不可能是时怀见。

然而，被她们这样吹捧，陈冰没办法否认，只能敷衍地应着，见时间不早了，她想着早点儿离开。

大家都在满怀期待地等人求婚，没想到等到最后，等来了交警。

他们态度严谨，脸色肃穆，一来就开始疏散人群，以防造成交通堵塞，还用喇叭喊话无人机，让其降落，至于天空上撒花瓣的直升机，不知什么时候已经被勒停了。好好的求婚场景突然变了个样，大家纷纷感到意外。

正准备走的于诗和姜禾绿也一脸惊讶。

这时，姜禾绿收到了一条短信，来自沈西成：“今天本来打算去你公司楼下求婚的，但是半路出了点儿问题。”

想了想，她回道：“怎么了？”

沈西成：“不是什么大事，阿禾，你先把车开走，我明天再和你慢慢说。”

他没说自己在半路被人截走了。

他只问姜禾绿包里有没有车的备用钥匙，有的话让她先把车开走。

“他说什么了？”旁边的于诗问，“路上堵车？”

“他让我把车开走。”姜禾绿朝车子看了看，“停在这里确实不太好看。”

尤其是一车的鲜花，如果等到第二天早上，就是一堆烂花。

她没打算帮忙，随手在包里摸了摸，发现自己还真带了备用钥匙。

本来姜禾绿不想帮沈西成挪车，但是又想到如果不挪，他没准还要过来用这车求婚，她只得无奈地同意。

卡宴的后备厢里放满了花，看上去很容易飘落。姜禾绿看见有环卫工人在清理地上的花瓣，便想着一并把后备厢里的花清理掉。

刚抱起花束，她就听见一个多管闲事的声音："你们两个干吗呢，好端端的，动别人的花干什么？"

这人二话不说地抢过姜禾绿怀里的花束，放回原位，骂道："真没素质。"

姜禾绿有些无语："你说谁呢？"

"说你啊，人家还没求婚，你一个路人瞎插什么手？"

"没人求婚。"

"什么没人求婚，你是来搞笑的吧？你又不是当事人。"

"我是，但是他刚才说半路出事了，不能来求婚。"

"你可真搞笑，好端端的，诅咒别人半路出事。"这人摆明是和她争论上了，"还说自己是当事人，有证据吗？没有证据就赶紧让开，别挡着男人向我们冰姐求婚。"这句话赢得了其他小姐妹的附和。

她们和姜禾绿不熟，但因为她近段时间明显好到爆的资源，大家免不了嫉妒，有这么个诋毁她的机会，她们自然不会放过。

姜禾绿没和她们解释，一声未吭，直接从包里拿出车钥匙，打开车锁，然后在一群人难以置信的眼神中打开车门，坐了上去。另一侧的于诗没有急着上车，她怕花束在半路上掉下来，影响交通，把车里的花拿出来一些扔掉了。

上车之前，她不忘朝刚才阻止她们扔花的小姐妹吆喝了一句："不好意思，我们先走了，不挡着男人向你们冰姐求婚。"

过了一会儿，大家才反应过来。

——这里压根没有人要求婚，完全是她们自作多情！

第二天，姜禾绿没有听到沈西成的解释，不仅没看见他的人影，连他的电话也没接到。前一天晚上准备求婚，第二天就没了人影，她有些意外。

她们倒是听到了一个小道消息——昨天晚上，某个想要求婚却什么都没来得及做的男士因为涉嫌破坏公共环境而被带去警局做笔录了，还被教育了一番。

因为是传闻，大家不知道真假，姜禾绿也没放在心上，继续做着自己的事情，没想到没等到沈西成，她倒是撞见时怀见了。

算起来，她有一阵子没看见他了。

两人在星加互娱公司门口碰了面。

出于礼貌，姜禾绿主动打招呼道："时总，您先请。"

一切都没太大的变化，还和之前一样，两人的关系客气又疏离，让人感觉很奇怪，有种摸不到，碰不着的感觉。

时怀见盯着她看了几秒，本想问她腰上的伤好点儿了没，又觉得不合常理，他便没问，连她的话都没接，非常冷淡地错开身子走了。

看他这个态度，姜禾绿大概明白了一些。

果然是男人，永远秉着"有兴趣就玩玩，没意思就滚开"的态度，才几天不见，他对她就像对陌生人，爱搭不理的。如果不是自己的初吻被这个男人夺走了，她并不会因为被男人无视而这么恼火。

此时，姜禾绿的心头越发不是滋味，然而，她不能表现出来，毕竟他是大老板，她得忍住。

时怀见看样子是有要事，没多转悠就径直走向办公室，那里似乎有要向他汇报工作和一起开会的人。

正事处理得差不多了，经理小曲手里拿着档案袋，准备出门前，又回过头对座椅上的男人笑道："时总，有件事，我不知道该不该说。"

"说吧。"

"我们公司有个人暗恋您。"

闻言，时怀见视线微抬。

见他似乎感兴趣的样子，小曲转过身来，打算短话长说："我知道的不是很多，本来不想和您说的，但是怕您不知道，再给人家造成一些错觉。"

"是谁？"

"一个女主播。"

小曲的话说到这里，时怀见似乎明白了，嘴角微微勾起，脸上难得浮现出笑意，但只持续半秒便恢复了常态，仿佛什么事都没发生，面不改色地听对方继续讲下去。

“之所以说是暗恋，是因为您不知道，但其实我们大家都有数，女孩子的感情是隐瞒不住的。”小曲小心翼翼地陈述，“她总是有意无意地让我撮合您和她，但我觉得您未必愿意，就想着提前和您说一声。”

“这有什么不愿意的。”

尽管在克制，时怀见的脸上还是露出了一丝微妙的神色，富有磁性的嗓音不急不缓：“你让她直接来找我就行，不需要害羞。”

小曲显然很意外时总会这么好说话，他以为那个天天喊着时怀见是她男神的女主播是在痴人说梦，因此，哪怕对方拜托过自己很多回，他也想当作不知道这一回事，这次实在是被缠得烦了，他才说了一嘴。

因为不知道时总的态度，所以他没敢说名字，怕时总万一讨厌那个女主播，他这个中间人很难做，那个女主播也会很难堪。

没想到，他连名字都没讲，时总就愿意见人家一面，这充分说明时总不像外界所传闻的那样禁欲寡淡，没准，自己还能撮合成一段婚事。

小曲很高兴地去办事了。

门合上后，时怀见继续低头看文件，他对工作向来认真，但是这一次，白纸黑字却飘飘忽忽的，看不清，就算读懂文字，也不能准确地去做分析。

工作时，他很少被外界的事物打扰，这是唯一一次。

男人捏了捏眉心，拿着碳素笔的手指一时间不知怎么动，指尖轻轻敲着桌面，清脆的声响并没有让思绪平稳下来，反而让人感觉时间过得很慢。

过了会儿，他开门出去。

走廊上，姜禾绿握着内容稿经过，办公室门打开的瞬间，她已经错开了。

“姜姜。”时怀见不得不出声叫住她。

姜禾绿回过头，茫然地看他：“怎么了？”

“你走过了。”

“……啊？”

“进来吧。”

——什么玩意儿？莫名其妙的。

看时怀见已经不由分说地合上门，想到他的身份，姜禾绿只能乖巧地跟过去。他可能是想问她工作上的事情吧，她把工作都完成得还不错，等包装到位就可以开始直播首秀了，不出意外的话，效果也会很好。

满脑子都在想公事的姜禾绿丝毫不知道，找她的人实际上为的是私事。

时怀见并未开口问她什么，反而用一种意味深长的眼神看她。

姜禾绿被看得头皮发麻，不由得出声问道："时总，请问您有什么事吗？"

——请问您看什么？

又不是没看过，一直盯着她，搞得她以为自己今天的眼线是不是歪了。

"你今天挺漂亮的。"时怀见嘴唇微勾，"裙子，鞋子，脸蛋，都很漂亮。"

"噢……您眼光真好。"

姜禾绿的内心是崩溃的。

这个男人到底想说什么？为什么扯到这些事情上面了？如果不是看在他的面容格外英俊的分上，她绝对要把他列入老流氓排行榜的第一位。

"要是没什么事的话，我先走了。"姜禾绿小心翼翼地说，挥了挥手里的稿子，"我还等着录视频，大家都在等我。"

"现在就走？这么害羞？"

她下意识地摸了摸脸蛋。之前她害羞是因为他故意挑逗，但是现在，她没有害羞的理由吧？姜禾绿还没来得及走，男人已经来到她跟前，他没有刻意压过去，气氛却不自觉升温。

她下意识地往后退，直至墙根，心脏扑腾扑腾乱跳，担心这人是不是疯了。

"小曲让你来可不是傻站着的。"时怀见又说，神色严谨认真。

"啊……"

"我知道你害羞。"他蹙眉，"对于女孩子来说，这种事情确实难以启齿，也出乎我的意料，如果可以，还是我说比较妥当。"

"您……想说什么？"

"事情都到这个地步了，不需要再瞒了。"

到哪个地步了？她怎么不知道她瞒着什么事情了？

难不成是上次和于诗吐槽他的话被他知道了？不至于吧？

好端端的，姜禾绿实在不理解这个男人为什么突然变成这个样子了。

这么多天没见，一见面就如此熟稔，搞得她很慌。

"时总，您有什么话直说就行，这样拐弯抹角，我实在不知道您是什么意思。"姜禾绿明明很坦诚，然而，时怀见和沈西成一样，并不相信她的话，反而认为她是在欲擒故纵。

男人看她的眼神更加玩味，他立于她眼前，稍稍低头，神色正经：“你都和别人说了，还要在我这里装傻？”

“我……没有啊。”

“又不是什么难以启齿的事情。”

“那您倒是说啊。”

他到底想表达什么？

正当姜禾绿感到不知所措的时候，敲门声响了起来，得到回应后，先进门的是小曲，跟在他身后的是穿着超短裙的陈冰。

进来后，陈冰把办公室弄得满是香水味，刺鼻难耐。

“时总，我把人带来了。”小曲笑着说，“她叫陈冰，之前就对您有好感。”

时怀见皱起眉头，漠然地扫视一圈，问道：“什么意思？”

“您不是让我把暗恋您的女孩儿带来给您看看吗？”

时怀见的目光投到姜禾绿的身上，道：“你刚才说的女孩儿，不是她吗？”

办公室里本就沉闷的气氛此刻显得更加诡异。

小曲还不知道自己搞错了，来之前满脸笑容，跟在他后面的女主播陈冰更是笑开了花，两人进来时完全没想到办公室里还有其他人。

听时总的语气，他们也一头雾水，不知所措。

“时总，您好。”陈冰不愧是做过主播的，应变能力强，主动伸出手，打破了尴尬的氛围，“我是陈冰，之前就久仰时总的大名，一直很仰慕您。”

时怀见从姜禾绿的身上收回视线，在陈冰主动伸出来的手上逗留了半秒，没有回应，只是点头表示客气。

虽然被漠视了，但陈冰并不气馁，仍然感觉开心，能出现在时总面前是她一直以来的梦想，两人见过一次，就会有第二次，她屈身于此，就是因为打听到星加互娱的老板是时怀见。

她不是没听过外界关于时怀见的负面传闻，但从某些程度上来讲，男人有了一定的声望和地位后，小道消息不值一提，因此，这并不影响她对他的憧憬和仰慕。可惜，时怀见的低调和冷漠是出了名的，除了合作人和助理，或者公司名下的员工，鲜少有人能近距离接触到他。

这一次是个不容错过的机会。

陈冰毫不掩饰自己眼里的爱慕和内心的悸动。

然而，时怀见没有正眼瞧过她的脸。

男人蹙起眉来，过了一会儿又面不改色地出声："没什么事就先走吧。"

闻言，姜禾绿第一个抬起脚，想往门口挪步。然而，身子还没动，她就听到一道低沉的男声响起："我不是说你。"

姜禾绿瞪他一眼。

她算是彻底服了这人，自己没搞清楚状况，干吗要把她拉下水？

她有些不耐烦地看了一眼墙上挂着的钟表，时不时叹一口气。

"时总，"小曲看了看姜禾绿，似乎明白了什么，小心翼翼地赔着笑，"不好意思，是我没把话说明白。"

他虽然不算特别精明的人，但也不蠢，他看得出现在摆在眼前的是什么情况，再想到之前姜禾绿被时总喊到办公室的事，已经足以说明两人之间有着什么关系。

他现在把陈冰带过来，纯粹是找不痛快。因此，见现在有个台阶，他连忙顺着下了，应道："没什么事情的话，我和陈小姐先走了。"

可惜，他明白情况，陈冰却不明白，她并没有直接走，反而大着胆子走上前："时总，方便留个联系方式吗？"

机会是要自己把握住的，她要是不主动，下次可就没这么好的机遇了。

"不方便。"时怀见淡声道。

"啊？"陈冰蒙了，不死心地问，"那能一起吃个饭吗？"

"我不喜欢吃饭。"

陈冰没辙了，心里虽然失落，但她见到了念念不忘的人，还是难掩激动，和小曲走的时候还不忘回头看一眼，同时，她又发现了同在办公室的姜禾绿。

她本来觉得有点儿奇怪，看见姜禾绿手里的文件后，又打消了多余的念头，似乎是为了逞威风，她突兀地说了一句："马上就要录视频了，麻烦某些人快点儿。"话是对小曲说的，但很明显是针对姜禾绿。

姜禾绿忍不住翻了个白眼，又不是同一个频道的，管那么多，陈冰估计连她的名字都不知道，就因为她也在办公室，便莫名其妙地教训她一句。

她白眼翻得厉害，没注意到男人正看着她的一举一动。

"看她不爽？"时怀见问。

"我又不认识她。"姜禾绿先说了一句，又想到什么，道，"现在认识了，叫陈冰，是暗恋您的人。”她一本正经地说着，内心却在狂笑。

这个男人居然以为暗恋他的人是她？还把她叫过来，说了一堆莫名其妙、自恋到不可一发收拾的话。更离谱的是，他在发现自己搞错对象后，还这么淡定地让她继续留下来，对刚才的事情只字不提。

如果她没理解错的话，刚才，他就差让她去拿户口本登记结婚了。

还说什么“事情都到这个地步了，不需要再瞒了”。

他是在等着她告白吗？

结果告白没等到，等到了一个陈冰这样的暗恋者，不出意外的话，凭陈冰那张大嘴巴，只要他来公司，所有员工都会以异样的眼神看着他和陈冰，没准两人还能传出绯闻来。

姜禾绿的思绪越飘越远，等她回过神来，就发现时怀见已经坐回了老板椅，端着一副高位者的态度。

她想走，但他没吱声，她不好随意动弹，只在他低头的瞬间往门口挪了一小步。只要时间够，挪到门口后，她开门就跑，他也不可能来追她。

对付无缘由的事情，就要用不要脸的方法。

坏就坏在，她刚到门口，男人就抬头看了她一眼，淡定道：“回来。”

挪了五分钟才挪了两步的姜禾绿有些犹豫。

最终，在他的注视下，她只好回到原地继续站着，但姜禾绿有些不甘心：“您叫我来又没有什么事，总不能让我像个花瓶一直待在这里吧？”

她说得诚恳，但时怀见并没有第一时间给出回应，好像在拖延时间。

姜禾绿实属无奈，他和陈冰的乌龙，干吗非要让她掺和进来？

许久，时怀突然开口：“你父亲喜欢什么？”

“嗯？”好端端的，问这个干吗？

“我是问他老人家有没有什么未完成，或者难以完成的愿望。”他补充道。

“没有吧？”姜禾绿仔细想了想，道，“他最近最担忧的就是姜氏，不过在您的帮助下，现在姜氏的情况已经好转了。”

“除了这个呢？你再好好想想。”

姜禾绿实在想不到父亲还有什么愿望，硬着头皮问：“您问这些做什么？”

时怀见没回答。

“他对一些古董感兴趣。”好不容易，她才找到勉强能说的答案，“之前姜家出事，他变卖了好多古董。”

时怀见点头：“好。”

什么叫作“好”？姜禾绿锁眉，想不通他问这些到底有什么用。

“如果说是最大的愿望，”她沉思了会儿，又说道，“可能是想见我妈吧。”

“你母亲怎么了？”

“我不知道他们之间发生了什么，我从记事起就没见过我妈，从小到大都是我爸一个人操心家里的事情，但他没有怨恨过，而且经常说我妈是迫不得已才离开的……每年她过生日，我爸都会去他们第一次见面的地方吃饭。”

“那你呢，你有没有想要的东西？”他又问。

“我只希望家里人身体健康，没有想要的。”

“你之前卖掉的祖母绿宝石，你不想拿回来？”

姜禾绿很意外他会问这件事情，她愣了一下，说：“我会自己想办法的。能拿回来就拿回来，不能拿回来就算了。”

时怀见意味深长地看了她许久，他没有再浪费她的时间，讲完这些后，便让她走了。

姜禾绿小跑回去，好在没耽误太久，只迟了一两分钟，她客气地给其他工作人员道了歉，他们也没说什么，很快开始录视频。

这次的视频任务是揭秘一款网上售价过百元的美白牙膏，官方宣称牙膏有美白的奇效，实际上，宣传视频都是假的。

原视频中，商家把牙膏挤入茶叶杯中搅拌，没多久，杯子里的棕黄液体变成了透明色，商家以此宣称这是牙膏的美白效果。实际上，杯子里盛放的并不是茶水，而是加了碘伏的清水，放入的牙膏加了 VC，碘伏遇到 VC 会发生化学反应，变成透明色，商家利用简单的知识制造了这一出骗局。

许多中老年人未必懂得此类小知识，做这样的视频，是避免家里的中老年人掉进陷阱。

视频发出去后，姜禾绿陆陆续续收到一些评论。

“哇，只有我注意到生姜妹妹的手好好看吗？”

“妹妹什么时候直播？好期待。”

网友们的关注点总是很奇怪。还好有人对她的测评表示赞同，还举例自己买了三支牙膏，都和普通牙膏一样，牙齿并没有变白。

一天的工作结束后，沈西成依然没有联系姜禾绿。想来想去，她决定给他打电话。不是出于关心，而是因为他的卡宴车和备用钥匙她没还回去，她得尽快通知他。

“姜小姐。”接电话的不是沈西成，而是他的助理。

“怎么是你？沈西成呢？”

“二少最近出了点儿事。”

“什么事？”

“只是一点儿不值一提的小事，二少打算后天和您约一个见面的地点，让您准时过去。”

“我拒绝。”

“二少是想让您去拍卖会，那儿有您想要的宝石。”

听到助理这么说，本来态度强硬的姜禾绿顿了一下。

她不会答应沈西成的求婚，但她想要那块祖母绿宝石，如果可以的话，她想亲自买下来。那样的宝石，因为没人估价，款式又古老，应该没人和她竞价，她想和沈西成好好地说一说，只要他不抬价，她应该是有能力买下那块宝石的。

“我把二少的车停在他公司那边，钥匙也还给前台了，你们有空的话自己去取。”想起正事，姜禾绿又说，“还有，麻烦你转告他，以后不要再随便求婚了。”

第六章 我喜欢你

举办拍卖会的这天，姜禾绿接到了沈西成的电话，他让她过去一趟。

因为有事要说，姜禾绿如约而至，去之前，她怎么都想不到，陈清韵也在。

这次拍卖会的规模不算小，是在市拍卖厅举办的，聘请了不少各界成功人士，入场之前，大家都在寒暄。

天气转凉了，姜禾绿穿得较为保暖，不像陈清韵还穿着清凉的礼裙，肩膀外露，这样的穿着，风一吹，很容易冻感冒。

不过，看到她肩膀上男人的西装外套，姜禾绿便明白了什么叫作心机。

“看，你的小情人来了。”陈清韵朝姜禾绿看了一眼之后，主动对旁边的沈西成搭话，又挽上他的臂弯，“我们先去打个招呼吧。”

她的动作十分自然，没有让沈西成觉得别扭或者不妥，便任由她挽着。

“阿禾，你可算来了。”沈西成望过去，笑道，“我还在想，如果你不来的话，我就直接把宝石拍下来，给你一个惊喜。”

姜禾绿对陈清韵的做作举动感到很无语，但她并没有表现出来，只对沈西成露出一丝浅笑：“我当然要过来了，因为我有话要对你说。”

“什么话？”

“我想自己买。”

“为什么？”

“因为这是我自己卖出去的东西，我想通过自己的努力再买回来。”姜禾绿微笑，“我知道你想买给我，我也知道你对我好，但是这个东西，能不能给我一次决定的机会？”

她自然不会说，她是因为不想答应他的求婚，所以才想要自己买，更不能说祝他和陈清韵百年好合，出于之前的教训，她知道，自己如果那样说，肯定会让他继续误以为她在吃醋。

为了保险起见，她只能改变策略。

“阿禾，你确定吗？”沈西成对她的想法感到意外，“你有钱吗？”

“我有的。”

近段时间，姜氏的情况已经慢慢好转，也有了部分可使用的流动资金。

“那我是不是不能为你做什么了？”沈西成不死心，“我想向你求婚……”

就在姜禾绿想着要怎么回答的时候，陈清韵插嘴道：“西城，你未免太着急了，和人家姑娘又没好好谈个正经恋爱，干吗急着结婚？再说了，求婚不应该是用钻戒吗？”

——太完美了，这个姐姐真是厉害，不需要她回答就替她解围了。

“清韵说得也对。”沈西成颇为赞同地点头，“那就先听阿禾的吧。”

他这样说，姜禾绿心里自然开心，感激地看了一眼陈清韵。

虽然她知道这个女人没安什么好心，话里的意思也是不希望她和沈西成在一起，但她所做的一切都歪打正着，正合姜禾绿的心意。

入座的时候，姜禾绿发现沈西成和陈清韵的座位是连在一起的，而她在他们的前面，像个电灯泡一样。

“本来我想订三个人的连座，但负责人说没有了，我只好让阿禾妹妹坐下面了，你不会介意吧？”陈清韵温声问道。

沈西成轻笑道：“没事，我不介意，她也不介意。”

姜禾绿当然不介意，她巴不得离他们远一些。

陈清韵的所作所为完全符合她的心意，这么好的姐姐，挑着灯笼都难找。

可诡异的是，她旁边的位子是空的。

厅内的两旁和门口都站了人，不至于剩下座位，估计是有人缺席了。

姜禾绿没多想，安静地等待。

她没想到自己那块不值钱的祖母绿宝石会压轴出场。前面的拍卖物大部分是她不知道的，有一两个是姜父之前收藏的古物，被一家公司垄断拿走了。

最后，终于等到了她的祖母绿宝石，起拍价是两百万。

这里的起拍价基本是定价，超出的钱会捐给慈善机构。

主持人介绍时，只说这是块不错的绿宝石，以至于除了对绿宝石感兴趣的，其他人都没有兴趣竞争。姜禾绿想了想，举牌报了个二百三十万的价格。

周围响起了议论声。

“又不是什么值钱的东西，傻子才会买。”

“有这钱买辆好车不好吗？那玩意儿绿油油的，没一个男的喜欢。”

声音越多，姜禾绿越高兴，没人和她竞价才是最好的。

就在主持人准备叫价时，一个女声响起了：“三百万。”

这一声直接把祖母绿宝石的价格抬高了七十万。

大家都在好奇是谁这么大手笔。姜禾绿顺着声音回头去看，发现陈清韵微抿着红唇，笑得很是温柔，眼神却极为犀利刻薄。

沈西成也有些意外陈清韵突然叫价，他道：“清韵，你这是做什么？”

“我也很喜欢那块祖母绿宝石。”陈清韵解释，“本来我想让你送给我的，但你说要用来求婚，我就不想和你竞争了，现在，既然不是求婚礼物，那我争取一下也没关系吧？”

姜禾绿脱口而出：“但你刚才没说啊。”

“刚才没说不代表我现在不做啊。”

“你——”

“阿禾妹妹，你经济条件不好，我不希望因为我的参与让你再一次破产。”

陈清韵的弦外之音就是，这块祖母绿宝石对她来说只是小意思，但是对姜禾绿来说不容易。

如果姜禾绿竞争，她就奉陪到底，也许她会因为心情不好，把价格抬高后就不要了，让姜禾绿去承担和祖母绿本身价格不符的拍价压力。

陈清韵的行为无疑是可耻的。

姜禾绿本指望沈西成帮她说几句话，但他并没有，语气还有些不屑：“你们女孩子不都喜欢钻石吗？干吗盯着这个东西不放？”

“我就喜欢这个嘛。”陈清韵娇哼，“你要是舍不得我花钱的话，就给我买。”

“给你买的话，阿禾就不高兴了。”

“你可以送她别的东西，她肯定更喜欢钻戒，而且，钻戒还能用来求婚呢。”

陈清韵一步一步，费尽了心机，让本来以为自己十拿九稳的姜禾绿陷入了无法周转的境地。她确实没本事叫价，她的预算是五百万以内。

犹豫了一会儿，眼看着主持人即将落下手里的槌，姜禾绿不得不出声：“三百五十万。”

陈清韵毫不犹豫地跟着叫：“五百万。”

这次，她直接加了一百五十万，不给姜禾绿再出手的机会。

事情到了这个地步，姜禾绿除了认栽，没有其他的办法。

她搞不懂陈清韵干吗要针对她。

沈西成又不爱她，针对她有意思吗？

想到自己刚开始还以为陈清韵在帮她，姜禾绿既觉得自己可笑，又十分愤怒，两只手默默地握成拳头，牙齿咬着唇，隐忍又克制着胸口的怒火。

“还有比五百万更高的价格吗？”主持人询问道。

在场的人没想到，一块没有任何故事、没有精致雕琢的祖母绿宝石会被竞争到这么高的价格，不由得屏住呼吸，想看看是否还有人竞争。

姜禾绿低着头安慰自己，算了，只是一块绿宝石，不是什么值钱的东西，只是妈妈送给她的，她又不是很怀念一直没见过面的妈妈。此刻，她又意识到，过了今天，祖母绿宝石一旦到了别人的囊中，她可能再也见不到了。

“哎，其实我也不是很喜欢那块宝石。”这时，坐在后面的陈清韵看似开玩笑地开口，“万一那宝石不好镶嵌，没准我会把它摔了。”

姜禾绿满脸震惊的神情。

这人有病吗？花这么多钱买，不喜欢就摔了？还是故意在她面前说这些？

她犹豫着，不知道要不要报出更高的价格。

这时，头顶上方突然投落一道阴影，紧接着，熟悉的气息飘落至鼻息间，是清浅的雪松木烟草香。

姜禾绿抬眸，看见时怀见的那一刹那，她整个人傻傻的，她没想到自己旁边的位子是他的，而且还迟到了这么久才过来。

“时总，您怎么现在才来？”姜禾绿诧异地问，“拍卖会都快结束了。”

他理所当然地在她旁边的位子坐下，漫不经心地回答：“赶得上。”

“什么赶得上？您不会也想买那块祖母绿宝石吧？”

“很意外吗？”

“我有点儿好奇，您买那块宝石有什么用？”

“没什么用。”他还是那般闲适的口吻，“只是最近喜欢上了绿色。”

姜禾绿的心头“咯噔”了一下，不知道他后一句话是什么意思。

对于男人来说，绿色有些不太吉利……但他说得如此冠冕堂皇，她都怀疑他有其他意思。

应该不是她想的那层意思吧？

对于时怀见的到来，后座的两人同样感到意外。沈西成没想到时怀见会过来，陈清韵更是一愣，她正一脸得意地用钱欺负人，本以为这次拍卖的祖母绿宝石就要到手了，看到时怀见后，她心中顿生不祥的预感。

果然，她看见时怀见举了下牌子，报价：“一千万。”

他语调寡淡，心不在焉中透着一种随性的自信。

“时总，你……”陈清韵不由得出声，“你为什么要报这么高的价格？”

前排的时怀见像是没听见，没搭理她，他双手合拢，坐姿清闲，举手投足间尽显成功男士的卓尔风姿。

他一个字都没说，却给人一种“别想用你的家产挑战我的零花钱”的轻蔑态度。

在场的人里，除了沈西成，没人能竞争得过时怀见。

当然，以目前沈西成的财力来说，他不会为一块破石头大动干戈，他即将和那位美国商人谈成一笔大交易，需要用钱的地方多，没必要花这个冤枉钱。

陈清韵有些急了，忍不住去抓沈西成的手：“西成，你不报价吗？”

“我为什么要报价？”

“我想要那块祖母绿宝石。”

“那你自己买啊。”沈西成停顿了会儿，道，“我又不想要。”

他本来是想要的，但他已经被陈清韵说服，因为他认为这么一块没有意义的绿石头远远比不上象征爱情的钻石。同样的价钱，明明可以买到不错的高级钻石，既然如此，他为什么要去做这种竞争？

“我最近手头有点儿紧。”陈清韵还想挣扎，“你不是想买吗？”

“现在不想了。”

“难道你要输给时怀见吗？你们是对头，你就轻易地把东西让出去？”

“不喜欢的东西，让出去又怎样？”

不管陈清韵说什么，沈西成都没答应。他无所谓，陈清韵却十分在意，这不仅仅是一块石头，更是她和姜禾绿之间的较量。

见沈西成无意帮忙，陈清韵咬咬牙，豁出去道："一千一百万。"

话音落下没多久，又有人出声："两千万。"

声音一落，众人纷纷环顾四周，想看看是谁把价格抬得这么离谱。

这次喊价的是时怀见的秘书。

时怀见一副"我不屑继续竞争，但如果你要和我争，那我就奉陪到底"的态度，干脆把喊价权扔给秘书，自己则心无旁骛地和姜禾绿说话。

"你父亲之前卖的三样古董，我让人重新买回来了，我抽空让人送给你。"

"啊？"姜禾绿的眸中浮现出意外的神色，"我为什么平白无故地要你的东西？不用了……"

"就当是送礼。"

"要送礼也是我们家给你送礼，哪有你这样的？"

这时，时怀见的秘书识趣地说了一句："不是有个礼叫彩礼嘛。"

姜禾绿不自然地摸了摸脸蛋，对他们的举动既意外又无措。

这样的好心好意很难回报。

时怀见问秘书："现在报价多少？"

"还是两千万。"也就是说，没人加价。

时怀见朝后排的两人淡淡地看了一眼，没说话，但意思很明显：就这样？

陈清韵捏紧了手里的牌子，多次举起又放下。两千万是她的极限，她无法再加价，而且她知道，就算她加价，时怀见必然会跟，说不定到了一个高昂的数字后，这个男人又突然放弃，让她一个人承担远超实物价值的价格。

她只能放弃了。

拍卖会结束后——

因为没能买到绿宝石好好地欺负一顿姜禾绿，陈清韵很是气愤，散场的时候，她还想刁难一番姜禾绿，却见时怀见一直寸步不离地守在姜禾绿的身侧。

他们离得不近不远，关系也不够密切，甚至谈不上有什么关系，但男人眼底的柔情是无论如何都掩盖不住的。

姜禾绿不经意地看了一眼站在墙侧的陈清韵。

不同于陈清韵刚才的嚣张，此刻，姜禾绿一脸温柔淡定，眼神轻飘飘的，没有刻意挑衅，然而，她攥在手里的绿宝石就是最大的挑衅。

陈清韵咬牙，正想说几句，就听见时怀见低沉声道："走，我送你回去。"

姜禾绿迟疑道："不麻烦了，我打车就行。"

"我想送你。"

经过的时候，两人不可避免地和陈清韵碰了面。

陈清韵也佯装要走的样子，打算去姜禾绿那边做点儿小动作，结果小心思刚冒出来，便被时怀见发现了。他不露痕迹地放慢脚步，让陈清韵先走。

"时总对女孩子可真体贴。"陈清韵不由得咬牙。

时怀见睨她一眼，不温不火地回："你是不是太闲了？"

——闲得想和他作对，也不看看自己是什么处境。

"可能是吧，所以想找点儿乐子。"

"想找乐子去找言辞。"

陈清韵的脸色骤变。

一旁的姜禾绿有些摸不着头脑，她不知道这两人的对话是什么意思。她以为他们要寒暄工作上的事，却发现没聊几句，陈清韵的脸色就变得很差。

"她真的回来了吗……"陈清韵嘴里喃喃，眼神比任何时候都要畏惧。

她都快忘了，她的敌人不是姜禾绿，而是捏死她比捏死一只蚂蚁还简单的言辞。她躲了这么多年，回国才没多久，没想到这么快就被盯上了。

天色已晚，外头车来车往。路边，停着一辆卡宴，还有一辆迈巴赫。

沈西成靠在卡宴车边，时不时低头看表，很明显是在等人。比起场子里衣冠整齐的精英人士，他一副贵公子的气派，引得不少路过的女生侧目，好奇他等的人是谁。

姜禾绿、时怀见以及陈清韵是一起出来的。

陈清韵面色苍白，显然被吓得不轻，但还是下意识地走向沈西成。沈西成却皱眉，没有看她，视线落在另一边，他有些按捺不住，迈开长腿直接过去。

"阿禾，上车，我送你。"沈西成说。

姜禾绿回头，看到他后有些头疼。

与此同时，时怀见也让她上车。

"如果你想要祖母绿宝石的话，你只能上我的车。"时怀见有条不紊道。

姜禾绿把绿宝石拿起来，道："我想要，但我没有白要的意思，我想买。"

"我不卖，上车。"

“……”

那边，沈西成也冷声警告：“如果你不想让你爸知道你和时怀见还有来往的话，你今天必须得上我的车。”

“你……”

“你爸心脏不好，要是知道这些事，估计会气得够呛。”

很好，两个男人都开始威胁起她来了。

“行了，我做出选择还不行吗？”姜禾绿忍无可忍道。

在两个男人的注目下，姜禾绿走在两辆车的中间线上。然后，她走到路边，招了辆出租车。正准备打开车门，她的手腕突然被人握住，一股不大不小的力道将她拉了回去。

时怀见把她带到副驾驶车门旁，像个哄小孩的老父亲，命令道：“你坐出租车，我不放心。”

“我……”姜禾绿下意识去看沈西成那边，生怕他去她父亲那里告状，视线却被时怀见挡住了。

时怀见提醒道：“陈清韵刚才的脸色不好，沈西成要带她去医院。”

她一愣。

“所以，你现在只能坐我的车。”时怀见说完，沉着脸替她拉开车门。

“我想回家。”姜禾绿犹豫道，“你不会又要带我去你家吧？”

“不会。”

“我……还有点儿晕车，对，我坐你的车，很晕很晕。”

“那你开车。”

“我没带驾照。”

“在你包里。”

——他怎么知道的？

她谎话连篇，但全被他拆穿了。

姜禾绿只能臭着一张脸，朝他伸手：“车钥匙。”

“做什么？”

“我担心你送我去你家，所以，我来开车。”

这倒不是什么大问题。

双方谈妥后，时怀见稳坐在副驾驶位上，指导旁边的女人用车。

“我知道。我的车技，你还不放心吗？”

时怀见想到两人第一次见面的情景，沉默了会儿，说：“你下来。”

姜禾绿已经不由分说地发动了引擎。

即使是大晚上，路上也会有交警检查，开着开着，姜禾绿让旁边的男人帮忙找一下驾驶证，提前做好准备。

时怀见对女人的包没有研究，半分钟后才把包打开，摸索了一会儿……摸出了一面镜子，一些假睫毛贴，一个小卷梳，还有他之前的打火机，以及一片卫生巾和三支口红——最后才找到她的驾驶证。

小姑娘看着整洁，包里的东西倒是乱糟糟的。把驾驶证拿出来后，时怀见随口问了一句：“为什么你带了三支颜色一样的口红？”

“哪里一样了？”

“不一样吗？”他微顿，“我看颜色一样，可能……味道不一样吧。”

“味道一样。”

“是吗？什么味？”

“甜味。”

“一样的甜，一样的颜色？”

“我都说了，颜色不一样。”

“我觉得一样。”

姜禾绿本来想让他打开车内灯好好看看，但想到自己在开车，可能会影响到视线，就在过了一个红绿灯路口之后把车停在了路边，然后才打开灯，把包里的三支口红拿出来，在他的眼前晃了晃。

“你看好了，不一样。”

上次说她口红颜色一样的人是沈西成。

“确实不一样。”时怀见还算明事理，语调又突然一转，“但是味道真的一样吗？”

“一样甜。”

“我还是不信。”

“不信你尝尝。”

她话音刚落，后脑就被人捧住了，唇上压来一片温热。

他温柔地轻咬着她的唇，带有薄茧的大手搂过她的脖颈，指腹在她的耳际摩挲，将彼此间的温度一点点地升高，呼吸也逐渐加重。

姜禾绿抬手，及时推开了他，一脸意外。

男人倒是心如止水，正经地评价：“嗯，是挺甜。”

她一时间不知道该继续开车还是找他算账。

这已经是他第二次不经过允许亲她了。

“所以，你买那些东西送给我，就是想理所当然地偷亲人吗？”她羞红着脸，微恼地质问。

女孩儿眼波潋滟，带有水渍的红唇透着光泽，让人看着不仅想偷亲，还想要更多。

“没有，只是想送。”时怀见收回视线，声音不自觉地低沉下来，“至于偷亲，你应该好好想想是不是你太迷人了。”

这番解释等同于在变相地夸她。

果然是男人，耍起流氓来都是有凭有据的。

“不管怎样，我是不会被你这些举动束缚的。”姜禾绿振振有词，“那些钱对现在的我来说很困难，但以后我会想办法还给你的。”

“我不需要你还钱，你可以回送我礼物。”

“那你想要我送你什么？”

“送我去你家过夜。”

姜禾绿的大脑出现了短暂的空白。她本以为时怀见是随口说的，然而，他一动不动地望着她，似乎在等她的答案，又或者他已经有了答案。

姜禾绿深呼吸了一下，没当回事，别过脸说：“您好歹是上市集团的老总，正经点儿行吗？”

时怀见淡淡地“嗯”了一声：“行，你继续开车。”

关掉车内的灯，他把刚才翻找出来的口红放回包里，里面实在乱得不像样，他便顺手将小物件一一放好，顺便分了类，自然而顺畅，没有半分不妥，像是男友很平常的行为。

姜禾绿看见包包被动后想开口，又忍住了。

两人一路无话。

不知道是因为时怀见不经允许擅自偷亲了她，还是因为后面那句调侃的话，她的脸上没什么表情，心里却火冒三丈。

她在生闷气，却拿他没办法。谁让人家是大老板呢？

“不高兴吗？”时怀见问她。

“没有。”

“说实话。”

“有一点儿。”

“就一点儿？”

当然不止一点儿，除去他偷亲她，想占她便宜外，还有一点儿——

她不喜欢别人动自己的东西。虽然她承认包里有点儿乱，但她对自己的东西心里有数，就算包包再乱，她也可以找到自己放进去的东西。他随手一弄，帮她整理好了，她反而没了原先的安全感。

就算他是好心，姜禾绿也没委屈自己，直言承认：“确实不太开心。”

“就算不开心……”时怀见微顿，“也不该冲动地开上高速吧？”

“……”

他的后背稍稍往后靠，泰然自若：“没事，你先开吧。”

他不说，姜禾绿都没发现车子什么时候上了高速。

市政的拍卖厅离高速路很近，夜幕降临，周遭昏暗，一不留神确实容易拐上来，加上现在ETC畅行，路上没有任何的提示。

主要还是要怪她没留意。

姜禾绿并不想加深怀时见心里对女司机的刻薄印象，她没有反驳，开启导航，稳定车速，选择了最快的下高速路线，饶是如此，她还是比正常时间晚了两个多小时才到家。

车停下后，一张湿巾被递了过来。

她有点儿愣。

时怀见提醒道：“还要我帮你擦？”

姜禾绿无意识地接了过来，才发现自己的额角布满细汗，刚才注意力太过集中，紧张得出汗了。

“以后不吓你了。”时怀见说。

至少在她开车的时候不吓她了。

幸好刚才路上没什么车，她的车技也没那么糟糕，即使思绪偏离，凭潜意识的记忆，依然能让车子正常地行驶，不然，运气不好的话，没准第二天车子就得报修。

看他解开安全带下了车，姜禾绿也跟着下去了。

时怀见把包顺手递给她，道：“天色不早了，早点儿睡吧。”

现在的时间是凌晨两点半，夜很深了。

开了几个小时车，姜禾绿的身子有些麻，她靠在车门前，手里攥着湿巾，小声地说了句：“对不起。”

“道歉干什么？”

“……就是觉得挺对不起您的。”害他这么晚了还在外面。

这次的拍卖会对他来说没有任何意义，可能会让他爱做慈善的人设更根深蒂固一些，但他买回去的古董以及祖母绿宝石，对他来说毫无利益空间，而且，在拍卖其他东西的时候，他是让手下人帮忙代买的，自己踩点过来……是因为在忙吧？

挺忙的一个人，还抽空过来。

沈西成完全没法和他相提并论。

对于时怀见，姜禾绿确实挺愧疚，尤其是知道他没做错什么却遭到父亲的抗拒时，她由衷地同情他。

现在这个社会，谁还没有个过去？

时怀见没有急着上车，侧首看她，问道：“你觉得哪里对不起我？”

她自然不会把自己的想法全部说出来，思忖了会儿，她有所保留地道：“本来您可以准时回家洗漱睡觉的，因为我的疏忽，浪费了两个多小时。”

他的住处离这里挺远的，再开车回去估计还要一个多小时，这样的话，他回到家得四点多了，按照平常的上班时间，他的休息时间只剩三个小时了。

“哦。”时怀见平淡地应着，“那你想怎么弥补？”

她本来只是想说句“对不起”，并不知道怎么弥补，被问到后，她犯难了一会儿，道：“我还不知道……”看见他眼底的戏谑，她只好改口，“您要是不介意的话，可以在我家暂住一晚上。”

“确定吗？”

“确定。”

“这多不好意思。”

她正要说“没事”，却发现时怀见已经迈开长腿，径直往她家的大门走去，落落大方，没有丝毫“不好意思”的矜持。

他但凡迟个两三秒走，她也不会觉得这人得了便宜还卖乖。

直到姜禾绿解锁，进门，开灯，在玄关处换了鞋，她还在心里隐隐担心，让他进来到底是不是个正确的选择。

她只是觉得这么晚了，让他开车回去有些浪费时间，而且大半夜的，人容易犯困，她刚才在高速路上都是强打起精神才没让自己睡着。为了安全起见，她才把他留下来，但是从目前的情况来看，她应该为自己的安全着想。

事到如今，她只能尽自己的待客之道：“您要不要喝点儿什么？”

家里的保姆之前便遣散了，现在只有她一个人住，每周会有家政来进行一次大扫除，卫生没什么问题，平日里的餐食大多以外卖为主。

一个房子有没有烟火气，一眼便能看出来，时怀见没让她去准备水饮，只说道：“不急，你先忙你的。”

她点头道：“那我先去给您准备房间。”

家里是有客房的，不过，因为长期没有人居住，所以需要重新整理被褥。

套被子是个技术活，好不容易忙完，姜禾绿又在洗浴间放好了洗漱用品，想到他空手过来，没有换洗的衣物，她便去父亲的房间找来了未拆封的衣服。

她之前给姜父买过一套衣服，但因为款式过于年轻，姜父并没有穿过，但他也舍不得扔，一直搁置着，这回倒派上了用场。

收拾妥当后，姜禾绿下楼，看见八宝迈着小碎步在男人的脚边打转。

因为常出门，八宝并不害怕生人，它好奇地用湿润的小鼻子嗅着陌生的气息，时不时抬起胖脸来观察他。

姜禾绿突然想到自己好像忘了喂猫粮，连忙去看猫盆，才发现里面已经满了，再看八宝围着男人的样子，估计是时怀见听见猫叫声，顺手帮忙喂了。

“房间已经收拾好了，换洗衣服也给您放在房间里了，您早点儿去洗漱吧。”姜禾绿走过去说道，“我去给您烧点儿水喝。”

“水烧好了。”时怀见简短地应着，从猫的身上收回视线，问道，“客房在哪儿？”

“三楼，灯还亮着。”

等他走后，姜禾绿有些意外地看了一眼桌上的杯子，上面确实冒着一层热气，其中一杯热水是留给她的。

网上常常能看到男人做家务或者做饭的短视频以及帖子，网友们纷纷夸这些男人体贴，那些夸赞无一不是说明目前男人做家务还是件稀奇的事情，不像女人做家务那样习以为常。

这种“稀奇”的事情，姜禾绿不认为时怀见会做，他家里有用人，平日都是衣来伸手，饭来张口，这种女人做的“小事”，公子哥儿一般很厌恶。

然而，他刚才确实是顺手帮忙烧了水，也没觉得烧水是他不该做的事情，还帮忙添了猫粮。

姜禾绿喝着水，感觉心里也暖暖的，顺带将这事和于诗说了一番。

于诗可能已经睡了，但她还是发了一大堆内容过去。

五分钟后，于诗回了消息：“气死我了，队友又害我掉了一颗星。”

姜禾绿：“你没睡觉？”

于诗：“你确定你要质问我？我还想问你呢，为什么时怀见在你家？”

姜禾绿：“我不是都说了吗？太晚了，我便留他住一宿。你要看细节，他帮我烧了水啊。”

于诗：“然后呢？”

姜禾绿：“你不觉得他挺贴心的吗？”

于诗：“所以，你对他的喜欢又多了一点儿？”

姜禾绿：“我没有！我只是和你探讨男人的小细节！”

于诗：“细节就是他的温柔体贴其实是经过上一段感情而培养出来的，男人给你挡车门防止你撞头，走路时让你走左边，出门时腕上绑着你的小皮筋，这些细节和温柔都是你捡了别人不要的。”

姜禾绿：“你还能再残忍一点儿吗？”

于诗：“别想男人了，上游戏吧，我掉了两颗星了！”

在于诗的几番催促下，姜禾绿成功被她带入了游戏，一开始，她还心神游荡，后面便沉迷其中了。

可能是她一开始的状态不对，第一局输了。

姜禾绿脱了鞋，在沙发上盘腿坐下，又从抽屉里摸出女士烟，半含在嘴里，口齿不清地说：“再来一把。”

手指适应屏幕后，她逐渐找回了手感，很快进入状态。

姜禾绿心无旁骛地盯着屏幕，一边操作，一边指挥道：“推完高地去龙坑，辅助回去补状态。”

然而，因为辅助乱玩，被对面杀掉了，导致她们十拿九稳的龙被抢了。

“这都能被抢？”姜禾绿破口大骂，“打野的惩戒呢？辅助的视野呢？”

“不知道。”

“这人还蹲草丛呢？真不行，谁带来的？”

“我就是这人。”

“噢。”搞错了。

回城的时候，她随意地抬眸，意外地发现时怀见不知道什么时候下来了，没擦干的短发淅沥滴着水，薄唇微抿，目光深邃。

他的腰间系着一条浴巾，麦色的腹肌分明，他似乎没把自己当外人，迈开大长腿，一步一步朝她走来。

姜禾绿沉默了会儿，小心翼翼地抬手把唇间的烟蒂拿掉，摁灭后放到了桌边的盒子里。她表面平静如水，内心却狂躁不安。

他什么时候过来的？！

时怀见站在离她不远的地方，低眸注视她。姜禾绿的心脏快要跳出来了，她顾不上那么多，硬着头皮继续玩，不知道是不是因为他的注目，她的手法更熟练了，瞬间杀了对方，赢得了最后的团战。

游戏结束，她放下了手机。

于诗发来语音消息：“怎么不玩了？”

“明天再玩吧，我想睡觉了。”

“睡觉还是睡男人？”

“……”

“你悠着点儿，别被老男人表面的样子骗了，他们经历过一段婚姻，也有过很多女人，手段高得你驾驭不住。”

姜禾绿怕于诗再说些什么，关掉了语音。她小心地整理了头发和衣服，继续维持着淑女的形象，问道：“时总，您这么快就洗完澡啦？”

时怀见的眼神里有几分玩味：“还不睡觉？”

“朋友叫我陪她打几局游戏。”

她仓促地解释后，发现他的目光落在茶几上的香烟上。

这是一款女士细支烟，味道清爽带香，她偶尔会抽着解闷。

“你还抽烟？”时怀见问。

“我说这个……是糖……您信吗？”

“糖？我尝尝？”

“薄荷糖，不好吃的。”姜禾绿一边笑，一边飞快地抓起烟蒂盒和烟盒，一股脑地扔进了垃圾桶，“而且过期了，为了您的安全着想，还是别尝了。”

“什么时候过期的？”

“刚才。”

时怀见没继续揪着不放，顺着她的话说：“晚上少吃糖。”

她乖巧点头：“嗯嗯。”

“早点儿睡。”

“好，晚安。”

姜禾绿起身想走时，却发现因为长时间盘坐，她一下子没站稳，差点儿跌到男人的怀里，好在她及时扶着了一个什么东西，才避免了事故发生。

但是她手抵着的这个东西硬邦邦的，好像……是他的胸膛。

姜禾绿下意识地迅速收回了手。她低下头，感觉脸上火辣辣的，刚才掌心的触感历历在目，怎么都无法从脑海里挥之而去。

虽然手感很好，但是现在的情况很糟糕，让人头疼。

“时总……”姜禾绿开始推卸责任，“您为什么不穿衣服？”

“房间里没有。”

“啊？”

时怀见往前走了两步，才在椅子上发现了一套未拆封的男士衬衫。

姜禾绿微愣，想起自己刚才从父亲房间找到换洗衣服后便直接拿到了楼下来，但她和他说的是把衣服放在了房间。

是她办事不力。

“不好意思，是我搞错了。”她尴尬道，“我以为我把衣服放在客房了。”

姜父的房间在二楼，她拿到衣服后便下来了，因为想喂猫，就顺手把衣服放在了椅子上。

再一次制造了乌龙，姜禾绿不由得懊恼，她这样做，搞得她像是想占便宜的那一个，故意把他的衣服藏起来。

好在时怀见并没有太在意。

姜禾绿回房冲了个澡，继续回复于诗的消息，她知道于诗因为前几段感情，对男人有所偏见，所以没提男人，只说游戏，说完后，她和于诗道了晚安，关灯睡觉。

凌晨三点多，窗外夜色浓厚。

姜禾绿的眼睛闭上没多久，突然听到了扒门的声音——是猫！

时怀见的房间肯定没锁门，被八宝扒开了。

这只猫到底想干吗？

姜禾绿不得不起身，将门开了条缝，用手机的电筒照了照。

果然，客房的门被打开了。

“喵呜——”八宝叫起来。

这只肥猫是吃饱了撑的吗？干吗去打扰客人睡觉？

姜禾绿试着唤了几声，然而并没有用。

“吧嗒”一声——房间里不知道什么东西被猫碰掉了，声音明显。

摆明是不让人睡觉了。

姜禾绿只能小心翼翼地过去敲了敲门：“时总？”

“进来吧。”时怀见也没睡，估计是被猫闹醒的。

她仓促地走进去，连灯都忘记开了，只借着电筒的光线找到了猫的位置，她一边去抓猫，一边道歉：“不好意思，我家八宝太调皮了，打扰到您休息。”

她想带八宝走，然而，八宝以为她在和它玩，上蹿下跳的。

人哪能和敏捷的猫相比，没有零食的哄骗，姜禾绿根本抓不到它。

“你别急。”坐在床上的时怀见不温不火地建议道，“等它消停后再抓。”

他说得还挺有道理。

姜禾绿没有急，干站了一会儿，见没有动静后，八宝果然从窗台上跳了下来，慢悠悠地走着，尾巴肆意地摆动，非常惬意。它跳上床，嗅了嗅被褥，心安理得地趴在了枕头上，看样子是打算在这里睡觉。

因为客房之前很少开门，八宝是公猫，想要用自己的气味占据领地，所以来这里睡觉，完全可以理解。

但是——能不能下次再说？！

人和猫讲不了道理。姜禾绿忍着心中的恼火，趁着它不动，慢慢地走过去，她打算飞快地将这只猫收入怀抱中带走，但她还是低估了猫的敏捷程度以及自己不入流的速度。

当她谨慎地抬起胳膊，准备直扑床面时，八宝便溜到了一旁。

姜禾绿干脆扔开手机，按亮了落地灯，开始抓猫。因为八宝就在床铺上，她便跪在床侧，用手去抓。

时怀见面不改色地看着一人一猫在他眼前玩得不亦乐乎，完全当他不存在。突然，他发现猫就在他的左手边，而姜禾绿在他的右手边。

他的心头突然冒出一个想法。

果然，眼里只有猫的姜禾绿直接扑了过去。

猫没扑到，她直接扑到了他的怀里。

位置非常巧妙，他感觉到有两团什么东西明显地覆在他的肌肤上。

“对、对不起。”姜禾绿反应过来后，下意识地翻了个身，本想离开床面，却发现男人的手正托着她的后背。

在她挣扎的过程里，身体反而落入了他的怀抱。

落地灯光线昏暗，将房间染出了暧昧的氛围。

两人四目相对。

因为本来是一个人在房间，时怀见依然只裹着浴巾，即使半卧着，身上的每一处线条仍然清晰可见，身材比例近乎完美。

姜禾绿真切地感知到了他每一寸皮肤的温度。

她的手和刚才在楼下时一样，触碰了他温热的胸膛。对上男人的目光，姜禾绿仓促地解释：“您相信我，我只是不小心，没有占您便宜的想法。”

时怀见的眸光锁在她通红的小脸上，点头道：“我知道你没有。”

话音落下，他突然翻了个身，将她压在身下。

男人声音沉哑，在她的耳边道：“是我有。”

一番天旋地转后，昏暗的光照下，女孩柔软的发丝披散在枕头上，黑白分明的眼睛仰望着上方的男人，一脸愕然和窘迫，像只被吓傻的兔子，四肢麻木，一动不动，连呼吸都变得不均匀。

而导致这一切事故的罪魁祸首——八宝，正蹲在地上，耷拉着脑袋，慢条斯理地吃着不知什么时候顺上来的猫零食，一边吃，一边睁着圆眸看他们。

猫吃东西的细微动静并没有影响到他们，时怀见的一条胳膊从她的肩胛骨穿过去，身子半撑起来，确保没有压着她，尽管有所克制，他的呼吸还是比往常沉上一些。

他所保持的姿态和神情都不像是正人君子所为，然而，压低的声音正经严肃：“是我这段时间没表现出来，还是你故意装傻？”

“您……”

“别说敬语。”他的声线醇厚，不容她反驳。

近在咫尺的压迫感使姜禾绿没敢轻举妄动，她的思绪飘得越来越乱，只能硬着头皮回答：“我不知道。”

她不知道他是什么意思。

男人经常把情话或者表白挂在嘴边，但也许过段时间就会当什么事情都没发生过，推翻之前所有的承诺，更何况像他这种没把话说开的。

“一个年轻女性，大半夜只穿着睡裙闯入男人的房间。”微顿，时怀见继续说，“我是该夸你不拘小节，还是理所当然地认为你在勾引我？”

是前者还是后者都已经不重要了，重要的是，他现在已经认为她是后者了。

哪怕姜禾绿解释也没用。

“我不是……您真的误会了……”姜禾绿还想解释，“房间里没开灯，我以为您看不见什么。要是知道的话，我肯定不会那么放肆。”

一开始房间里确实没开灯，后来因为抓不到猫，她才随手按了落地灯，然而光线很暗淡，如果不细心观察的话，并不会发现什么。

何况，正人君子就算不小心看到了不该看的，也应该移开目光，而不是把这个当成理由，冠冕堂皇地质问她是不是勾引他。

见男人没有放过她的意思，姜禾绿索性放弃挣扎：“算了……我觉得您说得对，可能……我就是在勾引您。”

知道自己肯定说不过他，所以姜禾绿没狡辩太多，反而顺着他的意思说，把自己被逼迫的处境凸显出来。

她的顺从当然没起到什么作用，她只觉腹部一凉，再抬眸时，裙摆被推了上来，忽冷忽热的，让人不由得战栗，她下意识抬起手抓住他的肩膀，神情难堪。

她手上用力，想悄悄从他怀里钻出去。本以为仗着身子瘦小，能像条泥鳅一样溜走，没想到她使出了那么大的劲，仍然被男人的手扣得死死的，她试着动了动小腿，几番挣扎后，踢开了他身上的浴巾。

姜禾绿快窘死了。

"我都没急，你倒是急了。"他依然是一副从容淡定的样子，好像在这种事情上，他并不是个要占便宜的人。

"你让开。"她恼了，"你确定要继续吗？你就不怕我缠着你对我负责？"

"求之不得。"

时怀见用指尖拨开她脸上的碎发，捏着女孩精致的下颌低头吻了上去，他吻得很浅淡，从脖颈到锁骨。

姜禾绿的眼角突然红了。

不是委屈，也不是害羞，而是害怕。

她的眼睛红得不是很明显，反而越发衬出娇态，不自觉地勾人。

"别了吧……"她低声求饶，"我真的不想和你牵扯太多，你放过我好不好……东西我还给你，我不想要……对不起，我不该勾引你，是我的错。"

她太害怕了。

即使好奇，期待，但在没做好准备的前提下，她还是不想放纵，至少不想在他这里放纵。

与其说她不知道自己对他是什么感情，不如说是因为她不确定他对自己和对两人的未来是什么态度。

意乱中，时怀见抬眸，脸上有几分不解："哭什么？"

"你又不喜欢我，干吗这样对我？"

她声音中满满的委屈毫不掩饰地溢出来。

时怀见拂去她眼角的泪，道："我以为你知道的，你要我亲口说，是吗？"

她不吭声。

"我喜欢你。"他没什么顾虑和犹豫地说出来，继续补充道，"是想要和你在一起的那种喜欢。"

正所谓，男人在床上说的话，可信度为零。

姜禾绿别过脸，不让他亲。

"我没谈过恋爱，也没追过女孩子，可能某些地方会处理得不妥。不过还是得承认，我从第一次见你就对你产生了兴趣。"

是一见钟情还是见色起意已经不重要了。

"有兴趣是什么兴趣，猎物吗？"姜禾绿的话里带着瓮瓮的鼻音，听起来还是不开心。

“是心动的感觉。”他俯身转过她的脸颊，吻了上去。

早上八点，姜禾绿被八宝的扒门声吵醒了。

睁眼的第一秒，她瞬间想到自己昨晚经历的事情，羞愤不已。

经过客房的时候，她发现门是开着的，顺便偷偷看了一眼。

房间里没人，里面的摆设很整齐，被子也恢复到了原先的模样，只有床单被拿下来了，至于为什么被拿下来，她也很清楚。

事情的起因，得从一只猫说起……

想到这里，她突然感觉到不对，就算猫对陌生环境好奇，也不该逗留那么长时间，还一直叫吧？如果没记错的话，她昨晚似乎看到八宝在吃猫零食。

姜禾绿走向垃圾篓，却发现垃圾也被清空了。

时怀见居然收拾得这么干净。

姜禾绿闭了闭眼睛，只想找个洞把自己埋进去。

姜禾绿下楼的时候，系着围裙的男人和一只猫双双抬眸看过来。

“早。”时怀见简短地打招呼，“过来吃饭。”

早餐是他准备的。他的厨艺并不好，以前在外留学的时候，偶尔自己动手做一次饭，做个简单的早餐还是没问题的。

姜禾绿完全不知道怎么面对他，像没有灵魂的木偶，跟着他进了餐厅。

明明是自己家，她却十分不自在。

发现异样后，时怀见不无关切地问：“不舒服吗？”

她摇头：“没有。”

“那怎么了？”

“可能，不习惯吧。”姜禾绿竭力保持平静。

到底是第一次，而且遇到的情况和别人不同，她现在看见这个男人，只感觉自己被完完全全地看透了，没有任何的秘密。

“以后会习惯的。”时怀见似乎自然而然地认为他们已经是亲密的情侣了，他擦了擦手，“有什么想说的直接告诉我就行，不需要扭扭捏捏。”

他似乎还想说什么，见她不是很在状态，便干脆作罢。

虽然没有发展到那一步，但两人已经亲密地坦诚相对了，所以，对于未来，他不需要太迫切，操之过急的话，反而会把她吓着。

吃完饭，时怀见本打算先开车送她去公司，自己再去上班，但姜禾绿并没有答应，她自己有车，而且她是自由活动时间，并不急着去公司。

“不麻烦您了。”她规规矩矩地站在车旁，“您还是早点儿走吧。”

“还说敬语？”

她摸了摸鼻子，笑得有些勉强。

“晚上来接你吃饭。”时怀见顺其自然地说。

“不、不要。”姜禾绿下意识拒绝，“我……不习惯……而且我没这个想法。”

“什么想法？”

“我们的关系，还是保持这样子吧。”

不像交易，不像情侣，不像朋友，更不像会结婚的关系。

时怀见没有把她的话放在心上，看她泛红的脸蛋，眉梢上挑：“害羞了？”

姜禾绿咬唇，摇头，不知道该说什么好。

与其说是他一步一步诱引，倒不如怪她没有自控力，在明知不可能的前提下，还是在两难的处境中寻找所剩不多的愉悦。

她低头，举起手里的袋子，岔开话题：“您的衣服我刚才洗完又烘干了，因为时间紧，没来得及熨烫。”

“放车上就行。”

他没说放哪里，她便把袋子放在了副驾驶座上，起身准备走的时候，却发现他站在她身后，深眸锁视她，似乎看出了端倪，又好像并没有。

她干脆避开他的目光，道：“您慢点儿开车，一路顺风。”

“这么害羞？”他轻笑，指尖从她的发间拂过，将一缕碎发撩至耳际，声音和动作一样温和，“那我过几天再来找你。”他给她一点儿时间。

姜禾绿想了想，点头答应。

他走后，姜禾绿并没有松一口气，不知道是后悔还是不忍。

下午，姜禾绿去公司准备直播首秀的事情。因为是首秀，她准备带的货是有一定知名度和热度的，受众广泛，这样的待遇，同公司的人确实会说三道四，但又没证据说她和谁私通，只能感慨她运气好。

在直播间试播的时候，为了缓解紧张的气氛，于诗拉过姜禾绿的手，神秘兮兮地问：“你看群消息了吗？”

“什么消息？”

于诗把手机递到她眼前："陈冰刚才发了一张时总的照片，在咱们的微信群里，群差点儿炸了。"

姜禾绿的面容十分平静："噢。"

"你怎么一点儿都不关心？"

"我有什么好关心的？"

"这么劲爆的消息，你不看看吗？"于诗痛心疾首，二话不说地把屏幕凑到她的面前，"你看看啊，这是你的男人啊！"

视野被缩小到只剩手机屏幕，姜禾绿不看都不行。

她心不在焉地扫了一眼上面的消息。

于诗说得没错，陈冰果然把时怀见的照片发到群里了。

可能是胆子不够大，她没拍到男人的脸，但只一张侧身照就让人想入非非，大家纷纷问她刚才在时总的办公室做什么。

陈冰回答得神秘兮兮，让她们猜。

这事要是被时怀见知道，不把这个女主播辞退才怪。

"这是之前在办公室偷拍的，当时我也在场。"姜禾绿没把这事放在心上，淡淡地解释，"又不是什么亲密的角度。"

"你说当时你也在场，这很令人遐想啊。"

"……怎么了？"

"你真没和时怀见发生点儿什么吗？"

"想什么啊，怎么可能？"

于诗到底是火眼金睛，一下就看出好闺密红一阵白一阵的脸色不正常，但她又不清楚两人进展到哪一步了。多余的话她不想说了，只叮嘱道："不管怎样，你小心点儿，身子栽进去没事，心要是进去了，那就完了。"

于诗的话再一次提醒了姜禾绿，像她这个年纪，如果没有身经百战，确实容易上老男人的当，想到他昨天晚上的告白，几分真几分假都让人捉摸不透。姜禾绿犹豫了很久，还是拿起手机，打算跟时怀见做个了断。

此时已经是工薪阶层的下班时间，迈巴赫稳稳地行驶在马路上。

正在开车的秘书适当提醒："时总，您要是困了的话就睡一会儿。"

"不困。"

"您昨晚不是没休息好吗？"

“那也不困。”

只休息了三四个小时还说不困，到底是精神足，还是脑子里被某件愉悦的事情占据，都忘记疲惫了？

秘书知道时总昨晚留宿在姜家，至于发生了什么，从时总的状态就可以看出，某高层讲错了两次数据，都没面临扣奖金的惩罚，这足以说明一切。

就在秘书以为时总的春天就要来临的时候，手机短信声突兀地响起了。

姜禾绿：“时总，很抱歉这个时候打扰到您，我只是想提前告诉您，我认真思考过我们的关系，不论从哪方面来看，继续发展只会给双方带来不利，希望您能明白。”她已经说得很委婉了——她不想和他在一起。

从字面意思看，也可以理解为，她是有点儿喜欢他的，但她不想和他在一起，简单来说就是，她想做一个撩完就跑的渣女。

时怀见回拨了电话过去，连续三个电话都无人接听。

可能是手机开了静音模式。时怀见突然觉得不对，他从副驾驶座上拿起她的袋子，把里面的东西翻找出来，除了衣物，还有一个小盒子，里面放的是一块祖母绿宝石和一张签了名的欠条。

这些东西，她都要还给他。看样子是真的打算和他划清界限了。

秘书发现了男人表情的变化，小心翼翼地问：“时总，怎么了？”

“没什么大事。”许久，才听得时怀见从容淡定地回答，“被甩了。”

沉默了一会儿，秘书委婉地问：“姜小姐为什么不想和您在一起？”

男人骨节分明的手指捏着手机，没怎么用力，手背上青筋突显，然而，他的神色一如既往的沉：“不知道。”

就算是害羞，也不至于到这个地步。还是说他昨晚吓着她了？

“会不会是您……太粗鲁了？”秘书斗胆问道。

“不可能。”

“那您要不要换一种追求方式？”

“不追了。”

秘书又问：“那姜小姐今晚的直播首秀，时总，您也不去捧场子吗？”

时怀见心不在焉地吐出两个字：“不去。”

“姜小姐长得这么漂亮，直播效果肯定很好。”

“无聊。”

“沈二少可能会去凑热闹。”

沉默了会儿，时怀见问：“直播房间号是多少？”

晚上八点，星加互娱有一半的直播间正在直播。

经过一段时间的培训和试播，姜禾绿基本已经适应了流程，虽然在表达方面她可能没大主播熟练，但她记性不错，行内最基本的套话她都背下来了。

她今晚的合作厂商是某国产牌子的护肤品，水乳系列的销量始终遥遥领先，但最近因为请的品牌代言人陷入丑闻，品牌人气骤减，在合适的代言人出现之前，厂商打算先在主播圈预热一下。

于诗怕姜禾绿紧张，主动去做她的搭档助理，没想到她不仅不紧张，还兴致勃勃地看起了微博。

“不用看了，在新人主播里，你的人气很旺。”于诗耸了耸肩，把一台平板电脑放在桌上，“搜索榜的人气差点儿压住了陈冰。”

“我知道。”姜禾绿放下手机，神情有些严肃，“但这不是好事。”

呈现在于诗眼前的是自媒体发的内容。

“我肯定不是最后一个知道沈二少的小女友在做带货主播的。”

附带的图片是很久之前爆出来他们在一起的照片，虽然只有侧影，但是个人都能看出来，姜禾绿确确实实上了沈西成的车。

沈二少不是娱乐圈的人，先前交往的替身女友却都是娱乐圈里热度最高的女明星，他喜欢在社交平台晒自己的车和表，因此本身也自带热度。

姜禾绿开播之前便沾了他的光，人气噌噌地往上涨。

自媒体底下的评论各式各样。

“圈内人透露一下，他们已经分手了，至于原因，你们猜猜？”

“不是吧，还有人不知道沈公子的初恋回来了？世界顶级设计师、才华与美貌共存的名媛小姐陈清韵，可不是这种不入流的小主播能比的。”

“麻烦那什么绿，别蹭我清韵姐热度，谢谢。”

自媒体发布的内容是关于姜禾绿的，但下面的评论区不知不觉吵了起来，还把他们的事情肆意宣扬了一番，姜禾绿从一个“没什么存在感的小主播”变成了“因为白月光归来而痛失所爱的灰姑娘”。

高赞的评论也变成了：“我理解阿绿妹妹的遭遇，我男朋友就因为他前女友一句‘我想你’彻底不要我了。”

姜禾绿莫名成了虐文主角。

有了前面的预热，她准时开播后，直播间便一下子涌入了上千人，随后以几十为基数累加。于诗用嘴型问：你能行吗？姜禾绿点头。

灯下，她化着精致的妆容，运营人员给她塑造的人设是甜美可人型，造型师便让她穿了棉布裙，披在肩上的发尾稍稍卷起，衬得五官娇小。

“进来的宝宝们点个关注，我们先抽奖。”

姜禾绿的语速平缓自然，逐渐将直播间的气氛带了起来。

抽奖是为了测试真实的人流量，奖品不算名贵，但因为是免费的，能动手的人基本会参与。同时，她还告诉大家，分享直播间到微信群或朋友圈，可以享有双倍的奖励。

基本运营都是别人教给她的，不需要操心太多，按照步骤走就行。

她销售的产品也是最低价拿到的，还有各种小样和赠品。

这样的新人待遇，即使是大主播也羡慕不已。

晚上十一点，姜禾绿直播间的人气达到了预期状态，销售额突破了保底数值，一切都在运营的估算内。临近结束的时候，直播间突然来了一群人。

“请问，主播真的和沈二少在一起过吗？”

“听说你们已经分手了，能说说原因吗？是谁提的分手？”

“为什么不嫁入豪门，而在这里做一个主播呢？”

直播间里大部分是认真购物的小姑娘，涌进来的这群人显得莫名其妙。

面对这种情况，姜禾绿的第一反应是离开摄像头，而后却发觉了不妥，她是直播间的核心，要是一句话不说就走，只会让这些人更加得意。

但是她并不知道自己该做点儿什么。

要不要否认和沈西成的事情？或者装作没看见？看着女孩们的弹幕都被这群人刷下去了，她不由得皱眉，突然想到时怀见说的话。

她的应变能力不行。

他说得没错，她确实……不行。

不知怎么的，她突然有一种想让他刮目相看的想法。

要下播时，姜禾绿正对着镜头，双眸晶亮，透着无辜：“我这边的网络好卡，看不到弹幕在说什么，沈二少是谁？他很有钱吗？我怎么不知道我还有个嫁入豪门的机会？”顿了一下，她歪头去看工作人员，让他们帮忙调一下设备，以此为由拖延时间，再想想其他办法。

“不用这么麻烦。”工作人员帮她把摄像头和麦关掉，“我们把那些账号都封掉了。”

“这么快？”

“上头下来的命令，当然得快。”

“上头？谁？”

“时总。”

姜禾绿愣了一下。他怎么知道她在最后关头出现了危机？他不会一直在看她直播吧？那她可就……丢脸死了。

姜禾绿有些不确定，给他发了条信息：“谢谢您。”

五分钟后，那端才回：“谢什么？”

“谢谢您帮我解围。”

“我没看直播。”

“我没说您看了，我是说谢谢您帮我解围。”

那端沉默了，没再回。

看着那几个此地无银三百两的字眼，姜禾绿感觉有些好笑。

之后的一段时间，不知是谁带起来的话题，不论是粉丝还是路人，都认为她爱沈西成爱得深沉，被迫分手后为了生活才去做主播，甚至有人找出她父亲住院的信息，导致大家纷纷同情起她，即使不去主播间买东西，也会过去捧捧场子。当然，有人捧场子，也有人搅浑水。

好在有管理员控评，没让直播间过于混乱，而公司也发布了一条声明：不信谣、不传谣。简单的六个字充分表明了态度，星加互娱发布了官方声明微博后，集团总部也转发了。

逐渐地，姜禾绿的生活回归了安宁。人气稳定后，她再和运营谈了谈姜氏的事，自己给自家产品带货，既省事又能最大利益化。

气温逐渐转凉，偶尔有难得的晴天，姜禾绿打开直播房间的窗户，想给屋子透透气，却发现楼下缓缓驶来了一辆迈巴赫。

迈巴赫前面有一个拄拐的老人，老人走路很慢，看到车来之后，可能有些急，加快脚步后反而一不小心跌倒了。

不一会儿，车主下来了。

即使隔着遥远的距离，姜禾绿依然从背影辨认出那人是时怀见。

他穿着一身剪裁工整的西装，双腿修长，步伐很快，即使是甩车门的动作，也能在不经意间让人觉得贵公子气度十足。当然，这和他开的车有很大的关系。

时怀见走到跌倒的老人面前，俯身将其扶起。

周围有不少围观的人，大部分人以为老头子是故意碰瓷豪车的，但时怀见将老人扶起来之后，发现对方是真的摔倒了，并没有碰瓷的意思。

但姜禾绿现在的重点是，时怀见怎么突然来星加了？不会是来找她的吧？

姜禾绿转身，连忙去找墨镜和口罩，打算早早溜走。这时，门开了。

姜禾绿后背僵硬，心头一凉，不敢相信他的速度会这么快。

“绿绿，我有个劲爆的消息要告诉你！”是于诗的声音。

姜禾绿松了一口气，她心不在焉地瞥了一眼：“什么事这么急？”

“你知道之前骂你的那些人是谁找来的吗？是沈西成找来的。我从没见过如此厚颜无耻的人，他一边和陈清韵纠缠不清，一边又制造出你很爱他的虚假景象。”

姜禾绿也没见过。如果真是这样，那她这段时间的困扰就都解开了。

“你怎么知道是他？”姜禾绿问。

“运营部的人说的。”于诗满脸嫌弃，“那些人的群都被查出来了。”

“这么不要脸？”

“更不要脸的是，公司去质问的时候，他们给出的回答是想帮你涨人气，虽然手段特殊了一点儿，但效果还是不错的。”

效果好不好，姜禾绿不知道，但沈西成不可能只是为她着想。

之前，他一直禁止公开两人的关系，但某天，他又突然允许记者偷拍发布他们在一起的新闻，这说明他从来不在意她的感受。

这次，他花了不少钱，却不完全是为她。

“好在闹得最凶的都被警告了。”于诗兴致勃勃地说，“不然再放任他们这样下去，明天你和沈西成结婚的消息都遍布全网了。”

姜禾绿真佩服沈西成，真是个时间管理大师，每天忙于和美国人的公事，还要应付陈清韵，最后又不忘拉上她一块儿凑热闹。

“对了，你收拾这些是要出门吗？”于诗好奇地问，“这么怕晒黑？”

“嗯。”姜禾绿戴上墨镜，道，“我有急事，要出去一趟。”

“什么急事啊？”于诗仍然好奇，“前后门都被拦着了。”

“啊？”

“时总要来视察，小曲怕有人早退，就提前让人看守了。”

到底是小曲的主意还是时怀见的主意？

姜禾绿摘下口罩，算是没辙了。仔细想想，两人又不是什么见不得人的关系，只不过是偶尔亲密了一点儿，她没必要躲着他。

于诗没看出姜禾绿的异常，眼下离晚饭时间还早，她却摸了摸肚子：“有点儿饿，你想不想吃外卖？”

“可以。”

于诗安稳地坐下来，打开手机里的外卖软件，心不在焉地翻着。

“那就点份辣炒花甲吧。”于诗兴致勃勃地说。

旁边的姜禾绿用匪夷所思的眼神看着她：“两个人怎么吃三份？”

“哦，把你忘了。”于诗愣了下，低头重新编辑数目，“是六份……你和我都要减肥，不能多吃，但是还差十五块钱就可以凑满减，那再来两杯奶茶助消化吧……”

“……”姜禾绿耸肩，拿起手机，“我去趟洗手间，外卖到了叫我。”

出门后，她左看看，右看看，没看到时怀见。

这说明，他来这里可能不是来找她的。

庆幸的同时，姜禾绿的心里又有些不自在。

在洗手间待了一阵子后，姜禾绿接到了于诗打来的电话：“绿绿，你去楼下帮忙拿一下外卖，外卖员进不来。”

“现在？”

“对。”

面对美食的诱惑，姜禾绿只好下楼，为避免意外，她还是戴上了口罩。

不出意外，她果然在楼下看见了时怀见。

显然，他也看见了她，但是他没有理她。

姜禾绿的心里不由得畅快起来，真的不是来找她的。

她当即摘下口罩，美滋滋地去取外卖了。

拎着外卖袋回来的时候，她看见前厅站着一群人，有小曲、陈冰等，还有时怀见。他们的声音很大，姜禾绿想不听见都难。

争论似乎是因为把领导的照片放到了群里的事。

其实放照片在群里没什么，但是一直暗示大家时总和女人在办公室里发生一些不可描述的事情，这不是找死吗？

“我真的不是有意把照片发到群里的……对不起，时总。”

时怀见的声音低沉且严肃：“照片是你偷拍的？”

“不、不知道。”陈冰下意识地想否认，又突然想到什么，“不是，我也不知道照片是哪来的。”

“那从哪儿来的照片？”小曲插嘴问道。

偷拍领导照片并且造谣，这基本可以定义为严重事件，看时总这样子，估计是不打算轻易放过陈冰，就算不开除，也会扣掉相应的奖金。

“是别人发给我的。”陈冰急中生智，撒谎道，“再说了，那天在办公室，不是还有别人吗？”这么一提，她突然找到可以污蔑的对象，一抬头，她看见替罪羊就在不远处，手里还提着公司禁止带进来的外卖，陈冰更猖狂了，“是姜禾绿偷拍了您的照片。”

这句话一落，姜禾绿一脸迷茫。

时怀见明明不是来找她的，这么一折腾，他也要找她算账了。

“和我有什么关系？！”她脱口而出，差点儿把手里的外卖砸到陈冰身上。

“时总，”陈冰继续信口雌黄，“姜禾绿那天也在办公室，我早就听说她一直暗恋您，经常和朋友讨论您，偷拍您的照片不是很正常吗？”

姜禾绿感觉自己跳进黄河都洗不清了。

本来面色沉着的时怀见见风向一转，原本冷漠的神色荡然无存，俊颜恢复了平静，朝姜禾绿投来深邃的目光。

“不是我……我没那么无聊。”姜禾绿直接否认。

他没说信，也没说不信，只扔下一句：“待会儿来我办公室一趟。”

接收到大家同情而怜悯的目光，姜禾绿更蒙了。

陈冰也有点儿蒙：“不应该直接开除吗……”为什么又是去办公室？

早知道能和时总单独待在办公室，她直接就把罪名认了。

陈冰想开口承认，只见那两人已经离开，只好把话咽了下去。

“犯了错就能和时总单独待在一起吗？”有人好奇地问，“这也太好了吧，我下次也犯错。”听她们这么说，陈冰更后悔了。

姜禾绿只能把外卖交给同事带给于诗，她自己像只待宰的羔羊一样立于老总办公室的桌子前，双手放在前面，皱着眉。

陈冰是真烦。在心里吐槽后，姜禾绿发现椅子上的男人没有开口的意思。

他好像不太开心，故意晾着她。姜禾绿没辙，陪他静静地待着。

五分钟后，她改变了原本乖巧站立的姿势，开始随意地走。

十分钟后，她走的过程中数完了两边盆栽的叶子。

二十分钟后，她知道了这里有多少本书。

就在她确定自己数完了这里能数的所有东西后，身后传来轻飘飘的男声：“你没话对我说？”

这就不合理了，不是您有话对我说才叫我来的吗？

算了，既然他都这么问了，姜禾绿老实道：“我没有偷拍您的照片。”

“我知道。”

“那您为什么还叫我过来？”

“不知道。”时怀见没让气氛继续冷沉下去，陈述道，“上次分别时，我是不是说让你考虑一阵子，再谈谈我们的事情？”

姜禾绿点头道：“但我后来给您发了短信，我不想和您……”

话还没说完，被他干脆利落地打断：“没收到。”

没收到吗？她明明记得自己发出去了。就算没收到，她还回去的祖母绿宝石和那张欠条已经充分说明她的态度了。

她不想欠他，也不想进一步发展两人的关系。

时怀见看她若有所思的样子，略微烦躁，沉声命令：“你过来——”

姜禾绿只能遵命，走过去后，她打算和他保持一定的距离，他却拉住她的腕，直接将人往他的面前带，两人之间只剩不到二十厘米的距离。

低下头，他能看见她细密的睫毛，掩盖住了眼底的情绪。

“我记得，那天晚上，我说得很清楚。”时怀见有条不紊地继续道，“而且，你没躲。”闻言，姜禾绿第一个反应是往后退，手腕却被他捏得紧紧的。

男人声音低沉：“别走，我在和你谈正事。”顿了顿，他又道，“要是不舒服的话，你会叫停的，不是吗？”

旧事重提，姜禾绿实在难堪，那次的经历给她留下了很深的印象，刚开始的几天，她竭力不让自己去想，好不容易适应了，他又提起。

“我……”姜禾绿的头快低到地上了，“我不知道。”

“你不是不知道。”他毫不留情地戳穿，“你自己大脑一热，又把我丢了。”

“……没有。”

“那条短信不就是想和我撇清关系？”

她一愣，似乎想到什么：“您不是说没收到吗？”

“现在收到了。回答我，那条短信是什么意思？撩完就跑？”

“不是……”

“低着头干什么？这里是办公室，就算我对你有想法，也不会做什么。”

明明是否认句，她却听出了威胁的意思。

如果她再不给出回应的话，他不介意用强硬的手段。

姜禾绿只能抬头，缓了很久，才说道：“您把我的手腕捏红了，能放开吗？我不会走的。”这里是公司，她走不到哪里去。

时怀见松开了她的手腕。他没用什么力，是她皮肤娇嫩，碰一下就红，就像那天晚上，即使是轻吻，也在身上留下了不少印迹。

姜禾绿硬着头皮说：“您也别凶我，慢慢说……我没有不负责任的意思。”

“我凶你？”

她点头，理直气壮地道：“听说，经常凶女人的男人，十有八九是单身，为人小气，斤斤计较，没准会单身到四十岁。”

时怀见知道自己刚才的语气有些急躁，但谈不上凶，他不由得觉得好笑：“谁这么喜欢胡说八道？沈西成说的，还是网上的‘鸡汤’？”

她垂眸，声音弱小如蚊：“我自己刚刚编的。”

为了控诉他，她真是什么理由都编得出来。

训人时，很多话容易脱口而出，语气也会下意识地加重，她不提醒的话，时怀见确实没有发现自己刚才有点儿咄咄逼人。

但是，他本来就是来找她算账的，哪有温言细语的道理？

为了不吓着她，时怀见还是收敛了情绪，道：“那我不凶你，你慢慢说。”

看他一脸诚恳的态度，姜禾绿不由得受宠若惊，心想，他到底是真听自己的话，还是觉得她那番话说得有道理，怕自己单身到四十岁，才依她的意思？

“那晚的事，”她的语速本来就慢，此时更是畏畏缩缩，一副难以启齿的模样，“你和我都知道，是个意外。”

“所以，你想怎么处理？”

“成年人，我觉得挺正常的。”

“正常？”

“我知道我很不负责。”见男人不说话，姜禾绿又说，“我也不是您看到的那样，我爱钱，看脸，虚假，自私，您看到的我，只是我想给大家看的表面。”

“又怎样？”时怀见不以为意，薄唇噙着笑，“影响我喜欢你吗？”

他说的是“喜欢”两个字。

姜禾绿本想让时怀见知难而退，至少不应该把时间浪费在她的身上。可听他这么说，再捂着自己突然加快跳动速度的心脏，她突然搞不清，自己那个意思到底是在为他着想，还是为自己着想。

姜禾绿低头，尽量让自己声音听起来随意一些：“要是没什么大事的话，我陪我闺密吃花甲粉去了。”

没听见他的回应，她就当他同意她离开了，走到门口，耳边却突然传来男人急促的脚步声。下一秒，她的腕部被他的手扣住。

“干……干吗？”姜禾绿满脸的不知所措，回头看了一眼，“你也要吃吗？”

时怀见淡淡地“嗯”了一声，将她捞到怀里，又顺其自然地抵在墙上，语气散漫：“我想把你留在这里。”刚刚被姜禾绿打开的门也应声关上。

他捏着她手腕的力道很重。望着高出自己近两个头的男人，姜禾绿好像知道他要做什么了，脸颊泛红的同时，眼角也红了起来。

时怀见皱眉道：“你哭什么？”

她抽噎道：“我没哭……”

男人抬手，替她擦拭眼泪，哪知越擦越多。时怀见低声道：“别哭了。”

她点头，擦了擦眼角，但还是没止住泪。

时怀见无奈道：“好了，我的错。”

她摇头道：“……您没错。”

“我错了。”他算是败给这祖宗了。

他还不至于在办公室对她做什么，说她几句是想让她长长记性，结果倒好，她没长记性，他倒是记住了下次不能说这些话吓她。

稳定情绪后，姜禾绿难堪地看着他。

时怀见的面色比她好不到哪里去：“哭完了吗？”

“……嗯。”她犹豫了下，“对不起，我不是故意引起您的同情的。”

很好，又开始卖乖了。

她每个字的声调都拿捏得恰到好处，让人实在拿她没辙。

“欠您的事，我会还上的。”姜禾绿认真地看着他，“但是我真的没其他想法，我……不想当后妈。”

“谁说你要当后妈？”

这不是事实吗？她要是和他交往，不就是时妄的后妈了吗？

姜禾绿正要继续说下去，手机铃声突然响起。

是医院那边打来的，说是姜父突发病，需要家属过去一趟。听起来不算严重，但也不算是小事，姜禾绿当即应下来，神色匆匆地往外走：“我有急事，要去医院，下次和您说吧。”

“等等。”时怀见叫住她，“我和你一起。”

她愣了一下。

电梯口，姜禾绿准备去楼上拿包时，发现不少人在看着她。

大家刚才都知道偷拍时怀见照片的人是谁，然而没人指出来，这会儿，他们当然想知道她在办公室里经历了什么，不由得开始猜忌。

“眼睛这么红，是被人非礼了吗？”

“不可能，时总看上去彬彬有礼，怎么会做那种事情？”

“那是把人开除了？”

如果她被开除，她的资源不就可以合理分配给其他人？

这么一想，本来想要伸张正义的几个人立马将这种想法收了回去。这种吃力不讨好的事情，还是少做，得罪姜禾绿不要紧，得罪陈冰可就麻烦了。

姜禾绿不知道这群人在想什么，拿了包下来后，她看见时怀见在一楼等她。

“走吧。”他拿出车钥匙，顺其自然地接过她的包，和她并肩走在一起。

本想看她笑话的人都蒙了。

不是要开除吗？为什么时总还帮她拎包，两人还要出门办事？

这是什么待遇？

第七章 躲猫猫

去医院的路上，姜禾绿接到了沈西成的电话。

她很意外他为什么也在医院，难道是护士打电话给他了？

不可能，之前他都没来医院看望过父亲，后面就算来过几次，护士也不可能把他当成家属，出事后更不会第一时间通知他。

沈西成言简意赅地告诉她，姜父没什么大事，刚才有名在国外留过学的外科专家配合心脏科医生一起完成了急救手术。

“为什么你会在医院？”姜禾绿直接问道。

这个问题，沈西成不知该怎么回答才好。

陈清韵最近失眠，他陪她来医院看病，这一幕碰巧被姜父看见了。

早在之前，姜父便怀疑沈西成和姜禾绿两个人并不是正常恋爱关系，但他的病情不够稳定，无法离开病房，他又无法从女儿口中得出实情，只好劝姜禾绿把女婿带来看看，结果竟然是一场乌龙。

尽管沈西成去他病房解释过，后来也多次抽空来看他，然而，姜父一直心存怀疑，看见姜禾绿和时妄走在一起后，心头更是难耐。本来心中就有所猜忌，这次，亲眼看见沈西成和其他女人在一起，他没承受得住，昏倒了。

昏倒后，医生给他做了检查，情况还好，沈西成想和姜父解释他和陈清韵只是朋友，然而，陈清韵总是表露他们的关系亲密，还让姜父知道了姜禾绿不过是别人的替身。

他们走后，姜父再次发了病。

考虑到陈清韵说的是事实，而且她用词委婉，并不知道姜父会受不了，所以事发后，沈西成没法怪罪于她，只能自己先把责任承担了下来。

好在姜父没什么太大的危险，至于陈清韵的事情，他一而再再而三地向姜父保证，他以后会对姜禾绿好，以前的花花草草都是过客。

看他这个态度，姜父不好说什么，一切让他们年轻人自己做主。

到了医院，姜禾绿直奔病房。看到姜禾绿，在门口等她的沈西成露出淡笑，但是发现时怀见和她一起来了后，又不禁皱眉。

姜禾绿顾不上那么多，自己先进了门。

时怀见没有要进去的意思，沈西成却像个主人一样，抬手把门挡住了。

“非常感谢时总能送阿禾过来，但是后面的事情，就不需要你操心了。”沈西成语气里，占有欲和挑衅味十足。

时怀见态度温和，轻描淡写道：“不用谢，应该的。”

“想不到过了这么长时间，你还想拿她来对付我。”

时怀见抿唇，不予理会。

沈西成不依不饶道：“看你这个态度，不会是认真了吧？都跟到医院了，是想做人家的女婿不成？阿禾是不是没有和你提起过，她父亲就算是死，也不会同意她去做后妈？她为了她爸和姜家什么事都做得出来，你觉得，你还有什么资格来这里？”沈西成的话句句犀利，都说到了点子上。

他不提，时怀见确实快要忽略了他和姜禾绿之间的隔阂，也快忘记了她是个孝顺的闺女，哪怕明知戴有色眼镜看人是不好的行为，但部分人还是顾忌着世人的眼光，不愿嫁给一个带孩子的男人。

“沈西成，”时怀见语气温和，说出的话却刁钻犀利，“你什么时候无能到追个女人还要家长做靠山的地步？你过去的那点儿风流事，我随便说一说，老人家都能把你踹出房门三里之外。”

“你的手段又高明到什么地方去了？破坏我求婚的人不是你吗？”

“是又如何？我是为你着想。”时怀见义正词严道，“我怕你被拒绝后难堪，丢了沈家的老脸。”

提到沈家的老脸，沈西成不由得一愣。

当年的沈家可是真真实实地丢过一次老脸——传说中的沈家天才大少爷实际上是时家的血脉。

为了保住颜面，沈家采取了强硬手段去封锁消息，至于冒牌少爷自然是没有得到公平的对待，沈西成那时虽小，却早已对天才大哥嫉妒在心，得知自己是唯一继承人后，他不是没欺负过大哥。

这件事过于久远，沈西成以为没人知道，此时却突然意识到为什么时家会一直针对沈家，而时怀见不仅要抢他要的女人，还在生意场针对他，除了美国人的合作，今年国内外不少项目都被他劫走了。

“我不会让你得逞的。”沈西成对自己有信心，深呼吸一口气，道，“诚兴不会被击垮，阿禾也是我的。”

时怀见看他的目光，宛若在看一个跳梁小丑：“想得挺美。”

“你再阻止也没用，她已经爱上我了，非我不嫁，等我再求一次婚，她会同意的。”

“吹牛谁不会啊？我还说我和她的孩子都上幼儿园了呢。”

这时，门开了。姜禾绿出来后不忘把门带上，然后才看向他们。

“你们两个……”姜禾绿嫌弃地扫视两人一番，“能别说了吗？”

她先看向沈西成：“我什么时候爱上你了？非你不嫁？”

沈西成轻咳了一声，当作没听到。

“还有你。”随后，她又看向时怀见，表情微恼，“我怎么不知道我和你有了孩子？你自己生的？”

沈西成抓住机会，直奔主题：“咱爸刚才怎么说的？”

时怀见轻蔑地睨了他一眼。

“他什么都没说，但我觉得，你们都走吧。”姜禾绿被他那句“咱爸”弄得很不自在，挥挥手，“你们待在这里不合适。”

且不说时怀见出现在这里会不会被姜父看到，如果护士来送药，很可能会问这两个人里谁是她的男朋友，她担心到时候两个人会同时回答。

姜禾绿给两人下了逐客令。

走的时候，沈西成问：“你真喜欢阿禾吗？”

时怀见看都没看他。

“实话和你说了吧，我对她其实没太大感觉。”沈西成扬唇，“我也只是看你对她感兴趣，才想要留住她的。”

对她没感觉是真的，想向她求婚，想娶她回家也是真的。

只是论感情的话，他的心永远停留在青春萌动时期，他和陈清韵青梅竹马，一块儿长大，从小便偷偷喜欢着她，想要和她在一起，但她的眼中只有他的天才大哥，也就是现在的时参。后来，天才少爷身份败露，沈西成小小年纪，嫉妒心已经超强，将先前受的窝囊气尽数发泄出来，可惜陈清韵心高气傲，即使如此，她念念不忘的依然是时参。

白月光就是白月光，一开始认定的，往后便很难改变。

时怀见不予评价，当沈西成是空气，连同他的话一起无视，电梯门打开后，他先行离开，步伐很快。

两个男人一同去了停车场，一同上了车，只不过，当沈西成的车离开后，时怀见又从车上下来了，他面不改色地再次乘坐电梯，回了病房门口。

姜禾绿不在病房，不知道是不是出去了，时怀见打算在这里等一等她，却听见身后传来一个轻飘飘的女声："她去超市了。"

侧首，他看见了一个女医生，她五官秀丽，嘴唇很薄，眼角上扬，一张平淡无奇的脸蛋，很没辨识度，但时怀见还是认出了她。

他倚着墙边，面色平和，淡淡地"嗯"了一声。

多年不见，双方都发生了不小的变化，比起时怀见的成长，言辞的最大变化在于，她的眼睛比之前更冷了。

两人之间有很多要说的话，但此刻，彼此都很沉默，尤其是言辞，对过往的大风小浪只字不提，淡然如水，因此才能做到回国这么长时间，都没有去看一次自己的亲生骨肉。

对无情又冷血的女人，时怀见没有提起时妄的必要。

大概五分钟后，姜禾绿回来了，她的手里拎着购物袋，看见时怀见的那一刻，她满眼都是意外的神情。他不是走了吗，怎么又回来了？

按住心中的疑问，她没去找他说话，而是询问了言辞姜父术后的注意事项。

该说的，主治医生都说了，言辞不过是个在旁边帮忙的，对不属于自己的手术病人的态度向来冷淡，不过，看时怀见和姜禾绿的样子，她感觉两人关系似乎不一般。

言辞惜字如金，将医嘱讲得很快，声音凉得像淬了冰的泉水，虽然动听，却也给人一种异样的感觉。讲完后，言辞接了个电话便走了。

姜禾绿好奇地朝她利落的背影看了好几眼。她头一次见一个看似普通的女人有如此强大的气场。

等人走后，她才把注意力放到时怀见身上：“您……不是走了吗？”

“不能回来吗？”他问得理直气壮，就像在问“医院是你家开的吗”。

姜禾绿摸了摸鼻子，讪讪道：“我只是觉得您没必要留在这里。”

他总不能去病房见姜父吧？上次的事还没解释呢。

许久，时怀见扯出一个理由：“我是来看望大哥的。”

这个理由还算不错，只是离开没多久，他又折了回来，他身后带着人，手里拎着保养品，将东西和人送到了姜父的病房门口。

人虽然没见到，礼节上却并不怠慢。

下午至傍晚，姜父的病房从内到外焕然一新。

平日里都是护工或者姜禾绿帮忙送饭，现在有专人送来，饭菜均由酒店特级厨烹饪，口味也针对病人喜好和营养研制。

“不用这么麻烦……”姜禾绿感到难为情，越发觉得自己无以回报。

时怀见倒是自然得很：“你父亲刚做完急救手术，需要专人照顾，你告诉他是你请的就行。”

听起来挺有道理的，但姜父怎么可能会认为是姜禾绿布置了那些？光是酒店送来的外卖晚餐，他也能一眼认出来是哪道有名却少见的菜肴。

用餐的时候，姜禾绿单独和父亲待在一块儿。姜父的面前是八菜一汤，老人家讲究吉利的数字，“八”和“九”都深得他们的喜爱。

在姜禾绿忐忑不安的眼神下，姜父喝了两口汤，面色平缓，开口问道：“你是不是不想和沈二少在一起？”

捉摸不出老人家的心思，姜禾绿便简短道：“不想。”

得到肯定的回答后，姜父长舒了一口气，摆摆手：“那就随你们。”

这语气，像是不想再干涉她的事情了。

姜禾绿有些意外。不会吧？父亲这么容易收买吗？他不会是猜到时怀见也来了，看在他的诚意的分上才同意了吧？可是看着又不太像。

“沈西成也不是什么好人。”姜父叹了一口气。

经过刺激后，他反而看开了，不再强求闺女。在姜父的心里，沈西成和时怀见半斤八两，他抵制了沈西成，并不代表接受时怀见。

姜禾绿却下意识地认为非黑即白，心头莫名浮现出一丝欣喜的情绪，她附和着说：“我知道，他就是个浑蛋。”

“浑蛋男人多着呢。你睁大了眼睛找，别总找些稀奇古怪的。”

姜父只是希望闺女和一个正常的普通男人在一起，姜禾绿却听出了“由你自己做主”的意思。

饭后，姜父从四个护工里挑出一个陪他下棋，心情还算不错。

姜禾绿不是很饿，打算随便吃点儿应付一下，手机铃声却响了。

电话是时怀见打来的，只响了一声就挂断了。姜禾绿大概猜到了他是什么意思，回头和姜父说了一句她出去吃个饭，就离开了病房。

为了避嫌，时怀见在走廊另一侧安静地等着，看到她后，他平和地问道：“陪我吃个晚饭？”

她追上他的脚步，语气有些急：“我有话和你说。”

时怀见无动于衷：“有什么话，吃完饭再说。”

他不由分说地拉起她的手腕往电梯口走去。

姜禾绿被他带着走了几步，挣扎了一下：“啊——你这人……”

来到人多的地方后，她不方便再说话，这正合时怀见的意。

上了车，时怀见不急不缓地系着安全带，语速很快：“医院是公共场合，我来去自由，你没资格多管闲事，不管你说什么，我都不会听。”

“可我不是说这个。”

“那你要说什么？”

“本来想和你说说交往的事情，可你不听我的……那算了，嗯——”

下一秒，男人的指腹抵上了她的唇。

剩下的话都被咽下去，她瞪着他。

时怀见松开了手，目光沉沉地望着她，一字一顿：“你重说。”

“就是交往的事情，我觉得，我们可以试一试。”姜禾绿深呼吸，道，“但你刚才说你不听我的。”

她说的是交往。可以试一试交往？确定自己没听错后，时怀见推翻了自己刚才的言论：“我刚才有说话吗？”

“……当然说了！”

“那你听错了。”他面不改色地耍赖，“我的意思是，不管你说什么，我都听你的。”

才不是这句话。如果没听错的话，他分明是让她不要多管闲事，结果不到半分钟的时间，他就改口了。

可惜姜禾绿没有录音，不然等她把话录下来，看他怎么狡辩。

交往这件事，虽然说得轻松，其实在此之前，姜禾绿一直在深思熟虑，因为明知道往后会面临哪些困难，聪明人都不会再往前冲。

有时候想多了，她会为时怀见开脱，过去的事都过去了，应该展望未来，可这些宽慰的话无非是因为她带怜爱的目光去看他，如果是旁人，依然会和当初的她一样，对一个坐过牢、年纪轻轻就有了孩子的男人产生躲避的念头。

当姜父说他不再督促她和沈西成的时候，姜禾绿总算决定给自己和他一个试试的机会。至于以后的事，以后再担心，明天和意外，谁都不知道哪个先来。

此时，她看着这个男人，非常认真地说："你既然要听我的话，那在交往之前，答应我一个要求。我们的关系，暂时不要公开。"

在没有确定陪她共度一生的人是他之前，她不想让别人知道他们的事情，经历过沈西成的事情后，她不愿再把自己置身于卑微的位置上。

在沈西成的圈子里，大家都知道她只是个替身。她怕自己和时怀见在一起，如果没能走到最后，大家依然会认为她是上赶着去做中学生的后妈。

时怀见看出她的顾虑，答应下来："可以，我不急。"

他确实不能急，姜父那边，得等老人家病愈后再正式见个面，既然决意要娶人家的姑娘，总得有个表示。

"还有其他要求吗？"他问。

"……没了。"想了想，姜禾绿又说，"还有，不许凶我，不许教训我。"

这人总是以领导者的姿态教训她，拆她的台，害得她无地自容。

她可不希望两人在交往的时候也这样。

时怀见笑着答应下来："嗯，不凶你。"好不容易哄到手的，他哪敢。

临近下班，姜禾绿收到时怀见的消息，他在楼下等她。

看来他确实做到了答应她的事情，选择不公开便认真地进行地下恋情，避免在公司这种公共场合产生接触。

来到一楼，姜禾绿正准备推门出去的时候，陈冰迎面走来。

陈冰手里拿着两杯奶茶，慢悠悠地走进来，看见姜禾绿后，她皱起秀眉，道："现在才几点就下班了，你的直播时长到了吗？"

姜禾绿对陈冰本来没什么印象，但自上次的事件后，她便记住了这人。不同于别人对陈冰的奉承，她轻飘飘地扫了对方一眼，道：“这和你没关系吧。”

陈冰微微地愣了一下，没想到姜禾绿的态度这么差。想来，她陈冰也算是个明星大主播，档次比新入门的直播高出不少，小曲和各个部门的人都捧着她。被捧久了，陈冰便心高气傲了。

“我这不是关心你们嘛。毕竟，想要出头，要避免迟到早退。”

“嗯。”姜禾绿淡淡地应了一声，态度敷衍。

不知道的还以为姜禾绿是老人，而陈冰是新人。

“喂，你这就有点儿不尊重人了。”陈冰忍无可忍道，“小曲上回还和我说，让我和你一起直播，可看你这态度，也太把自己当回事了吧。”

“谢谢你的好意，但是我不喜欢别人蹭我的热度。”

陈冰气得噎住。

她是大主播，直播间每天有上百万的人气，到了姜禾绿这里，居然变成了蹭她的热度？她哪里来的脸？就因为公司最近力捧她，她就如此趾高气扬？

现在的新人，仗着自己有点儿背景，根本不把老人当回事。

陈冰环顾了一下四周，见没什么人，不由得动了歪心思。

“算了，我知道你因为上次偷拍照片的事记恨于我。”她把手里的奶茶递过去，“不过，大家都是同事嘛，以后还要一起相处的。来，喝杯奶茶。”

姜禾绿皱眉，没有接，只道：“不用，我喝过了。”

本来陈冰打算在姜禾绿接杯子的时候用力地把奶茶从吸管口挤出去，让奶茶喷到她的身上，然而姜禾绿没有接过去，这就让事情变得有些棘手。

“来吧，别客气。”陈冰强行把奶茶杯递过去，直接抵到了姜禾绿的脖子前，她的手指一用力，把奶茶挤了出去。

出乎意料，姜禾绿的反应很快，并没有让奶茶弄脏脸上的妆容，但她身上的衣服被浸湿了不少。

尽管没有达到预期的效果，但看见她这个样子，陈冰觉得还算解气，佯装无辜地道歉：“哎呀，不好意思，实在对不……”

话还没说完，奶茶杯“吧嗒”一声掉落在地。

紧接着，她手里的另一杯奶茶被姜禾绿夺了过去。姜禾绿一只手握着杯身，另一只手拿掉吸管，然后拧上盖，把剩下的奶茶从陈冰的头顶倒了下去。

意外来得过于突然，陈冰完全没想到这一出，她下意识地闭上眼睛，来不及抿起的嘴尝到了混杂着粉底的奶茶的甜腻味。

陈冰湿漉漉的头发黏在一起，衣物也散发着奶香味。

姜禾绿站在陈冰面前，心平气和地提醒："我都说不喝了。"

难以相信一个人做了坏事后还能这样平静，不知道的还以为她什么都没做。陈冰用衣袖擦干净眼睛，视线恢复后，觉得咽不下这口气，打算不顾一切地冲过去找姜禾绿算账，余光却被一个身影吸引了。反光墙上突然出现了男人的影子，西装笔挺，气度温文尔雅，就站在她们不远处——时总居然来了。

陈冰呆了十几秒，反应过来后像是抓到了救命稻草，擦完脸上的污渍，她直扑过去："时总，您来得正好，我有事和您说。"

她过去的时候，时怀见侧了侧身，避免被她碰到。

长时间没等到小女朋友后，他便过来找人，来得赶巧，正好看到姜禾绿泼陈冰奶茶的一幕，那动作迅速敏捷，没有平日半点儿柔弱的样子。

时怀见本想问问她发生了什么，没想到受害者先过来告状了。

陈冰此刻眼圈泛红，见到时总比见了亲爹还委屈，振振有词地告状："时总，我没想到星加还有这么没素质的人。"顿了顿，她抬手直指姜禾绿，"您刚才都看见了，这个女人居然用奶茶泼了我一身，您一定要严肃处理……"

控诉的话还没说完，就被时怀见淡然地打断："我没看见。"

"时总，您真的没看见吗？"陈冰留存着一丝希望，"您看我这样子……"

时怀见虽然没说话，眉头却皱了起来，表明了自己"不想看"。

他也确实没朝她看，小女友就在旁边，她的脸比任何人都要赏心悦目，谁没事会去看一个狼狈得像落汤鸡的女员工？

明知是自己泼了人家一身奶茶的姜禾绿并不打算不认账，也没有想让时怀见包庇自己。她用与眼前男人相似的口吻对陈冰说："你要是想要求公道的话，可以调公司的监控，如果觉得有问题的话，我们以后慢慢算账。"

"不，不用。"先惹事的陈冰立刻摇头，觉得不满的同时还产生了恐慌。

离开公司后，姜禾绿以为时怀见会问刚才的事情，便先开口："你刚刚是不是都看见了？"

"看见什么了？"

"我知道你都看见了，看见我不像平时在你面前表现的那个样子。"

之前她一口一个"您"，态度礼貌疏离，模样柔弱无辜，是个看起来没什么抵抗力的弱女子的形象。

时怀见反问："那又如何？"

"我本来就不是你看见的那样，我以前还挺坏的，当然，我现在也不是什么好人。"她认真地给他打预防针，"或者说，我小时候就挺会装乖的。"

装得乖巧一些，姜父就会高兴一些，不然别人总说，没有妈妈的女孩子以后的性格会像个男孩子。

时怀见没被她吓到，正经地评价："我觉得你不坏也不乖，刚刚好。"

是他喜欢的样子，分毫不差。

姜禾绿被他温和的笑弄得不自然，抬手拨了拨头发，心里感慨道：女孩子果然很难抵挡老男人的诱惑，不管他说的是真还是假，只要听起来让人舒心就足够了，就当他是情人眼里出西施。

没走几步，有熟人迎面走来，姜禾绿想到自己还和时怀见肩并肩地走着，连忙放慢了脚步，不动声色地把卫衣帽拉到脑袋上，将脑袋盖了起来，身子往旁边一歪。

时怀见基本猜到了是什么情况，虽然嘴上没说什么，但等人走后，他主动抬手把她的帽子拉下去，顺带理了理被她弄乱的头发："有这么可怕吗？"

她抬头，眸子里写满了肯定的回答。

时怀见拿她没辙，但说话时隐隐透着一丝不悦的情绪："你是在帮我温习学生时代的恋爱？"他头一次见成年人谈恋爱还慌慌张张的，如同做贼一般。

本来是质问她，姜禾绿却敏锐地抓住了话里的重点："你学生时代和谁谈的恋爱？谈了多久？怎么分的？"

在她好奇的注目下，时怀见言简意赅道："没谈过。"

"哦……那你还有什么好说的？既然没谈过，我带你体验一下躲家长的早恋滋味，这有什么不妥的吗？"姜禾绿有理有据，"人家都说，那种躲躲藏藏、忙里偷乐的早恋最难忘了。"

见过强词夺理的，没见过把歪理说成真理的。然而，这歪理听起来居然还真是那么回事。

"那我要是想牵你的手怎么办？"时怀见问。

她合理地给出建议："忍着？"

"……"

“我知道了。”

她一边说，一边把刚刚拉下去的帽子重新戴在头上，又从包里找出墨镜和口罩，乐滋滋地全副武装之后，她主动去挽了他的胳膊，理直气壮地往前走。

这样伪装一番就没人能认出他们了，就算遇到熟人也没事。

时怀见的关注点也很奇怪，问：“你随身携带墨镜和口罩？”

“对啊。”她没发现他问句里的陷阱，为自己的小聪明感到扬扬得意，“这些都是我之前为了躲你准备的……”

时怀见脚步微顿，咬重了其中两个字的音节：“躲我？”

发现不对的姜禾绿跟着他停下来，挠了挠下颌，又隔着帽子摸了摸耳朵，解释道：“我的意思是，想和你……躲猫猫？”

他的语速放慢：“你看着我。”

“嗯？”

“多看几眼。”

“然后呢？”

“你觉得我看上去像个傻子？”

她犹豫了一下，小声道：“我看像，不然，你怎么会看上我呢？”

晚上，时怀见的车停在姜禾绿家楼下。

想到上次在家发生的事，姜禾绿仍然感到脸红。

姜禾绿看见时怀见倚着车身安静地抽烟，橘色的星火点闪烁，男人大半张脸隐于夜色中，只露出下颌线，侧颜愈显俊朗。

姜禾绿走过去，拉了拉他的衣角，口吻无辜：“小哥哥，能借个火吗？”

别样的称呼让时怀见低头扫了一眼，她娇艳的红唇之间咬着一支女士长烟，眼睛勾人，声音却装得清纯甜美。

他本来不打算理会，姜禾绿却踮起脚，用烟尾去碰他薄唇间的火点。

姜禾绿挑了个恰好的角度，头微微偏着。从时怀见的角度看去，她睫毛下的双眸神情专注，似乎真的只是在找他借火。

不等她点上火，时怀见拿掉唇间的烟，淡声道：“女孩子少吸烟。”

“那吸什么？”

“你说呢？”他语调散漫，拿掉自己的烟后又拿掉了她的，他没有将烟乱扔到地上，只是夹在指间，用另一只手搂着她的腰身，将其往后轻轻一推。

时怀见没给她反应的机会，把她压在车身上，低头吻了上去。

姜禾绿的感官被无限放大，不知不觉间，她的双手搭上了他的肩，闭上眼睛。烟草香流转于唇齿间，淡淡的，她不知道男人抽的是什么牌子的烟，但带有明显的香韵，味道很好闻。

不一会儿，她感知到自己有些缺氧，浑身的力道渐失，几乎把自己全权交给了他掌控。

在大脑失控之际，冷风突然吹来，姜禾绿想打喷嚏，条件反射地把人推开了。

外面天寒风大，刚从恒温的车厢里下来，没注意保暖的她容易着凉。

“不好意思。”姜禾绿吸了吸鼻子，表示自己不是有意打断这个吻的，她委婉问道，“有点儿冷，要不……”

“要不什么？”

“要不，我们多穿点儿。”

他笑道：“你不想吗？”

姜禾绿知道他说的意思，她的小脸微微一红，小声嘀咕道：“我就是担心，万一我哪天把你甩了，你这个老男人带着孩子来公司堵我，找我负责……”

时怀见低眸，淡淡地扫了她一眼：“再说一遍？”

好凶，这谁还敢说啊？

姜禾绿默默地垂下头，没再吭声，拉着他衣角的手没松开，反而慢慢地移动到他的袖口处，又小心翼翼地来到他的掌心，轻轻挠着。

姜禾绿没有留太长的指甲，但她有节奏的动作让男人本就燥热的体内燃起了一把烈火，不等她收手，时怀见已经拢起掌心，将她的小手包住。

“用烟嘴朝男人借火，这是谁教你的？”他哑声问。

“第一次做，不喜欢的话，我就不这样借火了。”

“我以为你会说你不抽烟了。”

“偶尔抽两次没关系的。”她仰起小脸，笑得很是灿烂，“不然，你这个要求很过分，凭什么你们男人抽烟就像男人，女人就抽烟就不像女人了？”

还女人，她整个就是个小女孩儿。

有时候看她没心没肺的样子，时怀见突然意识到，比起她，他才是该担心会不会被抛弃的那一个。

翌日，公司停车场。

姜禾绿怎么也想不到，自己会再次看见沈西成那辆奢华的兰博基尼。

公司前台站了个吊儿郎当的公子哥儿。

沈西成穿着一身品牌高定服装，手腕上戴着改装的钢表，随意地往那儿一站，有钱的贵公子范儿尽情显露出来。

他的出现让暂时没直播任务的女主播们蜂拥而至。

他和她们搭话时非常自然，没有避讳。

除了他，姜禾绿还看见前台的柜台上有一束鲜艳的红玫瑰。

“二少，你看，咱们聊得这么投缘，给个联系方式呗。”

“我朋友圈要是有您这样的好友，我每天做梦都偷着乐。”

“得了，人家二少有女朋友的。”

女主播们都是老手，说话时半开玩笑半认真，要是能要到微信号是再好不过，要不到也无所谓，反正她们还有许多备胎。

围绕着他的女主播中有陈冰，她拨开其他女主播，挤了过去，一副与沈西成很熟稔的样子：“二少你好，我是清韵姐的好姐妹，您还记得我吗？”

沈西成看了她一眼：“没见过。”

“我之前常和清韵姐玩的啦。”陈冰丝毫不觉得尴尬，“都是一个圈子里的朋友，我叫陈冰，之前还打算认清韵姐当我姐呢。”

陈冰有幸参与过他们的饭局，因此才能大言不惭地说出这种话，然而，别说她参加的次数很少，就算是陈清韵身边的熟人，沈西成都没什么印象。

倘若陈冰说她和姜禾绿是同类主播，没准他还能多看几眼。

那么多人里，最终没有一个女主播要到他的联系方式。

就在大家猜忌他来星加到底是干什么的时候，沈西成的注意力被门口的人吸引走了，他径直往门口走去，步伐很快。

门口的来人不是别人，正是姜禾绿，她穿了一件短款薄袄，挎着帆布编织包，打扮很普通。

她不至于这么吸引人吧？大家的心中浮现出疑惑，之前，她们听闻了姜禾绿和沈二少的事情，但传闻没过多久就消失了，没人放在心上。现在看来，沈二少和姜禾绿竟然真的认识，而且很熟的样子。

在沈西成离自己三米远时，姜禾绿脱口而出：“别碰我。”

短短三个字，她就拉开了他们的关系。她像个没事人一样，一边继续往前走，一边说：“我正准备打电话给你，没想到你自己过来了。”

“嗯？想我了？”沈西成问得顺其自然。

“以后不要再给我送花了。”

“那我把我自己送给你。”

她抬眸道：“我刚吃过饭，别说这些话行吗？”真是要吐了。

走到前台的时候，她看了一眼那束花，以及惊愕得下巴都快掉下来的人，解释道：“别误会，我不认识他。”话刚说完，她的路就被沈西成堵住了。

“不认识我，你认识谁？”这话说得不太恼怒，但明显不依不饶。

姜禾绿没看他，拢了拢包袋，想继续往前走。

沈西成仍然堵在路口，朝她提着的包里扫了一眼：“包里面装的是什么？”

“不要你管。”

他不由分说地夺过她手里的包，拿出里面的东西，除了小女生的用品，还有毛球和织了一半的手套。

姜禾绿没好气地夺回东西，道：“我待会儿要去医院，晚上还要直播，没时间和你周旋。”

“都给我织手套了，还说没时间？”

“你为什么不带上脸就说话？”

“阿禾，”沈西成笑了，拉过她的胳膊，“从现在开始，当着你公司所有人的面，我想告诉你，我对你是认真的。”

围观的人面面相觑，她们大部分处于震惊的状态，完全没人想到姜禾绿和沈二少真有这么一段缘分，也没人想到网上的传闻是真的。

她们知道姜禾绿有靠山，却怎么都猜不到她的靠山是沈二少。

真是深藏不露。

此时，陈冰脸色很差，她千方百计地想要二少的联系方式，没想到姜禾绿轻轻松松就和人家搭上了话，哦，不，是二少主动和她说了话。

比陈冰脸色还差的是姜禾绿。她甩不开他的手，隔着衣料，她都能感觉到他的力道极大，和时怀见不是一个等级。

“沈西成，你疯了？！”她忍无可忍地骂道，“我没工夫和你胡搅蛮缠。”

“清韵今天已经去追求自己的幸福了，你不用担心她会破坏我们的感情。”沈西成十分执着，“你给我一个对你好的机会，行吗？”

不说别的，只从他每次向她求和时都要提及陈清韵这件事，姜禾绿便知道，他并没有放下这个人，或者说，他不是主动放下，而是没机会追求陈清韵。

她对他来说，只是退而求其次的选择。

可是，在别人看来，沈西成是个回头是岸的公子哥儿。

有钱，英俊，浪漫，情话说得漂亮，这些加持在沈西成的身上，在他人眼中，他就是个完美无缺的男神，姜禾绿一旦拒绝，就显得不知好歹。

有人偷偷摸摸地拿出手机，开始拍照、录像。

有关沈二少女友的爆料信息可是很值钱的，现在，她们能亲眼看到这样劲爆的画面，自然不肯放过机会。

“我有点儿不敢相信，沈二少和这个女的居然玩真的。”

“这还用说吗？还不是因为姜禾绿和人家的白月光有点儿像，其实光看脸的话，我觉得也不是很像，还不如我呢。”

围观的人叽叽喳喳地议论起来。

人太多，在场的人个个都拿起手机开始拍照，姜禾绿想阻止都阻止不了。

既然如此，她干脆一不做二不休，用冷冷的眼神看着沈西成，牙齿咬得直响，仿佛随时都能扑过去咬人。

大家都屏住了呼吸，想看看她会怎么回应，只见姜禾绿深呼吸了一口气，然后闭上眼睛，再睁开时，直冲天花板的声音响了起来。

“保安——救命啊！有人抢劫！”

大家陷入了沉默，没有想象中的虐恋情深，也没有甜心蜜意，如此果断又无情的急救办法，不知道的人还以为在拍防狼教学视频。

门口传来了不小的动静，除了循声而来的保安，还有时怀见。

比起沈西成的贵公子范，时怀见更像是生意场上的精英，举手投足间透着成熟男人的稳重和魅力，眉目凌厉却不显刻薄，周身的气场足够震慑人群。

时怀见的出现，除了底下的员工感到意外，连沈西成也是微微一怔，本想加重手上的力道，却不由得下意识地减轻了几分。

没多久，数十个保镖急匆匆地朝他走过来，将他围住。

挣扎之间，沈西成不得不放开了姜禾绿。

解脱后，她像只小松鼠一样从人群中钻了出去，一脸警惕地瞪着他。

她的眼睛和以前一样漂亮灵动，却不像以往那样顺从和充满情意，尽管沈西成不愿面对，却不得不承认，她已经不再是温顺的替身，不会再像以前一样，即使他迟到再多次，她依然笑脸相迎。

十个保安足以将沈西成控制住，不给他反击的机会。

时怀见下达命令：“把他扔出去。”

围观群众之一——小曲经理小声提醒：“时总，他是沈二少。”他本想说，沈二少地位和身份并不低，这样对待他会不会有什么不好的影响。

没想到，时怀见听了他的提醒，点头补充了一句：“那就扔远一点儿。”

大家面面相觑，震惊之余还不忘偷看下达命令的时总。他面上云淡风轻，看起来若无其事，义正词严地告诉安保队长闲杂人等不得进入公司。

“时总教训得是。”保安们纷纷应道。

尽管星加背后有大老板，但本身还是个小公司，没有完善的部门和管理体系，安保方面确实不算好。小曲本来还怕沈西成被赶走后会不会针对星加，但看时总的样子，估计没什么大事。

看见前台那里放着的玫瑰花，小曲赶紧让人清理掉，免得影响美观。

一切根源还是姜禾绿。

她没管场面有多不合理，只顾着自己酸疼的胳膊，她不敢相信沈西成这么狠，隔着一层薄袄还把她抓得这么疼。

不经意地，她一抬头，就看见了不远处的时怀见在看她。

感受到她的目光后，时怀见的视线又偏离了。

两人的眼神接触只有不到两秒的时间。

毕竟是在公司，不方便表现得太明显，姜禾绿只能凭感觉猜，他应该是来找她的，不过不是什么大事，不然他会直接让她出去。

既然如此，她就当没看见，先处理自己的事，再去管他。

几个帮忙清理玫瑰花的女主播不肯消停，意有所指地感叹。

“这么好的玫瑰，干吗说扔就扔啊？都是上等品种，不如留着泡澡。”

“人家不要的东西，你真的想捡吗？”

这几个人是刚才和沈西成搭过讪的，大概是因为没要到联系方式，所以才如此愤愤不平。姜禾绿只当她们无知，并没有怪罪。

那头的小曲却收到时怀见的吩咐，小跑过来，对那几个女主播说道：“赶紧走，别再嚼舌根了。”

小曲到底不是大老板，女主播们压根没把他当回事，依然嬉笑。

“姑娘们，算我求你们了，别让我为难。”小曲压低声音，“时总刚才发话了，谁再传子虚乌有的谣言，别说星加，哪个公司都不会再收你们。”

小曲的口吻前所未有地严肃，让人听了有些害怕。

女主播们总算被唬住了，偷偷看了一眼去和安保队谈话的时怀见，那挺拔的侧影愈显冷沉，即使听不见声音，也能感受到他因为沈西成闯进公司而对安保队的严厉指责。

她们挤眉弄眼一番后不敢惹事，默默散了。

“姜小姐，”小曲见没什么人了，才过来和她搭话，“时总让你先忙自己的事情，忙完后再和他联系。”

两人不方便直接对话，小曲便成了传话筒。

姜禾绿点头，又问道：“他怎么来了？”

“时总应该是知道沈二少在这里，特意赶过来的。”小曲猜测道，“沈二少刚才已经待了一个小时了。”

小曲不觉得时怀见有先知能力，能预料到沈西成会来欺负人，可能只是出于男人的警觉性才过来看看，没想到碰巧抓到了沈西成欺负人的证据。

刚才，小曲以为把沈二少扔出去的惩罚过重，现在想想，时总没把人以挑衅滋事为由送进局子，已经很仁慈了。

忙完后，姜禾绿给时怀见发了信息。

周围都是人，她将口罩和帽子戴得很严实，双手插入袋中，像只笨重的企鹅，看到人来之后，她主动挥手示意他过来。

在没有人注意的情况下，两人一同上了车。

姜禾绿往副驾驶座一靠，还不忘四处望望，免得被人发现。

时怀见问道：“冷吗？”

“还行。”

他握着她的手，却发现她的手冰凉，不由得皱眉：“这么冷，还说不冷？”

“还行啦。”她不以为意，用手在脸上靠了靠，“冬天的正常体温。”

“下次迟点儿出来。”

“不行，我们两个出来的时间相差太短，万一被发现怎么办？”姜禾绿果断拒绝，出主意道，“你可以把车停远一些，或者我去便利店等……”

话还没说完，她却发现自己的两只手都被他握住，被迫取暖。

男人的体温高，明明穿得比她薄很多，却不像她那么冷，温热的掌心把她的手包裹住，一点一点地传递体温。

时怀见的另一只手握着方向盘，神色专注，没看她，问道："就这么怕被发现吗？"

他问得很随意，但仔细听还是能听出语气里的不满。

姜禾绿微怔，仓促解释："我这不是怕影响到正常生活嘛……"

"影响我还是影响你？"

"都有影响啊。"她振振有词，"你这么多年都没公开过女朋友，这次和我在一起，应该也不想被人知道吧？"

"不是不公开。"他自然地说道，"是压根没谈过，你是第一个。"

姜禾绿蒙了。

怎么和自己想的不太一样？还是开头一张嘴，后面全靠编？

看她那副难以相信的样子，时怀见不是很有耐心地说："有女朋友又不是什么丢脸的事情，我没必要骗你。"

"但是……真的没有吗？那你这些年是怎么过来的？"

"就这样过的。"

"我是问，你难道没有正常的生理需求吗？"比起质疑他的话，姜禾绿对这件事显然更感兴趣，流露出惊讶之色，"不会全靠自己吧？"

"……姜姜？"

感受到他投过来的炙热的目光，姜禾绿心虚地低下头："我纯属好奇，没别的意思，我感觉你不像个正经人。"

时怀见担心她会干扰到自己正常的行驶，把车停在了路边，他像个操心的老家长，朝她投来深邃的目光。

"你别生气。"姜禾绿放慢语速，"我真的只是好奇。"

"还好奇什么？你不如问我是不是不行。"

"……这不太好吧？多直接啊！"

"没事，你问吧。"

憋了许久，姜禾绿还是没问出来那句话，虽然她好奇，但这些事属于个人隐私，她直接问的话，万一戳中人家的心事怎么办？可能是没经历过那种事，她个人对这方面的要求不是很高，如果他真的不太行的话，以后也可以接受。

想通之后，姜禾绿不再满脸好奇，反而傻笑地看他："不问了。"

他低眸觑她。

她突然直起身，在他的侧脸上亲了一口："自家人，不嫌弃。"

入冬后，桐城鲜少有晴天，大部分时候，天空都是灰蒙蒙的，住院部的位置靠后，灯多窗少，更显得沉闷。

导医台，几个护士和医生在交流报告。

说来也怪，时参是他们这里最难伺候的精神病人，但是自从言辞过来后，他仿佛变了个人，竟然服从她的管教。按理来说，他们应该不认识才对，难道是天生的吸引力让一个疯子这么听话吗？

电梯门开了，看到言辞后，医护人员们停止了议论。

言辞像往常一样交代了一些事项。

这时候，电梯门又开了。

姜禾绿要去父亲病房，对这里的事不是很感兴趣，也没注意到其他人的神态，和时怀见交代一声便先过去了。

等在外面的时怀见不可避免地听见了言辞冰凉如水的声音，她对待工作一向严谨认真，不容一点儿错误，即使知道同事辛苦，仍然毫不留情地指出他们犯的错误。

言辞和时参的事情，时怀见是知道一点儿的。

当初，算命的说时参有灾，所以找了个同年同月生的小姑娘挡灾。

言辞就这样来到了时家。

因为照顾人有钱拿，她成了叮嘱时参吃药的小保姆，两人的关系十分暧昧。

然而，那时候，大家都不知道言辞是没有心的，她只是为了生存和金钱。

相处久了，言辞突然未婚先孕，时母不容忍，给了她一笔钱，让她生下孩子走人。离开的途中，言辞发生了车祸，落入冰冷的江水，被救上来后，她落下了不少后遗症。

言辞以为车祸是时母制造的，将报复的矛头指向时家，不遗余力地向法院状告时参诱奸，引他发疯入魔，忘记了自我。

时母意识到情况不对时已经晚了，她苦苦祈求，也没让言辞留下来，用两千万作为诱饵，她才勉强看了一眼刚出生不久的儿子，过程不到两分钟。

言辞一直是个无情的人，就像现在，她看到时参的弟弟，也面无表情地说着自己的打算："我处理好事情之后会离开桐城，如你所愿，不干扰你们正常的生活。"

时怀见薄唇微启："时妄很想你。"

言辞一愣。

走廊的拐角处，姜禾绿也是一愣。

时妄和言辞是什么关系？言辞的长相太冷淡，姜禾绿几乎不怎么敢朝她脸上看，细细回想，时妄的眼睛、鼻梁和言辞多少有点儿相似。

她不敢接着想下去，正准备溜走，时怀见偏了个身，刚好看见她。

这么重要的事情被听了去，他好像并不在意。姜禾绿装作什么事都没发生过，面色如常地与他打招呼："啊，我正要找你呢。"

"你听到了多少？"时怀见眼带笑意，笃定她听见了。

姜禾绿左看看，右看看，实在不知道怎么应付，硬着头皮回答："没听到多少，大概了解到了时妄的妈妈是谁。"除此之外，她就不懂了。

"你没听错。"时怀见道，"时妄的妈妈，是言医生。"

"……噢。"她愣了一下，"那言医生是你的前妻吗？"

"想什么呢？时妄的爸是我的大哥，我是时妄的小叔。"

"你的意思是，你大哥抢了你的女人？"

"不是，没我的事，他们两个是一对。"时怀见耐着性子解释后，又补充，"大哥精神状态不好，我们怕突然冒出来的儿子刺激到他，所以时妄就寄养在了我的名下。"

姜禾绿的脑子还是有点儿乱。她不太理解，为什么言辞是时妄的妈妈？确切地说，为什么言辞不认时妄以及时参？言医生这个人……好奇怪。

"还不明白？你只需要知道，我一直单身，没小孩也没女人就行了。"

"噢——我懂了。"她总算开窍了，"所以，你的第一次还在，对吧？"

话虽可以这么说，但用如此明目张胆、挑衅滋事的口吻说出来，未免太看不起人了。不顾男人不太好的脸色，姜禾绿追问道："我理解得没错吧？"

时怀见小声地"嗯"了一声。

她目不转睛地注视他，眼睛越来越亮，最终忍不住笑出声来。

她一笑，眼角自然地弯成小月牙。

她怕声音太大，干扰到他人，笑了两声后，又用手捂着嘴，自顾自地笑够之后，她才收敛好情绪，没什么诚意地道歉："不好意思。"

时怀见蹙眉看她："有什么好笑的？"

"嗯……就是……刚刚突然想起一个笑话，所以忍不住笑出来了。"她特意强调，举起手来，"我不是笑你，我发誓。"

时怀见对于她毫无诚意竖起的两根手指的发誓感到头疼，掰开她的无名指，将手势变成正式发誓的三根手指："好了，再说一遍。"

"嗯，我不是笑你，哈哈哈……"

她但凡拿出一点儿诚意，也不至于在发誓的时候笑场。

五秒后，姜禾绿不得不追上不再理她的男人。

"我知道错了嘛，我不笑你了。"姜禾绿跟在他身后，"你再和我讲讲以前的事情，好不好？"时妄一家三口的事情，她都想知道。

虽然言医生给她的感觉冰冷孤傲，但她不相信真的有人会抛下自己生下来的孩子。到底是多大的仇怨，才让人丢弃亲生骨肉？

时怀见并没有理嘴上说错了，实际上想套八卦解闷的小女友，他的脚步不自觉地加快，没多久，他发现小姑娘腿太短，没跟上来，这才放慢速度。

拐了个弯后，姜禾绿总算跟上来了，她捂着胸口喘了会儿气，等气息稍稍平稳了，拉起他的手腕："你再给我讲讲吧，我想听他们的事情。"

时怀见没说话。

她开始撒娇，不断地晃着他的胳膊："反正迟早都要讲的啦。"

"什么迟早？"

"等我进了老时家的门，这些事情还要瞒着我不成？"

她说得理直气壮，一点儿没把自己当外人。

她刚刚觉得开心的原因之一，就是以后不用担心和时妄的相处方式，也不用担心自己这个后妈当得好不好了，就算是当，也应该是当小婶婶。

过去的事情，不是一句两句能说得清楚的。

看她这么黏人，时怀见更不打算一次性告诉她所有的事情，他侧首看她一眼，抬手拢了拢她脖子上的围巾，放慢语速："你想听什么？"

"想听他们以前的爱情故事。"

"不了解。"

“你怎么连这个都不知道啊？”

“我坐时光机回去侦察一下，然后给你透个底？”

姜禾绿估计他当时还是个什么都不懂的小屁孩，问也问不出结果来，只好按捺住自己的好奇心，换了个话题。

“那你当时年纪轻轻的，带孩子的时候是什么心情？”

时妄出生后就被生母抛弃了，而时参精神状态不稳定，根本不知道自己有个儿子，小家伙孤苦伶仃的。好在时家早些年便很富足，在物质方面，时妄从没缺过什么。

但对时怀见来说，在那个年纪突然多出一个儿子，未免过于压抑。

“当时大部分的精力都花在学习上，没太多的心情管这些。”时怀见言简意赅道，“唯一感到压力的是家里人把大哥坐牢的事情也推到了我的头上。时参服刑期间病情反复发作，精神崩溃，减刑释放后已经忘掉了过去的事情，为了不刺激到他，他过去做过的种种坏事，都由我负责承担。”

姜禾绿目瞪口呆。

怪不得关于时怀见的传闻都那么糟糕。

时间长了，时怀见对外界的传闻习以为常，年少时学习，成年后工作，时家长子患病无能，他不仅要撑起整个时家，还要兼顾大哥和时妄。

在这样的情况下，洁身自好近三十年并不是什么太难的事情。

如果他早点儿讲的话，姜禾绿刚才可能就不笑了，并且会产生浓浓的同情。

“你没做错，还要承担这么多，你没怨过你大哥吗？”她小心翼翼地问。

“这一切的根源，”时怀见平心静气道，“是沈家。”

他没做错什么，时参又做错了什么？言辞呢？他们都没错。

时妄就更无辜了。

最初的最初，因着时母的绝代风姿，时、沈两家都无比惦念，嫁入沈家后，她生下了头胎——时参，之后因不满沈家严苛的家规，她又二嫁到了时家。再后来，时参因失血被送到医院，查询血型时才被发现他并不是沈家之子。

当年，沈家要找时母算账，或者让其赔钱，却选择了最极端的方法，让一个前几年风光无限的天才少爷沦为家里的打杂小童，时不时遭到虐待殴打。时母后知后觉，把儿子接回了时家，然而，为时已晚，时参已经处于自闭的状态。

后来发生的一系列事情是天注定，大家都是无辜的，所作所为都是从自身利益出发。最不受老天爱怜的，不过是时参。

时怀见没和姜禾绿说太多，一来是怕她吓着，二来，他知道言辞会走，没必要再提起过去的事情。他还透露了一点儿信息，就是时妄这小孩不好带，他最开始接手的时候，唯一的念头就是这小孩比股东会那帮老油条还棘手。他给她打了个预防针，让她以后做好心理准备。

“没事啊。”姜禾绿乐得自在，“要是有矛盾的话，我们不住一起就行了。”

他点头道：“时妄的性格冒冒失失，以后我们有了孩子，为了安全着想，分开住确实比较好。”他们都知道时妄心性不坏，但那孩子性格浮躁，以后真要是有了弟弟妹妹，他如果带他们出去玩，很容易不小心把人弄丢或弄伤。

姜禾绿觑他一眼：“这才什么时候就谈生孩子？你想得挺美啊。”

时怀见反握着她的手，淡笑不语。

“也不是不能生。”她突然想到什么，“毕竟你已经有了带孩子的经验，以后咱们有了孩子，就直接交给你带。”

“……”

“怎么，不愿意？”

“愿意。”他笑着回答，“你生几个，我带几个，篮球队都给你带出来。”

果然，她还是玩不过他。

姜禾绿本来是来医院帮父亲办理出院手续的，但因为一些检查的结果还没有出来，第二天早上才能办出院手续，她不想再跑一次，便打算在病房这边住下来。时怀见临时接了个商务电话，不得不出去，没有了说话的人，姜禾绿只能和父亲或者医护人员搭话。

高级病房的病人并不是很多，时间又逢傍晚，医护人员也愿意和她聊天。

“姜小姐，你之前是不是刺激到你父亲了？”一名小护士问道。

“嗯？没有啊？”

“本来他早就能出院的，现在拖了半个月。”小护士有理有据地说道，“他原来的病已经好得差不多了，现在是因为心脏问题才留院观察。”

老年人一旦生病，身体的其他器官也会受到影响，用药方面也需要特别注意，姜禾绿知道这个道理，但实在想不通父亲延迟出院和自己有什么关系。

她没有刺激过父亲，这段时间以来，唯一刺激到父亲的是沈西成。

不过，那次做过急救手术后，父亲的身体并没有太大的影响，而且根据后续的反应来看，一切都正常，父亲连句质问沈西成的话都没说，这说明沈西成对他的影响并不是很大。

“总之呢，就算出院了，也最好不要刺激到他。”护士叮嘱道，“咱们做儿女的，多一事不如少一事，能哄着老人家就绝不能气他们。”

姜禾绿微笑着点头：“这是当然。”

为父亲的健康着想，她怎么可能主动去气他？

唯一可能气到他的，也许就是她到底要不要当后妈这件事。

时妄不是时怀见的亲生儿子，如果姜父知道这件事的话，可能会更包容他们一些。让人感到愁苦的是，言辞没有认养儿子的意思，那是不是代表，以后，自己真得去做半个亲妈？

姜禾绿的脑子正一团乱麻，她身边的医护人员突然接到通知，往楼上赶去，除了几个留在这里值班的，其余人都过去了。

“什么情况？”姜禾绿好奇地朝电梯的方向看了看。

难道是有什么急救任务吗？大家怎么都那么着急？

过了一会儿，有两个护士从楼上下来了，一边走一边议论。

“还好今晚不是我值班，不然真要被吓死了。”

“上次新来的实习医生就被吓得不敢再来住院部，真搞不懂为什么要把一个精神病人放在这里，中心五院不是有专门的精神科吗？”

“谁知道呢？有钱人的待遇和咱们不同，只能庆幸那个疯子没伤过人。”

“就算没伤过，吓出心脏病来也是要负责的，好好的一个男人，怎么就得了这种病？”

她们谈论的是上一个楼层的病人。

住在这里的疯子，姜禾绿只知道一个，那就是时参。

她见到时参时，他都是正常状态，至少表面看起来正常，至于私底下是什么样子，她从护士的片面之词了解了一些。

无非是他无法控制自己的脑子，经常做出一些奇怪的举动，即使没有电影里的坏蛋长相，却依然能把不少小孩吓得哇哇大哭。

感叹的同时，姜禾绿又不禁同情起来，说到底，人患上精神疾病，肯定是有原因的。时参小时候受过沈家的虐待，从那时起，就产生了心理阴影。

因为不放心，姜禾绿给时怀见发了条短信，问他忙不忙，方便接电话的话，她想告诉他，时参出事了。

短信发出去没多久，他主动回了电话过来。

“我待会儿才能过去，你不用担心，不会有大事。”

“可是……出动了好多医生和护士。”

“那是为了困住他。”

时怀见在电话里安慰她不用害怕，也不用去管，交给别人就行了。

出于好奇，以及觉得自己有必要去侦察情况，以便及时汇报给时怀见，姜禾绿犹豫了一会儿后，进了电梯。

如果以后进了时家的门，时参就是她大哥，漠视的话，未免过于无情了。

医院本就深，时参所在的楼层，消毒水味尤为浓重，阴气很重。除了一大帮穿白大褂的医护人员和时参这个当事人，姜禾绿还看见了意想不到的人。

陈清韵怎么会在这里？

她的细高跟鞋踏在地板上发出尖锐的声音，显得与医院格格不入。

“我是他的未婚妻……为什么要赶我走？”陈清韵试图和医生交流。

闻言，姜禾绿愣了愣。

陈清韵和时参之间的关系好像不太一般，而后，她又突然想到一点。

时参原先住在沈家，既然沈西成和陈清韵是青梅竹马，那陈清韵认识时参也很正常。难道从那个时候起，他们三个人就纠缠到一起了吗？

她似乎明白了一切的根源。

大部分的医护人员忙于制服大脑逐渐混沌的时参，没有工夫去管其他人。

“我没有和他说什么话，我只是问他记不记得我……谁能想到他会变成这样子。”陈清韵站在原地，仍然在为自己辩解。

走廊的最里端是被人包围的时参，头发凌乱，青筋暴起，整个人处于不能自理的状态。

有个医生冷静地说：“这段时间，病人的病情基本稳定，如果没有事情刺激到他，病情不可能会无缘无故地发作。”

医生看似没指名道姓，实际是在指责陈清韵。

陈清韵好像认栽了，杵在墙边，一句话都不敢吭，细看才会发现她在笑，笑时参现在真的什么都不记得了，笑她还有机会。

然而，没等她得意太久，一阵脚步声传来，步伐轻快，鞋跟落地的声音很有节奏——是言辞。她自然而然地拨开人群，对于其他医生说的“不要靠近他”充耳不闻，不慌不忙地来到时参的跟前。

她打扮得依然普通，白板鞋配牛仔裤，鼻梁上的黑框眼镜并没有掩盖住她黑白分明的明眸，她伸出右手，像给老虎顺毛一样摸了摸时参的碎发。

“进房。”言辞开口道，“然后自己吃药。”

她的口吻仿佛和多年前一样。

时参看了她许久，因为深刻的记忆，他只听她一个人的。

言辞给后面的医护人员使了个眼色，他们会意后，连忙过去架着时参。

这一次，他没有再躲闪。

处理完这边，言辞又心不在焉地看了一眼像个挂物架一样的陈清韵。

许久不见，她们之间一点儿也没生疏。从来没笑过的言辞对着陈清韵微微勾起嘴角，笑容让人不寒而栗。

站在远处观望的姜禾绿都不由得颤抖了一下。

“你要怎样，我不管。”言辞把手放入口袋，一步一步地走到陈清韵面前，语气一转，“但是，你把他叫醒，这件事干扰到我了。”

陈清韵不敢相信这个女人的语气会这么温柔。毕竟，比起时家人，自己才是她最大的仇家，她怎么可能轻而易举地放过自己？

“你敢对我做什么……要计较当年的车祸吗？有证据证明是我做的吗？”

言辞眯起眼睛，对她的智商表示怀疑。当初，即使她没有证据证明是时家做的，不也照样弄得他们鸡飞狗跳？证据这个东西，是给法院的。但如果她亲自动手的话，不需要证据，只需要一个字：想。

就在陈清韵还想挣扎辩解的时候，她的手腕突然被人抓住了，紧接着，只听得“咔嚓”一声，骨骼似乎错了位。两秒后，陈清韵痛叫出声。

言辞松了手，摸出手机，道：“抱歉，我帮你预约个骨科大夫。”

顿了顿，她看向疼得蹲在地上的陈清韵，平静地道：“我不希望再见面的时候，你需要我帮你预约停尸房的位置。”

姜禾绿尴尬地杵在旁边。早知道就听时怀见的话，不上来了。

现在她进退两难，心想，到底该不该走呢？

“姜小姐，”言辞没有忽视她，叫她一声后，提醒道，“上次，你父亲心脏病发作，和这个女人脱不了干系，是她说了不少刺激你父亲的话。大概内容就是，你是插足别人感情的人，是她的替代品。”

当初，姜父第一次出事时，沈西成和陈清韵在一起，后来，在他们“好心”探望的时候，陈清韵说了一些不该说的话。

当然，言辞听到的内容并不像她说的那么直接。

陈清韵不是傻子，不可能说得这么离谱，但大概意思就是这样，类似于“感谢你女儿在我不在的时候陪伴二少”之类。

听完言辞的话，姜禾绿按捺不住，火冒三丈。

这么重要的事情，姜父竟然没向她提起过，没想到是这个女人在搞鬼。

姜禾绿蹲下来，尽量心平气和地问道：“她说的是真的吗？”

陈清韵已经痛得失去了理智，脸上一遍狼藉，汗水混杂着泪水：“你来凑什么热闹？你根本不够格……”她和言辞对着干的时候，这丫头才上小学。陈清韵并没有把姜禾绿放在眼里。

未曾想到，她的话还没说完，就被姜禾绿冷声打断：“你们的事情，我管不着，我只问你，你是不是对我爸说了那些话？”

“是又怎样？那老不死的，起初竟然以为我是沈西成的情人，我不骂他我骂谁？”

“啪——”巴掌声落下。

姜禾绿的力道很重，陈清韵的脸直接歪到了另一侧。

“你敢打我？你不怕沈西成知道吗？”陈清韵咬牙道。

“你这么贱，我不打你我打谁？”姜禾绿低头看了一眼她受伤的胳膊，克制住了心里的怒火，没有再打下去，在人家受伤的时候动手不够正义，她应该挑个阳光明媚的日子，当着沈西成的面打她。

几人对峙时，病房里的医护人员出来了。

此时，所有人不约而同地沉默了下来，只有陈清韵大喊“救命”。

电梯里，言辞和姜禾绿并列站着。

“因为她的几句话，你父亲随时面临心脏病发和其他并发症的危险。”

姜禾绿深吸了一口气。尽管教训过陈清韵，但她还是觉得是自己的错。

“你就这样放过她了吗？”言辞又问。

“没有，我还想……”

“你想杀了她吗？”

姜禾绿愣住了。她并没有这个想法，言辞这话令她感到十分意外。

然而，言辞看她一脸呆愣的模样，并没有继续说下去。

电梯到达楼层的时候，姜禾绿不知道是该惊讶还是该愤怒，她理了理情绪，不想让别人看出来她刚才经历的心理变化，装作若无其事的样子。

导医台的护士还在谈论九号病人的事情。

“听说还是言医生摆平了，我就说言医生很厉害吧。”

“主任说，疯子看到言医生就像是老虎看见祖宗一样，乖得很，动都没动一下，被带进房里吃药去了。”

看到姜禾绿过来，护士把她拉过来一起八卦。

虽然姜禾绿刚才目睹了整个过程，但她一句话都不想讲。

“言医生是单身吧？疯子也是单身，他们两个不会真的走到一块儿去吧？”小护士八卦地说。

“得了。”有人唏嘘，“他们两个，怎么看都不般配。”

“我觉得还好，病人长得那么帅。”也有小护士哼唧道，“要不是他看不上我，我还想勾搭他呢。”

“勾搭他不如勾搭他弟弟。”一个男医生搭话，“时总的本事和性情不比那个疯子强？”

“好像也是，不过人家好像不太爱搭理我们，他有个儿子，又坐过牢，性格也很古怪……也不是很完美嘛。”

听到这里，姜禾绿愤愤地插了一句：“才不是呢。”

大家不由得停下来，纷纷看她。

意识到自己的话有多突兀后，姜禾绿只能硬着头皮改口：“我是说，他其实很好，外面的那些传闻都是假的，而且……有儿子怎么了？带孩子的男人才有责任心，更值得托付嘛。”话里赤裸裸的偏袒，大家都听出来了。

左右权衡一番后，众人感觉时家的两个人差不多。

“想什么呢。”有人笑道，“那两个脾气再怪也是时家人，和时总交往的女人，一定也很优秀。”

这次，姜禾绿总算表示赞同了，添油加醋道：“那当然了，他的女朋友肯定温柔大方，美丽端庄，聪慧过人……”

拐角处，刚从电梯出来的时怀见意外地听到了这句，再一看，正是自家的小女友，将她自己夸得天花乱坠。

时怀见出现后，认识他的男医生打了声招呼。姜禾绿这才回过头，发现他居然来了。她在楼上待的时间太久，都忘记算他过来的时间，想到自己说的话，姜禾绿的脸顿时红了，却当作什么事都没发生，道："我去上个洗手间。"

她加快步伐，躲到了姜父病房里供家属住宿的小房间里。

太丢人了！为什么会被他听见了？搞得自己像是王婆卖瓜，自卖自夸。

听见开门声后，姜禾绿打了一个激灵，用沙发上的抱枕捂着脸，把自己埋了起来。从时怀见的角度看去，她就像顾头不顾腚的鸵鸟。

他笑着过去拍了拍她的后背，问："怎么了？"

"嗯……困。"

"噢，那刚才你夸你自己的话都是梦话。"

他给了她台阶下，姜禾绿用力点头："嗯嗯。"

时怀见她把脸上的抱枕拿开，继续笑道："既然是梦话，那就是假的了？"

她沉思了一会儿，感觉自己好像上当了，果断否认道："当然是真的了！"

"那么请问，我这位温柔美丽又聪慧的女朋友，"他含笑，伸手捏了捏她的脸颊，"有没有想我？"

姜禾绿抱着抱枕，本就微红的脸蛋被他一捏，更红了，她慢慢地低下头去，没看他，吞吞吐吐地说："还行吧——"

他也没有离开多久，她还不至于这么短的时间就有多想他。

"夸自己是挺能夸的，轮到想我的时候，就说了个还行？"

"嗯……"她纠结一番，道，"那你想听什么？"

时怀见漫不经心地抬起眼皮，声音喑哑："你说呢？"

姜禾绿开始胡思乱想。

她没谈过恋爱，并不明白在正常的男女关系中，需要说怎样的话才能让对方开心。算了，反正他也是个不懂情事的男人，随便哄哄，敷衍两下得了。

"如果地球是这么大的话。"姜禾绿随意地比了个小拇指，"那你不在的时间里，我想你的程度大概是这么多。"

她张开双臂，亮出了自己能比画的最大值。

时怀见这才满意，顺势将她一抱："这还差不多。"

第八章 公开恋情后遗症

第二天，姜父的出院手续早早地办完了。

时怀见派了人和车去接姜父回家，当然，他自己没有露面。

姜父不想让姜禾绿担心，便让她去公司做自己的事情，可能人老了都不希望自己连累到儿女。

想到陈清韵之前做过的事情，姜禾绿不由得恨得直咬牙，本来，她秉着井水不犯河水的态度，懒得搭理陈清韵，结果她倒好，蹬鼻子上脸。

姜禾绿虽然讨厌陈清韵，但言辞在电梯里说的话还是让人毛骨悚然。

为什么问她想不想杀了陈清韵？

她总感觉言辞的话问错了，正确的问法应该是“要不要帮我杀了陈清韵”。

她想得正出神时，左侧传来了低沉的男声：“到了。”

姜禾绿抬头，发现到了公司附近。

她正准备下车，突然想到了什么，道：“对了，你等我一下。”

姜禾绿跑进公司，来到自己的直播间，一边和于诗打电话，一边拉开抽屉翻找东西。她之前跟着网上的视频学织手套，快结束的时候却发现不知道怎么缝扣子，便把半成品放到公司，让于诗抽空帮忙收下尾。

手套是男款，样品图很好看，但她织的怎么看怎么丑。

于诗还不忘在电话里嘲笑她一番。

“时总好歹也是买一件衣服六位数起步的人，你亲手织的手套固然有诚意，但未免丑得有点儿拿不出手。”

被于诗的话伤到的姜禾绿看了看手套，感觉也没那么糟糕。

回到车厢里，她神秘兮兮地丢给时怀见一个纸袋子。

时怀见问道："什么东西？"

"给你的保暖用品。"

时怀见颇有兴致地打开袋子，拿出来一副四不像的手套来。按理说，这种毛线制品应该很精细才对，但这副手套除了摸着软和，没别的优点。

"你在哪家店买的手套？"他微微皱眉，"这么丑？"

"我自己织的。"

"噢。"时怀见重新打量了一番，再开口时，话语里已经带上了满满的求生欲，"细看的话，其实很好看，这做工没得挑。"

"不管怎样，你都要收着。"姜禾绿郑重其事地点头，"我实在想不到能送你什么了，这一副手套就留给你做纪念吧。"

他什么都不缺，她也不知道能送什么。而且情侣之间，最重要的是心意。

"只要是你送的，我都觉得不错。"时怀见笑道。

"那我再给你织一件毛衣？"

"……我不太喜欢穿毛衣。"

姜禾绿认真地想了想，男人一年四季可以穿的衣服确实太少了，不送毛衣的话，她还真不知道能织点儿什么，除了手套，毛衣，还有围巾……

这一类的东西织起来简单，但是围巾和手套差不多，他应该不喜欢戴。

她应该找一点儿生活必需品。

"那你想让我给你织点儿什么？我比较笨，太难的也不会织。"

"简单的你也不会。"

"……"

"我是说，像你这样的巧手，做太简单的手工未免太屈才了。"

这还差不多。

下车后，姜禾绿把刮到下颌的口罩往上一抬，口罩罩着大半张脸，她又把帽子扣下来，寒风吹过，肩前的长发飘起，她便逆着风，对着车的挡风玻璃朝里面的人摆手。

时怀见勾唇淡笑，正准备回应，就看见一辆车从她的身后缓缓驶过来。

是沈西成的车。沈西成下车的一刹那，时怀见也下去了，两人的步伐快到几乎一致，他们不约而同地来到姜禾绿身边。

正往公司走的姜禾绿被两人吓了一跳。

沈西成怎么又来了？他上次被赶走，还没有受到教训吗？这次不会又是来送什么自认为浪漫的花束吧？看到他，姜禾绿的眉头不自觉地皱了起来。

沈西成算到了姜禾绿来公司的时间，却没算到送她过来的人是时怀见。

他们的关系什么时候好成这样了？

“阿禾，”沈西成站在姜禾绿的面前，问，“抽出五分钟和我谈谈，可以吗？”

这是沈二少能拿出来的最谦卑的态度。

以往，他是不会这样客气的，他一贯霸道，可能他认为不可一世的自己更招女人喜欢，喜欢说一不二，用命令的口吻和人说话。

不等姜禾绿回答，时怀见轻飘飘地吐出几个字：“她没空。”

“你怎么知道她没空？”

“不信你问她。”时怀见语气散漫，心不在焉，却又十分笃定。

这段时间以来，沈西成都在忙和美国人合作的事情，即使抽出时间，也没能和姜禾绿单独说上话，每次，要么有陈清韵在场，要么有时怀见在场。如果连交流的机会都没有，他又怎么知道她的心思呢？

沈西成看向姜禾绿：“你连五分钟的时间都不能给我吗？”

明明是卑微的口吻，从他的嘴里说出来，这句话硬是变成了逼问的语气。

姜禾绿低头，看了一眼时间，尽管他态度强硬，她依然客客气气的：“不好意思，我还真没有。”说完，她朝时怀见看了一眼，然后便走了。

“阿禾……”沈西成还想追，胳膊却被时怀见拉住。

沈西成甩开时怀见的胳膊后，姜禾绿已经进了公司，他的脾气上来了，问道：“你有完没完？”

和沈西成的恼羞成怒截然不同，时怀见扬了扬嘴角，笑了声：“这话不应该是我来问你吗？”他才应该是觉得沈西成烦人的那一个。

守株待兔也没能得到和姜禾绿谈话的机会，沈西成的耐性越来越少，他狠狠地瞪了时怀见一眼，却发现了他手里的手套，很眼熟。

“这是什么？”他蹙眉，“这不是阿禾要送给我的手套吗？”

“确定是给你的吗？”时怀见淡淡道，“那怎么在我这里？”

此时，沈西成的胸腔里充斥着怒火和嫉妒。

他的对家在他没注意的时候把姜禾绿追到手了？

"时总，咱们都是老狐狸，虚情假意的话，我不想说太多。"沈西成压住怒火，尽量平心静气地道，"像你这样的条件，随便挑个名媛千金都上赶着做你儿子的后妈，你干吗和阿禾过不去？"

最后一句话，与其说他是为姜禾绿考虑，倒不如说他是为自己考虑。

一直以来，时怀见看似按兵不动，实际上，他每一步都在引诱对方走入自己的陷阱。

在此之前，沈西成一直以为自己在陈清韵和姜禾绿之间徘徊，最近才发现，那两个女人都不为他所掌控。

陈清韵告诉他，她想要再尝试一下，她想和自己喜欢的人在一起，面对千载难逢的机会，她不想再错过。她等了时参这么多年，如果再不拼一把，可能会孤独终老。

清楚自己和陈清韵再无可能后，沈西成不得不去追逐第二个目标。

时怀见没有拆穿他的心思，轻飘飘地反问："你觉得，姜姜跟你，比她跟我过得要幸福？"

"当然——"

"向来觉得自家有皇位要继承的沈家格外注重子孙的培养，你是独子，这就意味着，姜姜嫁给你之后，必须要生儿子。"讲到这里，时怀见眼角微抬，语气散漫，"我说得对吗？"

沈西成无法反驳。

"即使不谈这个，只说沈家有多传统，内部的争斗人心复杂，你确定她能对付得了你那些七大姑八大姨，能做好一个撑起沈家的高门主母？"

"这不需要你管……那是以后的事情。"

"但是，她嫁给我就不同了。她嫁给我后，只需要被我宠着就行。"

不论是生意场还是情场都落了下风的沈西成面对这样的情况，除了难以忍耐，根本无能为力，毕竟，时怀见说的全对。

"那又怎样？"沈西成突然找到突破口，"你把她抢走，就是为了报复我。"

"是又怎样？"

沈西成露出嘲笑："所以，你做的一切就是为了恶心我。"

"真想恶心你的话，我应该直接抢走陈清韵。毕竟，你又不喜欢姜姜。"时怀见了然一笑，"有这个时间，你不妨想想，我会只用女人来报复你吗？"

这句话让沈西成的脸色难堪到了极致。

这半年以来，让他呕心沥血的是和美国人的生意——价值半个沈家的海外工程投资。整个圈子里的人都知道沈西成把大部分流动资金投进去了，为的就是长短期都可观的收益，以及国际上的口碑。

沈西成一直以来都很有信心，此刻看着时怀见的笑，却生出了不祥的预感。

姜禾绿在办公室的窗户边站了很久。

尽管听不见楼下的两人在说什么，不过，看沈西成不太好的脸色，估计没从时怀见那里讨到什么好处。时怀见还把她织给他的丑手套慢条斯理地戴在了手上，从沈西成的面前招摇地离去了。

姜禾绿看笑了。

“男人嘛，都是现实的，嘴上说着礼轻情意重，实际上，他们还是喜欢贵重的礼物。”于诗一边化着妆，一边不忘教育人。

姜禾绿回头，耸了耸肩：“可是他戴了啊。”

她自己都觉得丑的手套，最终还是被他戴上了，而且，他好像还很耀武扬威地在沈西成的眼前炫耀了一番。

“不会吧？我以前给男朋友买了一双上千块的球鞋都被他嫌丑，没穿过。”

“……那可能是你的问题。”

“我有什么问题？”

“为什么你只找了一个男朋友？”

于诗想了想，确实是这么个道理，哪怕是在垃圾桶里找男朋友，只要垃圾桶够多，就一定可以淘到好货色。

最近太忙，姜禾绿的直播还缺了不少时长，不得不补上，同时，她还补了三个打假视频。

拍打假视频虽然积累了粉丝，获得他们的信任，但也得罪了不少人，公司团队都是拿实际测评说事，不论是护肤、彩妆还是食品安全，有问题的绝不隐瞒，这也导致姜禾绿碰了不少人的蛋糕，光是辱骂私信就有几百条。

随意翻了几条后，姜禾绿看见某家卖面膜的小公司给她发了律师函，说要告她诽谤。这家的面膜之前被测出来激素和荧光含量超标，他们公司大部分的钱都花在营销上，导致产品的质量一言难尽。

团队和姜禾绿为这款面膜拍的打假视频，阅读量和点赞量都极高，她干脆置顶了，这就导致了那家公司一直盯着她，骂了几天后，对方不甘心，还发了律师函威胁她。

姜禾绿并没有管太多，毕竟这不属于自己的业务范畴，她将律师函发给了小李，交给法务部门处理。

下午，她收到沈西成发来的文件，是一个语音包。

“你把她抢走，就是为了报复我。”

“是又怎样？”

姜禾绿很容易就能辨认出来两个男人的声音，也很容易地挑出了这段对话里的重点。

听完之后，姜禾绿直接把沈西成拉黑了，然后继续面不改色地做事。

接到时怀见电话的时候，姜禾绿刚刚忙完一场直播。

她一边收拾衣服，一边把手机夹在耳边：“嗯……正准备回家……既然喝了酒，就不用来接我……我自己回去就行。”

旁边的于诗抱着胸感慨，想不到姜禾绿真的把时总收拾得服服帖帖，也想不到这两人每天都能这么腻歪。

见姜禾绿挂了电话，于诗问道：“怎么不让他来接你？”

姜禾绿没答话，低头继续收拾。

直播最累的就是卖衣服，需要一件又一件地试穿。本来，她只需要播到晚上八点就行了，但是不知不觉间，时间过得很快，一下就拖到了晚上九点。

“咋了？”于诗发现了不对劲，问道。

姜禾绿停下手中的动作，深吸了一口气，不知道该怎么说。

其实，一开始就明白的事情，没必要去计较，只不过，一旦有人提起这件事，就像是伤疤快好了，又有人把它揭开，提醒着她这段感情的最初意义。

“你倒是说话啊，是不是和时总吵架了？”于诗问。

“如果你因为某件事感到别扭，你会怎么办？”姜禾绿问。

“能怎么办？要么忍着，要么分手。”

“……就这样？”

“对啊，很简单。”于诗耸肩，“有的时候，因为纠结一件事，反反复复地去吵架，还不如直接分手，因为这件事情会成为你们之间解不开的疙瘩。”

既然解不开，那就说拜拜呗。

姜禾绿的脸色白了白，握着手机，没勇气给时怀见回电话。

最终，她决定跟着心走。

别墅外，劳斯莱斯稳稳地停靠着，司机低声提醒后座上的男人：“时总。”

外面夜色已深，车厢里弥漫着淡淡的酒气，在后座闭眸养神的时怀见感知到车子停下来，捏了捏眉心，问：“现在几点了？”

“已经晚上十点了。”

晚上十点了，他的手机还是静默着。

他倒不是非要像小年轻那样谈着手机里的恋爱，只是，没收到小女朋友说晚安的消息，他心里总是不太踏实，不知道她到家没，他想打电话过去问问，又意识到姜父已经出院了，贸然打电话过去，要是被发现就难办了。

时怀见也想不到自己快三十岁还要谈一段见不得家长的恋爱。

他的薄唇勾起浅薄的弧度，自嘲地一笑，松了松领带，下车后，他下意识地摸出一支香烟，迈开长腿往门口走去。

保姆帮他脱下了外套，关切地倒上温水。

“时妄睡了吗？”时怀见问道。

“小少爷已经睡下了。”

时怀见抬头，发现保姆的脸色和平时不太一样，他没有放在心上，接过水杯喝了一口温水润喉。

半杯水喝下去，他还是没忍住，给姜禾绿发了条消息：“睡了吗？”最后那通电话，他听出了她语气里的不对劲，但他当时在应酬，没有当一回事。

时怀见静静地坐在沙发上，偶尔抬眸看一眼电视上的财经新闻。

十分钟过去了，那边仍没回消息。

他没这样干等下去，打开笔记本电脑处理第二天的事务。

半个小时过去了，手机还是没有收到任何消息。

时怀见表面上心平气和，不知在想什么，却鬼使神差地点进了姜禾绿的朋友圈。二十分钟前，她发了一条新动态：今天很累，但值得。

配图是今天直播的侧脸照，漂亮又开心。

很好。她不回他的信息，朋友圈动态却发得很积极。

时怀见不动声色地点了个赞，然后丢开了手机。

过了一会儿，铃声响了起来，是姜禾绿打来的电话。

时怀见本来想装装样子，过一会儿再接，却又担心她下一秒就挂断了，于是还是第一时间接听了。他淡淡地“喂”了一声。

“你睡了吗？”

“嗯。”

“我还以为你在等我的消息呢。”

“没等你。”时怀见面不改色地撒谎，“刚刚洗过澡，准备睡觉，被你的电话吵到了。”

“这样啊，那不好意思了，我挂了，你先去睡觉吧。”

“……你没话和我说吗？”

“没有啊。”

时怀见还是问出了恋爱里最经典的那句话：“你是不是不爱我了？”

姜禾绿沉默了，她没有忍住，直接把电话挂断了。

不等时怀见再看手机，不远处突然响起慢悠悠的女声：“你好厉害啊。”

时怀见抬眸看去，出现在他眼前的，除了姜禾绿，还能是谁？

她精致的小脸微微扬起，语速飞快地质问：“没想到，我的男朋友不仅在空气里洗澡，还能睁着眼睛睡觉？”

时怀见稍稍一怔，听出她的嘲讽后，他轻咳了一声：“你怎么在这里？”

他故作淡然，内心却很乱，他压根想不到她会主动来这里。

“因为有一点儿事情，想当面和你谈谈，不说清楚的话，我今天晚上可能睡不着觉。”姜禾绿振振有词道。

“那你可以让我去接你。”

“我不要。”她走过来，单手叉着腰，神色认真且冷漠，“我不开心，所以我也要让你不开心。”

收到沈西成的那条消息后，她已经不开心一下午了，但她一直忍着，不想打扰他的工作，也不想耽误自己的工作，直到晚上才放松下来。

她都不知道自己是怎么忍过来的。

一开始，她的心情非常低落，感觉自己手里拿着一件很假但很喜欢的玩具，自顾自地玩着很开心，结果有人非要提醒她那是件假玩具。

时怀见突然反应过来保姆的脸色为什么奇怪了，她想告诉他，又不得不忍住。他看着她那张精致的面孔，低声问道：“那你说，什么事让你不开心？”

姜禾绿没藏着掖着，虽然她把沈西成拉黑了，但他发来的那条语音包，她还留着——她把语音包放给时怀见听。

放完之后，她挑眉问道："你有没有什么想说的？"

"断章取义。"

"我也觉得。"她点头，"但还是影响到我了。"

沈西成是什么目的，她很清楚，所以她第一时间就把人拉黑了，免得他以后再发这些破坏他们关系的内容。

"姜姜。"时怀见倒是没想到自己会不小心被沈西成将了一军，他轻声哄道，"你相信我，对吗？"

姜禾绿似笑非笑地看着他："你猜？"

"不信我的话，你也不会来找我要解释。"

"不一定。"她果断否认，"看不出来我是来气你的吗？"

看出来了。她气他的方法很独特，看上去是亲自送上门，但似乎并不打算和他做什么，而且，她还要霸占他的主卧。

上楼的时候，姜禾绿像女主人一样，踩着棉拖鞋，大摇大摆地走在前面。

"我上次睡过一次客房，感觉很舒服，相信你肯定没体验过，所以，送你一张免费体验券。"说完，她回头，"你觉得怎么样？"

"我的床很大。"时怀见不遗余力地为自己争取利益，漫不经心地抬起眼皮，"睡两个人没问题，我碰不到你。"

"那……也行吧。"姜禾绿没思考太久就同意了。

经过前两次的事情，她知道他是个克制力很强的男人。

她来这里是来气人的，可以给他一个只能看不能碰的惩罚。

他的主卧风格十分暗沉，灰白两个色单调得过分，所幸大床够软。

姜禾绿心安理得地占据了他的床，抱着被子在床上打了两个滚，把自己包成了毛毛虫，露出一个小脑袋。

刚从浴室出来的时怀见看见这一幕，喉结动了动，嗓音沙哑："姜姜。"

"我觉得你还是去沙发睡比较好。"

"沙发没有被子。"

"可以盖毯子，把室温调高一点儿。你这张床太舒服了，我想一个人睡。"

"不行。"

“噢。”她语气一低，“我就知道你和我在一起只是为了报复沈西成，你一点儿都不爱我，对我一点儿感情都没有，终究是我错付了。”

他捏着眉心，无奈地看她：“毯子扔给我。”

话音刚落，毛毯已经从他头顶飞过。

紧接着，姜禾绿不给他反应的机会，把灯关了。

姜禾绿果然是来气他的。

时怀见一直没睡着，而她不到十分钟就睡了过去，还把两只脚丫子露在外面，窗口倾斜的月光下，她的小脚莹白，指甲粉润。

不知怎么，时怀见想到了她用两只脚环在自己腰间的情景。

突然，姜禾绿迷迷糊糊地坐起来，睁眼看了一下沙发，却发现大半条毯子都落在地上，她不由得蹙眉。

多大了，连被子都不会盖吗？还是因为沙发太窄，不方便睡，才变成这样？

“老男人？”她试着喊了一句，“你的被子掉了。”

时怀见没有回话，似乎睡着了。姜禾绿只能磨磨蹭蹭地下了床，拿起地上的毯子，丢到了他身上，又掖了掖四个角。

她俯身默默抱怨：“活该你单身三十年……”

要走的时候，她的腰际搭上了一只男人的手，紧接着，她整个人被拉了过去，反压在沙发上。对上时怀见的视线，她瞠目结舌：“你怎么没睡着……”

“太硬了。”他淡淡道，“睡不着。”

这一次，姜禾绿害怕了，她总感觉自己要遭殃，仓促地说道：“你要是觉得沙发太硬的话可以去床上睡……只要不碰我就行，当然，碰到一点儿也没事。”话还没说完，她的唇就被他封住了。

……

上午十点，楼下的保姆早就在等候了，楼上却一点儿动静也没有，今天虽然是周末，但按照先生的生活习惯，作息应该和平常差不多，不可能因为一点儿小事推迟早餐时间。想到昨晚姜小姐来了，保姆们都明白过来，她们每隔一段时间就重新备了早点，等待两人下来。

和她们一样在等的还有 An，它一脸疑惑，似乎在想，明明早上就看见男主人下来了，怎么又不见了？

先下来的是习惯周末睡懒觉的时妄。

他穿着卡通睡衣，揉着凌乱的头发，左手边的平板电脑亮着，下来的时候一脸不情愿，嘟嘟囔囔地坐下来：“家里来客人了吗？”

他昨天很早回了房间，并不知道姜禾绿来了。

保姆如实地告诉了他。

时妄点头：“我就说老时今天不正常，这么久了还没起床，原来……”

保姆思想保守，怕他误会什么，便解释道：“先生早早地就起床了，可能最近太忙了，又回去睡了。”

时妄才不听这些有的没的，吃过饭后，他和 An 一起玩了起来。

第二个下楼的是时怀见。

他一副居家打扮，衬衫袖口挽起半截，看起来随意又闲适。他走到餐厅，吩咐家里的厨子准备些虾馅生煎。

“我要吃牛肉馅的。”时妄嚷嚷道。

时怀见看他一眼：“你不是吃过早饭了吗？”

“那我也要吃。”时妄用脚指头想想都知道生煎是做给谁吃的，他就是要和这个后妈争宠，“她吃什么我就吃什么。”时怀见懒得搭理他。

许久后，姜禾绿才收拾妥当，从主卧慢吞吞地出来了。

和昨天来这里时的嚣张样完全不同，现在的她很㞞。一想到没比自己小几岁的人用看后妈的眼神看着她，她就紧张，如果那小家伙的眼神里再带有“你昨晚和我爸干吗了”的意味，她更想找个地方把自己埋了。

下楼时，她看见猫伏在楼梯处一件价值七位数的瓷器上，便小心翼翼地朝它挥了挥手。这只猫和她家里的那只不同，高冷淡漠，懒得搭理她。

“什么样的主人养什么样的猫。”她小声嘀咕，“表面上超酷，给只小母猫就暴露了本性。”

刚上楼的时怀见听了这话，微微一笑：“想骂我就直说，不用指桑骂槐。”

姜禾绿回头，发现高出自己快两个头的男人就在身后，比起她的局促，他的镇定让人意外，仿佛两人昨天经历的不是同一件事。

她往后退了一步，保持一定的距离后，没好气地控诉：“我没有。”

他没继续拆穿，问道：“还有十分钟才有你想吃的，要不喝点儿东西？”

“我刚才说饿的时候，你可不是这个态度。”她继续不遗余力地指控他。

“嗯，我的错，下次不这样了。”他顺势牵起她的手，“先下去吧。”

“时妄呢？”

“在玩游戏，不用在意他。”

姜禾绿意识到自己不能以这样的状态面对这个小孩。至少不能让他看出来她和时怀见做了什么。

“之前的事，谁也不许说。”姜禾绿警告男人，“不然我就不理你了。”

“……好。”时怀见知道她害羞，满口答应。

下楼后，姜禾绿安稳地吃着早饭，她本想端着“客人”的姿态，奈何这里厨子的手艺太好，普普通通的生煎都让她吃得极其满足。

这时，保姆走过来，把一部刚刚充满电的手机递给她，并解释道：“姜小姐的手机没电了，先生让我们帮忙充上。”

姜禾绿道谢后，开了机，手机屏幕亮起后，她听到了消息的提示声。

有于诗发来的问候：“好妹妹，你昨天晚上去哪儿了，给你发了那么多条消息都没回，手机也关机。”

再往上的消息则是：“你在哪儿？你爸刚刚给我打电话，问你是不是在我这里，害得我只能撒谎帮你隐瞒。”

十几条消息都透露着担忧的心情。

姜禾绿昨晚来得急，忘记给手机充满电，想到自己害别人担心，她连忙回了一条：“我昨晚在时怀见这里，没有大事。”

很快，于诗回道：“哦，不，你有事。你爸刚刚又打电话问我了，这一次，他不信我，非要让你接电话。”

姜禾绿神经一紧：“然后呢？”

于诗：“然后我就实话实说了，我怕他担心，只好说你在时怀见那里。”

于诗大概猜到了姜禾绿在时怀见这儿，昨天，她看出了姜禾绿心情不好，加上问出来的那些话，估计她是去找时怀见算账了。

只不过，晚上算账的话，很容易算出情爱来。

姜禾绿看着屏幕上的字眼，感觉到了一阵窒息。

完了。她还不知道怎么向姜父提起这件事，就被他知道了。

虽然时妄不是时怀见的亲儿子，但根据言辞的态度来看，时怀见还是会照顾这个可怜的小孩，那么姜父那边能否接受，完全要看自己怎么说了。

像这种被动地知道自己花二十多年养大的闺女去男人那里过了夜的事情，

肯定会给父亲带来不小的打击。

察觉到她的神色不对劲后，时怀见问道：“怎么了？”

“嗯……”姜禾绿喝了口水让自己冷静下来，摇头道，“没什么。”

想到上次和时妄走在一起被父亲看见，导致自己第一次挨打的事情，姜禾绿开始害怕，时怀见要是见到姜父，会不会也被揍？

为了防止这类事情的发生，她决定还是自己先处理。

“不和我说吗？”时怀见继续问道。

“真的没事。”姜禾绿摇头，“就是想到上次在医院的事，有点儿害怕，不知道怎么处理家庭关系。”

“你说时妄吗？”时怀见随意地猜了猜，又把主动权交给她，“你想怎样都可以，一起住或者分开住，都由你决定。”

“不是，我没有嫌弃他的意思。言辞都不要他了，我怎么忍心？”

“言辞……”时怀见突然想到什么，“她有没有和你说些什么？”

姜禾绿一怔，喝水的动作慢了下来。

言辞确实说了一些离谱的话，但她不知道时怀见为什么这么问。

“没有。”姜禾绿否认道，“她什么都没和我说。”

“那就好。”他点头，“你离她远一点儿，她不是好人。”

对时家来说，言辞何止不是好人，她简直是百年难遇的恶人。

她回来后，目的明确，就是报仇。

而对一个无权无势的小医生来说，在不露声色地复仇后又全身而退不是一件容易的事，时怀见以为她会来找时家帮忙，但她没有。如果不是听医院的人说陈清韵的胳膊被人扭伤了，时怀见还以为言辞是想过平淡的日子了。

此刻，她就像一颗定时炸弹。她主动给姜父的手术主刀，并且让姜禾绿认识了她，也让人怀疑她是故意为之，但姜禾绿和她没有任何的利益冲突，想到这里，时怀见又觉得言辞不至于拉一个陌生人下水。

姜禾绿托腮，问道：“我想知道言辞为什么不要时妄。”微顿，她又问，“因为时妄小时候长得丑？她不喜欢？”

时怀见觑她一眼：“不是，时妄小时候不丑。”

“那是什么原因？我看她似乎不想和你大哥有太多牵扯，不会是因为她讨厌时参，所以连带着连他们的孩子都讨厌吧。”

瞎猫碰上死耗子，时怀见没想到姜禾绿乱猜都能猜对。

他没说具体原因，只简单地回答道："是当妈的本身就冷漠无情。"

门外，时妄本想进去吃点儿生煎，无意中听到二人的谈话，失神地站在原地。脚下的大狗陪它一起发着愣，等时光流逝。

一直以来困惑他的疑团终于解开了。

想不到同学调侃他爹不疼妈不爱的那些话竟然是真的。

最终，十五岁的孩子还是摸了摸头发，当作什么事都没发生，等两人换了个话题后，他才走进去，吊儿郎当地说了句："哟——漂亮姐姐怎么来了？"

打过招呼后，时妄若无其事地坐在了姜禾绿的对面，他戴着蓝牙耳机，含混不清道："大早上的，真是稀客啊。"

姜禾绿讪讪地回："不好意思，打扰你们了。"

作为长辈，姜禾绿看向时妄的眼神多多少少带着怜惜，却又不方便表达出来，接的话客气又笨拙。

时怀见适时岔开了话题："期末考试是不是要到了？"

时妄头也没抬："不知道。"

"你一个学生，不知道什么时候考试？"

"我这不是忙着复习嘛。"时妄眼珠子一转，给自己编造了一个完美的理由，"我忙得都忘记今天星期几了。"

"我看游戏里英雄的技能你记得挺清楚。"

时妄埋头当没听见，自顾自吃生煎。时妄虽然不是特别聪明，但也不笨，一个家境好的普通公子哥儿，在国内学不下去的话，家里也会送他出国长见识，回来后和其他公子哥儿一样成家立业。

除了家境，在其他方面，他都很普通，这一点，他似乎和他的父母不太像。

他妈妈是海外顶尖的外科医生，而爸爸不到十岁便被誉为天才儿童，这两人生出来的孩子并没有遗传到他们的优点，没有什么特长。

因为好奇，姜禾绿时不时地偷瞄几眼对面的小孩。

她突然意识到，能健康成长已经是他的特长了。

毕竟，他的父母都不是正常人。

饭后，三人各有各的事情。

时妄和朋友约好一起去玩，大狗跟着他走到门口，一人一狗没什么耐心地等着家里的司机开车过来，他偶尔朝后面玩猫的姜禾绿看一眼。

“漂亮姐姐。”时妄她搭话，“你看上我家老时什么了？钱还是权？”

他的声音不大，为的就是偷偷摸摸地和未来的小后妈讲话，从远处看，别人只会以为两人是在闲聊。

正玩猫的姜禾绿微顿，巧妙地回答道：“我可没说看上他了。”

“保姆说你昨晚就过来了。大晚上来男人家的女的，意图还不明显吗？”时妄像个老小孩一样，“不管你想怎样，反正你不许欺负老时，我怕他第一次恋爱就陷入迷障。”

时妄的担心不是没有道理。想接近时怀见的女人不少，个个都想着通过讨好时妄来攀富贵，一开始，时妄还交付真心，以为她们是真的关心他，后来，知道目的之后，他对大部分接近自己女人都避而远之。虽然时怀见不是他亲爹，但他把他当亲爹看，他不忍心看他被女人欺负，所以提前提醒姜禾绿一声。

不远处的时怀见并没有发现这两人之间微妙的气氛，走过来说：“今天降温，记得戴条围巾。”

时妄嫌弃地开口：“说了多少遍，我不戴那玩意儿，冻死也不戴。”

话音刚落，他看见时怀见手里拿着一条女士围巾，不慌不忙地帮姜禾绿围上——所以，这压根不是在给他送温暖。

他脸上一阵红，一阵白，委屈感还没冒上来，又想到自己刚才说“冻死都不戴”的话，只能把委屈咽下去。

姜禾绿拢了拢自己脖子上的围巾，然后去架子上取下一顶帽子，走的时候，她将帽子往时妄的头上一扣：“外面的风这么大，戴顶帽子总可以吧？”

黑色鸭舌帽的里料是加绒的，扣到头上没多久，时妄便感觉到了温暖，想取下来的手伸到半空中，又落下了。帽子上有淡淡的香味，可能是姜禾绿递来的时候沾染到她的体香，味道不浓，清清浅浅的，却经久不散。

时妄嗅了嗅，又看了未来的小后妈一眼，感觉自己刚才不应该觉得她跟着老时是高攀，高攀的人是老时才对，人家年轻小姑娘不嫌弃他，还帮他带孩子，实属不容易。

应付完时家小孩，姜禾绿回了趟姜家。

不到万不得已，她实在不想来见父亲，可她又担心父亲的身体，只能装作什么事都没发生过，回来后大大咧咧地喊了句“爸”。

姜父正在和管家下象棋，闻言扫了她一眼，没搭理她，却表现出了自己的不悦。就算昨晚没有打那通电话，姜父也能猜出是怎么回事，出事时家里卖掉的古董又神不知鬼不觉地回来了。

能买得起这些东西，又无偿地送回来的人，除了时怀见，他想不到第二个。

只不过，他在等姜禾绿主动跟他解释。

姜禾绿坐在象棋桌旁边的藤椅上，一本正经地胡说八道。

“爸，我发现您最近的气色特别好，出院之后整个人年轻了十岁。”

“今天天气这么好，咱们应该多出去转转，这样心情才会变好。”

“爸，你这棋走得太厉害了，职业选手都比不上您。”

她说了一堆，姜父慢悠悠地说了一句：“我不同意。”

愣了一下，她又继续打哈哈：“您在说啥？”

“我之前已经说得够清楚了。”姜父继续道，“你应该明白我的意思，哪怕你找个穷小子，我也不希望你去当人家的后妈。”

“可您上次明明说您不想管了，都随我自己。”

“我那是说不想再管你和沈二少的事。”

姜禾绿了解姜父的性子，他认定的事，别人很难说服，就算她讲出时妄可怜的身世，老人家也不会太同情。

“没有反转的余地了吗？”姜禾绿眼巴巴地问。

“有，等我死。”

姜禾绿犹豫了一下，道：“这不太好吧？逼着亲闺女盼父亲死？”

姜父睨了她一眼，继续下棋，不知过了多久，一局棋才结束。管家陪了他们很多年，棋艺精湛，比起姜父还是差了一些，这次，他却意外地赢了。

姜父并没有懊恼，生了场大病后，他看待世事淡然多了，见姜禾绿还在旁边坐着，他妥协道：“这样，你要是能赢我一局，我就同意你们在一起。”

姜禾绿蒙了：“我不会。”她仅仅知道简单的象棋规则，并不知道其中的奥秘，和父亲比起来，她比新手还新。

“不会可以学嘛。”姜父并不急，“看你有多少诚意。”

“我怀疑你就是想找人下棋。”

抱怨归抱怨，面对这个难得的机会，姜禾绿还是答应了，如同老父亲所说，不会可以学，幸运的话，她学个半年就行了。这件事，她没和时怀见提起过。

他忙着处理时妄的事，而她忙着处理姜父的事，二人都很忙。

只是，比起小孩子，老父亲显然难对付得多。

姜禾绿把于诗约出来逛街散心，顺便提了一嘴这件事。

“我觉得你爸基本是同意了。如果不同意，他不可能给你机会。”

“那为什么还要为难我？”

“如你所想的那样，想找你下棋。”

不管结果如何，姜禾绿都得尝试一下，她去书店买了一些关于象棋的书籍，和于诗一人拎了一个袋子，打算先放回车内，再去逛商场。

停车场外的路边，有摆地摊的老人。

路过的时候，她们眼前飘过一道黑影，“嗖”的一下蹿走了。

紧接着响起老人的叫喊声：“有小偷，我的钱被偷走了！”

路人纷纷停下来看热闹，却没人关注前面的动向。

小偷跑得很快，几个路过的好心人过去询问老人需不需要帮助，老人一屁股坐在地上，哭着说自己的包里还有钥匙和身份证之类的，再看他摆出来的东西，都是一些低廉小玩意儿，成本不高，摆一晚上也赚不了什么钱，小偷几乎把他的生活费都偷走了。

姜禾绿和于诗刚打算过去看看情况，就有人拨开人群，甩下一个破破烂烂的小包。老人难以置信地把小包捧到怀里，连忙对眼前的人道谢。

再看这位好心人，本以为会是个飞毛腿小哥，没想到是个女的，扎着低马尾，一身运动套装，口罩遮住了她的大半张脸。

由于隔得远，姜禾绿一时间没看清那人的长相，借着路灯的光，才发现见义勇为的人竟然是言辞。言辞也抽空看了她一眼。

姜禾绿走到停车位，一边把买好的书放进后备厢，一边和她打招呼：“没想到在这里也能遇见言医生。”

言辞神色淡漠地问：“这是你的车吗？后备厢挺大的。”

姜禾绿有些摸不着头脑，尴尬地笑：“还好吧，当时觉得好看就买了。”

这是沈西成送她的宝马车，价格比其他好车便宜，分手后，姜禾绿便把车钱记在了公账上，打算到时一起还他，这样，她便可以心安理得地继续用车。

言辞的话很少，没聊几句便走了。

可能是她的气场太冷，连喜欢社交的于诗看见她后都没有说话，人走后，她才慢吞吞说一句："我感觉这个人好可怕，给人一种阴冷的印象。"

"可能是她经常在医院接触病人的原因？"姜禾绿不确定地说，"她这个人应该还好，之前帮我爸主过刀。"

于诗盯着言辞的背影看了会儿，想看出一些端倪来，没想到言辞突然回过头，于诗看不清她的神情，吓得不再敢看她，也没继续提她。

小插曲过后，两人继续逛商场。

虽然姜家的情况好转了一些，但姜禾绿依然买不起高奢品，十几二十万的包对她来说有些名贵，逛了一圈后，她默默地拉着于诗去了其他店铺。

"你㞞什么？你男朋友是时怀见啊，作为这家商场的未来老板娘，你给我拿出一点儿气势好不好？"于诗嘲讽道。

姜禾绿往她嘴里塞了一块口香糖，小声道："别说了，我都替你丢人。"

"说句真心话，刚才看中的那个包，你不想要吗？"

"想要。"

"那你为什么不告诉时总？"

"……不想要了。"

于诗笑她，又不是穷，找男朋友要个包算什么？对时怀见那样的人来说，买个包只是九牛一毛。

姜禾绿没听她的，其间，她收到了时怀见的消息，他问她在哪儿。

于诗偷瞄了一眼聊天记录，怂恿道："赶紧告诉他，就说你在店里看上了一款包包，但是很贵，你舍不得买，他肯定给你转账。"

姜禾绿没听她的，老老实实地回复："在商场逛街，待会儿回直播间。"

"哪家商场？"

"好像是你家的。"

"我家的？"

"嗯……那怎么说？咱们家的？"

姜禾绿觉得说这样的话未免显得两人太亲密了，他们又没结婚，这样一来，她反而真像时妄所说的，是因为图时怀见什么才和他在一起。

时怀见问："那你有没有想买的东西？"

姜禾绿："没有，我已经逛完了，正打算走。"

时怀见似乎信了，问她大概几点下班。

因为被姜父发现了两人的事情，姜禾绿下班后只能回家，便直言道：“我自己开车了，不用你接。”

他可能在忙，只让她开车的时候小心点儿，不要和陌生人说话。

聊天结束后，旁边的于诗一脸无语地看着她：“不知道的还以为时总在和未成年人聊天，居然让你不要和陌生人说话！”

“他每天早上还告诉我当天的气温，让我多穿点儿。”

“怪不得你爸不同意你们在一起，他是怕自己的地位被另一个男人抢走。”

挂着男朋友的头衔，操着父亲的心。

“走走走，咱们再去看一圈。”

看着姜禾绿手上提着几百块钱的包包和鞋子，于诗有一种暴殄天物的感觉。干吗放着个有钱的男朋友不用？

于诗推搡着姜禾绿，两人又来到了高奢店。

即使是大牌店，店里的导购依然是看人下菜碟，只不过，他们不会表现得那么明显，进门，两人说完“随便逛逛”，店员就确定了于诗和姜禾绿是“不会购买人群”，因此，店员对她们的态度和对店里的常客截然不同。

于诗从某软件了解到某款包包超级好看，想让导购拿出来看看，店员却端着高冷的态度，表示目前没货。

紧接着有顾客进来了，那人和于诗问了同样的问题。

“陈小姐，您要的这几款包包我们都有现货，这里还有新到的钱包，您要不要看一下？”导购对那人的态度和对待两人时截然不同。

间隔的时间长也罢了，偏偏就当着她们的面这样。

于诗不由得恼火，想过去理论一番，前面的顾客回过头看了她一眼，笑吟吟地打招呼：“哟，我说这是谁呢，原来是熟人啊。”光是从阴阳怪气的语气便能清晰地辨认出来，这位比她们高贵的顾客就是陈冰。

不知怎的，看到陈冰后，于诗心中的怒火翻了一倍。

“想不到会在这里看见你们。”陈冰奚落于诗的同时，还不忘带上姜禾绿，“按理说，这样的品牌店应该不在你们的消费能力内吧。”

陈冰继续说：“我估计，你们看一眼价格就会默默地离开。”

“你还挺会估计的嘛，那我告诉你，你估计错了。”于诗冷冷道。

陈冰也想不到于诗会口出狂言，轻笑道：“我说错了？你们买得起？”

“不用看价格。”于诗继续道，“看到这扇门，我们立刻就走，因为我和绿绿都看不上。”

姜禾绿在心里默默感慨，不愧是她，很会装。

“你真是我见过最有骨气的穷鬼。”陈冰嘲讽地说，“连这里的包包你都看不上，是不是只有超市两毛钱一个的购物袋能配得上你？”

这话一出，几个导购员都笑了，陈冰也为自己说的话扬扬得意。

于诗给姜禾绿使了个眼色。很明显，她准备让姜禾绿叫人来救场，毕竟闺密的男朋友是时怀见，还能让她们斗不过一个小主播？

在于诗期待的目光下，姜禾绿拿起了手机。

她看了一眼时间，沉重地对于诗说：“迟到五分钟，扣二百块奖金。”

“还愣着干什么？赶紧走吧。”姜禾绿拉起于诗，迅速逃离了品牌店。

这一晚，她给于诗好好地上了一课——做人不能攀比心太强。

当晚，除了两人因迟到而被扣除奖金，陈冰还嘲讽了她们一番，导致第二天全公司的人都知道了于诗和姜禾绿因为没钱而被品牌店赶出来的事情。

实际上，两人并不是被赶走的，但是在陈冰添油加醋的描绘下，两人就像初入城的乡巴佬，因为不懂规矩被赶了出来。

姜禾绿只顾着做视频，仿佛什么事都没发生过，于诗却冷静不了。

“她不找事会死吗？什么叫作被赶出来，我们没偷没抢，她哪只眼看见我们是被赶出来的？现在全公司的人都知道我们像村姑了。”

“别急嘛，妹妹。”姜禾绿安抚道，“谣言止于智者。”

“我不行了，我忍不了，我必须得和大家讲清楚。”

“你越讲越没用。”

不管姜禾绿怎么说，于诗坚决要捍卫自己的尊严。

比起她们，陈冰的影响力显然更大一些，大家很愿意听这一类的八卦，从嘲笑别人这里获取一些优越感，因此，即使于诗想方设法地解释，也并没有太大的作用。前台已经有不少闲暇的小主播在谈论着这件事情。

“没事啦，我们也买不起，不用太自卑。”

“只有冰姐能买得起那么贵的包，大家认清自己的地位就好。”

“于诗，你也别放在心上，以后行事低调点儿，别总是没钱还装大爷。”

她们嘴上安慰着于诗，心里却乐开了花，这件事情完全可以成为未来一段时间内的笑料。

就在她们笑得最开心的时候，门口的保安聚集起来，闹出了不小的动静。

大家循声看去，只见几个身穿制服的工作人员提着大包小包走进来。

“这是什么？”有人问道。

“这不就是于诗和姜禾绿今天被撵的品牌店里的东西吗？”另一个人惊讶道，“谁这么阔绰，买了这么多，冰姐吗？”

这话一出，大家不约而同地看向陈冰。

刚和她们笑完于诗的陈冰看到门口的东西，同样觉得疑惑。

她并不记得自己什么时候买过这些，高奢店里的一个包包要配许多货才能拥有购买资格，她偶尔可以奢侈一把，但并没有大量购货的能力，而这些包加在一起得有七位数了，相当于一辆不错的超级跑车。她怎么可能买得起？

前台过去询问后，得到的回复是：“请姜小姐签收。”

这话一出，大家面面相觑，只有于诗最先反应过来，给姜禾绿打了个电话。

“你快下来，有人给你送东西了。”

送东西这事，因为有沈西成这个先例，姜禾绿并没有放在心上，继续做着她的视频，简单说了两个字：“拒收。”

“不行，你先下来再说！”于诗好说歹说才把姜禾绿哄下来。

姜禾绿这才发现同行的小主播们都用惊异的眼神看着她。

“……怎么了？”姜禾绿一边走，一边问。

“您是姜禾绿小姐吧？”送货的人员恭敬地道，“您的包裹，请您签收。”

她随意地扫了一眼放在地上的大包小包，下意识地以为是沈西成送来的，因此有些抗拒。

人群里发出议论声：“这么多品牌包和高奢配货，很多都是没有库存的限量款，居然是送给她的？”

对于那些人的质疑，姜禾绿充耳不闻，摇头道：“我不要。”

这句话让在场的人更加诧异。

看见于诗挤眉弄眼，姜禾绿只好问：“这些东西是谁送的？姓沈的？”

“不是。”送货人员回答道，“姓时。”

听到姓时，姜禾绿顿时愕然，不敢相信地看了看那些包装。

她怎么都没想到这些是时怀见送来的。她从来没有和他提起过这些，他为什么会无缘无故地送给她？

姜禾绿疑惑地看向于诗，于诗也一脸震惊，两人对上眼后，她呆呆地眨了眨眼睛，摊手表示自己也不知道是什么情况，虽然她很想把这件事告诉时总，让他来帮她们出气，但她了解姜禾绿，所以并没有自作主张。

在众人错愕的眼神中，姜禾绿签收了。

至于地上的那些东西，除了一样一样地拆开，她没有其他的处理办法。

于诗走到姜禾绿的旁边，小声感慨道："你没下来的时候我就在想，时总会不会给了你惊喜，没想到还真是。"

"小声点儿。"姜禾绿提醒。

"话说，他怎么知道这些东西是你喜欢的？"于诗蹲下来，一边帮忙拆包裹，一边问，"高奢店有那么多家，也没见他送其他牌子的过来，这家正好是我们逛的那家。"

姜禾绿以为这是巧合，转念一想，自己发消息的时候和他透露过，他知道她在哪家商场，可能……从那时起，他就上心了吧？

但他什么都没有说。

"真的有好多，你看这些限量款的饰品，这么小一个，比陈冰昨天买的包包还要贵上好几倍呢。"旁边的于诗忍不住惊羡道。

姜禾绿难为情道："我也想不到，一个男人会这么细心地准备惊喜。"

"但是我怎么感觉不像是惊喜？"

"那是什么？"

于诗贴在姜禾绿耳边，小声道："我猜时总是随手送的。"

如果真的是刻意准备的惊喜，应该会暗暗地挑选她喜欢的礼物，附带上精美的包装，在没人的地方亲自和她分享吧？但他一次性地把这么多东西当包裹一样地送过来，连电话都没打一个，也没问她喜不喜欢，就像是一个普通人给心爱的人送早餐一样。

姜禾绿沉思了一会儿，不管是惊喜还是随意送的，她都欣然接受。她随意地看了一下，发现包裹比她想象中的还要多，除了包包，还有各类品牌的生活用品，连抽纸盒和垃圾桶都有。

这么多东西，很适合喜欢盲盒的人拆着玩。

姜禾绿拆了自己比较感兴趣的包包，于诗帮她拆其他的小物件。

刚才还围着陈冰拍马屁的女主播们时不时看她们一眼，嘴上虽然不说，眼里的好奇却半点儿都没遮掩。

“我还以为是冰冰姐的追求者送的，没想到……”

“有一说一，姜禾绿的脸并不难看，有人送这些东西应该很正常吧？”

“你们刚才听说了吗？送东西的人姓时，和咱们老板是一个姓。”

“那又怎样，和老板一个姓而已，人肯定不怎样，说不定是个秃头大叔，看她那一脸的狐媚就知道，喜欢她的人都是瞎了眼的。”

几个人肆无忌惮地谈论起来。

风凉话说了不少，几人的眼睛还是忍不住看向那边。

那几款在市面上都见不到的限量包就这样出现在她们眼前，还被姜禾绿放在地上，好像没当一回事。

“哇，她那里有一款包好稀有。”有人忍不住感慨，“听说某明星托国外的关系户都没买到，属于店里的压轴品。”

“对啊，她居然把包放在地上，我都替她心疼。”

“可能人家不拘小节吧，不像某些人，摸一下她的包还要用消毒水洗手。”

人群里的风向逐渐变了，就像墙头草，哪边风大就往哪边倒。

因为被比下来而生气的陈冰听到她们的话，把手里的手机重重地拍在柜台上，引得大家看过来后，她冷着声音道：“看人家有钱就开始巴结了？在背后瞎诋毁人干吗？”这声音落下，大家敢怒不敢言。

最会在背后诋毁人的莫过于陈冰，谁的衣服不好看，妆容有点儿脏，她都直接笑出声来，结果现在笑她的时候，她却开始讲究道德规范了。

有几个人还真去姜禾绿那边凑热闹了。

平日里没人关注姜禾绿，这会儿，几人说说笑笑，把“谄媚”二字写在脸上。

“墙头草”走后，还有几个小姐妹不忘表忠心：“冰姐，那几个人……”

“都给老娘等着。”陈冰咬牙切齿，“三个月内，我让她们滚出星加。”

“啊，这也太狠了吧？她们嫌贫爱富又不是一天两天了。”

“我不是说那几个‘墙头草’。”陈冰傲然道，“我是说于诗和姜禾绿。”

收拾完后，于诗打量了一下瞬间升值的直播间，不由得感慨：“你男朋友送你的包包钱就赶上你好几个月的工资了。还有，这么多东西，要是被观众看到怎么办？”

这句话提醒了姜禾绿，她很快把摆设品放到了其他的位置。

“这不是还没火嘛。”姜禾绿漫不经心地说道，“等有了一定热度，我给我家的鞋厂带货，赚的肯定比现在多。”

“但是，你想要热度的话，还是得靠手段。”于诗建议道，“你想想，刚开始那会儿，沈西成给你带来了多少人气？虽然都是负面的。”

“别提了，都是他干的好事，现在，我在别人的印象里就是个替身。”

“我给你出个主意，既能增加你的人气，又能挽回你在网友心中的印象。”

“什么主意？”

“和时总公开恋情。”

姜禾绿叹息道：“我爸那边不好说。”

“你是担心你爸，还是担心……你自己？”于诗分析，“我觉得，你是因为沈西成的事情得了公开恋情后遗症了。”

和沈西成传过绯闻后，大家都骂她是个不自量力的替身。要是和时怀见传绯闻，大家肯定会继续骂她，替身当够了，还去做人家的后妈。

于诗又说：“如果想要避免这种情况，公开的前提只能是……结婚。”

“……太久远了吧？”

“这件事得由时总主动，不能再像沈西成那样，让媒体捕风捉影地制造舆论了，如果时总主动向你求婚，或者亲口告诉媒体你们的关系，那你就不是倒贴的一方。”

于诗的分析看似很有道理，姜禾绿却兴致索然：“我知道，但是，咱先把家长搞定再说吧，一边下象棋一边说。”

“打扰了……我走了。”

看着于诗灰溜溜地走了，姜禾绿打开了一本象棋教程。

学到一半，她开了小差，给时怀见发了条消息：“在干吗？”

过了一会儿，她收到时怀见的回复：“准备开会。”

“那你开吧，待会儿再说。”

“还有一阵子才过去。”时怀见解释后，又问，“送给你的东西收到了吧？”

“收到了。”回了一句后，姜禾绿给他发了一些包包的照片，“不得不夸一下你的眼光。”他挑的都是她喜欢的东西。

时怀见：“只在口头上夸？”

姜禾绿："那怎么夸？"

"来我怀里夸。"

"你怎么不让我坐你身上夸？"

"可以坐我腿上夸。"

会议室里的高管们肯定想不到，他们一向冷酷的总裁在开会的前一秒说了这么不正经的话。光是想想便感觉无地自容，姜禾绿揉揉眉心，最后发了一句"好好工作"，便继续做自己的事情了。

她要完成姜父交给她的象棋任务。

最近，之前的面膜公司因为她的打假视频，依然每天给她发警告信息，让她删除内容，她也不得不回复他们。

琐事太多，处理完后，已经接近饭点。

时怀见没打电话过来，估计是在忙，姜禾绿便和于诗一起吃了饭，回去后，她继续忙了起来，遇到象棋上不懂的地方，她又给姜父打了个电话。

过了一会儿，姜父才慢吞吞地接通。

"爸，您在忙吗？我最近在认真地学下象棋，但是遇到了一点儿困难，您方便接视频电话，教我怎么办吗？"

姜父混浊的嗓音传来："我在外面，回家再说。"

"啊？您怎么去外面了？医生不是说您身体不好，需要在家休养一段时间后才能出去吗？"

"我再不回姜氏，公司不知道乱成什么样了，你王叔这段时间忙坏了，我不能再把所有的事情托付给他了。"

"可是……"姜禾绿的语气里透着浓浓的担忧，"可是，就算您要忙，也要注意身体啊，现在都几点了，公司的职工都走了。我怎么听到您那边还有其他人的声音？你是不是在外面喝酒？"

"……没有。"

"医生之前吩咐过，您的身体绝对不能碰酒，任何时候，身体都是革命的本钱，您可千万别被那些生意人忽悠，他们……"

"我知道了。"姜父扔下四个字后，便挂断了电话。

姜禾绿有些无奈。她知道父亲的脾气，他不太听劝，想到他也是为姜氏着想，她的心里更加担忧了，生怕父亲为了所谓的面子去陪酒，而且，生意场上的那帮人，除了拿酒糊弄人，还喜欢挑拨离间，制造氛围，姜父明知道喝酒不好，也可能被他们三言两语地下了套。

姜禾绿不放心，给王叔打了个电话。

“对……我知道，我和姜总在一起呢。”王叔可能也喝了点儿酒，声音听起来沙沙的，“大小姐，你又不是不知道你爸的脾气，他今天去公司的路上精神就不太好，我想劝他回家休息又劝不住。”

姜禾绿的心揪了起来：“那你们现在在哪儿？”

“我们现在没事，我会时刻看着姜总的，不会让他碰酒，大小姐，您放心。”

听着王叔的保证，姜禾绿总算放下心来，提醒他们注意安全，早点儿回来。

她暗暗地下定决心，她得尽快找机会和父亲好好说说，让他少操点儿心，公司现在逐渐走上了正轨，她不急着迅速恢复到从前那样，如果可以，她想趁机转变商业模式，传统鞋业想要生存下去，必要的宣传和推广是不可或缺的，现在已经不是“是金子总会发光”的时代。

直播结束后，姜禾绿又打电话问了王叔那边的情况。

王叔到底是姜父的人，怎么说都看姜父的意思，姜禾绿问他什么，他自然一切都说好。应付完后，他挂了电话，为难地看了看姜总。说好不喝酒的姜父已经被迫喝光了一杯度数不低的白酒，此时脑子昏昏沉沉的。

“姜总，我说句真心话，这年头，出来做生意的，手头里得有点儿拿得出手的东西，要么是钱，要么是权，实在不行，有女人也行，在座这么多人，可不是听你来说你多惨的。”一个光头男有板有眼地说着大道理。

没出事之前，姜家虽然没什么大钱，但还是有实力的，至少不用求人办事，价格上也不会被压得太过分，但是现在，不论是经销商还是材料厂，每个人都拿他当软柿子捏，不占点儿便宜就不罢休。

即使受气，他也得继续给人赔笑，应付着他们。

“刚才给你打电话的是你闺女吧？”光头男笑眯眯地问，“我听说，姜总的女儿长得那叫一个倾国倾城，连沈家二少都被她迷住了，不知道有没有机会见上一面。”

听到这里，王叔知道，姜总这杯酒算是白喝了，事情没定数之前，谁也不知道人家的目的是什么。

说到姜禾绿，姜父的眉头明显一皱，尽管恼怒，他还是忍住没有说话，听那帮人嬉嬉笑笑，越说越过分。

他们人多，个个有权有势，姜父有求于人，因此不能发火，只是暗中捏住了桌沿。旁边的王叔看了，心想，如果是以前，姜总肯定早就掀了桌子了。

弱者要懂得屈服，这个道理，他们不是不懂。

“我说真的。”嬉笑过后，光头男停顿几秒，道，“老姜，你现在给你女儿打个电话，让她过来陪我们喝几杯酒，把咱哄高兴了，什么事都好说。”

“我女儿不方便，她忙。”姜父打着哈哈，“她什么都不懂，有什么事和我说就行，咱们男人喝酒……”

他端起杯子，正准备敬酒，却被旁边某材料老板按住了手，老板笑吟吟地道：“大家都等着呢，老姜，你就别扫我们的兴了。”

“你就算把这一瓶酒喝下去，也抵不上你女儿的一杯。”光头男继续说笑，“咱又没别的意思，单纯地喝几杯酒。”

大家的真正目的还没有达到，并不打算放过姜父。

其实，这桩生意本身就不好谈，能谈的事情都被王叔谈妥了，只不过，为了姜氏更上一层楼，姜父不得不亲自过来一趟，却发现还是自讨没趣。

这帮人毕竟不是吃素的。

不管他们怎么说，姜父都没有答应他们的要求，似乎还把他们的话当了真，道：“不就是一瓶酒吗？我来喝……”

第九章 如神降临

酒店前台。

尽管王叔在电话里保证了他们没事，姜禾绿却从他的语气里听出了异样，因为不放心，她还是决定过来看看。

她正在向前台小姐询问包间的位置，奈何人家压根不肯告诉她。

她说她来找父亲，前台根本不信。

没问到位置，姜禾绿正准备给王叔打电话，其他号码就拨了进来。

电话那端传来了时怀见的声音：“结束了？我去接你。”

“不用，我在酒店。”姜禾绿摇了摇头，又给他报了酒店的位置，“我爸来这里应酬，我想找他。”

时怀见表示他知道了，没多久就挂断了电话。

姜禾绿有些疑惑，然而，没过两分钟，身后突然传来熟悉的男声：“姜姜。”

再一看，刚从电梯口过来的男人不就是时怀见吗？他居然也在这里。

姜禾绿开心地跑过去，因为是公共场合，她没有直接抱住他，只是走到他的面前，而后及时刹住车，忍不住笑了笑：“这么巧，你也在。”

时怀见没有顾虑，顺其自然地牵起她的手，回了电梯：“走吧，不是来找你爸吗？”

“你知道他在哪儿？”

“大概能猜到。”

今天晚上这里最热闹的厅只有两个，除去时怀见所在的那个，剩下的那一个，不难猜到是姜父和生意上的伙伴所在的位置。

因为不被姜父待见，他们并没有做好见家长的准备。时怀见只是送姜禾绿过去，打算等她出来后再送她回家。

厅门是敞开的，门口站着两个女服务员。刚进门，姜禾绿便发现了姜父，看见他手里拿着的酒杯，她的眉头不由得皱起来。

不等她过去劝阻，最先看到她的王叔大惊失色，连忙走过去，想把她推走：“大小姐，你怎么来了……”

“我爸他怎么喝酒了？”姜禾绿蹙眉，似乎没有意识到饭桌上的怪异气氛，一心只关心姜父的身体，“为什么要骗我？你明知道他的身体……”

话还没说完，一个油腻的男声慢悠悠地响起：“没想到真把老姜的大闺女盼来了。”

闻声看去，那是一个穿着衬衫的中年光头男，语气和眼神都极其不正经。

不等她表态，另一个人道：“姜家的小姐果然漂亮可人，今年多大了？有没有对象？介不介意叔叔比你大个几十岁？”

短短几句话，姜禾绿便了解到了在座的都是些什么人，她皱着眉头走过去，试着劝说姜父：“爸，我们走。”

“走什么？来叔叔怀里喝几杯酒，没准叔叔一高兴，你爸的生意就成了。”

姜父旁边坐着的中年男人肆无忌惮地打量着她，粗糙的手抬起来，准备摸上姜禾绿的胳膊。就在这时，一只从天而降的手比他的速度快上了几倍，直接将他的手腕扼住，反压在桌上。

不知什么时候进来的时怀见当着所有人的面，单手制服了那个准备揩油的男人，男人一下从坐在椅子上变成了跪在了地上。

那人正要不爽地咒骂，看清来人的模样后，吓得一句话都不敢说了。

“时、时总……”有人吞吐出声，压根不知道这位祖宗是什么时候过来的。

时怀见的出现让这里看似有钱有权的光头男一惊，他站起来后，其他人也跟着起身，恭敬而谦卑地打招呼道：“什么风把时总吹来了？真是难得。”

时怀见没理睬，牵起姜禾绿的一只手，把她带到自己的身后，视线扫过在场的每一个人，薄唇掀起：“刚才说要让她陪着喝酒的人，站出来。”

没人预料得到时怀见会突然出现在这里。

刚才，彼此嬉笑间，他们不是没谈起隔壁包房的那些权贵，然而，他们仅仅是在背后议论了几句，别说搭话，不少人连时怀见的面都没见过。

难得见上一次，却是因为惹了麻烦。

因为刚才的惊吓，姜禾绿心有余悸，她看了一眼前方的男人，感到了前所未有的心安。

进这间房之前，她便知道，不论是好或坏，遇到任何事情，都会有人和她一起分担。

他握着她的手的力道很大，被握着的姜禾绿不由得又加大了力道，两人十指相扣，不需要言语，已经明白了彼此之间的心意。

在座的众人看了，智商再低的人，心里也有了数。

他们竟然得罪了时总。此时，众人只想自求多福，无暇顾及他人，几人的目光纷纷投落至该承担责任的光头男身上。

光头男被出卖得彻底，本来他还抱着法不责众的侥幸心理，却不承想，没几秒的工夫，刚才还在巴结他的几人都把责任推在了他身上。

众目睽睽下，他不得不站了起来，替自己辩解道："都是误会，一场小闹剧，大家伙儿闹着玩呢……"

他又不是傻子，事情到这个地步，他不会独自承担责任，能拉下水一个是一个，话里的"大家伙儿"明显是打算把所有人都带上。

这话一出，其他人也大概明白了他的意思，纷纷附和。

"是啊，误会而已，大家都是十多年的朋友，开开玩笑。"

"这顿饭纯粹是庆祝老姜总出院，没别的意思。"

"时总，要不您也来凑凑热闹？您身边这位是您的女朋友吧？长得可真漂亮，郎才女貌，真让人羡慕。"

这些人想用调侃的方式缓解低沉的气氛。

时怀见的面色没有丝毫变化，对于他们递的台阶，他一没接，二没应，目光笔直地落在光头男的身上："上次，江河新区桥梁工程检测出桩基混凝土脱落、裂纹等问题，秦老板解决了吗？"

闻言，在座便有两人大惊失色。

光头男坐立不安，却不得不强装冷静："时总这话是什么意思？"

"桥梁施工安全是国民和媒体都极为关心的事情，没有人会因为这件事毁了自己的大好前途。"时怀见波澜不惊地补充，"秦老板是明白人。"

只要不是动武的场合，时怀见待人接物都很客气，客气到如果不是深知自己处境艰难，几人还以为他是在帮忙出谋划策，好心提醒。

那几句“善意”的提醒蕴藏着最浅显不过的道理：他会以这件事警告秦老板的合伙人，至于后续是否继续针对他，完全看这祖宗的心情。

事已至此，光头男不得不低头，他连滚带爬地跑过来求饶：“时总，我知道错了……我刚才什么都不知道。”

他一上前，时怀见便领着姜禾绿往后退了一步，嫌恶的意味很明显。

“是我没眼力见儿，没认出姜小姐是您的女朋友，是我的错，您大人有大量，别和我这种小人计较……”姓秦的光头男讨饶道。

在此之前，他和时家的关系还不错，先前也有过几次合作，不过，一直以来，他只是和时家几个叔伯的小公司有来往，对于这位年纪轻轻便掌握了时家实权的男人，从来只有仰望的份儿，万万想不到，自己还有得罪他的一天。

时怀见冷着一张脸，没有任何表态。

倒是姜父因为喝得迷糊了，完全不知道这件事是因他而起，说着混沌的话：“咋了，不继续喝吗？秦总，我敬你……”

王叔夺下他手里的杯子，又为难地看向姜禾绿，表示自己也没办法管这件事，姜父完全是被人逼迫的。

“爸，谁逼您喝了这么多酒？”姜禾绿皱眉问道。

姜父迷迷糊糊地拿手指向光头男。

“我没有……我只是想和姜总谈生意。”光头男忙说。

姜禾绿耸肩道：“我们两家好像没有合作的机会。”

“谈不成生意，可以做朋友嘛。”光头男到底是这些人中最有势的一个，圆滑得很，立马拿起杯子给自己满上一杯酒，“我敬老姜总。”说着，他一口把一杯酒喝完了，为表诚意，他还特意把杯子倒立，让他们看看是否喝完了。

见时怀见依然没有表态的意思，光头男不得不再次给自己满上一杯，一边说着胡话，一边给姜父敬酒。

一整瓶白酒几乎都被他喝完了，末了，他直接趴了下去。

见此，时怀见不慌不忙地给助理拨了个电话，通知助理处理这边的情况，然后又着手处理未来岳父的事。

姜禾绿担心父亲的身体，想让他去医院检查，但姜父始终拒绝，表示自己没什么大事，医生只是建议不要喝酒，不代表他一定不能喝。

老人家的性子就是倔，医生肯定不会直接说出“喝酒就会死人”这种话来。

回家的路上，喝多的姜父絮絮叨叨了很长时间。

“小禾，你别嫌弃爸唠叨，爸是真心希望你过得好一点儿……不要像我这样，半截身子埋入土里了，还过得不尽如人意。如果不是担心你，姜氏出事那会儿，爸真想一走了之。”

“我知道。”姜禾绿只能这样应着，侧首看了一眼和自己一起回姜家的男人，她抿了一下唇，表示很无奈。

时怀见本打算做好准备再来探望姜父，现在情况有变，两人不得不提前见家长，姜父这个样子，时怀见也不放心，便跟来看看。

好在姜父的意识不太清晰，说了不少废话，也没有关注他，只是一直谈着自己的事情，比如他什么时候遇见的姜母，对她一见钟情，但因为害羞，迟迟不肯告白，只敢以朋友的身份守护她。

“恩静以前长得可漂亮了……那时候流行港风，她留着短发，穿喇叭裤，上身配格子衫，是学校里数一数二的美人，追她的人不止我一个。”

“但我敢保证，没有人比我爱得长久，我等了她很多年，看她和别人谈恋爱，分手，再谈恋爱，再分手……最后，她总算知道我的好，嫁给了我。”

“可惜，我不懂浪漫，即使婚后有了孩子，也没能绑住她的心……她跟着初恋男友去国外了，一走就是这么多年，我好想她，我都快忘记她长什么样子了。”说了没多久，姜父的声音越发沙哑，甚至带着一些哽咽。

他只是个普通人，如果没有遇见喜欢的人，可能会和当年的同学一样，做一份铁饭碗的工作。为了给何恩静更好的生活，他努力创业了很多次，才逐渐让生活转好，却依然没能挽回心上人的心。

“真羡慕老爸完美的爱情。”姜禾绿适当地转移话题，“爸，您肯定也希望您的闺女能和自己喜欢的人在一起吧。”

副驾驶座上的姜父回头看了他们一眼，即使喝醉了，他也看得出姜禾绿的心思，一本正经地反驳：“就因为经历过，才不想让你再经历。这些年，我一直没有再娶，一来是为了你，二来也是因为我放不下你妈妈。我再娶的话，对方在我心里的地位肯定比不上你妈妈，这样对她也不公平。”

在他看来，时怀见就是曾经的他，两人都是单身带孩子的男人，他除了怕姜禾绿以后和时家的小少爷闹矛盾，也担心以后小少爷的亲妈出现，时怀见会毫不犹豫地抛下姜禾绿。

然而，他到底是多虑了，并不是所有人都像他这样，爱前任爱了那么多年。

听到这里，姜禾绿有些激动，握着时怀见的手，想把他的事情都说出来。

不过，出于保护时妄的隐私，她换了一种说话的方式："爸，您放心好了，我们和你们不一样，他没有前妻。"

姜父一愣："没有前妻？那他的孩子是从石头缝里蹦出来的？"

"孩子是亲戚家的。"

因为不想把时家大哥牵扯进来，姜禾绿便撒谎说是亲戚家的。

这么一讲，姜父似乎明白了，但是又觉得有哪里不对。

他回头问未来女婿："小时，你不会单身了三十年吧？"

这不问还好，一问就略显尴尬。

时怀见点了点头。

姜父露出惊讶的表情，似乎想不到还有人和他一样，如此有自制力，他不由得对时怀见多了一丝好感。

回到家，姜父主动邀请未来女婿进屋。唠叨了一路后，姜父的酒意已经醒了不少，进门后，他连忙为刚才在酒店的事情向他道谢。

女婿和岳父之前的第一次见面，两人便交谈得十分融洽，如今，所有事情都真相大白了，彼此间没有了嫌隙，反而更像是知己。

姜父一边喝着醒酒茶，一边问时怀见要不要和他下一盘棋。

天色已晚，把人留下来下棋更有留宿的意思，时怀见欣然接受了。

对于象棋，时怀见以前有了解过，闲暇之余，除去健身旅游，他也会陪家里的老人下几盘棋，他在这方面的功利心不强，图个开心罢了，因此，他的每一步棋走得巧妙又不刻意，让人不由得放松。

姜禾绿只能在旁边看着，尽管她知道每一步的走法，但是并不能看出里面蕴藏的玄机，她便像个小孩一样在旁边玩被吃掉的棋子。

姜父一边下棋一边问："你看上我家小禾哪儿了？"

时怀见笑笑："说不上来，她哪儿都好。"

"她没吃过什么苦，被宠着长大，性格上可能不如你的意。"姜父看了一眼闺女，道，"初中开始就不学好，常常背着家长和老师偷偷做指甲、染发。"

"我……哪有？"姜禾绿蒙了。

“保姆不止一次从你的房间里搜出来那些小玩意儿。”姜父轻笑，“我不想窥探你的隐私，让她们给你放回去了。”

姜禾绿的脸上火辣辣的。想不到父亲竟然什么都知道，她还以为这是自己和于诗的小秘密呢，更想不到的是，父亲好像对这些很包容，按理来说，他不应该允许她小小年纪就染发。

果然，姜父又说：“你妈以前也喜欢那些，你随你妈的性子，都臭美。”

看来是沾了母亲的光。

女婿和岳父的第一局棋，前者获胜。

第二局，时怀见比上一局下得更随意了，像是故意让着老人家，因此，最后是姜父赢了。他表现得并不刻意，输了后也不忘夸姜父的棋艺好。

姜父没那么好糊弄，知道未来女婿在让他，心里感慨万分，但就这样把女儿交出去，难免也有些舍不得。

姜父指了指姜禾绿：“你来和我下吧。”

“我什么都不会。”

“没事，你还记得我上次和你说的话吧。”

姜禾绿当然记得。她之所以研究象棋，就是因为姜父说如果她赢了他，他就同意她和时怀见在一起。但是她还没有研究透彻，怎么可能赢得了姜父？

看他们两个男人下棋的时候，她的心里便在感慨，他们的心机也太深了吧？给她五年的时间，她都未必学得会。

“去吧。”时怀见适当地给她鼓励，“就当玩玩。”

“那我输了的话，也没关系咯？”姜禾绿不放心地问姜父，“反正你也没限定次数，这次输了，我下次还可以再来，等我把那么多书学透了，就……”

“不用看书。”姜父摆手，“你抽空来看看我下棋就行，不然，看再多的书都没用，纸上得来终觉浅。”

姜禾绿硬着头皮坐下来。

每走一步棋，她都要看时怀见一眼，想找他帮忙。然而，看棋的人有个不成文规定，就是看破不说破，时怀见并没有给她实际帮助。

棋盘上几步走下来，入行的人都能看得出来情况，唯独姜禾绿看不懂。

二十来步后，她逐渐发现异样——父亲好像一直在让着她。在她看来，最没用的棋子无非就是兵卒，而姜父一直在用这类棋，像是在玩过家家。

没一会儿，她便带着自己的棋去攻城门掠将了，结果竟然赢了。

她惊讶地捂着嘴，不知是自己厉害还是……

姜父站起来后伸了个懒腰：“天色不早了，小时你这么晚开车回去也太累了，就在这里住下吧，我让保姆给你准备客房。”说完，他便上楼了。

“爸。”没得到确定的回答，姜禾绿跑到楼梯口，“我刚才下棋赢了您，之前说的话可要算数啊。”

“行。”姜父答应得干脆利落。

姜禾绿激动地转过身，直奔不远处的男人，往他怀里一跳。

时怀见顺势接住她，大手托着她的腿，不禁笑道：“这么高兴？”

“我爸之前说，如果我下棋赢了他的话，就同意我们在一起。”

“那你刚刚赢了他，就算他同意了？”

“对啊。”她按捺不住兴奋，在他左右脸各亲了一口，“快夸夸我，我是不是特别的厉害？短短几天，就以精湛的技术赢了我爸。”

刚才的娱乐局，姜父很明显地放了水，时怀见当然看得出来。

“很厉害。”他低笑着夸奖道，“不过这件事，你为什么没和我说？不想让我担心？还是觉得自己能背负重任？”

“都不是！”她回答得果断，“我觉得这只是小事，没必要告诉你。”

他没料到她会这样回答。

不论从哪方面看，这都不可能是小事，让一个一窍不通的初学者去赢象棋老手，这件事成功的可能性太低，其间还要付出很多的努力，她刚才说自己买了那么多书，显然是打算自己偷偷摸摸地刻苦学习了。

真是让人不知拿她怎样才好。

“以后不要再这样了，即使是小事，我也希望和你一起分担。”时怀见的声音略沉，像是在教育她，“听到没有？”

她故意和他作对：“没——有——”

“真是让人放心不下。”他无奈道，“过段时间我得去出差，每天会和你打电话，有什么事必须及时告诉我，不许再像这次这样。”

“我要是不说呢？”

“那等我回来收拾你。”

时怀见换了个抱她的姿势，往楼上走去，他之前来过，熟门熟路。姜父累了，需要早早休息，回房间后便没有了动静，看样子是不打算再管他们的事情。

时怀见抱着怀里的人走到卧室门口："开一下门。"

"你刚才没听见我爸说了什么吗？他说让你睡保姆准备的客房。"

"没听到。"

姜禾绿还是没帮他开门，扭扭身子想从他怀里下来，察觉到她动作的时怀见轻笑了一声，保持着抱她的姿势，把她抵在墙上，用手拧开了门。

女孩子的房间，梦幻得像是童话王国。以前，姜禾绿的房间也偏向于简约风，甚至一度喜欢黑色，但随着年龄增长，她又喜欢上了鲜艳的颜色，房间里整体色调偏粉橘色，飘荡着若有若无的香味。

时怀见走到床边，对怀里的人说道："下来吧。"

"不要——"

"那你要什么？"

"……我就是想抱着你。"

时怀见拿她没办法，微微俯身，让她躺下去，然而，他发现她还是像八爪鱼一样黏在他身上，死活不肯下来。

不等姜禾绿反应，她再次被他带了起来。

时怀见抱着她去了浴室，把她放在盥洗台上。

屁股刚挨着台面，姜禾绿打了一个激灵站直了，然后瞪他："你干吗？"

"洗澡。"时怀见懒散地回答，然后抬手解她的扣子，"忙了一天，洗个澡，放松一下心情。"

才几秒的时间，她的衣服已经被他拿在了手里。

衣服被脱到还剩一件薄衫的时候，姜禾绿抓住了他的手，如同抓流氓一般，把他撵出了洗手间："我自己洗。"

门外的男人语气认真："客气什么？一起吧，节约用水，人人有责。"

"我没责！"

时怀见低笑一声，并没依她。

翌日，姜禾绿起得很晚。身边的男人早就起来了，不仅不见了踪影，另一侧的被子里也早就没有了余温。

她起身换衣服的时候，才发现自己的腰上还留着淡淡的手印，想起昨夜的情景，她不由得红了脸颊。

今天的天气很好，阳光明媚，她下楼看见姜父和时怀见两个人在聊天。

“你这孩子，怎么这么晚才起床？”姜父有些恼怒，责怪了她一句，又不忘让保姆去准备早饭。

餐桌上，姜禾绿和时怀见肩并肩地坐着。

姜父看着他们二人，时不时露出欣慰的笑。

“爸，什么事让您这么高兴？”姜禾绿一边吃饭，一边多嘴问了一句，“不会是因为他答应了您什么事吧？”

“咱家的丫头还挺聪明。”

“真答应了？”姜禾绿有点儿蒙，侧首看向时怀见，“你答应我爸什么了？帮他教训昨晚那个光头吗？”

那个逼姜父喝酒的光头男昨晚喝多了酒把自己喝进了医院，即使如此，他以后的日子也不会好过到哪里去，至于掺和其中但没有带头的其他人，也不会再一帆风顺。

时怀见不想让姜禾绿担心，直接回答：“我答应咱爸找人。”

“找谁？”

“当然是你妈了。”姜父笑吟吟道，“怀见今天早上跟我讲，他知道你妈目前所在的国家，可以尝试联系她，至于结果怎么样，就听天由命吧。”

“但是，这也不是什么值得高兴的事情吧？”

“我不是高兴你妈能否被找到。”姜父突然严肃起来，“我只是没想到，怀见会这样帮我。”

这么多年了，姜父一直是不被理解的那一个，大部分人对他这样上赶着追女人的人抱有一定的同情，但更多的是不屑和讽刺。

何恩静离开后，姜父没有再娶，在他人看来更是愚蠢至极，没有哪个男人能做到这个地步，后半辈子的生活哪怕再有钱有势，他们也不会羡慕。

姜禾绿大概理解了。

想要联系她妈妈并不是很难，桐城的圈子不大，他们那辈人的联系更是紧密得很，要个联系方式不难，难的是让姜母回来。

时怀见应该算是男人中为数不多愿意理解姜父的，所以老人家才会这么感动。别说外人，之前，姜禾绿多多少少也不太理解为什么他要等那么长时间。

现在，姜禾绿明白了，有人生来就是痴情种。

从姜家离开后，姜禾绿开的自己车去送时怀见。

比起姜父提出的让司机接送，时怀见更愿意和姜禾绿待在一起。

姜禾绿之前给他开过车，因为紧张闹出过一些笑话，现在，她的情绪平稳得多了，一路絮絮叨叨说着最近的事情。

“对了，你下次不要往公司送那么多东西。”她突然想起这事，说道，“搞得大家看我的眼神都不对劲了。”

“嗯？”他看她一眼，“我本来想送到你家的，想到你爸还没同意我们在一起，就先送到了公司。”

“太高调了。”

“不比沈西成低调？”

这么说来，好像也是，但沈西成一直以来都是张扬的性子，时怀见比较低调，因此，上次的举动还是让她吃了一惊。

“你平时就开这辆车上下班？”时怀见打量着车身，问了一句。

姜禾绿点头道：“怎么了？在你们眼里，是不是不够档次？”

这车各方面的配置确实不行，性价比低，唯一的优点便是外观好看，适合小女生开，毕竟她只是上下班用，也不需要开着它到处颠簸。

时怀见没评价她的车是好是坏，只说道：“回头带你重新挑一辆。开现成的也行，我那里还有很多车。”

“不！”她果断拒绝，难免觉得好笑，“我开这车已经让人觉得我是在装阔了，要是开你的车去公司，那些人还不知道怎么说我呢。”

虽然人不该过于在意他人的眼光，但她管不住那些八婆的嘴，她们天天说她傍富豪，或者埋怨她有钱还来和她们抢饭碗，是个人都不会觉得愉快。

时怀见试探着问：“谁在说你？”

“我只是打个比方，没有人说我，大家相处得还是很愉快的。”

愉不愉快，时怀见不知道，他看出来她在星加挺开心的，每次和他分享都很快乐，属于报喜不报忧的类型。但这样的她让人不禁担心，他倒是希望她大大咧咧地把所有事情都口无遮拦地说出来。

姜禾绿不慌不忙地把他送到大厦楼下，时怀见没有下去的意思。

“怎么了？听说你上班向来很准时，现在都快迟到了。”

“老板没有固定的工作时间。”

“所以呢？你要我夸你一句很棒？”

他侧首看她一眼，慢条斯理地解开安全带，看似不经意地提起：“你这辆车是不是沈西成送的？”

“嗯……你还不下车吗？”

“我在问你话，姜姜。”

“这个吧……”知道自己没法躲过去后，姜禾绿只好坦白，“是他送的，不过，那是很久以前的事情了，我现在已经和他断了联系，并且，我会把这辆车的钱一分不少地还给他，你不用担心。”

时怀见声音上扬：“换掉——”

早知道说这么多还是这个结果，她还不如不吭声，省时又省力。

“真的吗？”姜禾绿幽幽道，“可是，这辆车我开了很久了，你也知道，开某辆车的时间越长越有手感，路上也会更安全。”

“我知道。”他点头，“但是，想到我的女朋友开着前任送的车，我可能无法安全地开车了。”

“你乱说，你的车技好得很，你就是在强词夺理。”

“那你换不换？”

“……小气鬼。”

她怕他多心，主动把这辆车的钱还给沈西成，现在，他却还这么霸道。

“但是，我现在换掉的话就没车了。”姜禾绿有理有据地说，“难不成我要开我爸的车吗？他的车对我来说太大了。”

“我送给你。”

下车后，时怀见没有直接走，在外面轻轻敲了敲车窗，等她降下窗户后，他撂下一句：“待会儿给你发车子的照片，你自己看着挑。”

“我都说我不要了——”

“等我出差回来，咱们就公开。”他淡笑，“这样就没人骂你了。”

“你——真有能耐。”姜禾绿忍不住瞪他，“这就开始擅自主张了。”

他仍是笑着，伸手捏了捏她的下颌：“乖，听我的。”

虽然他说等他出差回来再公开，但看现在这个情景，姜禾绿觉得，再过不久，两人就会被迫公开了。大厦前这么多人，大家怎么可能认不出时怀见，他还敢没皮没脸地在这里调戏她。

“赶紧去吧。”姜禾绿顾不上那么多，催促他赶紧走。

即使如此，也已经有很多人发现了他们。大家都一副不可思议的神情，似乎不太敢相信他们高冷的时总居然坐女人的车来上班，临行前还和人家说说笑笑，那张脸上也是他们从没有见过的表情。

至于车内的女人是谁，因为隔得远，没有人看清，只有几个离得近的人确定里面坐着的是个长发女孩。

时怀见走了没几步，便有几名高管出来迎接他。

车里的姜禾绿目送他离开后才掉头。她倒不是真对这辆车有深厚的感情，只是因为熟悉了，想到他刚才提出的换车要求，她想了想，觉得也不是不可以，大不了她把这辆车卖掉，再换一辆一模一样的。

在公司楼下停好车后，姜禾绿收到了时怀见发来的文件，应该是他让助理整理出来的女孩子适合开的车型清单，清单上大部分都是车型设计介绍，性能方面的介绍并不多，估计是知道她看不懂，索性略过了。

清单上没有一辆价格低于七位数的车，再换一辆同款宝马估计是没戏了。

过了一会儿，时怀见发消息问她：“看上哪辆了？”

姜禾绿：“都没看上，看上你了。”

“那你是想开车还是开我？”

“开你吧。”

“姜姜，你是不是觉得隔着屏幕，我就治不了你了？”

姜禾绿用柔弱又无辜的口吻道：“人家没有别的意思，哥哥误会了啦。”

那边回了五个字：“等着被收拾。”

看着这几个字，姜禾绿既想笑，又有些担忧自己的处境，胆子不够，便没再继续说这些话，让他好好工作。

下车后，她拢了拢脖子上的围巾。

今天温度偏冷，阳光却刚好，让人感觉心口暖暖的。

往公司门口走的时候，姜禾绿没注意到一棵绿化树下靠着一个女人，两人擦肩而过时，熟悉的女声响起：“姜小姐。”

姜禾绿回过头，发现是言辞，她有些意外她会出现在这里：“大……”

“大嫂”两个字被她咽了下去，她装作若无其事的样子，笑着问：“言医生怎么在这里？好巧。”

言辞小巧的脸隐在口罩里，漫不经心地问："能借你的车给我用一下吗？"

姜禾绿的车钥匙还拿在手里，她微微愣了一下："言医生要去哪里吗？"

"嗯，有点儿事。"

言辞没说什么事，姜禾绿也没怀疑她为什么要用自己的车，想到她是时妄的母亲，姜禾绿很干脆地将车钥匙给她了。

一天下来，姜禾绿已经快忘了这件事，傍晚下班看到停车位上的车和人后才想起来。言辞高挑清瘦，往那儿一站，仿佛一个国际模特，她双手抄兜，漫不经心地说："上车吧。"

言辞没多说什么，姜禾绿懵懂地上了车的副驾驶座，系安全带的时候，她问道："我们是要一起去接时妄吗？"现在差不多是他放学的时间。

然而，言辞始终没说什么，只将速度提到最高，车载的音乐声也开到了最大。一路上，姜禾绿隐约听见后面好像有敲打声。

后面还有人吗？她回头看，发现并没有。

声音好像是从后备厢里传出来的。在她第三次回头的时候，才发现言辞正直直地看着她。

"怎么了？"姜禾绿捂着狂跳不止的心脏，"干吗把车停在这里？"

"你在车里待着，不要出来。要是出来的话，出了事，我可不负责。"言辞丢下一句话就下了车。

车厢里的音乐声依然很大，姜禾绿觉得车厢里的气息让人头晕，便把窗户打开了一条缝。外面冷风飕飕地刮进来，她才发现言辞把车开到了一座桥上，下面是滚滚的江水。

这里很偏僻，附近没有人，车前的大灯开着，冲破沉沉夜色。

姜禾绿再次听到了什么动静，而后伸手把音乐关掉了。

再细听，她发现是绳子摩擦的声响，紧接着，她听见了陈清韵的声音。

姜禾绿打了一个激灵，降下车窗回头看去，却发现不远处，有两个人影交织在一起。言辞刚才说不让她下去，可这个时候，她怎么能不过去？

姜禾绿刚下车，只觉得有一阵猛烈的风刮来。

江边风大，天气又不好，估计马上会有强降雨或雪。

姜禾绿拢了拢围巾，一步一步走过去，离得近了，她听见了那边的声音。

"当年是我想害死你又怎么样？你有证据证明是我做的吗？你明明以为是

时伯母做的！你把时家搅了个天翻地覆，报复完他们还不够吗？！”

陈清韵的双手双腿都被绑着，人被吊在桥栏附近。

她身上用的像是蹦极用的绳子，结实又耐用。

姜禾绿蒙了。

“你知不知道我有多恨你？你当初不过是被父母抛弃、被时家送给时参的小保姆，凭什么他会爱上你，你们还能有孩子？你抢走我的幸福，难道不该死吗？我唯一后悔的是没直接把你弄死，而是制造了让你坠入江中的车祸，否则，你根本没有站在这里和我说话的机会！”陈清韵高傲又自大地喊着。

在此之前，她一直害怕被报复，然而，该来的迟早要来，她早就做好了准备，现在反而不害怕了。

“言辞，你不觉得你愚蠢得像个小丑吗？”陈清韵笑得花枝乱颤，“从前，你跟只疯狗一样，咬准是时家害的你，现在你回来了，却变成了一无所有的可怜虫。”

言辞面不改色地处理着手里的绳子：“你的话是不是太多了？”

“呵。”

“时家不无辜。”言辞淡淡道，“我生了孩子后，那个老女人就想把我赶走，当初，她和你一样妄图置我于死地，只不过被你的人抢先了一步。”

陈清韵愣了下，看她还在绑着绳子，问道：“所以呢，你报复完时家，现在还要对我下手吗？我是有准备的。”

“准备什么？下水游泳吗？我不信你能猜到，我会让你跟当年的我一样，被江水浸泡到窒息。”

陈清韵并没有猜到这个方式，她只猜到言辞不会放过她，所以随时带着保镖，但今天，她还是被抓到了，她和保镖被药迷得昏倒，再醒来时，她已经被绑在车的后备厢里，手机也被言辞拿走了。

没关系，她还有备用机，她的耳环也装有紧急呼救设备。

此时，陈清韵并不害怕，她勾起嘴角：“我的人马上就会来救我，要是你杀了我，你能确定你没事吗？”

“我这不是带了帮手吗？”

说着，言辞朝几米外的姜禾绿看了一眼，理所当然道：“我想，就算出了天大的事，时怀见也会帮她顶着的。”

言辞的声音不小，姜禾绿听得清清楚楚。

出了车厢后，姜禾绿明显清醒了不少，也逐渐意识到了自己现在的处境。

她完完全全地被言辞利用了。

听着那两人诉说多年前的事情，姜禾绿的脚步僵在原地。

从两人的对话来看……言辞知道陈清韵对她做的一切，这就意味着，她当初离开并不仅仅是责怪时家老夫人，更是想摆脱当初的处境。

现在她回来，也许只是想报复当年的事情。

没有经历过言辞的人生，姜禾绿无权劝她大度，只是用还算平静的声调喊道："言医生。"顿了顿，她继续道，"你何必用这种方法，让自己冒这么大的风险，万一受到法律制裁，反而不讨好，有这个时间，为什么不去调查当年的事情，把她交给警察处理？"

言辞似乎对她的提议感到不屑，专心做自己的事。

借着昏暗的路灯灯光，姜禾绿看到陈清韵被吊着放了下去，她的后背上牵着一条绳子。言辞可能想让她先体会被江水浸泡的滋味，慢慢折磨她。

周遭十分安静，陈清韵的尖叫声格外响亮，过一会儿，她就没了动静，可能是被浸泡在水里了。姜禾绿不由得惊呼："言辞！"

"你可以觉得我残忍。"言辞无所谓地道，"但你不要觉得她无辜，我被浸泡在水里的时候，可没有换气的机会。"

姜禾绿看着言辞，没有冲动行事。眼下最重要的是保住自己，再想想能不能两全。她不可能是准备周全的言辞的对手。

时间一分一秒地过去，言辞把陈清韵拉了出来，又放了下去。

不知道是风声太大还是隔着一定的距离，她们已经听不见下面的声响，不知道陈清韵是死是活。

不远处有车灯闪过，姜禾绿朝那边看了一眼，不由得绷紧了神经，下意识去拉言辞的胳膊："有人来了，我们得走了。"

"谁？"

"她的救兵。"

"你怎么知道不是陌生人？"

"车子是逆行的。"

从这个车道逆行而来，她想不到除了陈清韵的救兵还会有什么人。

不远处的车急速向这边行驶过来。

争分夺秒间，姜禾绿发现言辞无动于衷，再次语重心长地劝道："你是聪明人，应该不想两败俱伤，不管是什么报复，你平安无事才是最重要的。我不知道你们之间发生过什么……但是请你想想你爱的人和爱你的人，他们不会希望你变成这个样子。"

"没有。"

"怎么可能呢？"她再次试图劝道，"就算你不在乎时参，那时妄呢？他是无辜的……如果你对他真的没有一点儿感情的话，我相信，凭你的本事，完全可以不出现在他们的眼前。"

可言辞还是出现了。

姜禾绿猜到，言辞以前过得很苦，她和时参的感情问题姑且不提，只从她抛弃亲生骨肉远走他乡就能看出来，她一定受了很大的委屈。

姜禾绿试图拖延时间，甚至在明知言辞想利用她的前提下，依然不放心地补充道："你相信我，我不会丢下你不管的。"

不知道是姜禾绿的劝说起了作用，还是陈清韵下水前那几句义愤填膺的话起了作用，言辞似乎突然改变了想法，认为自己不该被陈清韵再次拉下水。

趁言辞愣神时，姜禾绿从她的口袋里找到车钥匙，拉住她冰冷的手，替她打开了副驾驶座一侧的车门。上车前，姜禾绿回头看了一眼绳子。

她没有百分百的把握后面的车是来救陈清韵的，如果只是普通的路人，那悬吊在桥梁上的陈清韵可能溺亡。

犹豫了几秒钟，她来到滑轮前，将吊绳往上抬高了两米，确定陈清韵不会被淹死后，她才上车发动引擎，打开导航，降下车窗。

做这些的时候，姜禾绿的手还在颤抖。

冷风透过两侧的窗户袭来，雪花贴在脸颊两侧，又融化成水。

言辞淡淡出声："为什么帮我？"她们之间远没有这样亲密。

"你的手是用来救人的，不是害人的，哪怕她罪不可赦，你也不该连累你自己，更不该连累我。你要是拉不下脸，我可以帮你问时怀见，能不能帮忙调查多年前的事故。"

车厢里的异香被风吹散得差不多了，姜禾绿的大脑没有再受外界的控制，纵然十分紧张，她此刻的思路也格外清晰。

她知道言辞是个聪明人，不然也不会成功从保镖手里带走陈清韵，但言辞有时候做的事情又愚蠢至极，或者说，她没想好好活着。可能因为心中的恨意太深，不让对方彻头彻尾尝遍自己的痛苦，她就不会罢休。

车子回到了市区。周遭喧嚣声不断，熟悉又陌生，送走言辞的姜禾绿竭力让自己保持镇定，一路回到了直播区。

除了迟到，她看起来和平时别无两样，没人注意到她的异样，连于诗也没发现，兴致勃勃地给她看网红小哥的照片，问她帅不帅。

姜禾绿往苍白的脸上补了点儿腮红，而后若无其事地和之前一样开启直播。一直工作到夜里十一点，姜禾绿明明身心疲惫，却没有任何休息的想法，她在椅子上呆坐了许久，才摸出手机，发了一条消息出去："在干吗？"

等了五分钟，那边没有回，大概是在忙吧。

走出公司大楼，寂静的环境让人不由自主地战栗。雪花从天上飘落，如同鹅毛一样，轻飘飘的，路灯昏暗的光打在姜禾绿的身上。

她累得不想开车了。从桥上回来的路上，她已经用尽了今天所有的力气。

现在，一看到方向盘，她就有一种再次被人操纵的错觉。

她现在要做的是回家睡觉，明天早起，等待审判，自保其身。

这样一想，好像也不是很难。

手机铃声在冰冷的夜晚突兀地响起，看过号码后，姜禾绿接了起来，娇笑道："喂——怎么现在给我打电话了？"

"还没睡吗？"

"睡了。"她撒了个谎，笑了笑，"不过，被你的电话声吵醒了。"

"嗯？那很抱歉，我挂了？"

"不要。"她立马接话，"听到你的声音后，我一点儿都不困了。"

男人笑了一声，嗓音低醇温柔："刚刚在开车，没看见你的消息。"

"……嗯。"他其实不用特意和她解释的。

她只是处于一种不安的情绪下，想要迫切地感知到他的存在。

言辞简直让她陷入了绝境，她凭什么觉得时怀见会保她？姜禾绿陷入了纠结，既希望他不搭理她，又希望他能帮忙。

"我好像闯祸了。"姜禾绿吞吞吐吐道，"还挺严重的。"

"怎么了？"

“就是……”话到嘴边，姜禾绿说道，“今天介绍产品的时候，我说混了。”

“小错误。”

“但是好丢脸。”

“那你公开我们的关系，让我陪你一起丢脸。”

姜禾绿既想笑，又想哭，嗔恼道：“你应该安慰一下你的女朋友。”

“那好吧。”时怀见很听话地应着，“下次不要再失误了。”

“你这算哪门子的安慰？”

“那我应该说什么？”

她仰头看天，道：“你随便说什么都行。”

她只是想听听他的声音，是不是安慰都没有关系。

时怀见声音正经认真：“我很好奇，你是不是因为想我才失误的？”

“才没有。”

“那你想我吗？”

“不想。”

她不是不想，是不敢。从桥上回来后，她像个机器人一样工作，不敢让自己想太多。她心里无比恐惧。

那端，熟悉的男声再次传来：“真的不想吗？”

“想。”姜禾绿深吸一口气，控制住情绪，一字一顿地说，“我想你，很想很想，超想超想，特别地想……”

想到希望现在就能见到他。想和他在一起，吃饭、睡觉，做什么都行。

“这么想？那你回头。”

愣了片刻，姜禾绿才转过身，男人熟悉的身影映入了眼帘。

浅橘色路灯下，时怀见长身玉立，意外地出现在了她的面前。

两人保持着同样的打电话的姿势，双肩同样地覆着白雪。

彼此的眼里也同样只有对方。

看见他的那一刹那，姜禾绿感觉天空飘的雪静止了，周身的所有都定格了，只有他一步一步地朝她走来，离她越来越近。

迎着光，姜禾绿看见了此时此刻她最想见的人。如同幻梦，难以置信。

她呆愣地抬头，红唇微张，不确信地揉了揉自己的眼睛：“你怎么来了？”

他刚刚和她通电话的时候，给她一种他远在他乡，不可触摸的感觉，结果下一秒，他就如同神一般降临在她面前。

时怀见看着一脸呆愣表情的姜禾绿，笑道："很意外吗？"

"当然意外，你不是在出差吗？而且，你刚又没在电话里告诉我你回来了……我还以为你要好久才回来……"

被她揉过的眼睛泛着红，声音也沙哑着。

"听说你想我，所以……我就回来了。"时怀见理所当然道。

"你骗人，我才说想你，你怎么可能那么快回来？"

"那可能是心灵感应。"

姜禾绿怔住了。她还是很难相信他真的出现了，又害怕他下一秒就消失。

难道，她出现了幻觉？

姜禾绿小心翼翼地抬起手，碰了碰时怀见的衣服。

他是真真切切地存在的，他真的来了。

"姜姜。"时怀见笑着叫她，把她拥入怀中。

他的手从她的肩侧环过，紧紧地抱着她，下颌抵着她柔软的头发，道："我也想你，比你想我还想。"

姜禾绿感受着男人胸腔里传来的有节奏的心跳，整个人瞬间温暖起来，越来越有安全感。她抬起双手，隔着大衣反抱住他的腰身，小声道："你又占我的便宜，我说了那么多形容词，你倒好，直接说比我想你还想。"

她半嗔恼半撒娇的口吻在他听来只觉得可爱。

时怀见摸了摸她的头发，而后牵起她的手，一边往前走一边责备道："手怎么这么冷？大雪天的在外面，也不知道找个地方避避？"

上车后，时怀见发现他的手再次被她握住了。

一开始，他以为她是用来暖手，几分钟后却仍然不见她松开。

"怎么了？"他问道。

"没什么，就是想抓着你。"

"这么晚了，你再不回家，你爸不唠叨？"

"啊，没想到都这么晚了。"姜禾绿并没有任何担心的样子，像只小狐狸一样，狡黠一笑，"那我们去酒店吧。"

时怀见没想到他的小女友会突然主动起来。

才一段时间没见面，姜禾绿就变得十分黏人。到酒店后，姜禾绿也没撒开他的手，进套房后，她更是抱住了他，如同一块黏人的牛皮糖。

时怀见刚合上房门，姜禾绿便回身反手将他抱住，她的动作太快，他毫无防备，推着往后退了两步，被她抵在了墙上。随后，她开始解他的大衣。

没开灯，房间光线昏暗，姜禾绿找不到纽扣，动作显得笨拙。

"姜姜。"时怀见惊讶于她的热情，抓住她的手，问了句，"你怎么这样？"

"我怎么了？"

"……让我怀疑我之前是不是饿着你了。"

她倒不是饿着了，只是想给自己找点儿事情做，和他在一起，做什么都行，况且，大晚上的，两人也没其他可做的了。要不聊聊人生？也不是不行。

"我没别的意思。"姜禾绿低头，"我就是太想你了，想和你说说话。"

"说话要脱衣服吗？"

"躺在被窝里说话啊。"她振振有词，"我想和你躺在被窝里听童话故事。"

亏她想得出来。

时怀见轻声哄着她："待会儿，我刚下飞机，先去洗个澡。"时怀见虽然没有洁癖，但也是爱干净的人，奔波了一天，不洗个澡，总觉得全身难受。

时怀见洗完澡后，姜禾绿也去主浴冲了个澡，出来后，她顺势关了房间的灯，慢悠悠地朝床侧走过去。她的身上裹着淡粉色浴袍，一条毛茸茸的腰带松垮地系在腰上，几乎没有遮挡的效果，反而更具有诱惑力。

她像粉红色毛毛虫一样往床上一滚，顺势滚到他怀里，亲了亲他的下巴。

"好困。"

"困？"时怀见看她，"刚才不是还急，现在就困了？"

"我没急啊。"她振振有词，"我只是想抱抱你，因为衣服太重，抱着不舒服，不像现在……你干吗？"说话间，她被他掐着腋窝抱起来，然后又放下来坐着。

"抱着多没意思。"时怀见笑道"过来坐一会儿。"

唰的一下，姜禾绿脸颊的温度急剧升高。她又羞又恼，肇事者反而跟没事人一样，从容冷静，俯身在她的耳旁继续道："是不是胖了？"

姜禾绿脑子里冒出的第一个反应是："我没有胖——"

胖没胖，除了用体重秤称，他也是能察觉到的。

她谈不上胖，只是比之前丰腴了一些，圆滚滚的，令人沉醉。

时怀见再次俯下来，在她耳边低声厮磨："姜姜，叫我。"

“……我不要。”她非常有骨气地撇过脸，“太丢人了。”

“只叫给我听也算丢人？”

“嗯。”她小声应着，“搞得我很……”

“那你看着我。”

姜禾绿不太明白他的意思，有些疑惑，还没反应过来，时怀见已经拉起她的胳膊让她半坐着，单手捏着她的下颌，强迫地让她看着。

姜禾绿的脸颊迅速羞红，恼得不行：“你……”

时怀见看着怀里被折腾得冒汗的女孩，生出几分怜惜来，此刻，他饶有兴致地问道：“你叫我什么？”

姜禾绿只能小声地说：“亲爱的。”

“还有呢？”

“小……哥哥？”

“把‘小’字去掉。”

“你可真有脸，我没叫你叔叔就不错了。”

时怀见似笑非笑：“你说什么？”

“我是说，哥哥——”姜禾绿哄着他，“哥哥天下第一好。”

他嗓音压低：“嗯？”

“别……不叫哥哥了……”

“那叫什么？”

思来想去了很长时间，她咬着唇，慢吞吞地吐出两个字：“老公？”

这两个字说出来后，他似乎还算满意。

一晚上，姜禾绿都在想自己脱口而出的那两个字到底妥不妥。

没结婚就叫老公的情侣应该挺多的吧？她赶一下时髦，不算什么大事吧？

最关键的是，男人也喜欢听她这样喊，真是不要脸。

第十章 不如做时太太

翌日一早，窗外的雪比昨晚大了许多，整个世界仿佛被染白了。姜禾绿没有睡懒觉的机会，早早地被时怀见从被窝里拉起来，然后被带去提车。

她对车实在没什么要求，看了些网上的攻略，基本锁定了法拉利和保时捷，怕自己选不好，她又问了下时怀见，他却只说她喜欢就行。

女朋友想买车的话，男朋友多少会给予参考意见，哪怕说一两句车的配置也好，时怀见的态度让姜禾绿怀疑他是不是在敷衍她。

谁承想，他又说了一句："不喜欢的话过段时间再换。"

所以，他已经做好帮她无限续车的准备了，买哪款都不重要了？

新车提到手，手感还不错。

"对了。"时怀见突然说道，"把你的车钥匙给我，我让人把它开走。"

昨天晚上她是坐他的车去的酒店，原本的车还停在公司楼下。

男人对自己女人的前任总是怀有敌意，不会想让女人保留上一任的东西。

姜禾绿老老实实地把车钥匙递到他手中。

钥匙上有干涸的血迹。

时怀见锁眉看了会儿，道："你受伤了吗？"

"啊……我没有。"

"那这血是从哪儿来的？"

"我不知道。"看到血的一瞬间，姜禾绿的心跳差点儿停止了，都怪她太大意，没注意看，血应该是言辞手上的。

昨晚天色太黑，她并没有发现钥匙上的血迹。

不出意外的话，除了钥匙，车里面也会有不少露馅的东西。

"姜姜。"时怀见确定她没受伤后，严肃地问，"你是不是有事情瞒着我？"

他很难不怀疑，他不在的这段时间里，她是否平安无事。

对上男人深邃的目光，姜禾绿不知道该怎么说。

目前看来，她是安全的，没有警察找上她们。这就意味着，陈清韵没死。

如果可以，她希望没人来找她和言辞的麻烦。

如果有的话，她并不确定时怀见会怎样做。大概会责怪她多管闲事吧？

他明明告诉她少和言辞接触，却还是没能躲过。

许久，姜禾绿才下定决心，问道："我要是给你惹了很大的麻烦，你会不会……不要我？"

"不会。"他毫不犹豫地回道，又问，"什么麻烦？"

"其实，不是什么大事。"姜禾绿用轻松的语调说，"要是大事的话，不用我说你也能知道，小事我自己可以处理。"

"你怎么知道不是大事？"

"……警察没找我们。"

听到"我们"两个字，时怀见大概猜了出来："和言辞有关？"

她犹豫了一会儿，点点头。

"我不是让你离她远点儿吗？"

她咬唇道："对不起。"

该来的总会来。

她已经做好被责备的准备，也知道自己错在哪里。然而，这些都没关系，她最害怕的是他嫌她烦。毕竟，这么大的麻烦……是个人都不想惹上。

感情经不起考验，很多情侣被房和车打败，而他们现在面对的，远远比那些要艰难得多。最坏的结果就是警察找上门，媒体曝光她和言辞是同伙人，犯了蓄意谋害罪，众人对她们指指点点，她需要用很长的时间洗清自己的冤屈。

胡思乱想了许久，最终，她听时怀见说："你回去歇着，我来处理。"

她不由得愕然："可是……"可是，她还没有说是什么事。

他自始至终都是那句："我来处理。"

姜禾绿抬眸，不相信自己听见的，感觉身在梦里。

他怎么不问问她是什么事？虽然他想要调查清楚很简单，但他明明可以从她嘴里得知的。或者，他是认为，从她嘴里说出来的会带有个人情绪？

时怀见没有在这件事上说太多，他把她拉过来，像个老家长一样拢了拢她的围巾：“外面雪大，慢点儿开车……算了，我送你吧。”

“不用，我自己开！我想开新车。”她立刻拒绝。

这种小事就不要再麻烦他了。

时怀见最终还是随了她的意思，让她自己开。

姜禾绿开车离开后，男人打了一通电话。

虽然时怀见答应帮她，但姜禾绿仍然十分忐忑。

回到公司后，闲暇时，她上网查了一下桐城多年前的车祸事故。

关于言辞的消息基本被隐藏了，可查询的信息少得可怜，她只看到一条车祸落水的新闻。新闻的字数很短，没有报道伤者和肇事司机的名字，只说是一场意外事故，伤者命大，车辆浸在水里有十一分钟，仍然留有一条命。

十一分钟，比言辞让陈清韵浸的时间还要多一分钟。

没有换气的时间，只凭自己的意志力拼命浮出水面，等人救援，也许，当时的言辞她并不知道自己能不能获救，只是靠求生的本能支撑着。

言辞是因为绝望，所以才那么恨陈清韵吧？姜禾绿的心情越发复杂。

傍晚，前台告诉姜禾绿，说沈二少在楼下等她。

姜禾绿原本放下的心莫名咯噔了一下。

“沈二少说找你有急事，让你赶紧下去一趟。”

沈西成不会是来找她兴师问罪的吧？

出了公司，姜禾绿看见沈西成单手抄兜，时不时看看腕表时间。

姜禾绿和他有一段时间没见了，都快忘记他的样子了。

她一出现，沈西成便大步地走过来：“阿禾。”

出于不安，姜禾绿没有应，不太冷静地问：“有什么事吗？”

“你还在上班吗？我以为你不敢再上班了。”

听到这话，姜禾绿的心悬到了嗓子眼。

沈西成神色疲惫，衣着简单，给人冷清的感觉。

“我不知道你是什么意思。”姜禾绿打算装傻。

“昨天晚上，”沈西成看着她的眼睛，一字一句道，“我接到清韵的求救电话，我以为她被绑架了，当我赶过去的时候，却好巧不巧地看见了熟人。”

听到这里，姜禾绿已经想要后退。

“清韵现在还躺在医院里，肺部积水，脊椎受损。”他的声线像寒风一样凉，“而你，过得很开心嘛。”

事实的发展出乎姜禾绿的意料。

警察并不知情，但沈西成知道了，而且，他误解了事情的真相。

“不管你信不信，我都要告诉你，我没有害人。”姜禾绿生硬道。

“你急了吗？我都没说那个熟人是你，你就不打自招？”

她确实急了，她完全没想到昨天去救陈清韵的人是沈西成。

“阿禾，”沈西成握着她的手腕，一步一步地将她往车里带，“走吧，带你去看你最不待见的人。”

他的力气很大，姜禾绿挣扎不开，下意识地大喊：“我不去——”

路边有人听见了，众人以为是绑架事件，可看着沈西成的那辆车，又纷纷摇头，哪有人贩子会开这样的豪车？估计是闹别扭的情侣。

男女力量悬殊，周遭空荡，姜禾绿抓不住任何东西，被他塞进了副驾驶座，两只手也顺势被安全带捆住。

此时的沈西成没有半点儿纨绔子弟的样，只让人觉得暴戾和凶狠。

开车之前，他便拿走了她的手机，任由副驾驶座上的姜禾绿挣扎。

“我没报警，阿禾。”沈西成冷冷地说，“你也别乱动，我不会伤害你的。”

“你要带我去哪儿？医院吗？”

“清韵应该不想看到你。”他冷静地打着方向盘，“还好一院目前有言医生，她能想办法让清韵醒来，如果清韵死了，阿禾，我不会放过你的。”

听到这里，姜禾绿没有再动。

言医生？不就是言辞吗？陈清韵竟然再次落到了言辞的手里。

而沈西成似乎并不知道自己的白月光此时有多危险。

“我劝你一句，”姜禾绿好心地提醒，“现在把陈清韵接走，换一家医院，我是为你们好。”

“我怎么也想不到，向来温柔的阿禾竟然会做出这种事情。”沈西成没理她的话，直视前方，“因为什么？嫉妒吗？她在你眼里，就那么可恨，让你不顾一切地想要害死她？”

姜禾绿怀疑沈西成是看她太闲，来给她找乐子的。这种话，他怎么有脸说得出口？他不会以为她是为了他才伤害陈清韵的吧？

沈西成的车最终停在了沈宅门前。

沈家现在的当家人是他，他也是沈宅的唯一拥有人。

沈西成让人送姜禾绿上楼去房间里休息，姜禾绿被带到了主卧。

之前，她没有来过沈宅，看见屋里的装修的一刹那，她愣了一下。卧室装修得像婚房一样华丽，墙上挂着她喜欢的画，窗帘也是她喜欢的颜色。

储物架上摆着一个打开的黑色盒子，里面盛放着一枚熠熠生辉的钻戒。

“我本来，”沈西成一边走进来，一边说，“是真心想要娶你的。”

姜禾绿发怔。

他居然是认真的，但她感觉不到他的半点儿爱意。如果他之前没有那么目中无人，哪怕是给她一点儿关心，她可能都会觉得他是个值得托付终身的人。

“我说了，我没有害她。”

“阿禾，事到如今，你还有什么可狡辩的？”

“你可以调监控视频。”

“我亲眼看见的还能有假？”

“我没撒谎。”

“你非要惹怒我，是吗？”

沈西成坚定地认为她在撒谎，也坚定地认为他不报警就是在保护她。

沈西成走到姜禾绿的身侧，突然扼住她的脖子，看她表情痛苦，他又松了力道，他掐着她的下颌，一字一顿：“你现在承认，我就当这件事没发生过。”

他的力道大得姜禾绿咬牙，却并没有按照他想的那样服软。

一怒之下，沈西成将她往前方一带，姜禾绿的膝盖猛地磕在了地上。

她的皮肤娇嫩，经不起磕碰，她疼得闭上眼睛，却没落下一滴泪。

双方就这样僵持着。

“嘴硬是吧？”沈西成冷笑，吩咐身后的保镖，“带她出来——”

沈宅除去挺拔的建筑和古屋，便只剩下孤独乏味的常青树。

雪花从乌云密布的天空中落下。姜禾绿被沈家的保镖押着，毫无抵抗之力地跪在雪地上，面前是和她一起站在漫天飞雪中的沈西成。

他半蹲在她面前，慢声说：“昨晚的清韵，一定很冷。”

所以，他要让她一起冷。

姜禾绿没有抬头看他，心底浮现出一个可笑的念头。就他这个样子，还说自己是真心想娶她的。他既然这么喜欢陈清韵，干吗还要祸害别人？

跪了没几分钟，姜禾绿觉得自己的膝盖被融化的雪浸湿了，十分冰凉。

沈西成并没有走，陪她一起待在这里。

他在等她认错。

姜禾绿不知道他对自己到底是什么感情，他想要保她，所以没报警，而且不打算把她供出去，想装作自己没看见她的车，但他又恨她。

姜禾绿的眼睛都被风吹红了。膝盖已经冷得麻木了，大脑也昏昏沉沉的。

不知过了多久，远处，车前灯的光划破了夜色。

因车子横冲直撞，沈家的保镖不得不往旁边躲去。

没多久，车上的男人下来了。

他的到来似乎让雪停了，但风越来越大，寒冷刺骨。

男人身着黑色大衣和同色西裤，手中撑着黑伞，迈着沉稳的步伐。

他的闯入过于理所当然，以至于所有的保镖都愣住了。

沈西成也没想到会有人闯进来，下意识地过去阻挡。

时怀见和他对视了不到两秒，一句“让开”都没说，抬手拧住对方的胳膊，力道大得仿佛要将他捏碎：“沈西成，你是不是活腻了？”

说完，时怀见松开手，与其擦肩而过。

听到熟悉的声音，已经快要晕过去的姜禾绿勉强靠最后的体力撑着身体。

紧接着，她感觉自己的腰被人小心翼翼地搂住了。

抬头看见时怀见熟悉的面孔，姜禾绿的眼睛瞬间红了：“你来了啊——”

听出她嗓音里的沙哑和虚弱，时怀见把伞递到她的手里，将人轻轻地抱起来。他目光落在她沾着雪的膝盖上，眉头皱起：“冷吗？”

“不冷。”她伏在他胸口，闷声闷气道，“就是有点儿想你。”

他来之后，天气似乎一下变得不那么冷了。

她知道他会来，可能会晚点儿，但他一定会到。

姜禾绿的脸庞被冻得失去了血色，眉睫上覆着一层薄雪，双唇轻微颤抖，身上的每一处都像浸过冰水，凉凉的。

时怀见注视着怀里的女孩，心口隐隐作痛。

正常人在雪地里待上个半小时都会冻得瑟瑟发抖，更何况是跪在雪地里。她还倔强地说自己不冷。时怀见的心疼了起来。

沈西成愣愣地看着二人。他第一次看见自己这个老对头的眼神这么犀利，如同利剑，几乎要将他的整个胸膛刺穿，让他不敢与其对视。

他也是第一次听见时怀见说那样的话。

沈西成托着自己刚才被拧过的胳膊，不知道是疼痛感更多一些，还是心中不好的预感更强烈一些，以至于即使现在他身在沈宅，也似乎不能为所欲为。

甚至没有保镖敢去对付时家的人。

沈西成生硬地质问出声："私闯民宅是犯法的，时总不会不知道吧？"

时怀见抬起眼皮，看向他的眼神没有温度："所以呢？"

"这是我的家务事，你没有插手的权利。"沈西成依然沉浸在自己的遐想之中，"我之前就说过，阿禾是我想要娶的人。"

时怀见将怀里的女孩抱得更紧了，对沈西成说的话充耳不闻。

"她现在犯了错，我只想私下处理，不想惊动警察。"沈西成理所当然地说，"你作为外人，没有资格插手。"

"她犯了什么错？"

"她想要害死我最在乎的人。"

"害了吗？"

"当然……我亲眼看到的，她把清韵吊在江水里，想要淹死她。"沈西成振振有词，道，"但她不肯承认，所以我才想逼问她，你这样贸然过来英雄救美，其实是在推波助澜，不觉得自己很可笑吗？"

听到这里，姜禾绿往男人的怀里靠了靠，小声说："我没有。"她不知道时怀见调查得怎么样了。如果他拿到监控的话，应该知道了事情的真相。

胡思乱想间，她听见时怀见轻声道："我知道你没有。"

他说他知道？知道什么？是信她，还是看了监控？

"真是笑话。"沈西成听了他们的对话，冷笑道，"她说什么你就信什么？谁给时总这么大的信心？"

"为什么不信？"时怀见淡淡道，"她和陈清韵无冤无仇，她没必要害她。"

"怎么可能无冤无仇？清韵没回国前，她大概就记恨上清韵了。"沈西成情绪激动，"替身要有替身的自觉，不论何时何地，她都不可能取代清韵在我心里的地位，害她只会让我更厌恶。"

"是这样吗？可是，当替身多没意思，还不如……做时太太。"

周围一片安静。

姜禾绿愣了片刻，手里突然没了力，一阵风吹来，刮走了她手里的伞。

她抬眸看着男人。不远处亮着灯，光线和夜色交织间，男人侧颜的轮廓柔和了许多，下颌线清晰，薄唇抿着。

姜禾绿觉得自己仿佛在做梦。

最先反应过来的是沈西成，他质问道："你在开什么玩笑？"

在他眼里，这两个人八竿子都打不着。别说时怀见这些年对女人没有太大的兴趣，就算有，也是为了报复自己，怎么可能会认真地想结婚？

时怀见没有理睬沈西成，低头问怀里的人："你愿意吗？"

"我……"姜禾绿一脸震惊，听到他的问题，她语速急促道，"愿意。"

时怀见笑了一下，他并不惊讶她的回答，却依然觉得欣喜。

见伞已被风刮走，他便抱着怀里的人往车边走去。

经过沈西成身边的时候，姜禾绿伸手，语气很冷："手机给我。"

事到如今，他没理由再扣着她的手机了。

"阿禾……"沈西成低低地叫了她一声。

事发突然，比起逼问她是否想要害陈清韵，她刚才的话更令他震惊。

她说她愿意嫁给时怀见？他求了这么久的婚，还抵不上时怀见轻飘飘的一句问话？她是因为和他闹了矛盾，故意这样说的吗？

劳斯莱斯的车门合上后，沈西成还愣怔地站在雪地里。

车灯亮起后，张扬又狂妄地加速，在沈宅宽阔的大院中驰骋。车子很快消失在路的尽头，只余一脸震惊的沈西成和一把孤零零地掉在雪地上的黑伞。

半个小时后，姜禾绿的身体逐渐回温，双手和脸蛋不再那么冰冷，腿也逐渐有了知觉。

手机里是沈西成不断打过来的电话。姜禾绿听得烦了，索性关了机。

她想同时怀见说话，又无从说起，该说点儿什么呢？问他刚才为什么无条件地相信她吗？这根本不用问，他愿意相信她，也知道她不是那样的人。

问他刚才说的那句"时太太"是真是假？算了，哪有人问这个的。

姜禾绿默默地低下头，挑了个最没意思的话题："你是不是都知道了？"

"什么？"

"言辞带着我一起去害人这件事。"她迟疑道，"你一定知道了。"

“不太了解。”见她一脸疑惑，时怀见说道，“我只知道陈清韵被送到了医院急救室，至于怎么回事，我还没来得及调查。”

比起调查事情的真相，他亲自去警局更为重要，他必须在警察逮人之前确保姜禾绿是安全的，名誉方面也不会受损。

至于真相是什么，发生了什么，这事是不是她做的，对他来说都无关紧要。

对他来说，她的安全是最重要的。

庆幸的是，警局并不了解情况，而后他发现，沈西成没有报警。

得知这个情况后，他第一时间联系了姜禾绿，奈何她的手机无法接通，询问小曲后，他确定姜禾绿被沈西成带走了。

有那么一个瞬间，他产生了手刃沈西成的冲动。

他恨不得养在暖罐里的小姑娘居然被沈西成按在雪地里吹冷风。

然而，时怀见还是忍下了冲动，如果这事发生在时参或者言辞身上，那两个疯子没准想到就做了。比起这种极端的做法，报复人的方法还有很多，譬如，让对方失去对男人来说十分重要的事业。

时怀见一边开车，一边想惩治沈西成的事情，姜禾绿想的则是：他这么长时间没说话，是不是烦我了？也不知道他刚才说的话是不是真的。

到了目的地，时怀见才看出姜禾绿的心思。

“怎么了？”他问。

“没什么。”姜禾绿摇头，“还是挺害怕的。”

“你担心他把这件事捅到局子里？”时怀见抿唇，“放心，他不会的。”

“啊？你怎么这么肯定？”

“他要说的话早就说了。”

还有另一层原因，时怀见没有说，但她应该也能感觉得到——沈西成在用自以为是的方法“爱”和“保护”她。不论有多自以为是，但时怀见可以肯定，沈西成并不希望姜禾绿的名誉受损，或者是坐牢。

“其实，我不是怕这个。”姜禾绿小声道，“我是怕他还来烦我。”

“等我们结婚了，他就不会再来烦你了。”

“嗯？”

“刚才你不是答应我了吗？你说你愿意。”时怀见不给她反驳的机会，“说话要算数，那么多人都听到了。”

姜禾绿还在发愣。

一路上，她都在想他刚刚的话是真是假。他好像没有开玩笑的意思。这发展是不是太快了？她还没做好心理准备。而且，时妄那边该怎么处理？

尽管脑子里有无数问题，姜禾绿还是倾身过去，抱住了他的脖子，笑靥如花：“好吧，我都听你的。但是，你不觉得太草率了吗？”

他捏了捏她的下巴，郑重道：“嗯，所以得找个机会求婚。”

可惜，没办法给她惊喜了。要不是沈西成，他可能还要再等一段时间才求婚。至少他需要先准备一个求婚仪式。

下车后，姜禾绿才意识他们来了医院。

她疑惑地看向男人：“怎么来医院了？”

“带你检查身体。”

“我没事的。”

“走吧。”

“我真没事。”

“不走的话，我抱你？”

她撇嘴，有些无语。跪在雪地里确实不舒服，但她有偷偷交替左右膝盖支撑，所以休息一段时间便恢复正常了。

姜禾绿不情不愿地迈着步伐。

要是做完检查后什么事都没有，反而怪矫情的。

“我真的没事，我自己的身体自己清楚。”姜禾绿仍然试图解释。

时怀见耐心地听完，走到她的跟前，二话不说地将她打横抱了起来。

“喂——”

“姜姜，你是故意想要我抱的吧？”

她羞恼得想要打他。真是不可理喻，谁想要他大庭广众之下这样抱她了？不知道的人还以为她是伤残人士。

检查完，医生告诉他们，她的身体没有问题，唯一该注意的是姜禾绿的脸色看起来不太好，可能是发烧了，一量体温，三十七摄氏度。

折腾一番下来，姜禾绿确实感觉到头昏昏沉沉的。

“最近天冷，感冒发烧很正常。”医生一边写单子一边说，“体温不是很高，年纪轻轻的，没准睡一觉就好了，不放心的话，可以吃点儿药。”

姜禾绿笑道："不用……"

话还没说完，时怀见平静地建议："住院吧。"他倒是说得有板有眼的。

"我不放心你的腿。"时怀见说，"住院观察更好一点儿。"

"好你个头！"

"我是为你好。"男人振振有词，似乎觉得自己的话很有道理。

姜禾绿知道，再任性下去，她可能就成了不领情的那一个，所以，她没有再争执，换了个语气，道："我知道你是为我好，但是，这种小毛病没关系的啦，住院多浪费资源，我们把病房让给更需要帮助的病人，不是更好吗？"

闻言，时怀见还真没法反驳。

姜禾绿转过身，拉着男人的手："老公，我们走吧，我的头好疼，想要回家早点儿休息。"

时怀见抬手摸了一下她的额头，坚持道："你还烧着。"

"没事，你亲亲我就好了。"她仰起小脸，用天真烂漫的眼神看着他。

很好，装得像那么回事，恰到好处地挠人心肺。

时怀见拿姜禾绿没有一点儿办法，他一边应着，一边牵起她的手，叮嘱道："那先回家再说，要是不舒服的话，你随时告诉我，听到没有？"

她用力地点头。

家庭医生住得很近，要是夜里发起高烧，也可以及时赶去，至于她的腿……得先观察一段时间，才知道有没有后遗症。

两人挽着手乘电梯来到一楼，刚好看见火急火燎赶过来的沈西成。

他的神色匆忙，看到他们后，他明显感到意外："你们……"

再看姜禾绿走路不稳的样子，他大概知道他们为什么在医院了，他的心头逐渐浮起了愧疚感："阿禾，我……有话对你说。"

"不好意思。"时怀见理所当然地把人推开，"她要回去睡觉，没空听。"

"对不起——"沈西成试图挽留她，直接抓住她的胳膊，"阿禾，我错了，我不该那样对你，怪我没有及时调监控。"

不同于之前捏她手腕的凶狠，他现在温柔很多。

姜禾绿感知到了他的心情，但并不打算原谅他。

在调监控之前，沈西成只相信自己亲眼看见的。

他看见姜禾绿站在桥上，看见她的车经常出现在陈清韵附近，所以他下意识地认为是姜禾绿做的。然而，调监控后，他才知道真相并不是那样。

意识到自己误解之后，沈西成快要疯掉了，悔恨、愧疚、自责到难以呼吸。

“对不起。”沈西成语气诚恳，“是我的错，阿禾，我想不到事情是这样的，你给我一个机会，好不好？”

“不好。你不用自责，就算没有这件事，我也不会给你机会。”

“为什么？”

“因为我不爱你啊。”她轻描淡写，“自始至终，我都没有爱过你，我们两个只是一场交易，我哄你开心，你给我钱，不是还有合同作证吗？”

“那不作数！”

“为什么不作数？难不成，你拿我当女朋友看过？”

除了给了她钱，在其他事情上，他从没有表现出爱她的意思。

既然是交易，就不应该谈感情。哪怕他当初像个正常人一样地对待她，有礼貌，态度温和，把她当成朋友一样，他们的关系也不会像现在这样。

“对不起，我……”沈西成情绪激动，已经不知道说什么，“都是我的错，以后我会改的，我会对你好的，阿禾……”

他还想继续抓她的手，却被时怀见不轻不重地捏住了他的胳膊。

接着，他想娶的人就被其他男人拉到了身后护着。

“沈西成，别忘了你来医院的目的。”时怀见淡淡道，“你不是来找她的。”

沈西成来医院，是来找陈清韵的。

他调查出了害陈清韵的人就是她的主治医生言辞。

但他现在不想过去，因为他害怕自己一走，姜禾绿就会从自己的世界消失。

这时，电梯门突然开了。言辞穿着白大褂，黑框眼镜下的眼睛浓黑又清澈，看到他们后，她的步子顿了顿。

听到动静的沈西成回头一看，发现是她，一个箭步冲了过去。

在他抬起的手落下之前，言辞已经抓住了他的胳膊，她没看他，声音凉薄：“你女人的命不要了吗？”

“言辞——你怎么还这么恶毒？”

“我希望这件事悄无声息地过去。我无所谓名声，但有人在乎。”

她说的是姜禾绿，她现在要拿陈清韵的命换这件事不被说出去。

其实，就算她不说，沈西成也不会肆意宣扬出去。

“另外，”言辞松开手，“你最好做好你的女人即将入狱的准备，我会让她把当年的事情一字一句地招供出来。”

受姜禾绿的启发，言辞决定让陈清韵接受法律的制裁。

当年的事情确实过去了太久，涉事的人也被陈清韵处理了，没有留下任何证据，然而，陈清韵本身就是主谋，只要她自首即可。

现在这个情形，她选择自首，坐几年牢，自然比逃走要划算。

看着言辞此时的样子，姜禾绿总算放下心来。

本来她觉得心烦，不过好在，事情都已经结束了。

走之前，她怀着好奇，多问了一句：“事情既然解决了，言医生应该会选择留下来吧？”就算和时参没什么感情，但她的亲生骨肉还在这里。

不过，姜禾绿没想到的是，言辞当初既然选择抛夫弃子，那么时隔多年，她未必会有所改变。

不过，言辞没有给出回答，看她的眼神依然淡淡的，让人难以捉摸。

离开医院后，姜禾绿跟着时怀见回了家。夜深了，姜禾绿感觉全身疲惫，她往沙发上一坐，小口喝着保姆送来的姜茶。

室内的温度适宜，时怀见帮她套了一件舒适柔软的睡衣外套，叮嘱道：“我上楼看看时妄，你喝完茶后记得上楼，有什么不舒服的地方记得和我说。”

“知道啦。”她吐了吐舌头，嫌老男人啰唆。

手机快没电了，她一边充电，一边看于诗发来的消息。

她今晚缺席了直播，一旦缺席，第二天得加倍补上时长。

“绿绿，你是不是发生什么事了？”

“最近有点儿忙，一两句话说不清楚。”

见此，于诗干脆给她打了个语音电话。星加的主播们还没下班，于诗完成任务后在公共直播间玩，周围的声音略显嘈杂。她问道：“到底怎么了？”

“我今天好累，明天见面再说吧。”

“那行，你早点儿休息。你的语气听起来闷闷的，感冒了？”

“嗯，刚和时怀见从医院回来。”

于诗突然沉默了，过了一会儿才道：“我开了免提……你注意点儿啊。”

接着，于诗那边便传来了两三个女主播好奇的声音：“我刚刚是不是听错了？小生姜刚才说的是不是时总的名字？”

“不、不是……”

“我们都听到啦。”那边的人肯定自己刚才没有听错，惊讶道，“这么晚了，和时总在医院做什么？是公事吗？”

“嗯。”姜禾绿顺着台阶说道，“和他一起处理比较重要的公事。”

“什么公事？我们也想一起参与。”

就在姜禾绿不知道怎么回答的时候，时怀见不急不缓地朝她走过来，吐词清晰地问道：“姜姜，怎么还不上楼睡觉？”

暖色灯下，男人的身形挺拔颀长，俊颜被覆上一层温柔的光。

姜禾绿清楚地听见了他刚才说的话，电话那端应该也能清楚听见。

很快，姜禾绿听到了她们的尖叫声。

“啊啊啊——我的天哪，我没听错吧？我居然听到了时总的声音！”

“是做梦了吗？你们快掐我一下！”

“姐妹们，我可以肯定不是做梦，那就是时总的声音，而且他刚刚喊的是……姜姜，是小生姜吗？”几个人的声音混乱地交织在一起。

于诗想为姜禾绿辩解，然而她一句话都没来得及说，混乱之中，手机还差点儿被蹭到地上。姜禾绿默默地挂断了电话，不想再听那边的各种猜忌。

明天去公司后，她必然会遭到围堵追问，而这件事的罪魁祸首就是于诗……哦，不，是时怀见。如果不是他最后出声喊她，她还可以蒙混过去。

她都怀疑他是故意的，姜禾绿直直地朝他看过去：“你干吗突然下来？”

从小姑娘鼓着腮帮子一脸质问的表情中，时怀见已经猜到了目前的情形，他非常圆滑地回答道：“我不能下来喊你睡觉吗？”

“可是你刚才说话好大声。”

“没有。”他振振有词，“我和你说话从来没有大声过，倒是有几次，你的声音挺大的。”

姜禾绿放下茶杯，抱着手臂，端着态度，道：“那现在怎么办？我们的关系被别人知道了，意味着别人看我的眼神和之前不一样了。”

“哪儿不一样？不还是用两只眼睛看？”

“……时怀见！”

“我在呢。”

“你一定是想把我气死，然后重新找一个女朋友。”

知道他的小女友要开始作了，时怀见巧妙地避开了根本问题，过去捏了捏她的耳垂："太晚了，明天再说，好不好？"

"不好——"

"那你想怎么样？"时怀见试图转移话题，"我并不知道你在和你的闺密打电话，更不知道我说的话会被那边听见，而且，你刚才对我很凶。"

"……有吗？"

"嗯，凶巴巴地叫我的名字。"

姜禾绿仔细地回想了一下，好像确实有这么回事。

她被他惹毛了，下意识地喊了他的全名。

"刚才我情绪太激动了，确实叫了你的名字。"虽然意识到了自己的错误，但她仍不忘辩解道，"但那是个意外。"

"那你应该叫什么？"

她若有所思，犹豫道："老……"

在男人期待的眼神下，她淡定地改口："老大哥？"

之前一口一个"老公"，叫得又柔软又娇媚，结果现在翻脸不认人了。时怀见直直地盯着她。

姜禾绿被他看得有些心虚，没再明目张胆地调侃："我好困，去睡觉吧。"

时怀见明知故问："干什么？"

"抱我上楼。"

"那你叫我什么？"

"……大哥，你好歹也是上市公司的老总，咱能不能成熟点儿，不在这么幼稚的事情上计较？"

"你成熟，上个楼都要人抱。"

姜禾绿不高兴地哼了两声，懒得理他，径直往楼梯口走。

路过他身边的时候，她意外地被搂住了。

下一秒，时怀见把她打横抱了起来。

两人刚上二楼，有轻微的开门声响起来。时妄穿着睡衣，揉着凌乱的头发，漫不经心地朝这边看了一眼，本来他只是随意一瞥，随后又定格了视线。

窝在男人怀里的姜禾绿被盯得有些不自在。

她并不想在这个小孩面前秀恩爱，此刻完全是因为她的腿不方便。

没人说话，她抬头看向男人，见他没打算开口，只好道：“腿还是有点儿不舒服，改天再去拍个片子看看吧。”

听到她这话，时妄的关注点便被带偏了：“漂亮姐姐的腿受伤了？”

时怀见“嗯”了一声。

“伤得重不重？”

“不太重。”

“噢。”时妄还是一副意味深长的表情，道，“爸，你记不记得我上小学时，有一次腿受伤了，当时你说了什么？”

“我说什么了？”

“你说，多喝热水。”

当时的时妄听到老爹这样关切又不失礼貌的话，感动得不得了，没想到糙汉也有柔情的一面。能让公务缠身的时总说一句多喝热水，实属不易。

正所谓，没有对比就没有伤害。此刻，他亲眼看见了诛心的一幕。

时怀见波澜不惊地反问：“多喝热水有问题吗？”

问题自然是没有的，就是偏心了。

“当然没有。”时妄应了一句后，幽幽地叹息。

人和人之间的差别怎么就那么大呢？还是说，小后妈比他会撒娇？

走之前，时怀见淡淡地向时妄解释了一句：“你上小学那会儿，我还不知道怎么管小孩。”

不知道时妄有没有听懂这句话的意思，反正姜禾绿听懂了。

时妄上小学时，时怀见还没进入社会，凭空多出一个孩子，他完全不知所措，而且孩子还是言辞生的。言辞的所作所为，对当时的时家人来说，打击巨大。

时怀见没有对这个小孩产生厌恶的情绪，已经很不错了。

回到房间，姜禾绿被放到沙发上。看着面前不慌不忙地解着衣服的男人，她的语气好奇又天真：“你能不能老实回答我一个问题？有了带时妄的经验，你是不是特别会带孩子？”

“这问题没意义。”

“为什么？”

“不管我会不会，以后咱俩的孩子，你都会交给我带。”

还真是这么个道理。

姜禾绿慢悠悠地伸出脚去挠他的小腿："你挺有自知之明啊。"

平时，孩子可以交给保姆带，但在亲子教育方面，她确实打算交给时怀见，谁让他算半个过来人呢？

时怀见去了浴室，姜禾绿便自己窝在沙发上玩手机。

就在她玩得不亦乐乎的时候，一只手覆上了她的额头。

时怀见问："是不是退烧了？"

"可能是。"她也摸了摸自己的额头，说，"感觉头不那么疼了。"

即使如此，他仍然给她量了体温，确实退烧了。姜禾绿随后去浴室洗了个澡，怕再次感冒，她不敢洗太久，没一会儿就出来了。

"过来。"时怀见早已准备好吹风机，见她出来，道，"我帮你吹头发。"

"这多不好意思啊。"姜禾绿边说，边悠闲地走了过去。

时怀见吹头发的手艺不差，并没有把头发弄得太乱。

姜禾绿跑到镜子前照了照，忍不住夸赞道："可以啊，小老弟。"

"嗯？"

"老大哥？"从镜子里看到时怀见过来了，姜禾绿立马乖巧地改口，"嗯，还是叫老公吧，不过只是称呼，还不合法。"

"想要合法的话——我们明天去领证吧。"

这句话让姜禾绿愣怔住，手中的梳子也掉落在了地上。

站在她身后的时怀见并没有开玩笑的意思，帮她捡起梳子后，他把梳子递到她手里。和梳子一起递过去的，还有一枚钻戒。

戒指款式新颖，是意大利顶尖设计师的独家定制款式，不对外宣传和发售。

本就蒙了的姜禾绿被掌心的戒指弄得更加不知所措。

虽然知道这是迟早的事情，但她没想过会来得这么快。

"姜姜，嫁给我吧。"时怀见低笑，"原本想给你一个盛大的求婚仪式，结果被沈西成打乱了计划，我只好把时间提前了。"独家定制的戒指不可能是短时间内准备的，挑钻、定型、打造、运输，都需要时间。

一见到对方就连以后生的小孩的名字都想好了的人是真实存在的，除了慢慢磨合才确定携手一生的情侣，还有很多一见钟情的，第一眼就认定了与自己共度余生的人。

她对他来说，从一开始便是一种毒，是午夜梦回时经常出现在脑海里的人，也是蓄谋已久想要得到的人，他在不知不觉间沦陷其中。

姜禾绿终于回过神来，吞吞吐吐道："我……还没做好准备。"

"那你愿意吗？"

"那我可以先说愿意，然后再做准备吗？"

他眼底浮现出笑意："好。"

姜禾绿并不知道自己该准备什么。

两人在一起后的所有事情一遍遍地在她的脑海里像电影一样地放映，很深刻，又很模糊。深刻到她能记住两人第一次见面时男人高冷外表下的绅士有礼，又模糊到她都没想到，不到一年的时间，两人就要结婚了。

她是个慢热的人，和他在一起后，她的感官全部跟着他走，并乐在其中。

思考间，她感觉到时怀见从身后把她抱住，然后轻轻放到了床侧。

下一秒，眼前的男人单膝跪地，姿态优雅从容。

"手。"他低声道。

她下意识地摊开手，不知不觉间，她的掌心已经覆着一层细汗。

时怀见拿过戒指，轻轻握着她的手，慢慢地把戒指戴在了她细长的手指上。

"你真的喜欢我吗？"姜禾绿小心翼翼地问，"虽然之前就问过，但是……"

"我爱你。"没等她把话说完，他已经给予了肯定的回答，"我想把下半辈子所有的温柔都给你，我明目张胆又理直气壮地爱你，并且奢望还有下辈子。"

戴上戒指后，男人站起来，捏着她的下颌，吻住了她的唇。

戒指尺寸刚刚好，本就璀璨的钻石在灯光下越发夺目。

早上，两人如约去民政局办手续。

整个过程对姜禾绿来说还是犹如一场幻梦。

他们就这样结婚了？好像也不是很难。在她的印象里，结婚是一件很复杂的事情，需要一对情侣磨合很久，还要双方的家人同意。在家庭方面，时怀见已经见过姜父了，而她除了见了时妄和时参，并没有见到时家的其他人。

时怀见给她的解释是，她想见的话就抽空去见，不想见的话也没关系，婆媳关系这一块，他压根没想过去处理。

经历过言辞事件的时母早已没有精力再折腾，再加上年纪大了，她平时只爱和姐妹打打麻将，旅旅游，至于两个孩子的婚事，早在几年前，她就释怀了。

如果时怀见这辈子不结婚，她也不会催他，有上一个儿媳妇作为教训，她不想再给自己招惹麻烦。至于后代，时母也非常开明，再说，还有时妄，只要时家的家产不落入外人的手里就行。

领完证后，姜禾绿回了公司。于诗知道她和时怀见领了结婚证后，开心得手舞足蹈，仿佛是她自己结婚了，连对她的称呼都换了。

“时太太，咱们一起去吃烧烤吧？”于诗兴致勃勃地说，“我请客，庆祝你成为时太太，举行婚礼时不要忘了找我当伴娘。”

“当然。”姜禾绿笑着应道。

两人手挽着手往外走，经过走廊拐角处时，几个女主播双手抱臂倚着墙角在聊天，看到她们后，几人的声音戛然而止。

“我当是谁呢。”陈冰阴阳怪气地道，“原来是咱们公司来头最大、最爱耍大牌的迟到女王。”一听就知道她说的是姜禾绿。

姜禾绿没出声，于诗却不乐意了：“胡说八道什么呢，谁是迟到女王？这年头谁还没个急事？”

“啧，这么快就知道是谁了？还挺有自知之明的。”

“我们当然有自知之明。”于诗冷哼，“总比某些人一点儿没有自知之明的强，和家里的吹风机学多了，整天就知道在别人背后吹风。”

“呵，真是可笑。”陈冰没理于诗，把目标转移到姜禾绿的身上，“当事人还知道心虚，屁都不敢放一个，除了会做白日梦，没别的特长了。”

姜禾绿心平气和地说：“我做什么白日梦了？”

“今天一大早，不知道是谁放出来的消息，说你昨晚和时总在一起。平白无故多出来这么一条可笑的谣言，不是你们自己传出来的我都不信。”

“这不是谣言。”于诗不屑道，“这是真的，而且是别人听到后宣扬的，和我们没关系。”

陈冰冷笑道：“真的？看来你们真的在做梦。”

于诗底气十足，道：“我们家绿绿和时总交往半年，再过一段时间就要举办婚礼了，这是事实，用得着做梦吗？”

“她要是和时总结婚，我今天就从公司离职。”

“那不好意思，我和他真的结婚了。”本来打算低调的姜禾绿不得不抬起手，露出无名指上的钻戒，“你是现在辞职还是下午辞职？”

关于公司里的传闻，不论是不是事实，姜禾绿都是睁一只眼闭一只眼，偏偏这回，她和陈冰杠上了。

陈冰太喜欢在人背后说闲话了，她要是走了，所有人都能得个清净。

姜禾绿慢条斯理地转动戒指，说道：“我不是不讲理的人，要不下午再辞职吧，正好，给你时间收拾收拾。”

陈冰的目光落在那枚戒指上，嘴硬道：“一个戒指而已，这能说明什么？我私藏的戒指也有很多，随便拿一个戴上，我也可以说我和时总结婚了。”

“那你有这个吗？”于诗一边说，一边从姜禾绿的包里取出一个红本本。

是结婚证，于诗打开结婚证，把两个人的合照摆到陈冰的眼前。

陈冰怔怔地看着，好久没缓过神来。

“不说话了？”于诗把证件放回去，扬扬得意地说，“是不是还想说这是个假证？我告诉你，今天就算是天王老子来了，你也得给我辞职。”

于诗早就看陈冰不爽了，这女人平时总是针对她，不是说她的妆又浓又丑，就是说她的裙子短得不像话，头发又脏又油，还经常在背后造谣。把这样的人留在公司，迟早会祸害到其他人的头上。

许久，陈冰才回过神来，她脸色越来越难看：“于诗，你别太得意。”

要是没有姜禾绿在，她早就让于诗滚蛋了。

现在，于诗沾了好闺密的光，也不忘踩她一脚。

“我有什么好得意的？”于诗冷笑，“我逼你辞职了吗？是你自己说的，绿绿如果和时总结婚的话，你今天就从公司离开，大家伙儿可都听着呢。”

说着，于诗看向刚和陈冰聊天的人。

这些人本是陈冰的跟班，一直向着她，完全可以做假证，但她们不傻，姜禾绿都成了公司老板娘，她们要是再站在陈冰这边，只会让自己的处境更危险，为了自保，几个人都讷讷地点了点头。

“那我也不可能离开！”陈冰咬牙丢下一句，“我又没犯错，凭什么主动提出解约？你们做梦吧！”

陈冰只是口头说说，不是书面承诺，没有法律效应，她完全可以不承认。

不过，看她气急败坏的样子，于诗已经觉得解气了。

两人去公司附近的餐厅吃了饭，其间谈到了婚礼的筹备。

时怀见对婚礼的唯一要求是“媳妇喜欢”。

这要求只有简单的四个字，对于婚礼策划师来说却并不容易。

最初，姜禾绿想包座小岛，举行浪漫的露天婚礼，然而，考虑到父亲心脏不好，不宜坐太久的飞机，她最后决定还是在本地举办。

于诗不禁感叹：“你真为你爸着想，为了他，连婚礼计划都改了。”

于诗建议姜禾绿举办两场婚礼，去岛上举办一场，满足她的少女梦，之后再在老家办一场。姜禾绿觉得这样太麻烦，虽说婚礼是一辈子只有一次的事，但她是个俗人，并不想追求虚幻。

“我们父女相依为命，我不想着他还能想着谁？”姜禾绿幽幽地感叹，“好在，现在他的身体好了很多，姜氏也回到了正轨，日子总算比之前好过点儿了。”

过一阵子，她便准备在直播间卖自家的鞋子，如果她家的鞋子能借此打响名气，就可以省下不少广告费。

“好羡慕你。”于诗不由得感慨，“能这么快从低谷里走出来，还找到了另一半。话说回来，你们两个到底是什么时候在一起的？”

“其实认识没多久就在一起了。”

“你喜欢他什么？”

“全部都喜欢。”

“……我是正经问你，可不是来被秀恩爱的。”

“当时，我被沈西成压榨得厉害，他还想让我签下丧失人权的合约，这时候，时怀见出现了。就像是一个快掉进深渊的人，突然看到了希望的光。”

“我知道了。”于诗点头，“沈西成简直是你们结婚之路的铺路石。”

要是没有沈西成，这两人都不会相识。

要是没有他，他们也不会这么快地领证结婚。

沈西成简直是他们通往婚姻殿堂的快捷电梯。

饭后，谈到沈西成的两个人在公司门口意外地看见了本人。

他被保安死死地拦在外面，却仍然不甘心，时不时地往里面张望，看每一个过路的人是不是自己要找的人。

“他是不是在找你啊？”于诗问，“你不是说陈清韵伤得很重，在住院吗？为什么他不在医院陪她，跑到这里来了？”

沈西成一脸愧疚，不像是要找人算账的样子。

“不知道。”姜禾绿蹙眉，“我看到他就很烦。”

“虽然我觉得他对你挺好的，但是做的事情又让人很无语。”

公司只有一张大门，她们不得不走过去。

熟悉的身影映入眼帘时，沈西成的眼睛明显亮了。他这几天憔悴了很多，昨晚甚至一宿未眠。但见到想见的人后，他瞬间有了精神。

“阿禾，”他低声叫她的名字，“我总算等到你了。”

“有什么事吗？”

“没事，我就是想看看你。”

“……不好意思，我很忙。”姜禾绿边说边匆匆地往里走。

沈西成追过去，拦在她面前，神色仓促：“你是不是怪我？我知道你一定怪我。你是因为在乎才会怪我，对吗？”

姜禾绿无语地看着他：“你能离我远点儿吗？我怕低智商会传染。”

“你给我一个机会谈一谈好不好？”沈西成不甘心道，“我……今天看到一条裙子，很好看，我觉得如果你穿上，一定更好看。”

“现在是冬天，你送我裙子是嫌我还没被冻死吗？”

“……我不是这个意思。”支支吾吾了许久，沈西成还是没挽留住她们。

姜禾绿的脸上浮现出不耐烦的神色：“你有这个时间，还是做点儿别的事情吧，我走了。”她错开他和于诗往前走。

沈西成几乎是条件反射地拉住她的胳膊。

她穿的是大衣，被这么一拉，白皙的手指完全露了出来。沈西成目光呆滞地看着她无名指上的那枚钻戒，讷讷道：“你戴了戒指……”

“她结婚了。”于诗小声提醒道，“今天刚领的证。沈二少，你还是走吧。”

不论是善意的提醒还是无情的忠告，对沈西成来说都是一样的打击。

他从前没有过心脏剧痛，喘不过气的感觉，甚至年少时听陈清韵说她喜欢的人是时参，他的心里也是不屑又冷傲的。

过了许久，沈西成才意识到自己为什么会心痛。在他的记忆里，她仿佛昨天还在对自己笑，模样乖巧温顺，然而，以后他再也不会看见那种笑了。

他永永远远、彻彻底底地失去了一个人，失去了和她在一起的可能。

第十一章 在你身边

下午，姜禾绿被时怀见从公司带走，来医院继续做检查。

早上的时候，她的体温便恢复了正常，腿脚也没出现异常状况，然而，他还是强制性地带她过来做了个全身检查。检查结果显示，她大毛病没有，小毛病倒是一堆。时怀见又拉着她找医生开了一些药。

谢过医生后，时怀见顺势牵起她的手往外面走，前方有人路过，他还不忘把她拉到身后，以防她被撞着。

姜禾绿任他牵着，好奇地问："我怎么样？"

"医生刚才不是说了吗？"时怀见严肃道，"你体质不行，得补营养。"

"噢。"姜禾绿乖巧地应了一句后，好奇地走过去，踮起脚朝他手里的单子看了看，"那把单子给我看看。"

"不给。"

她特别好奇他手里的单子，他居然不给她看。是欺负她矮吗？

时怀见说："你看不懂。"

姜禾绿："看不懂也要看。"

他的口吻实在让她不悦，怎么总感觉自己在他眼里像个小孩一样？他不就比她大几岁吗？姜禾绿硬是从时怀见手里抢过了单子，粗略地扫了一眼。

确实……看不懂，但她还是有模有样地喊了一句："啊——"

时怀见斜睨了她一眼："你看得懂？"

"看不懂，但是为什么开了这么多药？"

"生病吃药不正常吗？"

“但是也太多了吧。”姜禾绿忍不住吐槽，“哪有人吃这么多药的？”

“这里面包含了维生素。”

“不吃。”

时怀见捏了捏眉心。

吃个药还这么麻烦，真让人操心。

“我觉得我没病，只是偶尔有点儿头疼。”姜禾绿走在前面，理直气壮道，“我只是体质有些特殊，至于缺的营养，完全可以慢慢补回来。”

“头疼和贫血不是小毛病。”时怀见哄着她，“乖，听医生的。”

“不乖。”

“这些药不苦。”

“那也不吃。”她拉着他往外面走，不打算去拿药。

时怀见没依着她，姜禾绿只好去拽他。

她气喘吁吁，费尽力气，男人稳如泰山，岿然不动。

她这模样像个正朝家长撒娇要买玩具的小孩。

取药的地方确实有不少小孩。一位母亲牵着小女孩路过他们身边时，轻声哄道：“小宝贝，只要你肯吃药，妈妈就给你买芭比娃娃。”

小女孩奶声奶气地问道：“真的吗？”

“当然是真的了，妈妈从不撒谎。”

时怀见朝那对母女的背影看了三秒，然后，他看向姜禾绿，认真问道：“你要不要芭比娃娃？”见她没吭声，时怀见又添了一句，“小宝贝？”

见过东施效颦的，没见过还能这样玩的。

姜禾绿嫌弃地看他：“你怎么这样？”

“我哪样了？”

“不许像哄小孩一样哄人，你搞得我好像很幼稚。”

他顺势拉着她去拿药：“你最成熟，你吃药不让人哄，上楼不要抱抱，睡觉不踢被子。”

要不是人多，她得让他知道什么叫作恶龙咆哮。

药还是取了，确实不少，但在可接受范围。

确保身体健康的前提条件是保证有充足的睡眠。

时怀见特意为她去了公司一趟，找来小曲改了一下她的直播时间。

大部分网友都爱熬夜，主播的最佳直播时间是晚上八点到十二点，通常来说，姜禾绿十点便下播了。出于健康考虑，时怀见让她以后提前两个小时播。

这件事他没和姜禾绿提过。

凭她的性子，务必会和他对着干，与其这样，不如说是小曲安排的。

长时间没见到时总，小曲要汇报的事情不少。知道姜禾绿和时总的关系后，小曲会特意关照一下未来老板娘，这便让他发现了一些不好的事情。

“时总，有件事，我不知道该不该说。”小曲犹豫道。

“什么事？”

“我无意间听到过陈冰和面膜公司的人打电话。”小曲吞吞吐吐地道。

先前，姜禾绿的团队做过一次打假那家面膜的视频，后来遭到了各种辱骂和威胁，对方又是说脏话又是寄刀片的，不过，姜禾绿都没有理睬。

这事本身正常，但是对方太执着，而且连他们的公司地址都挖了出来，给公司寄来了一些死去的小动物，包裹臭味熏天。

好在姜禾绿并没有收到，小曲知道后提前拦截了下来。

因为不知道是谁寄的，他也没法查明真相。

谁知某天，他听见陈冰和别人通电话，讲的内容正是这些包裹，而且她直呼面膜公司的负责人的名字，两人像是串通好了的。

小曲不是个擅长用录音做证据的人，所以没录下来，也没敢声张，但他始终将这件事情压在心头，犹豫再三，这次还是说了出来。

听完后，时怀见表态：“把那家公司的信息给我看看。”

小曲把已经打印好的资料递过去。说是公司，其实更像是一家小作坊，注册资金少得可怜，也没有背景，因此，只会用低劣的手段报复。

时怀见给秘书打了个电话，让他找工商局处理，这家公司的行为完全可以根据销售资金来判刑。

处理后，他又看向小曲：“和别人串通的女主播，你现在马上开除她。”

直播公用房里热闹一片，今天有个嘉年华活动，主播们都在竭力活跃气氛。

姜禾绿开着摄像头在和观众聊天。

制定了严格的管理条例后，直播间的弹幕内容越来越和谐。

“今天有比赛吗？”

“哈哈哈，我发现小生姜每次都拼不过大主播。”

"大主播们会表演才艺。"

"小生姜也可以表演啊。"

"我想看她跳舞。"

"唱歌也行，小生姜的声音这么温柔，唱歌肯定好听。"

姜禾绿什么都没做，就被弹幕里的粉丝们夸成了一个多才多艺的主播。

她是带货的，可不是表演才艺的。

奈何弹幕上开始刷屏："求小生姜唱歌！"

于诗在旁边乐得开花，替她回复："小生姜什么都行，就是不会唱歌，她以前上学的时候把音乐老师都唱跑了。"

姜禾绿斜眼睨她："才不是。"

"哟，不承认吗？"

"被吓跑的明明是班主任。"

"都一样啦。"于诗不忘给她宣传，"新来的朋友点点右上角的关注，点关注，不迷路，待会儿给小可爱们抽个奖。"

这时，门口传来了动静，是小曲过来找人谈话。

没谈多久，陈冰歇斯底里的声音传来："解约？你开什么玩笑？我从来没犯过错，为什么无缘无故开除我？别告诉我是姜禾绿给时总吹了枕边风！"

"你做过什么，难道自己不清楚吗？"小曲的语气硬了起来。

陈冰愣了一下。

比起陈冰犯过的错事，其他人对后几个字更加关心。

枕边风？姜禾绿和时总？她们之前就听过公司里的传言，只是一直没有证据，现在总算赶上新鲜的了。

"你现在主动离开，我们就不追究你的责任了。"小曲警告道，"如果拖延时间，后果自负。"

"后果？什么后果？谁追究我的责任？时总吗？我倒希望他来。"

大言不惭的话音落下没多久，电梯口那边就有人过来了。

小曲反应迅速，立刻低声叫了一句"时总"。

时怀见的出现让直播间的人气迅速飙升。

时怀见问小曲："还没处理好？"时怀见的目光落在还想垂死挣扎的陈冰身上，"谋害公司同事，给公司带来不良影响，你觉得你还有理由留下？"

比起厉声指责，他毫无感情的问话反而让陈冰不敢说话。

“冰姐做什么了？”人群里响起疑问声。

小曲回答：“她联合其他公司，给我们寄动物尸体。”

“不会吧？她为什么要这么做？”

“原来前几天的臭物都是她寄来的？”

所有人都惊讶不已，想不到，一向高高在上的陈冰会做出这种事情来。

被揭穿真面目后，陈冰忍无可忍，撒腿就跑，不敢再待在这里。

她走后，大家仍然面面相觑。

见气氛低沉，小曲连忙转移话题：“时总，今天有活动，进来看看吗？”

知道时怀见此时有想见的人，小曲非常识趣地给出提议，果然没遭到拒绝。

姜禾绿没有去凑热闹，甚至很悠闲地和观众聊着天，还被要求唱一首歌，迫于无奈，她只能唱了首《告白气球》——然后，有粉丝取消关注了。

不敢再看弹幕内容的于诗一边忍着笑意，一边拍着她的肩膀：“大姐，你这哪是《告白气球》？分明是《告别地球》！”

姜禾绿陷入了沉思：自己唱歌真的那么难听吗？

她又试着哼了两句，哼完却发现凑完热闹的工作人员和女主播纷纷看着她，每个人的脸上都憋着笑，又不太敢笑。

“怎么了？”姜禾绿有点儿蒙，“你们看我干吗？不去忙自己的事情吗？”

这么一说，大家才开始做自己的事。

然而，时总在这里，她们做什么都不自在，也不敢发出声音来。

安静的房间里，姜禾绿的歌声更加清晰。

她的粉丝们不敢相信她如此五音不全，纷纷表示要再听一遍，还让她唱女歌手的歌，于是，姜禾绿又唱了一首流行歌。

听完后，大家沉默了。如果别人的歌声是天籁的话，那姜禾绿的歌声就是把天砸了好几个洞，既跑调又漏音。

姜禾绿并没有听出自己的歌声有多要人命，对于他们的反应，她不确定地问：“我唱歌很难听吗？”

于诗：“很难听……”

其他人也都是一副“我觉得很难听，但不好意思说出来”的样子。

姜禾绿的心里总算有了点儿数，有些失落：“……那我还是别唱了吧。”

“我觉得很好听。”

和大家一起默默听完了歌的时怀见面不改色地表扬道：“你要是不问的话，我还以为是原唱。”他低沉的嗓音在沉静的房间里显得尤为突出。

时总郑重其事的夸赞让其他人怀疑自己的耳朵出了问题。

小曲到底是领导，反应快，二话不说，当即带头鼓掌，还不忘拍马屁：“时总说得对，刚才我就觉得姜小姐的歌声有点儿好听，细品过后，那何止是有点儿，简直是天籁。”

但凡带了耳朵的人，都听得出姜禾绿唱歌有多难听。

听到时怀见的夸赞，姜禾绿心里乐开了花，谦虚道：“还好吧，没有你说的那么好。”

好不好的，观众都知道，两首歌后，姜禾绿至少流失了八十个粉丝。

弹幕内容也空前一致。

“别唱了，都是自己人。”

“跪求小生姜唱《静音》。”

虽然歌唱得不好听，收到的礼物却是平时的几倍。因为知道漂亮的女主播也是五音不全的平凡人，粉丝们更喜欢她了。

直播结束后，姜禾绿便离开了座位。

时怀见只视察了工作，没有打扰大家，让他们各忙各的。

他和小曲在边上聊着未来的策划，视线时不时落在自家小媳妇的身上。

小曲注意到，十秒的时间里，时总有八秒是看着姜禾绿的，当看见姜禾绿收拾东西准备起身时，他才收回了视线。

姜禾绿提着包，兴冲冲地跑过来：“等久了吧？”

“不久。”时怀见说，“本来也要谈事情。”

“噢，那你忙完了吗？我们走吧。”姜禾绿顺势去拉他的手腕。

旁边有工作人员，还有离得近的正在直播的主播。

看到这一幕，大家都是一脸震惊。震惊之余，他们还看见方才质问得陈冰灰溜溜逃走的高冷时总在给姜禾绿戴耳罩。

耳罩是猫耳朵的形状，粉白粉白，毛茸茸的，看上去手感极好。时怀见给她戴好后，顺势在耳罩上摸了几下。

力道可能有点儿重，姜禾绿不满地抬眸瞪他。

起初，注意到他们举动的只有四五个人，随后越来越多。

大家心里都在想：原来陈冰说的是真的，这两人确实是“枕边”关系。

因为侧对着其他人，姜禾绿并没发现自己成了大家视线的焦点，直到有个好事者大声问道：“小生姜，你和时总是男女朋友的关系吗？”

姜禾绿回过头去，见大家都看着他们，她不好意思地说：“不是。”

“那你们……”

“不是男女朋友。”她抿了抿唇，不太好意思道，“我们是夫妻。”

所有人都惊呆了。

“之前不是听说她有个大后台吗？不会是时总吧？”

“一开始两个人就在一起了？结果还一直瞒着大家？可真沉得住气。”

“怪不得我们这么小一家公司，时总会三天两头地往这里跑。”

姜禾绿没打算继续隐瞒，便让这个消息顺其自然地传播出去了。

她现在要做的，是准备迎接婚礼。婚礼的日期定在年前，不忙的时候，姜禾绿会在家里直播，顺便陪时妄吃个饭。

看到时妄，她便想起了言辞的话。

姜禾绿觉得言辞应该是在乎时妄的，只不过，言辞不知道怎么对待他，何况这么多年过去了，两人之间非常陌生。

饭桌上，时妄突然开口：“漂亮姐姐，你快把盘子里的肉捣烂了。”

“……噢。”她低头看去，尴尬笑道，“没注意。”

“有心事吗？我爸是不是欺负你了？”

“没有。”

“他要是欺负你的话，我可以帮你告状，让我奶奶帮你教训他。”

“没事。”听到时妄这么说，姜禾绿有些不自在。

“那个……”姜禾绿小心翼翼地问，“妄仔啊，你想不想见你的亲妈妈？”

时妄却轻飘飘地说道：“我见过了。”

“……”

“上次在医院。我去看望大伯的时候，有个女医生盯着我看了很久。”

“你怎么知道他是你妈妈？谁告诉你的？”

“我猜的。”时妄鄙夷道，“从你的表情可以看出我猜对了。”

本来想试探一番后再和时怀见商量告诉时妄真相的姜禾绿不禁叹息：她居

然被一个小孩子耍了。

“我还经常在校门口看见她。”时妄又说。

“不会吧？”

“大白天的，她戴着帽子和口罩，一直盯着我看，不是她是谁？”

姜禾绿没想到这孩子的观察力这么强。

“这事别和老时说。”时妄用小大人的口吻道，“我和她一样，不想牵扯太多，知道他们的身份就够了，户口还是挂在你们这边，再过几年我就上大学了，不用麻烦你们了。”

姜禾绿愕然：“不是，你这孩子……”

时妄却瞥她一眼：“别多管闲事了，吃饭吧，老时让你多吃点儿蔬菜。”

姜禾绿以为时妄是个傻公子哥儿，没想到人家心眼儿多着呢，看来他和他妈一样，非常明确自己的目标是什么，并且会对此付出实际行动。

陈清韵撞到言辞手里没多久便栽了，其间还说了不少认错的话，求生欲极强。毕竟，如果她不服软，言辞也不会放过她。

入夜，楼下传来汽车声，坐在卧室沙发上玩游戏的姜禾绿迅速关了电脑，蹑手蹑脚地钻进被窝，关掉灯，假装自己已经睡熟。

不一会儿，外面传来了动静，蒙在被子里的她屏住了呼吸。

进门后的时怀见有些意外。

这个时间点，姜禾绿不太可能睡觉，他每次晚归，回到家看到她不是在看剧，就是在打游戏，要么就是延长了直播时间，和观众说说笑笑。

难道是不舒服吗？

时怀见没有喊她，只开了一盏壁灯，却发现床上的人连头都没露出来。

“姜姜。”他一边解衣服，一边问，“你是不是不舒服？”

“没有。”姜禾绿小心翼翼地露出一个头，“我只是睡得早。”

她的双眼又黑又亮，精神抖擞，一看就知道是假装的。

时怀见没有拆穿她，径直去洗了澡，出来后发现她还睁着眼看他。

“今天学乖了？想要早睡早起了？”他顺势俯下身，在她的额头上亲了亲。

姜禾绿用力点头，撒着娇：“今天太累了，不是很想……”她眼巴巴地看着他，颇有几分可怜的样子。

“真不想？”他笑道，“那就亲一下。”

他撑在她的肩膀旁，低头吻住她的唇，比往常要慢，却更具有挑逗性。

“还不想吗？”时怀见在她耳边吹着气。

“你……”姜禾绿感觉到了自己身体的变化，有些欲哭无泪。

正值壮年的男人如狼似虎，回回都不肯放过她。

“姜姜。”时怀见低声笑道，“这就是你说的不想要？”

“……时怀见！”

时怀见握着她的脚踝，没给她起身挣扎的机会，他俊颜温和，仿佛在做着正经的事，继续哄着她：“好好想想，你应该叫我什么？”

“叫你滚。”

“确定？乖，再给你一次机会。”他稍稍凑过来。

“老公。”姜禾绿只能投降道，“行了吧？我好累。”

“不行，声音太小了。”

“我怕声音太大，把你的耳朵震聋了。”她振振有词，“我是为你好，只有爱你才会这么体贴。”

他轻笑，算是接受了这个解释。

结束后，姜禾绿幽幽叹息道：“唉——”

“你叹什么气？怪我没伺候好你？”

“后悔了。”

时怀见抓住她的手腕，问道：“后悔什么？”

姜禾绿吓得立马把“摊上这么个饿狼老公”这句话咽下去，斟酌后，她小心翼翼地说：“当然是后悔……没能早点儿遇见你。”

姜禾绿无辜地看着他，嗓音又低又软。

时怀见欣然地接受了这句不走心的情话，松开她的手，却并没有就此放过她，他微微垂首，气息尽数呼在她白皙的脸蛋上：“真的吗？”

“嗯。”她低低地应着。

“有多后悔”

“这个嘛，怎么说呢？”姜禾绿转了转眼珠，郑重道，“就像是傍晚错过日落，来例假前一天忘记吃冰激凌，没能坐上末班车的那种后悔。”

她抬手勾着他的脖子，语气不知不觉间变得认真起来：“这些事再等等都还有机会，但遇见你就不一定了，所以，如果我早知道我们会变成现在这样，当初就该主动点儿。”

至少一开始不要那么抗拒，不然，他们很容易错过。

她那么真诚地表白，换来的自然是无休止的“奖励”。

第二天，姜禾绿围着厚厚的围巾去了公司，即使室内的空调温度调得颇高，她也没有摘下围巾。要不是不好意思，她真想问问言辞，有没有能把男人咬在脖子上的痕迹尽快去掉的办法。

她用粉底液抹了三遍，依然没能完美地遮住痕迹，只能戴上围巾。

姜禾绿在草稿纸上画了七八个猪头才解气。

于诗看到姜禾绿围着围巾，了然地笑笑，把一份财经杂志放到她的桌上。

“要不要看看这个？”

“这是什么？”

“沈西成栽了。”

姜禾绿早就不再关注沈西成，但八卦摆在面前，她便顺势扫了几眼。内容太多，姜禾绿只捕捉到了一个重点——沈家遇到了有史以来最大的危机。

她把杂志往边上一推，显然没有太大的兴趣。

“你应该没看完。”于诗幽幽叹息，“沈西成大半年前接到一个和美国人合作的国际项目，投资了百亿美元，涉及多个公司和国家，反正是个挺厉害的工程，他本以为能赚一笔，没想到那边是个空壳。”

“然后呢？”

“沈西成把自己能用的流动资金都投进去了，现在出现了这么大的金融诈骗案，手头很紧，集团的其他几个子公司都有所波及，昨天一天就倒闭三家小公司，他现在很缺钱，听说都开始变卖国外的庄园了。”

这么大的八卦，沈家想压也压不住，只能任由媒体曝光出来，而媒体也不负众望，把沈西成的惨状一一说了出来。

沈西成无疑沦为了大家的嘲笑对象，被不少网友泼冷水。

“俗话说，瘦死的骆驼比马大，他再穷，也比那些一个月拿两三千块还在网上嘲笑女生的男人强。”于诗的情绪有些激动，“本来我觉得沈西成活该，但看到他被人嘲讽，还是忍不住呛了他们。”

“不管他们就好了。”姜禾绿漫不经心道。

她本来对沈西成没兴趣，听说是和美国人的合作后，心头隐隐觉得，这事好像和时怀见有关系。

据她了解，之前沈西成从时怀见那里抢过这么一笔单子，后来又和美国人越走越近，自认为结交了一个大老板，却没想到对方是骗子。以她对时怀见的了解，他的东西，不可能让给别人。沈西成抢到的那一刻，就注定了输局。

为了证实自己猜得没错，姜禾绿给时怀见打了个电话。

听到他的声音，她又不知道该怎么说。

算了，这事和她也没关系。

她换了个话题，问他晚上有没有空，要不要去看电影。

盛世居，穿着统一典雅旗袍的服务生时不时地给客人添茶。

这里的上等包厢里，来的无疑都是有钱人，并且大部分是熟面孔。大老板们平时就爱按摩、喝茶、打牌，包厢的气氛通常和谐而欢快。

这次却截然不同。

沈西成所坐的位置离对面的人有些远，他的眼前是并排而坐的曾经的合伙人，当初，那些人个个都对他很谄媚，如今倒一副客客气气的样子。

“这件事，说到底还是怪二少不小心，知人知面不知心，外国人的诡计多着呢。”一个老板叹息道。

其他老板纷纷附和，大家说得头头是道，却没有一个人拿出诚意来。

沈西成没开口，静静地看着。

过了一会儿，包厢的门又开了——时怀见来了。

那些人对沈西成的态度有了一百八十度大转弯，对待时怀见却依然是老样子，满是皱纹的脸上堆着笑，眼睛都快笑没了，齐齐把人请到上座。

时怀见却摆手拒绝，在沈西成旁边的椅子上坐下了。

众人不知道他要做什么。

他们是对头，这是人尽皆知的事，众人时常看见两人出席同一个场合，但这样并排而坐，未免有些不对。

就在众人琢磨着两人关系的时候，沈西成倏地站起来，面目狰狞。

时怀见对他的愤怒视而不见，甚至没当回事，淡淡地看了他一眼：“不用行大礼，坐吧。”

“……时总真是君子。”沈西成冷笑道。

“过奖。”如此淡然的态度无疑是火上浇油。

“坐吧。”时怀见依然是不温不火的态度，“难道要我请你吗？”

“你到底是什么意思？”

弄了这么一大出，又和他坐到一起，时怀见显然别有目的。

时怀见喝了口茶，说道：“你求佛拜祖宗都没用。”

“所以呢？”

“我可以考虑以高出市场价的价格购买你手里诚兴的股份，当然了，是在你被股东会逐出去之前。”

虽然这次的事件和时怀见脱不了干系，但说到底，还是怪沈西成自己疏忽大意。时怀见来这里显然是来谈判的，并不打算故意针对他。

他说的话条条在理，让人无法反驳，又不甘心。

外头天色渐晚，其余的老板张罗着晚餐，想要请时怀见，他客套地拒绝了，表示自己有要紧的事情。

“时总不愧是最成功的年轻企业家。”有老板拍马屁道，“这个时候了，还要处理公事。”

“不是公事。”时怀见淡淡道，“陪我媳妇儿看电影。”

就在大家错愕不已的时候，他已经走了。

众人都没反应过来，圈子里最低调神秘的男人居然结婚了？

晚上八点，商业广场顶楼的电影院。

姜禾绿听同事说最近有部电影不错，便拉着时怀见一起来看，取票的时候，她感觉有人在偷拍她，回头又没发现人。

“怎么了？”时怀见问道。

“没什么。”她摇头，“我们不是明星，就算偷拍也没关系吧？”

他们看的是爱情悬疑片，结束后天色已晚，外面飘起了小雪，但没有风，并不冷，离开影院后，姜禾绿感觉肚子有些饿，于是抬头看向旁边的男人。

时怀见没有发现她的暗示，她只好小声提醒：“老公，我饿了。”

“嗯？”他垂眸看她，轻笑，“你想吃什么？”

“其实我很想吃烤腰子和卤猪蹄，但既然是和你一起，为了接吻愉快，我决定还是只喝奶茶。”

“……你想吃什么就吃什么。”

“不，只要奶茶。”

时怀见有些无奈地蹙眉：“要去店里买，还是回家？”

保姆调的港味奶茶味道不错，而且营养健康。

“去店里。”她认真道，“一两次没关系啦，我都没怕胖，你担心什么？”

她抬手给他指了个方向。对面有一家奶茶店，因为电影刚结束没多久，这家奶茶店的门口排了不少人。

姜禾绿觉得，让时总陪她排队买奶茶倒是一件有趣的事情。

她正要过去，卫衣帽被人拉了一下。

“回来，我去。”时怀见淡淡道，“你去商场里面等着，那里暖和点儿。”

奶茶店开在路边，时不时有车辆经过，会带起不少寒风，而且也不知道要排多久的队。

“啊……”姜禾绿也意识到这会儿排队不太合适，改口道，“那我不喝了，我们还是回家吧。”时怀见却已经过去了。

隔着马路，他给她打电话，问她要什么口味的奶茶。

排队的大多是学生，几乎没有他这样的。

好在他穿得简单，不像白天西装革履那样正式。

戴上口罩后，男人神情淡漠地排在队伍后面，因为身形颀长，他显得格外突出，不一会儿便引起了旁边女生的注意。

一群十七八岁的学生跑过来问他要微信号。

“没有。”时怀见淡淡地回答。

“哥哥，你连微信号都没有吗？还是你根本就不想给我们？”

到底是年轻气盛，没达到目的，女生说话有些咄咄逼人。

时怀见拒绝过后没有再搭理她们，轮到他的时候，他看着手机屏幕，不太熟练地报了个绕口的奶茶名，等待没多久就拿到了奶茶。

他刚转身，就发现姜禾绿也过来了，她傻乎乎地朝他笑着。

“不是让你在商场里等吗？”男人声音略显责怪，拉起她的手，“冻得像冰块，还乱跑。”

“商场太冷了。”

“冷？暖气没开足吗？”

“不是。”她认真道，“因为没有你。”

“……”

“在你身边，我才最暖和。”她兴致勃勃地抱着他的胳膊撒娇道。

时怀见心想，没枉费他给她排队买奶茶，嘴够甜的。

男人牵着姜禾绿的手，她专心喝着奶茶，不用担心马路两边的车辆。

过完马路，她又抬头：“老公，我刚刚看见有好几个女孩子和你说话。你们说什么了？”

“找我要微信号，我说没有。”

“噢。”她点头，“买个奶茶都有人搭讪，我觉得你的胸前应该挂块牌子，上面写上‘已婚’二字。”

“吃醋了？”

“才没有，我是在为你挡桃花。”

上车后，姜禾绿捧着奶茶，喝得一脸满足。

时怀见侧眸看她：“是不是忘记了什么事？”

“什么事？”

“你说你只喝奶茶，为的就是要亲我。”

“啊，有说过吗？”

“有。”他没给她否认的机会，将她的奶茶杯放到一侧，然后把人拉过来，低头吻了上去，她的唇际还有奶茶残留的香甜味。

姜禾绿瞪大双眼，又慢慢闭上。

她有些怀疑他是故意蹭奶茶喝。

吻完后，他一板一眼地道：“确实挺好喝的，下次再买。”

“……那你下次买两份！”

“不了，多浪费钱。”

“……”

“和你说一件事。”时怀见看似随意地说道，“我帮你联系到你的妈妈了。”

她一怔。

“她现在嫁给了一个华裔，有一对双胞胎儿子，生活得很好。”

“……这样啊。”对于这个结果，姜禾绿并不意外。

一个人不回国的原因，要么是过得不好，要么是过得很好。

对于她来说，这两个原因她都不太能接受。

时怀见看她的模样，不太忍心继续说下去，便岔开了话题。

如果可以，他希望何女士能来参加他们的婚礼。

时家的婚讯还处于保密的状态，为的是婚礼之前不会出现纰漏，但关于他们的新闻依然不少。

两人经常在公共场合被拍到，停车场、电影院、街道上，他们就像普通情侣一样，不高调，不张扬。网友们称姜禾绿是“锦鲤”体质，和两个有钱的公子哥儿都有过关系，还能在沈西成出事前及时找到下一个，甚至有帖子教大家如何像姜禾绿一样吸引男人。

喜欢上网的于诗看到这些帖子后十分气愤，总想着为闺密辩解，经常和网友吵得面红耳赤。

相较于诗，姜禾绿淡然得多，婚期即将到来，她开始去定制店试婚纱。

两人还打算在去度蜜月的时候拍一组婚纱照，所以打算多挑几件婚纱，留到蜜月旅行的时候用。她把于诗喊出来，去婚纱店帮她做参考。

从欧洲空运过来的婚纱款式繁多，姜禾绿一件一件地试穿，有些疲惫。

“这件怎么样？”她看着镜子，问闺密和老公的意见。

于诗给予肯定的评价：“这件大气，瞧这花边做得多细致，裙摆也不错。”

时怀见：“好看。”

姜禾绿又在店员的推荐下试了一款淡粉色的婚纱，这款婚纱的设计有些烦琐，姜禾绿穿得很累。她在原地转了个圈，继续问：“这一件呢？”

于诗：“不错，就是腰身太松，没法完美地展现你的好身材，但如果婚礼那天的光打得好，效果应该也很棒。”

“我也觉得。”姜禾绿赞同道，又看向旁边像个工具人一样的时怀见，“老公，你的看法呢？”

时怀见：“都行。”比起女士婚纱，男士的西服单一得多，他身材好，穿什么都不错，几乎没怎么挑选，一直陪着媳妇选婚纱。

不过，他很难给出像于诗那样的评价。

姜禾绿最后又试了一款冷白的长尾裙，裙摆非常厚重。据店员介绍，如果她愿意的话，裙摆还可以加长。

“哇，好有排场。”于诗感慨道，“姐妹，穿它！”

这款长尾裙的裙摆虽然厚重，却不让人觉得累赘，轻盈飘逸，穿上它像欧式十八世纪的贵族小姐，优雅大方，让人眼前一亮。

“这个好。”姜禾绿满意地点头，再次看向老公，“你觉得呢？”

“漂亮。”

“就‘漂亮’两个字吗？”这句反问似乎别有深意。

于是，时怀见不着痕迹地补充：“我是说，你把这条裙子衬得很漂亮。”

姜禾绿的嘴角忍不住上扬，提着裙摆走到他跟前，挽起男人的臂弯，兴致勃勃道：“那我们婚礼时就穿这一套吧。”时怀见点头说好。

穿次婚纱不容易，姜禾绿用手机拍了几张照片，但效果不太理想，店员忙热情地说他们这里有摄影师，姜禾绿便让摄影师帮忙拍了几张婚纱照。

随后，她从中挑选出一张优雅的背影照，大大咧咧地发了朋友圈。

配文：已婚妇女。

亲朋好友纷纷送上祝福。

婚礼前夕，姜禾绿接到一个电话，响了三秒后又挂断了，是个陌生号码，尾数整齐。这样的号码，姜禾绿自然知道不是诈骗电话。

起初，她以为是沈西成，但傍晚，她又接到了这个电话。

轻柔的女声从对面传来：“你好，我是何恩静。方便一起吃个晚饭吗？”

姜禾绿握着手机的手不由得攥紧了。她目光呆滞，望着来来往往的行人，耳边充斥着车子的鸣笛声，熟悉的街道在她的眼中逐渐变得陌生起来。

比起她，何恩静从容得多：“我等会儿发给你地址。”

她还没答应下来，电话已经挂断了，紧接着，一条写着地址的短信跳了出来。地址是位于商贸大厦附近的法式餐厅。

在服务生的带领下，姜禾绿看到了一个陌生的女士背影，她身段窈窕，盘着优雅发髻，举手投足间尽显贵妇气质。

姜禾绿不知道对方突然找来的目的，她没有主动开口询问，目光却毫不偏离地落在何恩静的身上。看得出她保养得不错，眼角的细纹浅淡，行止从容不迫，对服务生说话时温声细语，对她也不例外，亲和地问她喜欢吃什么。

姜禾绿只说自己不想吃生冷的东西。

“和我一样。”何恩静浅笑，“我也不喜欢生冷的食物。”

“我爸也是。”姜禾绿突然冒出一句，“我可能像他。”

三言两语中，何恩静已然了解了姜禾绿的态度，微笑着缓和气氛：“他以前是吃的，和我在一起后，胃口也随我了。”

姜禾绿放在桌底下的手逐渐握紧。她直奔主题：“找我有什么事吗？”

“你不想见我吗？”

“你应该见我爸。”毕竟，对她思念成疾的人是姜父，而她这个做女儿的从未见过她，对她也没有感情，只有对母亲的幻想和好奇。

“你没必要对我这么刻薄。”何恩静从容道，声调不高却清亮，“你是我的女儿，不管过去多少年，发生了什么事情，本质上，这一点是不会改变的。”

姜禾绿没有责怪何恩静的意思，当然，她也没这个资格。

她只是站在父亲的角度，对他们曾经的事情感到愤愤不平。

姜禾绿安静垂眸，似乎和她吃饭的只是一个陌生人。

“不和我说说明天婚礼的事吗？”何恩静问道。

姜禾绿讶然，她想起了时怀见之前和她说的话。

他是想给她一个没有任何遗憾，圆满完美的婚礼吗？

“你的男人对你不错。第一次的婚姻能遇到这样的人，你比我幸运得多。”

“你不幸运吗？我爸是哪里对你不好，让你要弃我们父女于不顾？”

“他是和你怎么说的我？”

“他什么都没说。”

“我和他不是你想的那样。”何恩静说。

“我不知道你们是怎么相处的。”姜禾绿深吸一口气，道，“我只知道他很在乎你。你离开之后，家里关于你的所有东西都保留得很完整。小时候，我爸还因为我弄坏了你的耳环骂过我。”

那是很久以前的记忆，回想起来却仍然清晰。她是姜父唯一的女儿，父女俩相依为命，哪怕她在外面掀翻了天，姜父也会一如既往地宠她。

然而，一旦触及何恩静，姜父远就会翻脸。通过诸多细节，姜禾绿完全可以看出来何恩静在父亲心里有着多么高的地位。

对于姜禾绿的反应，何恩静并不意外，她轻描淡写地问：“他是不是没有告诉过你，我们在一起的时候经常吵架？”

“吵架？”

“我们每天都能为一点儿鸡毛蒜皮的小事吵起来。”

何恩静的身边从来不缺追求者，当初会和姜父在一起，是因为她没想到他喜欢了她那么久，很感动于他的执着。

但婚姻的维持，不是有感动就行。她相信，世界上不会有人比姜父更爱她，但她也知道，他们永远过不到一起去。

“他其实迁就了我很多。”何恩静淡淡道，“饮食起居方面，他都是按照我的喜好来，可是，不合适就是不合适。”

姜父会因为她被其他男人搭讪而质问她，也有着保守的思想和严重的大男子主义。那个时候，何恩静就明白，感情和生活是要分开的。

在那时，背负抛夫弃女的名声，必然是会被人唾弃的。

然而，何恩静还是这么做了。

“哪里有那么多不合适？”听完后，姜禾绿嘲讽道，“明明就是不够爱。”

何恩静笑而不语，算是默认了。

说来也怪，她好像没做什么错事，但所有人都认为她错了。

不过，她并没有在姜禾绿面前说太多，她不希望让姜禾绿对姜父的印象有所改变。何况，今天的晚餐只是为了谈谈心，也庆祝女儿即将成婚。

这么多年来的隔阂不是一顿饭的时间就能消除的，但能像两个陌生人一样拼桌吃饭，也未尝不好。临行前，何恩静留下了一张黑卡。

“时间太仓促，我没能给你精心准备新婚礼物。”何恩静漂亮的指甲抵着桌上的卡，“还不如给你钱来得实在。”

“我不需要。”

“不是给你现在用的。”她说，“是给你留一条后路，不论将来如何，有一份家底，会少很多后顾之忧。”

卡的密码是姜禾绿的生日。

大银行的黑卡不是想办就能办的，里面少说也有七位数的存款。

这是何恩静给她的新婚礼物，是第一份礼物，也是最后一份礼物。

姜禾绿望着她离开的背影，眼睛不禁酸涩。她无法挽留她，除了放下，别无他法，她奢望的一家三口生活终究是无法实现了。

默默地坐了一会儿后，姜禾绿拿起手机，拨了一个号码。

低沉的男声很快响起：“姜姜？”

“老公，我爱你。”

“嗯？”

“爱你。”说完，她迅速挂断了电话，拎包走人。

走到车位旁，手机铃声响了起来，姜禾绿接通电话。

“怎么好端端的突然表白了？”时怀见笑着问，“是不是太紧张了？”

“有一点儿。”

“有我在，不用紧张。”他安慰道，“婚礼时，你可以一直牵着我的手。”

“好。”她一边应，一边开车门，认真地说，“老公，我刚刚说我爱你，不是表白。”

“那是什么？”

“是事实。”她补充道，“刚才那一瞬间，我特别特别地想告诉你这句话，不是因为紧张，也不是突发奇想。”

时怀见笑道：“那怎么办，我刚才其实没听清，要不，你再说一遍？”

“真够……不说了！”

原本因为何恩静而难过的姜禾绿听见他的声音，心里的雾霾很快散开了。

婚礼如期到来。

婚礼当天，时家才发布了婚讯，这个信息如同炸弹一般在圈子里炸开。

而当事人没管外界的纷扰，只专注于婚礼。

婚礼采用了礼堂和酒店结合的中西式，整体呈梦幻童话风，不论是礼堂还是酒席场地，都让人仿佛身处童话之中。

出乎意料的是，姜禾绿并不紧张。

她精心挑选的婚纱裙摆及地，如同蓬松的圣洁的花朵，在身后蔓延开，小脸被精致的妆容衬托得仿若人间仙子，没有任何瑕疵。

时怀见穿一身笔挺的深色西装，气度一如既往地卓越不凡，却比之前多了几分温和，两人并肩走在一起，郎才女貌，十分登对。

受邀而来的宾客有关系不错的同事小曲，还有于诗和她的妹妹，亲友这边是不缺或缺的姜父，还有只见过几次面的何恩静。二人见面后，姜父对何恩静用情再深，面对再婚了的前妻，也不得不保持一定的距离。

来的还有时妄一家三口。言辞居然来了，让人有些意外

她依然是素净的打扮，向来冷淡的面容也因为气氛变得柔和了。

弟弟的婚礼，时参自然也来参加，他今天很正常，安安静静的，虽然坐在角落，但位置很巧妙，在离言辞不远的地方，可以看到她，但也没多打扰。

时妄则和小孩在一边玩游戏，时不时朝他们那边看。三个人心照不宣，虽然没有团圆，但彼此间已经不再那么陌生，气氛也渐渐缓和。正如时妄所说，他已经长大成人，知道他们是他的父母就够了，他不奢望其他的。

An的脖子上戴着漂亮的领结，穿梭于人群中，因为怕吓到小孩，它戴了嘴套，但并不影响它的快乐。

在亲友和父母的见证下，婚礼十分圆满。

意外地，姜禾绿还看见了沈西成。

他近段时间忙着和股东会以及沈家的几个有实权的长辈周旋，不再是以前张扬的公子哥儿，面庞也比以前更显清秀了。

姜禾绿问旁边的男人："是你请他来的吗？"

"没有。"时怀见皱眉道，"可能是他自己跑进来的。"

沈西成是各大豪华酒店的熟人，保镖大概没有查看他的请柬就把他放行了。他出现在这里，不论是以什么身份，都显得格格不入。

既然来了，没做什么坏事，他们也没必要把人轰出去。

"要不要说几句话？"时怀见问道。

姜禾绿下意识摇头："算了吧。"她和沈西成没什么好说的。

他们没过去，沈西成倒是主动过来了。他的手里没有礼物，脸色很差，带着隐隐的不甘和难以言喻的丧气，站在两人的面前，他就像个小丑。

他看着漂亮得像芭比娃娃一样的女孩，过往的一幕幕从脑海里闪过，时间过得很快，他一个不小心就错过了她。

时怀见先开口打破沉默，问得随意："沈二少是来送祝福的吗？"

显然不是。

"阿禾，"沈西成的目光落在姜禾绿的身上，隐忍又克制，"我好想你。"

姜禾绿愣了一下，抬眸看向时怀见，似乎在说，这不关她的事情，完全是沈西成自作主张说的话。

时怀见："如果是想要扰乱婚礼现场，你应该先搞定这里的保镖。"

这句话既是提醒，也是警告，谁也不想让婚礼太难看。

沈西成摇头，勉强地笑了笑："我来认输。"

他输得很彻底，不论是感情还是事业，从一开始，他就太轻敌。

刚开始，两人明明是势均力敌的，他是有机会争取的，然而，他不知道从什么时候开始走了下坡路，葬送了自己的感情。

“我只想问她一件事。”沈西成看向姜禾绿，“就一个问题，行吗？”

时怀见牵着姜禾绿的手微微收紧，但还是大方道：“那你问吧。”

眼前的新娘圣洁高贵，不容一点点污亵，仿佛和她说太过分的话，都会让人陷入自责里。

沈西成的问题很短，却用尽了所有的勇气，一字一顿地问：“我们相处的半年里，你有没有喜欢过我，哪怕是一点点？”

“没有。”姜禾绿静静地回答，“我不喜欢高傲自大的男人。”

沈西成问的是喜欢。如果他问有没有机会在一起，可能是有的，毕竟姜父当时催得急，如果时怀见不出现的话，他们不是没机会。

然而，论感情，姜禾绿只能给他一个遗憾的回答。沈西成的生长环境造就了他自大的性格，不像时怀见，他从小就开始分担家庭责任了。

姜禾绿自幼无母，缺乏安全感，和大部分女生一样爱计较细节，不会笼统地问你爱不爱我，而是喜欢从生活中的细节上自行判断。

有那么一瞬间，姜禾绿大概明白了何恩静为什么会选择离开。

一个一边说爱你，一边和你吵架的男人，让追求自由的何恩静确实过于束缚，不合适是婚姻失败的原因之一。

最终，沈西成走了。他没有勇气参加他们的婚礼，也很难接受如此事实。

冬夜，月明星稀。

姜禾绿换上了轻便的款式，她套了件外套，以便于出行，她的脚踝酸疼，回到家后就立马换上棉拖鞋，往沙发上一躺。

太累了，她像只走几步就会趴下的猫咪。

时怀见挂好外套后，回来给她递了杯温水：“不早了，洗洗睡吧。”

“累。”她张手，“要抱抱。”

时怀见顺势将她抱上了楼。

她是真累着了。一开始，他答应她不接待亲朋好友，但时家那边的姑姨们过于热情，拉着她问长问短，她那双鞋本就不舒服，站着客套应付了几圈下来，比服务生还累。

把她放到床上后，时怀见发现她的脚踝上有些血迹。

“这是怎么回事？”他蹙眉，抓住她的脚踝，“自己磨的吗？”

呈“大”字躺在床上的姜禾绿点头道：“好像是。”

“鞋子不合脚怎么没说？”

“忍忍就好了。”她嘀咕，“也不是很疼。”

“不疼？”

“嗯……有一点点疼。”她吐了吐舌头，“新鞋子都是这样，我要是说的话，多浪费时间啊，还得从店里调鞋过来。”

每套婚纱和鞋子都是搭配好了的，她自然不好要求换其他鞋子，而且她觉得这不算什么，便没吭声，谁知婚礼会忙那么久，从中午到晚上，宾客不断。

时怀见看了她一眼，责备的话却没说出口，他出去了一会儿，回来时，手里多了一管药。

姜禾绿看着他，不太放心，道：“还是我自己来吧，我怕你下手太重，把我弄疼了。”

时怀见没依她。他上药的力道并不重，手握着她的脚，全神贯注，比给自己上药要仔细认真得多，让人不禁心安。

姜禾绿低头，柔柔地叫了一句：“老公。”

“嗯。”

“今晚真好。”

明天也好，有你在的每一天，都好。

番外 蜜月旅行

婚礼过后，时怀见和姜禾绿开始了蜜月旅行。

在室内拍婚纱照有局限性，为了更方便快捷地拍摄完婚纱照，这次旅行带了摄影团队，且都是专业人员，确保出片质量。

蜜月旅行可选择的地点很多，但现在天气寒冷，所以姜禾绿最后选择了去海边。出行前，她喜滋滋地收拾着东西，该带的东西属实不少，好在有专机接送，还有保姆陪同，不然，那么多东西，她一个人根本拿不了。

一大早，时怀见便看到自己的媳妇哼哧哼哧地收拾着行李，不禁发笑道："姜姜，我们是去度蜜月，不是搬家。"

"我知道啊。"

"那你带的这……数不过来有多少个的行李箱是想做什么？"

姜禾绿抹了抹额头，一脸无辜："这些都是必需品。"作为女孩子，化妆品、护肤品、衣服、首饰都是不可缺少的必需品，怎么可能不带上呢？

然而，就算是必需品，也不至于填满整个房间，时怀见随手拿起她还没来得及塞到箱子里的东西，看了一眼说明书，念出声："仙女刷牙看剧手机支架？这是必需品？"

"当然啊。每天早上刷牙的时候很容易犯困，看剧有助于打起精神。"

"那这个呢？懒人必备喝水吸管……这也是必需品？"

"是啊，女孩子的嘴上有口红，喝水的话得用吸管。"

"那这些书呢？"时怀见的目光落在红红绿绿的书籍上——《三句话让男人为我做牛做马》《你离成功女人只差一步》……

"这些啊。"姜禾绿看了一眼，解释道，"飞机上不是不能玩手机吗？我看看书，方便入眠。”

他们的目的地是一片蔚蓝大海，沙滩宽敞，在阳光的照耀下闪着光。

拍婚纱照是一件很辛苦的事情，从服装到化妆，以及道具布置都要耗费很长时间，有时候，为了取日出的景色，姜禾绿不得不早起。

好在经过摄影团队的努力，几组效果不错的婚纱图已经出来了，除此之外，还制作了影像，拍摄了一些日常花絮。这类事情全权交给摄影师即可，他们夫妻只负责玩耍，也不用刻意摆动作，就当是记录日常影像。

金色沙滩，湛蓝海浪，游客们嬉戏玩耍，不少金发老外戴上了墨镜，踩着冲浪板，在日光下一波又一波地荡漾。

刚刚拍摄完的姜禾绿有点儿累，便挑了个不错的位置打算吹吹海风，自己一个人自然没意思，她拉了时怀见一起。虽然两人都是偏白的肤色，但这几天顶着日头拍摄婚纱照，或多或少被晒黑了一些。

女孩子都臭美，黑一点儿没关系，黑太多就不行了，姜禾绿一坐到躺椅上就兴致勃勃地拧开一大瓶防晒乳液，开始折腾起来。

之前，她只在脸部涂了防晒霜，导致暴露在外的胳膊和腿都被太阳晒黑了一圈，虽然回到室内，就可以避免这种情况的发生，但姜禾绿不肯，既然出来玩，就是来晒太阳的，而且她喜欢海风咸咸的味道。

来这儿只为陪美人的时怀见觑她一眼，慢条斯理道：“要是怕晒的话，回空调房不就好了？”

“我才不要。”姜禾绿表示不服，“这可是蜜月旅行，怎么可以浪费呢？我可不像某人，大晚上的还处理公事。”

昨天晚上，时怀见接到了商务电话，之后就忙着远程会议。

工作固然重要，不过既然是请了婚假，就应该多陪陪媳妇，姜禾绿当时没说什么，也似乎非常理解，实际上，她还是记仇的。

“嗯，我的错。”时某人低头服软，“今晚不处理公事，处理点儿私事。”

他眉眼含笑地捏了捏她的耳垂，惹得姜禾绿又笑又恼，一不小心，还将防晒乳液挤多了。她身上涂得差不多了，多挤出来的显然是浪费了，她不由得瞪了一眼自家男人：“都怪你，挤多了怎么办？”

“能放回去吗？”

“不能，乳液挤出来就沾染了细菌，会变质的。”

秉着不浪费的原则，姜禾绿务必要让时怀见为多挤出来的乳液负责。

想了想，她将目光投到男人的身上："过来，帮你涂防晒乳液。"

男人涂什么防晒乳液——这句话刚到嘴边，时怀见看见覆在自己身上的小手，又沉默了。小媳妇的手软绵绵的，涂防晒乳液的时候还挺舒服。

于是，时怀见心安理得地享受着媳妇的服务。姜禾绿将防晒乳液一层一层地仔细涂抹好，涂着涂着，男人还学会享受了，让她帮忙揉一下肩膀。

她一边揉，一边想起昨天晚上他因为工作而忽视她的行为。

看着男人呈小麦色的后背，她生出了一个邪恶的念头。

趁时怀见不注意，她拿起一支黑色标记笔，在他的后背上画了只乌龟。

男人正闭着眼睛享受，没有察觉到任何的异样。

姜禾绿的画画水平仍然是原来的样子，好在乌龟画起来比较简单，她三两下就完成了，并且让人一眼看过去就知道她画的是乌龟。

画完之后，她又拍拍手，表示自己要去打一会儿沙滩排球。

媳妇打排球，做老公的就算不加油助威，也会在旁边看着。

摄影团队来了不少人，组个排球队绰绰有余。

女孩子们去打排球，男人们则在一边围观。

因时怀见和姜禾绿待人接物都很温和，大家相处融洽，团队里的人经常和他们聊天，这会儿，男同胞们也很自然地和时怀见聊了起来。

他们不可避免地看到了他后背上的乌龟图案。奇怪，现在事业有成的老板都喜欢在后背画乌龟吗？难道这就是发家致富的秘诀？

傍晚时分，终于有人委婉地提醒道："时总，你的后背……"

夕阳洒下一片光辉，将男人高大的身形拉得更加颀长，他长相俊美，身材极佳，唯独那只乌龟显得格格不入。

时怀见并未察觉到异样，挑眉问道："后背什么？"

有人用手机拍下了照片给他看。

时怀见皱起眉头，声音不自觉地严厉起来："谁画的？"

大家面面相觑。谁也没这个胆子敢在他身上画乌龟，有这个胆子的只有一个人……不约而同，大家都想到了一个人。作为外人，他们都能想得到，更别说时怀见了，这种损事，除了家里那个小媳妇，没别人干得出来。

至于原因，他大概也能猜得到，无非是怪他昨晚没陪她。

虽然当时她没有不高兴，还温柔地哄着他说"老公没关系""工作要紧""我不是不体贴的妻子"，但是隔天就原形毕露，气嘟嘟地画了小乌龟。

摄影团队里有人小声提醒："可能是时太太画的。"

其他人表示附和，笑着打趣："时太太就是调皮。"

时怀见眉眼里严厉的神情逐渐转变成无可奈何。

当然，没有证据的话，他并不能证明是姜禾绿画的。

等姜禾绿过来，时怀见问她乌龟是不是她画的，姜禾绿假装一脸意外地问道："什么？有人在你后背上画乌龟？是谁啊？"别提有多无辜。

时怀见很有耐心地问道："姜姜，不是你画的吗？"

"我画的？怎么可能呢？我不是那么无聊的人，你没有证据，不要冤枉人。"姜禾绿此刻摆出一副"就是我画的，但是你没证据"的表情。

只要她咬死不承认，他们就没辙。

时怀见似笑非笑地抬手，指了指不远处的摄影机："那个是全天拍摄的摄影机，应该把下午的事情录下来了，要不，我们去翻翻看？"

姜禾绿一愣。她居然忘了有摄影机。

眼看男人要过去翻看录像，她立刻抬起手，声音软下来："老公……难道你不觉得，你后背上的这只乌龟长得挺眉清目秀的吗？"

时怀见挑眉看着她，看她还能说出什么话来。

"一般人，我是不会给他画的，我只画给我最爱的人。我最爱老公你了，乌龟代表长久，意思就是，我对老公的感情无坚不摧，长长久久。"

时怀见笑了笑："说完了吗？"

"嗯……老公，你不相信我说的话吗？"

"怎么会？不仅相信，我还想把代表长久的乌龟也画在你身上。"

这就有点儿锱铢必较了。要是落到他的手里，还不知道她会成什么样子。

姜禾绿屏住呼吸，挪动脚步，试图降低自己的存在感，快速逃离这个是非之地，然而，她的小动作压根逃不过男人的眼睛，刚挪了几步，男人的胳膊已经伸了过来，揽过了她的腰。

她的身子小，不费什么力就被男人抱在了怀里。

"走吧，姜姜。"时怀见含笑地看着眼前的人，"回房间，我们慢慢画。"

夕阳落下，夜色渐渐来临。

看着他们往别墅的方向走去，众人忍不住露出了意味深长的笑容。